李吉隆 著

満州夫人

五十嵐真希 訳
舘野 晳 監訳

かんよう出版

本書の刊行にあたって、韓国文学翻訳院の支援を受けた。

推薦のことば
スカーレットか春香《チュニャン》か

日本エッセイストクラブ会長　　村尾　清一

李吉隆著『満州夫人』（上巻）を邦訳で読んだ感想を、ひと言で言えば「とても面白い」である。自然にこの本の世界に巻き込まれてしまう。

第二次世界大戦の末期、アジア大陸、太平洋に突出した朝鮮半島の南西海岸、全羅南道の古今島付近で起こった日本海軍の駆逐艦とアメリカ軍爆撃機の戦闘を発端に、一九六一年に板門店学生会談で勃発したドラマにいたるまで、時代は二十余年にわたる。

古今島で、戦闘によって負傷した日米両軍の軍人を救助し、大手術をしたのは島の医師李根五だった。

時代は一九四五年八月一五日の日本敗戦による解放、アメリカとソ連の分割駐留、一九四八年の大韓民国と朝鮮民主主義人民共和国の成立、一九五〇年の朝鮮戦争の勃発とその後の三年あまり続いた戦争、さらに一九六〇年の「四・一九学生革命」と李承晩政権の崩壊、翌年の第二共和国政権、そして同年の板門店での南北学生会談での事態と展開した。

それとともに、四男一女をもつ李根五医師一家のたどった道はひどいものだった。戦死したり、殺害されたり、家族同士が引き裂かれたりして、極限の苦痛を味わった。けれども、みんなその苛酷な運命に立ち向かい、行く手を切り開いていった。四百字原稿用紙で千五百枚に達するこの作品は、フランスの大河小説、とくにロマン・ロランの『ジャンクリストフ』の「苦しみと、戦いと、雄々しく耐えていくことによってのみ、一個の人間になれる」を思い出させた。

ヒロインの満州夫人、張永美は、李医師の長男で満州国のエリート官僚満雨の妻で、満州から夫の実家の島に幼い息子を（胎内に）連れて戻ったとき、冒頭の事件に遭う。彼女は、若くて美しく、頭もよく、適確な行動力をもつ。おまけに剣道の達人でもある。

満州夫人は「北」にいる夫を愛しているが、生死の淵に立つ間に夫以外の男性の子を産むことになったり、反逆者として牢獄に繋がれ死刑の判決を受けたりする。それでも彼女はくじけずに立ち上がる。

マーガレット・ミッチエルの小説『風と共に去りぬ』のヒロイン、スカーレット・オハラと満州夫人の像は重なる。夫レット・バトラーは妻のスカーレット・オハラにいう。「お前はおれに似ている。エゴイストだが、物事を正確につかむ」と。

満州夫人は、エゴイストではないが、実利主義で、経営者としての才能も豊かだ。

いま地球上を覆いつつあるのは、力ある者が勝ち、効率の良い方が生き残る、そのため新自由主義に向かうという原理だろう。

しかし、それがすべてだろうか。それぞれの民族が独自の伝統や文化や感情をもっている。為政者がしばしば利用して失敗するように、愛国の名を借りた偏狭な民族感情に溺れる危険は大きい。けれども民族独自性の尊重は、現代以後（Post Modern）の重要な指標となる。例えば

「家」。

李根五一家とその親族の結束は、欧米人の目には異常と映るかもしれない。李一家の「家」意識、命をかけて互いに助け合う姿は、家名、家業、家産と切っても切れない関係にあって、欧米の「家族」(ファミリー）とは異なる。「アボジ（家父長)」は「パパ」ではない。李根五は「アボジ」なのだ。

嫁の満州夫人の中には「春香《チュニャン》」がいる。夫想いの美女が罪もないのに牢獄に入れられる。こんな話を「面白い」とひと言で評したのは、単に興味を引くという意味ではない。日本人の私にとって、これまで植民地支配とか、南北分断とか抽象的な概念しかなかったことが、李根五一家の一人ひとりの人間が味わった感情や行為を通じて具体的に理解できた。

そこで、目の前がパッと明るくなった感じ（これが日本語の「面白い」の本来の意味）になったのだ。

この李吉隆氏の力作は韓国人（在日を含めて）だけでなく、大勢の日本人に読んでもらいたいと心から思っている。

日本語版刊行に寄せて

人は集まって暮らすのが自然の現象である。助け合って暮らすのが当然だからだ。誰かを、会うのも嫌で憎んでいたとしても、二度と会いたくないなどと言ってはならない。いつかは再会することになるからだ。これは私の母親が私たち兄弟によく言っていた言葉である。それが改めて思い出される。

本書『満州夫人』は、朝鮮半島の南端にある古今島で診療所を開いている医師李根五と、その長男満雨と結婚した満州族の張永美の物語である。光復（日本の敗戦）直前に満州から嫁ぎ先にやって来た張永美は、息子を出産した後に日本の敗戦と解放後の朝鮮半島の動乱に巻き込まれ、夫との生き別れを経験し、舅や夫の兄弟、古今島で知り合ったアメリカ軍兵士らの助けを借りながら、波瀾万丈の人生をたくましく生きていく。

この小説の前半部分は大学生時代に書いた。出版したかったので、大学の教授に推薦文を書いてくださいとお願いした。だが「方言が多すぎる、三年後に改めて読んで自信があれば出版を考えるように」と言われた。私は原稿を持ち帰り、筐底に深くしまい込んだ。兵役を終え、社会人に復帰してからは読み返す機会はなかった。

一九九一年、韓国文人協会が「世界韓民族文化人大会」を北京で開催したとき、私は文筆家の一人として参加した。中国（旧満州を含む）、モンゴル、日本、アメリカ、韓国などから約三百名が参加し、大会は成功裏に終わった。そして私は中国東北部と白頭山の観光旅行に参加した。旧満州を初めて訪れて歴史的事実を背景に、昨日の敵が今日の友となり、今日の友が明日の敵となるという先人の言葉が実感として迫ってきた。

帰国して忙しい社会人生活を送りながら、しまったままの昔の原稿を探し出して加筆修正をし、戦争の砲火のもとでの望みといえば「息づく空」だからと、題名を『息づく空』に改め、サブタイトルを「満州夫人と婚家の人々」とし、一九九五年に刊行した。

本は三年間で四刷になるほど良く売れた。このとき、韓国随筆家協会の理事を務めていた随筆家の李淑さんが日本語に翻訳し、二百字原稿用紙で千五百枚もの分量を製本して二冊の本に仕立ててくれた。その本を日本エッセイスト・クラブ理事長（当時）の村尾清一さんと、京城師範学校の同窓生の何人かに読んでみてくださいと送付した。

村尾さんの読後感は「マーガレット・ミッチェルの『風とともに去りぬ』に比肩する面白さだから、日本人にもぜひ読んでもらいたい」だった。そして李淑さんは同窓生に出版を頼んでくれた。しかし、それから十年後に、現代仮名遣いで翻訳してほしいとの出版社からの注文とともに、「本」は李淑さんのもとに返却されてきた。

李淑さんは高齢であったが、著者の私に会いたいと電話をしてきた。彼女はそれまでの経過を語り、「年をとって体の具合も悪くて、作家活動からも離れるので、現代仮名遣いによる再翻訳をすることはできない」と私に「本」を返してくれた。私はそれを持ち帰り、「本」は再び筐底に保管された。

二〇〇九年、私は全軍信者化運動をテーマにした長編小説『蘇生』を上梓した。その折りに、ある女性記者からインタビューを受けることになり、様々な質問を受けたなかで、うれしくもあり、驚かされた質問があった。第一は「公職を退職してから十年の間に本を何冊刊行しましたか?」というものだった。約五十冊以上はあった。内容を書き出してみたら、退職するときの「毎年、長編小説一冊、戯曲一冊、短編小説二冊を書こう」という決意を実行していたことが確認でき、とてもうれしかった。第二は、「書いた小説のうち、多文化家族の標本となる〝満州夫人〟が主人公の小説は何という題名で、いつ再版が出るのか?」というものだった。私は「満州夫人が登場する小説は『息づく空』で、「満州夫人と婚家の人々」と副題を付けており、一九九八年に絶版になっている」と答えた。

女性記者は「自分は高校生時代に読んだ」と言い、そして彼女は「産業の発展で労働者が不足し、中国延辺や東南アジアから女性労働者が韓国に大勢やって来ている。フィリピンやベトナムの女性は偽装結婚をしたり、斡旋業者によって田舎の農家の男と結婚して舅や姑との関係が悪くなり、逃亡したりする女性も多い」という話をした。

さらに、女性記者は「今、大企業や外国人の多い地域では、自治体が多文化学校を設立し、韓国の言葉、習慣、礼節などを教えている。多文化家族では、李先生の書かれた小説のなかで、夫とその家族を重視する満州夫人の人気が高まっている。十五年前に出版され、今は絶版になっているこの小説が、いつ再版されるのかと待っている多文化学校の先生や家族も多くいる」と教えてくれた。

インタビューの後に、複数の人に確認してみたら、記者の話は事実だった。

二〇一二年の六月初旬、韓国貿易センターで開かれたソウル国際ブックフェアに、友人で詩人の宋文浩《ソンムノ》社長とともに出かけた。日本図書の展示ブースで、出版文化国際交流会の舘野晳さんとお会いした。宋社長が「日本語は戦前と戦後では大きく異なるのですか?」と尋ねると、舘野さんは「なぜそのような質問をするのですか?」と訊いてきた。それで、これまでの本書をめぐる経過の説明をした。すると「その本を読んでみたいので読ませてくれませんか?」と、彼は名刺を差し出した。

私はしまい込んでいた原書と翻訳原稿、村尾さんの感想文などを探しだし郵便で送った。翌年、舘野さんが来韓した際に再会すると、『満州夫人』のストーリーが面白くて数日で読み終えたと述べ、「自分で翻訳し出版できるように努力します」と言ってくれた。そして再版はいつ出るのかと訊いてきた。

再版のために図書出版博文閣で知人らに会った。ある評論家は「自分が多文化関連のセミナーで、小説『息づく空』の話をしたら、大勢から拍手をもらい受けが良かった」と語り、「満州夫人は多文化家族の指標になり、標本となるべきものだから、タイトルを『満州夫人』にしたらどうか」と提案された。

別の人からは「芸術は、現実社会における生活形態に対する形象的認識である。この作品は歴史を背景とした叙事をリアルに描写し、人間関係を高いレベルに引き揚げた秀作である」とのありがたい評価もいただいた。

宋文浩は友人の立場で、「上巻の巻末で臨津江に墜落した満州夫人を救出し、その後の活躍ぶりを続編として書いたらどうか」と助言してくれた。博文閣の朴勇会長は「『満州夫人』というタイトルが良い。『満州夫人』の上下巻を出版することにしよう」と励ましてくれた。私は『息づく空』に加筆し、二〇一五年四月十五日に『満州夫人（上巻）』として出版し、二〇一五年一一月五日には、続けて書き上げた下巻を出版して、舘野さんあてに送った。

このように長い歳月と多くの人々に見守られた『満州夫人』の日本語版（上巻）がこのたび完成し、「かんよう出版」から刊行される運びになった。ここで同社代表の松山献氏、常務の松山健作氏、翻訳を担当された五十嵐真希さん、そして舘野晳さんに、深く感謝する次第である。

象山　李吉隆

二〇一六年九月　ソウルにて

満州夫人　目次

目次

登場人物

李根五…古今島で診療所を開業している。代々、医者の家族。
黄夫人…根五の妻。
李満雨…李家の長男、張永美の夫
李溢雨…李家の次男
李池花…李家の長女、朴良右の妻
李洪雨…李家の三男
李治雨…李家の四男
張永美（満州夫人）…才気活発な満州族の女性、李満雨の妻
張永歳…張永美（満州夫人）の兄
朴昌歳…李根五の親友
朴良右…朴昌歳の息子、李池花の夫
在命…満雨と張永美（満州夫人）の息子
民守…朴良右と李池花の息子
ジョージ・ウェールズ…古今島に不時着したアメリカ軍戦闘機の兵士
メクト・ステイムス…古今島に不時着したアメリカ軍戦闘機の兵士
藤井十郎…日本軍将校

登場人物

藤井孝一……藤井将校の息子
高倉成一……莞島警察署の署長
三木武吉……莞島警察署古今島駐在所の所長
中村顕治……日本軍軍艦の艦長
許老人……艀の船頭
許旭……許老人の息子
孫哲……ジャンクの航海士

朝鮮半島南部

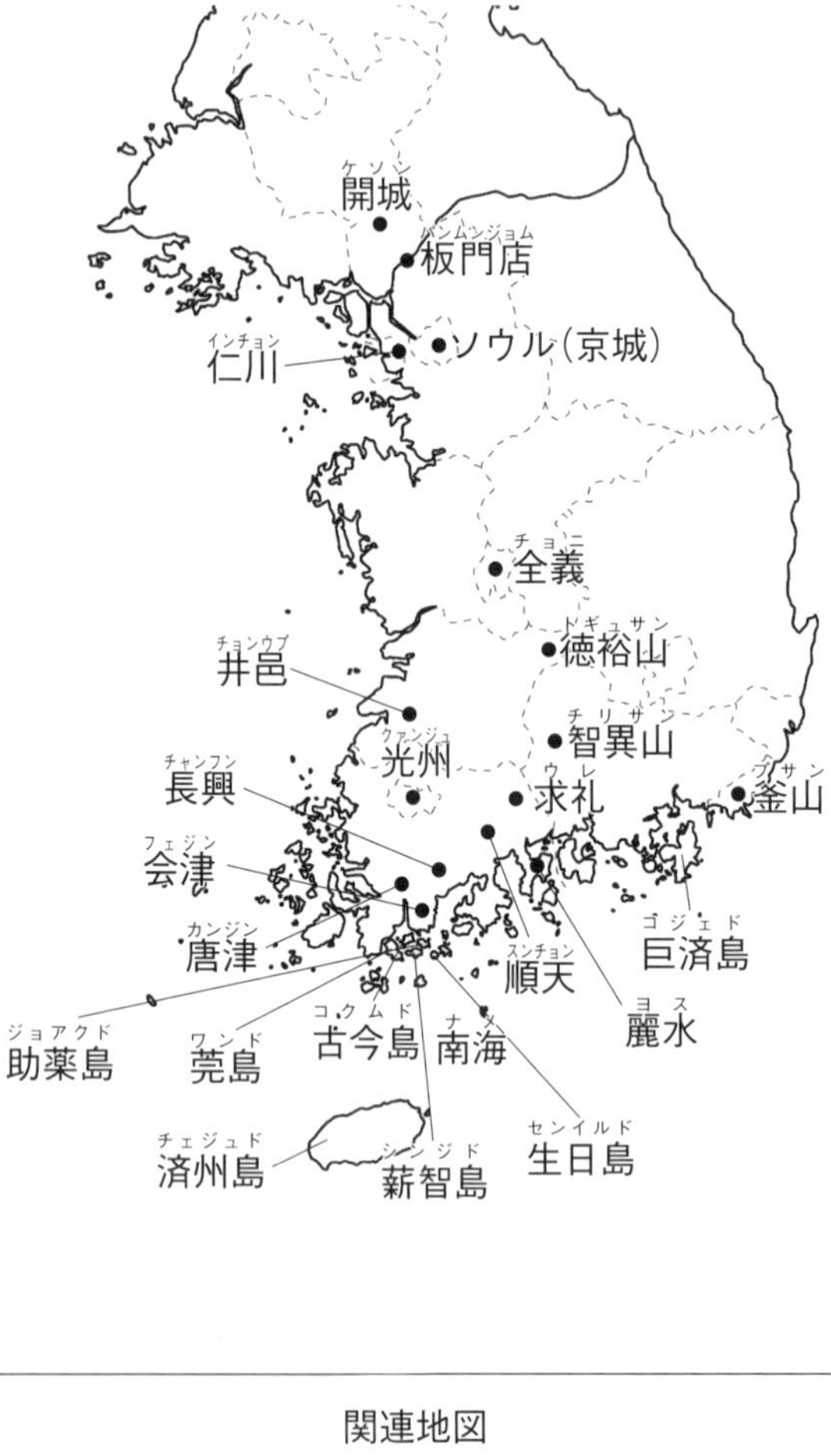

開城《ケソン》
板門店《パンムンジョム》
ソウル（京城）
仁川《インチョン》
全義《チョニ》
徳裕山《トギュサン》
井邑《チョンウプ》
智異山《チリサン》
光州《クァンジュ》
長興《チャンフン》
求礼《ウレ》
釜山《プサン》
会津《フェジン》
唐津《カンジン》
巨済島《ゴジェド》
順天《スンチョン》
麗水《ヨス》
助薬島《ジョアクド》
莞島《ワンド》
古今島《コクムド》
南海《ナメ》
生日島《センイルド》
済州島《チェジュド》
薪智島《シンジド》

関連地図

満州夫人

第1章　勝者と敗者との出会い

（1）

南海《ナメ》の海、多島海の島々の間を昇る初夏の朝日が、湖を思わせる水面を銀色の鱗のように輝かせていた。

李《イ》一家は満州に出発する長男の満雨《マヌ》を見送るために、古今島上亭里《コグムドサンジョンリ》の船着場に出かけ、麗水《ヨス》発、莞島《ワンド》経由木浦《モッポ》行きの旅客船を待ちながら生日島《センイルド》のほうを見つめていた。

「満州の広漠とした平野を眺めた後だから、故郷の島や海が神様の手で描かれたように美しく見えます」

李満雨は見送りにきた母親の黄《ファン》夫人にこう言いながら、改めて四方を見渡した。上亭里の丘越しに見える鳳凰山《ポンファンサン》は、先人の植えた海松が鬱蒼とした林を形成していた。鳳凰山越しの海の彼方に、海南郡《ヘナムグン》の頭輪山《トゥリュンサン》と莞島の象皇峯《サンファンボン》が、屏風のように周囲を取り囲み北風を防いでいる。前方には薪智島《シンジド》があり、象山の岩が長く伸びて太平洋の波を遮る防波堤の役割を果たしている。東北方向は康津郡《カンジングン》にある天台《チョンテ》山脈と生日島の白雲山《ペグンサン》、さらに助薬島《ジョヤクド》の薬山《ヤクサン》が連なり、一幅の東洋画のようにうに美しい風景だった。

こうした平穏な島にも四、五日前から、薪智島の彼方、済州島方面の海底で閃光がきらめき、雷鳴のような艦砲の音や、耳をつんざく戦闘機の爆撃音が響き渡り、日ごとにその音は強まっているのだった。

　戦闘機によって破壊された船の残骸や軍需品の浮遊物などが、潮の流れに乗って古今島にも流れ着き、第二次世界大戦の緊迫感が漂っている。大海に面した島よりも波が弱く静かで奥まった上亭里の浜辺には、煙草の葉もたくさん打ち寄せていた。

　村人たちは海辺に出て、前夜に流れ着いた煙草の葉を拾っては洗い、白い砂浜で乾燥させている。彼らは何日もこうして煙草の葉を拾っては乾かし、本土の市場で売って食糧不足をしのいでいた。

「この数日、海底であんなに閃光が走り、爆撃音が響いているが、こんなに日本軍の補給品が流れ着くのを見ると、日本海軍はアメリカ空軍に追い詰められている。満雨、もうすぐ朝鮮も満州も戦場になるだろうに、どうしても満州に行きたいのか？」

　五十歳ほどなのに白髪が目立ち、体格の良い満雨の父親李根五《ィゴノ》は、長男が心配なのか眉をしかめて言った。背が高く年齢の割に若く見える二十三歳の満雨は、満州国の文官試験に合格した行政家の卵らしく答えた。

「行きますよ。満州国の宮殿を建てる仕事もあるし、妻も新京にいるのですから」

「日本が戦争に敗れたら、満州国の宮殿なんて役に立つものか。嫁には電報を打って、帰れと言えばいいじゃないか。戦争中には互いに匿ってくれる故郷がいいし、政治の中心地でないこんな島が一番安全なんだが」

「この戦争にとって島なんか特別なものじゃありませんよ。戦争が終わったら、満州国は日本からも自由になれるし、中国からも独立して完全な自主独立国になるのです。私は妻と約束したとおり、満州国の自主独立のために戦うつもりです。それが中国とソ連、そして日本など大国に囲まれた朝鮮を、外国勢力の手から独立させる安全な道で、東洋平和のための近道なのですから」

「そうだ、その夢は日本の理想主義的な軍人が東洋平和のためと称し、朝鮮人も歓迎したものだった。その昔、我々の祖先もそれを夢見ていたし、お前のお祖父さんもそんな夢を実現させようとしたが、関東軍に先手を打たれ、お祖父さんは日本軍によって死刑にされてしまったのだ」

　根五は閃光のきらめく遠い海を見つめていた。

「いつかは日本が敗れるでしょう。不敗を誇る関東軍はアメリカ軍との戦いに投入するため南方に移動させられ、満州に残留しているのは抜け殻だと聞きました。日本が敗れる前に、ぼくが監督している満州の宮殿を早く完成させて、荘厳な満州の象徴となる建物を世界の人々に見せてやりたいのです。そうすれば満州が独立した王国であることを、世界の人々に認めてもらいやすくなりますからね」

　根五は息子の横顔に自分の父親の面影を見いだし、固い意志が揺るがないように、それ以上は口を挟まなかった。

　親子のやり取りをそばで聞いていた黄夫人は、麻痺した口もとをゆがませながら、親子の会話を遮った。

「あなた！　もう日本が敗れるとか独立するとか、そんな話はやめてください。警察に引っ張られて、またひどい目に遭いますよ。あなたの口癖のようなその言葉のために、溢雨《イル》はあなたの罪を被り、無念にも学徒兵として引っ張られ……、この世の光を見られなくなり、あなたの手で葬ったじゃありませんか……」

やつれて顔色が悪い黄夫人は、息苦しそうに涙ぐみ、言葉を詰まらせた。

「お母さん！　興奮しないで！」

十七歳になる、おかっぱ頭の池花《チファ》が母親を抱きかかえた。満雨も母親に近寄って低い声で慰めた。

「あまり気を落とさないでください。強い心を持たなければ。あの無邪気に遊んでいる弟たち、洪雨《ホヌ》と治雨《チウ》のためにも長生きして元気でいてください。それにお祖母さんもお元気じゃありませんか」

三男の普通学校六年になる洪雨と、四男の末っ子で普通学校一年の治雨は、打ち寄せた難破船の残骸で戯れていた。次男の溢雨は昨年学徒兵として召集された。インドシナ経由で中国に向かう連合軍の補給路を断つために戦う部隊の衛生兵として従軍したが、戦死し遺骨になって帰ってきた。家族は電報で満雨を呼び寄せて葬式を済ませ、満州に戻るのを見送るために船着場に集まっているのだった。

昨年、新京で病院を開業した根五は独立軍兵士を治療して匿い、さらに軍資金を提供したことが発覚し医師免許を抹消され、関東軍によって追放された。溢雨は父親のもとで病院の仕事を手伝いながら、満州の医科大学に通っていたが、これに連座して大学から退学処分を受け、父親とともに故郷に帰ってきた。古今普通学校に配属されていた藤井十郎将校は、便宜を図る振りをして、学徒兵に志願入隊すれば家族だけでなく、本人も生きていけるときれいごとを並べ立てた。

日本の憲兵隊から連絡を受けた莞島警察署長は、「不逞鮮人家族」という目に見えない網を張り巡らせ、古今島の三木駐在所長に指示して住居選択の自由を奪ってしまった。

しかし、近隣の島々から大勢の患者が押し寄せてきたので、患者を治療するために船着場にある漁業組合の海苔倉庫を買い取って診療所を開設していたのに、それの継続も不可能になった。

藤井将校の懐柔は執拗で、ほとんど恐喝じみたものだった。それに抗せなかったのか溢雨は「学徒兵志願書」に押印してしまった。

学徒兵として出征する前日、溢雨は両親の前で、どんなに行きたくないのか、こんな言葉を口にした。

「今のぼくの気持ちは、急性伝染病にでもなり、軍隊に行けなくなったらどんなにいいかと思うほどです」

父親は不憫になって言った。

「家族だからこそ引き留めるべきだろう。密かにどこか深い山、智異山《チリサン》にでも身を隠したらどうだ」

「そうですね。でも残った家族が苦痛を味わうのは耐えられません。みんなのために行くしかないでしょう」

翌日、採取船に激励の幟を立て、多数の船が連絡船をとり囲んで歓送する強制的な行事のなか溢雨は旅立って行った。

こうして根五は診療所を再開できることになり、満州の満雨に対する監視の目も次第に緩やかになった。

一年も経たずして溢雨は一握りの灰になり、白木の箱に納まって帰ってきた。莞島警察署からは莞島郡民葬として盛大な葬儀をしたいとの申し出があったが、根五はささやかな家族葬をすると断った。葬儀当日、警察署長と駐在所長、そして藤井将校が、天皇のために一命を捧げた大日本帝国の英霊に敬礼をすると、堪忍袋の緒を切らした黄夫人は、学徒兵志願書に押印させた藤井将校の胸倉をつかみ「息子を返せ！」と叫んだものの、高血圧のために倒れてしまった。しかし、医者である夫が習得した鍼術で治療すると、やがて病状は回復した。満雨も母親が心配で満州の妻と職場に「母親が危篤なので帰庁を延期する」という旨を打電し、実に一か月ぶりに満州に戻ることになったのだった。

根五は自責の念に駆られながら、船着場近くの松林の丘に登り、連絡船がやってくる方向を見つめていた。そして家族のことをあれこれ思い返してみた。関東軍刑務所の処刑場で銃殺される直前、父親の残した言葉が今日に限ってよみがえってきた。

「男というものは、家族を守るために国を守るものなのだ！」

この時、薪智島の方角からアメリカの戦闘機が飛来し、同時に軍艦が追われてくるのが見えた。

(2)

沖合で戦闘機の爆音と高射砲の砲声が激しく交叉し、閃光が光り爆弾の炸裂音がとどろいた。この爆音に驚いた洪雨と治雨が、父親のもとに駆けつけ背後に隠れた。回想にふけっていた根五も驚き、二人の子を抱いて薪智島の沖合がよく見える丘の上に駆け上がった。

戦闘機二機が薪智島の南側を移動する軍艦を攻撃していた。軍艦は空が真っ黒になるほど対空砲を撃ちながらジグザグに逃れていたが、一機が弾幕をくぐって機銃掃射を加え、軍艦の近くまで降下し爆弾を投下した。すると別の一機が、トンビがひな鳥を狙うように、すばやく下降し機関銃を放ち爆弾を落とした。あたかも二匹のスズメバチが巨大な黄牛に攻撃を加えるような光景だった。軍艦から爆発音が起こると、大きな炎と真黒な煙が立ち上がった。軍艦は全速力で突進し、薪智島の砂浜に船体を乗り上げた。

根五がつぶやいた。日本の軍人は軍艦が沈没しそうになると、「天皇陛下万歳！」と叫び、軍艦もろとも自決する「大和魂」の持ち主と教えられてきた。それだけに大勢の兵士の生命を救おうと、砂浜に艦首を突っ込ませた艦長の判断に人間らしさを感じたのである

「賢い艦長だな！」

戦闘機が後尾から煙を吐きながら上亭里の上空を旋回していた。その戦闘機には軍艦の対空砲火が命中したのだろう。煙草を拾い集めていた上亭里の人々はみんな松林に避難した。上亭里の浜辺は潮が引き、乾いた砂浜が広がっていた。二機は砂浜の上を数回まわると、後尾から火を発した戦闘機は砂浜に落下し、船着き場の長い石垣に機首をぶつけて停止した。機内では二名の乗組員が脱出しようともがいていた。しかし、もう一機が上空を旋回しているので、松林に身を潜めている人々は、機関銃で撃たれはしないかと恐れながら、この光景を見守っているばかりだった。

根五は飛行士が機内から脱出するため、透明の風防カバーを開けようと必死にもがいているのを見ると急いで駆けて行った。満州へ戻るためこざっぱりした服装をしていた満雨も、上衣を脱

ぎ捨てると母親に預け、靴も脱いで父親の後を追った。洪雨も治雨も走った。前後の座席に座っていた二人の兵士は「風防カバーを開けてくれ」としきりに合図していた。破壊された戦闘機の翼に上った根五と満雨が、力を合わせて開けようとしても、着陸時の衝撃で結合部分が歪んだのか開けることができない。治雨が流れ着いた船の残骸を拾って洪雨に渡すと、洪雨はそれを持ち上げ、戦闘機にまたがり透明の風防カバーの破壊を試みたが、簡単には壊れない。これを見ていた満雨はその残骸を手にすると、剣道の気合いで振り降ろした。するとセルロイド製の風防カバーは割れた。

「だいぶ腕が上がったな！」

「ええ、もうこれからは何でも一気にやりますよ！」

親子がこんな会話をしていると、白い皮膚の大柄のアメリカ兵が壊れた座席から立ち上がり、手を振り「Help me！」と叫んだ。金髪の頭から血が白い顔に流れていた。根五と満雨は、脚が艦砲射撃で切断されて立てずにいる別の兵士を戦闘機から引きずり降ろした。

褐色の髪で小柄なアメリカ兵は片脚が無くなっているのに気づき、自分の片脚はどこに消えたのかと叫んでいた。

大柄のアメリカ兵は「戦闘機が爆発するぞ、離れろ！」と叫びながら、片脚になった兵士を引っ張り出すのに懸命だった。

根五はセブランス医学専門学校で勉強し、医療宣教師のもとで英会話の授業を受けたこともあったので、彼らの話をどうにか聞き取ることができた。

「満雨、洪雨、治雨！　戦闘機が爆発するぞ。ここから離れろ。早く走れ！」

満雨は大柄の兵士といっしょに片脚の兵士を引っ張っていたが、彼がへたばったので、ひとりで片脚の兵士を奪い取ると背負い走った。根五は倒れこんだ大柄の兵士を脇に抱えて走り、洪雨と治雨に急げと叫んだ。

煙が上がっている戦闘機から百歩ほど離れると、背後からドカーンと轟音が鳴り響き、大きな火柱を上げて爆発した。不時着した爆撃機の上を旋回しながら、この一部始終を見守っていたもう一機は、同僚二人が救助されたのを確かめると、薪智島方向の燃え上がる軍艦の上を旋回し、水平線の彼方に消えた。

アメリカ軍の航空母艦から飛来したのは、二人乗り急降下爆撃機ドーントレスだった。

根五は船着場にある自分の診療所に兵士を連れていった。大柄な兵士の頭部の負傷を治療していると、戦闘機の爆音に驚き避難していた人々が、診療所の前庭に集まり、初めて見る白い皮膚のアメリカ兵をしきりにのぞき込んだ。

そして大柄な兵士の腕に刺さった多数の破片を抜き取り、裂傷を受けた頭を縫合して包帯を巻いてやった。小柄な兵士の上半身はどこも怪我をしていなかったのに、膝から下は全く無くなっていた。彼は自分の脚を探してくれと、悲鳴とも恨みともつかぬ大声を張り上げていた。

圧迫包帯で内股を縛って止血したが、裂けた膝からどくどくと血が流れ出ていた。

「裂けた部位をきれいにし、筋肉で覆う手術をしなければならない。だが、手術用具も全身麻酔剤も無い。どうすればよいのか！」

根五はためらい、もどかしげに言った。許可のない診療所には、麻酔剤や高価な薬の配給はないのだ。戦争中だからあらゆる物資が不足し、闇市でも買い求めることはできなかった。

「この二人は敵兵だから警察に引き渡して治療を受けさせたらどうですか。きっと捕虜収容所には治療薬があるでしょう」

見かねた満雨がこう言うと、根五は憤慨し、

「何？　この二人が敵兵だと？　日本人には敵兵かもしれないが、朝鮮人からすれば、助けにきてくれた支援軍なのだ。お前が夢見る名実備わった満州国の独立も、わが朝鮮の独立も、このアメリカ兵を含む連合軍が日本を撃滅させなければ、成功することはないだろう！」と叱責するのだった。

黄夫人が池花に支えられて診療所にやってきた。藤井将校の胸倉をつかんだとして、三木駐在所長から「日本人将校冒瀆罪」で拘束すると脅迫され苦しんでいたとき、村人と家族が嘆願書に連署して提出した一件があっただけに、夫の言葉を遮って言った。

「今はまだ日本人の支配下なのですよ。これまで何度も日本人の奴らに恥をかかされたのに、言葉を慎まずに大声を上げるなんて。今は村人の中にまでスパイがいて、仲間割れを促していると言うのに。誰かまた告げ口をするかもしれませんよ。満雨、早くその汚れた服を着替えて木浦行きの連絡船に乗りなさい。ちょうど麗水からの船が来たというから」

根五は何かを決心したらしく、服を着替えに行こうとした満雨を呼び止めた。

「満雨、待ちなさい。この兵士たちはいずれ日本の警察に引き渡さねばならないが、我々を解放するためにここまでやってきた兵士を治療もせずに、このまま引き渡すことはできない。莞島にも内科の専門医はいるが、外科の専門医はいない。大きい病院となると光州《クァンジュ》になるが、警察で取調べを受けて光州に移送されると、何日かかるか分からない。そのあいだにあの脚は腐って治療

できなくなり、ショック死するかもしれない。手術は今すぐにやらなければならないのに、それができないのだ。満雨、お前、これまで剣術を習ってまわりを動かさずに切ることができると言ったな。この兵士のためにひとつやってくれ！」

こう言うと机の上にあがり、天井板を外して風呂敷に包まれた細長い物を引き出した。

「日本の巡査がわが家をしつこく捜索するから、倉庫の横に埋めた甕に、お祖父《じい》さんの遺品を隠しておいたのに、いつの間にか掘り出してあったのですね」

黄夫人が言うと、根五はうなずいて風呂敷から一本の杖を取り出した。その杖の頭と中心部を握って引き抜くと、チャリンーと音がし刃が現れた。全長三尺、柄が一尺、刃渡り一尺半の薄く細身の名刀だった。彼は刀を振りかざして言った。

「数奇な縁と血塗られた謂われのある名刀だ。錆つかないように取り出して手入れをし、ここに隠しておいたのだ」

「満州でお祖父さんが関東軍によって処刑された時、お父さんへの遺言として、キリスト教信者の血が付いた刀だから大事に保管しておき、大勢の人のために使いなさいと言われたその刀なのですね？」

「そう、それはお前も聞いていたから知っているだろう。この仕込み杖は、元の持ち主が殉教者の血を流させたが、お祖父さんは逆に刀を独立軍の手術用に使用した。刀は持つ者によって正義の刀にも、不義の刀にもなるのだ。俺があの兵士の手術部位をメスで広げ、切断する部分を示すから、周囲の骨を損傷させずに一気に、そして一刀のもとに切断してくれ」

こう言うと、満雨に鞘に主丹剣と漢字で書かれたその剣を手渡した。

彼は鍼灸道具を取り出すと、兵士の両耳の後方に大鍼を三本ずつ刺した。父親から習った簡易麻酔である。そして看護婦の訓練をさせた池花に手術の準備を命じた。彼は切れた脚の筋肉をメスでそぎ落とし、砕けた骨を摘み取っていった。骨折のない正常な部位に手術糸を巻き、切断する部位が分かるように印を付けた。満雨は満州の妻の家で独特の満州剣術を学び、満州帝国大学では日本人に剣道を習った。だが真剣で人の骨を切るのは初めてのことなので、手に汗をびっしょりかいていた。彼は蒸留水で刀の刃を消毒してから、精神を集中し息を殺した。木を切るように表示部位に刀を振り降ろすと、見事に切り落とすことができた。脚の一部を切られた兵士は、苦痛を感じないのか無言のままだったが、傍で見ていた大柄のアメリカ兵はアッと叫んで口を押さえた。

根五はにやりと笑い、患者の剥離された筋肉をきちんと取り出し骨に被せると、筋肉は筋肉に、表皮は表皮にと縫合して手術を終えた。すると連絡船の汽笛が鳴った。

「兄さん、連絡船が出航するみたいだよ」

治雨がこう言うと、満雨は「さらに三日ほど治雨と遊んでから行くよ。連絡船はもう行ってしまうんだ」と言いながら、治雨の頭をなでた。交通の便が悪いので、今日の連絡船を逃すと、次は三日後になってしまうのである。

倉庫の内部をカーテンで仕切り、入院室に仕立てたオンドル部屋に、手術を終えた兵士を寝かせていると、古今島駐在所長の三木と藤井将校が馬に乗って現れた。

藤井将校は憲兵隊からの派遣なので行動が堂々としており、三木駐在所長は彼にかなり気を遣っていた。藤井将校は手帳を取り出し、大柄で金髪の兵士に対して日本語で官職と氏名を尋問した。日本語が分からないアメリカ兵は、根五に何を言っているのか尋ねた。官職と氏名を尋ねていると説明すると、大柄な兵士は、名前はメクト・ステイムス、階級は空軍中尉、二十三歳と答えた。脚を切断された褐色頭の小柄の兵士は、名前はジョージ・ウェールズ、階級は曹長、三十二歳と名乗った。どこからきたのかと藤井将校が尋ねると、航空母艦からと答えた。けれども航空母艦の位置は移動しているので分からないと言う。続けて航空母艦の搭乗人員と、搭載している戦闘機の数と位置を尋ねると、二人とも分らないと回答した。怒った藤井将校が携行する日本刀を抜き、メクト中尉の鼻先に突きつけると、メクトは「捕虜に対するジュネーブ協定を遵守しろ！」と叫んだ。藤井将校は「ここは戦線だから、ジュネーブ協定を守ることはできない、航空母艦の位置を言え！」と刀を振りかざすと、メクトは満雨が使用した主丹剣を見つけてつかもうとした。武士の家柄で剣の腕を誇る藤井が、メクトの動きを見逃すはずはない。彼はアメリカ兵の伸びた手を刀の背で打ち据えて大声で叫んだ。

「この刀は、どうしたのだ？　誰の刀なんだ？」

満雨が刀をすばやく拾って叫んだ。

「この刀は私の物です。負傷した米兵の脚を切断するために使用していたものです！」

根五は刀を隠さなかったことを後悔し、切断した脚の一部を処理箱から取り出して示し、「息子の言うとおりです」と答えた。

「朝鮮人が武器を隠し持っていたら、どんな罪になるか知っているだろう？　お前たち、なぜ申告しなかったのか？」

三木駐在所長が叱責すると、満雨が進み出て弁明をした。

「私は満州国の宮殿を建築している特命事務官であります。自分の身の安全のために、仕込み杖の携行は認められています」

こう言いながら主丹剣を鞘に収めると、それは一本の杖になった。

「どれ、確認させろ！」

藤井将校は仕込み杖を手にし、刀を抜き出し振り回すと「名刀だな」と感嘆の声を上げた。彼はその刀にかなり食指が動いたようだった。

「たとえ満州国の幹部であっても、朝鮮では朝鮮の法律に従わねばならない。朝鮮人は朝鮮では武器を持ち歩くことを許されていないのだ。俺が保管することにしよう」

満雨は困惑してしまった。祖父から父親が譲り受けた刀を、自分の職位で隠そうとしたのに、かえって押収されそうになったからだ。

この時、船着場から汽笛の音が鳴り響いてきた。駐在所長が外に出てみると、莞島警察署の警備長が、満潮で船着場に軍艦が乗り上げたと叫びながら駆けてきた。少しすると、軍艦から救出された艦長と重傷者十三名が担架で診療所に運ばれてきた。艦長は兵士の命を救おうと、薪智島の明砂十里に攻撃された軍艦の艦首を乗り上げ、兵士に飛び降りよと命じたのだった。

警備長は、莞島邑には済衆病院があるが内科が専門で、外科の医者は大学を出たばかりの研修医が一名いるだけ、大きな手術はできないので、根五の所に連れてきたと説明した。大手術できるのは光州にある医科専門学校附属病院であるが、輸送手段がないので重傷者の中村顕治艦長を先に治療してほしいと高倉署長も懇願してきた。いつぞやは満州から追放された「要視察人物」として居所を制限し、病院事業を不許可にし、薬品の配給もしなかった警察署長が、今日に限って逆に頼み込んできたのだった。

李根五は医師免許証を剥奪されたが治療技術は優れていた。彼は敵であれ、味方であれ、負傷した兵士は治療して生命を救うのが医者の本分と心得ていた。だからまず中村艦長を手術台の上に乗せ、残りの負傷者はカーテンの奥の入院室に寝かせた。そして付き添ってきた鈴木衛生兵に、手術を手伝うように命じた。彼が持ってきた救急箱には局部麻酔剤が一瓶だけ入っていた。

中村艦長の腹部には銃弾が貫通し、腸が破裂していた。根五はジョージにしてやったように、大鍼を刺し簡易麻酔をすると、艦長の傷ついた腸の部分を切ってつなぎ合わせた。また内臓の周囲をきれいに洗浄し、腹部の皮膚を縫合した。死の危機に臨むと苦痛は感じないらしい。手術が終了し成功したと言うと、歯を食いしばり我慢していた艦長は気を失ってしまった。

一二名の重傷者を治療するために、池花、洪雨、それに治雨さえも、父親の大声の指示に従って器具の受け渡しをし、熟練した助手のように立派に補助役を務めた。手術は太陽が西の山に沈む頃にやっと終わり、残った最後の患者は、片方の手首が筋だけでつながり、もう片方の手で支えている状態だった。根五は洪雨にメスを手渡し、筋を切り取るように命じた。洪雨は初めてのことなので手を震わせながら、伍長の階級章を付けた兵士の片手にぶら下がった白い筋を、メスで切り取ろうとした。しかし筋は切れなかったので、軍人は雷のような悲鳴を上げて洪雨の顔を殴りつけ、洪雨はその場にひっくり返った。

傍らの村人たちは扉を蹴って逃げ去った。窓からのぞいていた人々も悲鳴に驚いて姿を消した。藤井将校は携行した刀をすっと引き抜くと、洪雨が失敗したと思い込み、切りつけそうな剣幕だった。将校は戦場で負傷した足を少し引きずっていたが、軍服をきちんと着て馬に乗っていた。彼は武士の末裔の矜持から抜刀したのだった。医者の根五と満雨、そして治雨だけがその場に残っていた。治雨は洪雨が捨てたメスを拾い上げると、片手がぶら下がっている兵士の手を取り、歯を食いしばって白い筋を一息に切り取ってしまった。

藤井は、自分が抜刀した判断が誤っていたことを覚り、決まり悪げな笑いを浮かべ、刀を鞘に収めながら言った。

「李根五さんの後継者は戦死した溢雨さんではなく、この小さな治雨君ですな。息子の孝一が親友だと自慢していたが、まさしくそのようですな！」

根五は、アメリカ兵ジョージの脚を切断した時のように、伍長の手首にも印を付けると藤井将校に、骨を砕かずにきれいに切り取ってほしいと頼み込んだ。藤井はこれしきのことと思ったのか、手持ちの日本刀を引き抜くとさっと振り降ろした。しかし、目を閉じるように指示しなかったので、伍長は振り降ろされた刀を素手で遮ろうとして指先を切り、負傷した手首の骨に刀が突き刺さった。伍長が大きな悲鳴を上げたため、驚いた藤井が慌てて刀を引き抜いた。

やおら満雨が主丹剣を抜いて「電光石火」に振り降ろした。伍長が悲鳴を上げるいとまもなく、指示された部分は見事に切り落とされた。

「藤井さん、満雨君にもっと見習わなくてはなりませんな！」

警察署長の言葉に藤井は顔を赤らめ、満雨の主丹剣を手に持つと「機会があれば、ぜひお手合わせを」と申し出た。

伍長の悲鳴に意識を取り戻した中村艦長が周囲を見回し、アメリカ兵を発見して驚きの声を上げた。

「誰だ？　副官、副官！」

艦長の声に三木と藤井将校、そして根五が駆け寄ると、艦長はあの兵士は誰なのかと尋ねた。根五が軍艦を攻撃した戦闘機に対空砲火が命中し、不時着したアメリカ兵で、治療を施していると説明すると、「彼らはわが軍艦を破壊し、わが方の捕虜になったのだな！」と納得した様子で、自分の隊が気がかりなのか「乗組員はどうなったのか？」と、重ねて訊くのだった。

中村艦長が指揮していたのは、満州や中国大陸から日本に食糧を運搬する船や、日本からこの地方に輸送する軍需品の補給船団を護衛する南海岸を監視する駆逐艦だった。高倉署長は自分が調査した内容を記録した手帳を取り出して読み上げた。「死亡が四十名、負傷者が一三名、軽傷が五十名、無傷で保護中の兵士が百八十名」と報告すると、艦長は「大部分は無事だったのだな、良かった」と安堵した顔つきになった。

この言葉を聞いた根五は、艦長が人道主義者と知って親しみを感じた。

中村艦長は「メクト中尉を近くに呼んでくれ」と頼んだ。

「こちらは何とか助かったようだ。アメリカ軍の飛行技術はとても素晴らしいものだった」

根五が通訳してやると、メクト中尉は緊張がほぐれたのか言葉を返してきた。

「艦長のジグザグ式戦法はまったく見事でした。だから爆撃を受けた駆逐艦を陸地に乗り上げようとした艦長の意図を見抜いて、攻撃を中止したのです」

「我々が戦闘をしながらも、互いの心のうちを読めたのは幸いだった」

「戦闘機と駆逐艦で戦っていた時は、互いに敵味方の関係でした。しかし武器を捨てた今となっては、敵ではなく人間対人間の関係なのです」

「そうだな。しかし、君たちはわが国土のなかで、我々の手の中にあるから、捕虜であることは確かだ」

艦長がこう言うと、メクト中尉はそれを認めるようなジェスチャーをし、皮肉っぽく言葉を返した。

「ここは日本の国土ではない。非合法に占領した他国なのです。アメリカ軍は四月初旬に沖縄を占領しました。イタリアのムッソリーニは死亡し、ドイツのヒトラーも別荘で自殺を遂げました。五月にはドイツも連合軍に降服し、まもなくアメリカ軍はここコリアだけでなく、日本本土も占領するでしょう。つまり日本はこの戦争に勝つことはできないのです」

根五の通訳が終わると、藤井将校は「バカ野郎！」と叫び刀を引き抜いた。艦長は頭を振り、刀を収めるように手で制した。それでも将校は声を張り上げた。

「ヤンキーどもは、本土はおろか朝鮮の地にも、一歩たりとも踏み込ませない。絶対に日本は勝利するのだ！」

メクト中尉は根五の通訳に笑みを浮かべ、自分が捕虜であることを忘れているようだった。

「あなたたちは無謀な戦争をしています。一日も早くポツダム宣言を受諾することが、日本国民を死から救う道になるでしょう」

「ポツダム宣言とは何だ？」

三木駐在所長は初めて聞く言葉だったのか問い返した。

「日本は無条件降伏し、すべての占領地から軍隊を撤収せよとの勧告です」

メクトが言うと、藤井将校は激しく憤った。

「今は戦争中なのだ。こいつらの首を切りとり、抗戦の決意を固めるのだ！」

中村艦長が厳かに言った。

「戦争中でもジュネーブ協定により、我々は彼らを捕虜として大切に保護する義務がある」

自分の体の中の一部を失なったことも感じないのか、中村艦長は精神力で堪えながら警察署長に説いた。「アメリカ軍と戦った海軍大佐として頼むのだが、二人の兵士には拷問などは加えることなく、上部からの指示があるまで手厚く保護せよ」と述べ、さらに「傷が治るまで英語が分かる医師のいるこの診療所で、治療させるように」と付け加えた。日本軍人としては滅多に見られない人間味のある艦長の言葉だった。警察署長は初めて聞く話に、日本敗北の気配を感じとったのか「上部に報告し別命があるまで待ちます」と答えた。彼の勘は鋭く態度や行動も変化してきた。

同じ診療所で治療を受けたアメリカ兵と日本兵たちには、人間的な話を交わす機会が与えられた。ときには満雨が通訳をしたが、アメリカ兵の話を聞くたびに、日本の兵士たちは沈鬱な雰囲気に包まれるのだった。アメリカが到底勝てない相手だということを、彼らとの会話で悟ったからである。同じ部屋に横たわっていると、勝者と敗者ではなく診療所の入院患者として会話を交わさずにはいられなかった。

ジョージ曹長には、宣教師として朝鮮に滞在し、総督府によって追放されアメリカに帰国していた祖父がいたので、朝鮮の事情にかなり通じていた。そこで彼は祖父が批判していた政治の話をした。祖父は「この大戦の勃発で若い青年が死んでいくのは、日本の誤りでなくアメリカの誤りだ」と語っていたという。その理由はロシアが朝鮮の国土に不凍港を獲得できないように、日本をそそのかし日露戦争を起こさせて、フィリピンをアメリカの植民地にするため、朝鮮が日本の植民地になるのを容認したというのだった。そして日本が中国の国土を分割して満州国を建国したのを、アメリカは調査団を派遣して調べたが、結果的に黙認してしまったというのである。朝鮮と満州を占領した日本は、世界から怖れを知らない世間知らずの幼児と見なされ、アメリカが「腕白坊主」に育てたせいで、かえって真珠湾攻撃で鼻をへし折られる罰を受けたと嘆いた。

このような会話を交わすうちに、中村艦長もアメリカ兵を信頼するようになり、彼らの身の安全を念じるようになった。アメリカ兵の話に出てくる歴史の裏話は、根五と満雨兄弟も初めて耳にするものばかりだった。

そこに光州憲兵隊からの指令が届いた。「米軍捕虜は捕虜収容所が設置されていないので、別途指令があるまで現地で治療し、徹底的に監視せよ」という内容だった。そして「海軍の重傷者は、光州から救急車を康津郡の馬良《マリャン》まで手配するのでそこに移送し、無傷の兵士とその他の負傷者は連絡船で木浦に送り、再度、配属部隊の指定を受けよ」とつけ加えられていた。

警察署長は自分が乗ってきた警備艇で中村艦長と重傷者を運んだ。約三日間の出会いだったが、医者も患者もそして敵味方も、互いに名残を惜しむ別れとなった。船が出発するときに、アメリカ兵が日本側の艦長と海軍兵に敬礼をすると、海軍兵もアメリカ兵に返礼をした。この光景は敵味方ではない人間同士が、別れを惜しむ姿そのものだった。

満雨も連絡船がくる日なので、最終の艀《はしけ》に乗り、悠々と連絡船に向かった。

艀の船頭は李の家に奉公している許《ホ》老人だった。

「満雨坊ちゃま、世の中がこんなに物騒なのに満州に行くのですか？」

「うん、許旭《ホウク》も徴用されたそうだけれど、便りはありますか？」

「あいつは、ご主人様が国民学校まで通わせてくださったので文字が書けるのに、まったく手紙を寄越しませんよ。人づてでは京城《キョンソン》（現ソウル）近くの軍需工場で、何やら軍需物資を作っていると聞きましたが……」

許旭も父親の許老人とともに、李の家で農作業を手伝ってくれた作男だった。昨年、根五が満州から帰ってからは、田畑を少し分けて自立できるようにしてやった。そして艀の仕事も斡旋した。しかし、許老人は暇さえあれば根五の家に立ち寄り、農作業を手伝ってくれるのだった。

許老人は舵を漕いで沖合に達すると、連絡船に満雨と木浦に行く他の乗客を移した。満雨は見送りの父と弟に別れの挨拶をした。治雨が連絡船の兄満雨に向かって叫んだ。

「きれいな満州人の兄嫁さんにもよろしく！」

ちびっこの言葉に乗客たちが笑った。

満雨は連絡船最上段の甲板に登り、船着場に立っている祖母、母、池花、そして二人のアメリカ兵に向かって手を振った。連絡船が速力を出して遠ざかって見えなくなるまで、祖母と母親は涙を流しながら見送っていた。

海軍大佐という階級の高い者がいる時には自重していた藤井将校は、彼らが出発していなくなると、自分の天下になったように傍若無人な振る舞いをはじめた。藤井将校は三木駐在所長とともにアメリカ兵捕虜を見世物にしようと、普通学校の生徒を運動場に集め、メクト中尉を連れ歩いた。生徒たちは初めて見る白人だったので、もの珍しさに集まった。主丹剣でメクト中尉をなぶる藤井将校の刀さばきも見物《みもの》だった。

彼は主丹剣を我が物にしてしまった。根五は面《ミョン》の人々の信望を得て面長に選ばれながらも、日本人ともうまく付き合い、将校とも仲の良い高《コ》面長を介して、主丹剣を返してほしいと強く頼んだが、刀のすばらしさに気づいてからは、欲が出たのか、あれこれと口実を設けて返してくれなかった。

　治雨は、叔父夫婦と伯母がわが家を訪ねてきて、祖父から受け継いだ主丹剣を取り返さなければ、祖父に対して罪を犯したことになると、父母ともども心配していることを知った。翌日、治雨なりの判断で、同じクラスの藤井孝一に主丹剣を返してくれと頼み込んだ。孝一は治雨の家の仕込み杖と知ると、何のためらいもなく父の部屋からそれを持ち出し、治雨に手渡した。受け取った治雨は晴れがましい気持ちで、自慢げに父親に渡したので、家族中がびっくり仰天した。藤井将校が自主的に返却してくれたのではなく、将校の知らぬ間に持ち出されたものなので、今後、災いの種になるのではないかと怖れたのである。そして家族が集まり事態をどう解決すべきか思案を重ねた。

第2章　主丹剣の由来

（1）

問題の主丹剣は大勢のキリスト教徒の首を切り、殉教者の血を流させた刀である。

この仕込み杖はいつ作られたのか、最初の持ち主が誰なのかは分かっていない。ただ、朝鮮王朝末期に大院君《テウォングン》から、洋学を学ぶキリスト教徒を国内から追放せよとの命令を受けるとともに、仕込み杖を下賜された李景夏《イギョンハ》が、国中の官衙（役所）に命じてキリスト教徒を捕えて、約八千名ものキリスト教徒を処刑する、稀代の殺人劇を演じた際に用いられたといわれる。

　これは、王権を回復して絶対君主制を成立させようとした大院君が、改革という触れ込みで党争に明け暮れ、両班として幅を利かせていた儒生の巣窟である書院を撤廃し、西洋人の自由貿易開放の主張に圧力を加えるため、洋学を排除すべく鎖国攘夷、邪教禁圧を唱えて引き起こしたものだった。国民の機嫌さえ取れば王権は強化されるのに、国民の恨みを買い、国力はむしろ衰退の一路を辿ったのである。

　権力はいくら強くても十年は続かないと言われる。清国を後ろ盾とした閔妃《ビンヒ》中心の守旧派勢力は大院君を追放した。このときに日本を後ろ盾とした金玉均《キムオクキュン》らの開化派が、甲申《カプシン》政変を引き起こし、国王を動かして組閣をしたが、王宮を包囲した清国軍に降服し、いわゆる「三日天下」で事態は終息してしまった。これを阻止できなかったとして、武衛大将だった七十五歳の李景夏は、古今島の青鶴里《チョンハクリ》に配流され、金玉均と親しい関係にあった三十八歳の李道宰《イドジェ》は、護軍としてその情報を知りながら報告をしなかった責任を追及され、同じく古今島の徳岩里《トクアンリ》に流刑された。

李道宰は、漢陽《ハニャン》（現ソウル）から古今島まで護送人に連行されるときに、「李景夏の拘禁車を引け」との兵士の強制に逆らえず車を引っ張ってきたため、疲労で足に豆ができて出血し、脚は臼のように膨れた。これに大きな怒りがこみ上げ、古今島に着いたときには黄疸に罹っており、他方、李景夏のほうは、全身の腫れとかゆみに苦しんでいた。

この古今島には家業として医術を身に付け、十七歳という若さながら神医と呼ばれる李直潤《イチギュン》がいた。

李直潤は李景夏に呼び出された。脈をみると壊血病を患い血が腐りかけていた。李直潤が、大勢の人の血が付いている刀で肉を切って食べたことがあるかと尋ねると、李景夏は浩然と笑いながら、携えていた仕込み杖をさっと引き抜き「この主丹剣でキリスト教徒の首を斬った」と誇らしげに言うのだった。そして「この刀で肉を切って食べたが、それを言い当てるとはお見事！」と賞賛した。李直潤は「今すぐに治すことはできないが、示した処方どおりに根気よく治療を続ければ、必ず良くなる」と言い置いて帰宅した。

帰路、護送兵士から、彼が「大院君の寵愛を受け、キリスト教徒を殺し、閻魔大王と恐れられた捕盗《ポド》大将の李景夏である」と聞かされ、生まれ故郷に戻された李道宰の家にも立ち寄った。彼を診察して鍼術で黄疸を抑え、代々秘伝として伝わる韓薬を作って治療を施した。李道宰を完全に治したので、李直潤の名声は一瞬のうちに広まったが、李景夏宅にはまったく立ち寄らないので激しく催促された。彼は李景夏を治療したくなかったのである。数千名を殺害した張本人を生かすために治療するのは、不条理極まりないと思ったからだった。

また、大院君の命で書院が撤廃されようとした際に、「近隣の島のうち一つしかない古今島の皐吏《コイ》書院を撤廃したら、どうやって島民教育をするのか」と大反対した父親を、本土からやってきた捕卒が死に追いやったことへの復讐の意味もあった。彼の父親は韓医師でもあり、皐吏書院を守った私塾の教師でもあった。

李景夏はひどく体がかゆいのか、身分や体面をかなぐり捨て、老体を引きずり十五里余りの道を歩いて上亭里の若い医者を訪ねてきた。李直潤は、「患者の身分は考えるな」と教えた父親の遺訓を思い出し、さらに医者としての憐憫の情から処方を施した。島にたくさん生えているヒソップを根まで掘り出して煎じ、その水で毎日入浴するように指示した。そして腫れ物は直ちにメスで切除して塩を塗り込み、周囲のうみを出して、松脂を主原料として作った膏薬を塗ってやった。腫れ物が治ってかゆみが消えたと再び訪ねてきた際には、鍼で壊血した部分の血を抜き取り、薬山島で育った山羊のきれいな血を飲ませた。その頃になると、李景夏はやっと周囲の人々に感謝の念を抱くようになり、病気は快方に向かった。

翌年、日本で種痘法を学び牛痘局を設置した池錫永《チソギョン》は、「西洋の文物を取り入れて国家を発展させねばならない」と、時弊を正すように呼びかけた。しかし、それがむしろ守旧派に追われる原因となり、彼は古今島に近い薪智島の松谷《ソンゴク》に配流された。池錫永の噂を耳にした李直潤は、狭い海峡を挟む上亭里と松谷とを往来し、三十二歳の池錫永から種痘法を学んだ。開化思想に目覚めた李道宰と李直潤、そして池錫永は、配流地で互いに親しくしながら、変転する時局をあれこれ論じ合った。

李景夏が配流されて五年が経った頃、壊血病が再発したというので、李道宰、池錫永、李直潤の三名が見舞いに出かけた。池錫永は脈を診ると首を傾げた。李直潤も診脈して老衰で持病が発病したと考えた。李直潤は若者らしく李景夏の過ちを仮借なく指摘した。

「李景夏捕盗大将はキリスト教徒を殺したため、全身のあちこちに壊血病が生じたように、国中がいま壊血病に罹っています。キリスト教徒を殺した代償を支払えと、フランス・ドイツ・英国・アメリカ・ロシア・中国・日本などが、修好条約と開港条約の締結を強制し、鉄道敷設権、鉱山採掘権、電報約定権、巨文島租借権、貯炭所設置権など、あらゆる利権事業を外国人が独占しているからです」

「それで大院君が王権を強化するために、儒学者も洋学者もこぞって消してしまえと命じたのだ。中国の李鴻章が大院君さえ捕らえなかったら、わが国はこんな状態にはなりはしなかっただろう」

李景夏は憤慨して精魂が尽きて倒れた。しかし、血気盛んな李直潤は死に瀕した李景夏に語り続けた。弊害を無くすために人を殺して民衆の怨みを買うよりは、弊害を改善して民衆の力を結集し活用したら、日本と同じように維新による再建ができたかもしれないと訴えた。李景夏は「時すでに遅し」と応じ、最後に「自分の主丹剣を贈るから大切なことに使うように」と告げて息を引き取った。李直潤はこうして自分の物となった主丹剣を、薬材を細かくするのに用いてきた。

四年後、東学農民戦争が勃発し、甲午改革が断行された。開化派が内閣を組織し、李道宰と池錫永は配流から解かれ、古今島と薪智島を後にして漢陽に向かった。

しかし、この改革は不十分に終わり、東学運動が東学革命になると、革命軍は武力を行使して官軍を撃破し、忠清道、全羅道、慶尚道を席巻した。内閣は李道宰を全羅監司兼慰撫使として派遣して東学革命を鎮定させ、首謀者である全琫準《チョンボンジュン》を捕らえた。李道宰は革命軍と官軍との戦闘で大勢の負傷者が出ると、島にいる李直潤を呼び寄せ、負傷者の治療に当たらせた。傷の治療には主丹剣が最適だった。彼は、官軍も東学軍も朝廷が引き入れた日本軍も区別なく負傷者にはみな治療を施した。結局、劣勢だった東学軍が追われて南下する途中、淳昌《スンチャン》で昼食をしていた全琫準は、主人の密告で官軍に捕らえられ、羅州《ナジュ》監営に閉じ込められた。李道宰は、全琫準が捕まった際に、官兵の振りかざした刀で膝の骨が傷つき歩行できなくなったと聞き、李直潤を呼び寄せて治療をさせ全州に押送した。李直潤は全琫準の傷を治療しながら、「除暴救民」の意義を全琫準から直接聞くことができた。

感銘を受けた李直潤は李道宰を訪ね、「全琫準を密かに釈放し、日本軍の追放に活用しよう」と提案した。しかし、李道宰は驚いて「どうして逆賊に友邦支援軍を撃たせるのか」と反問した。李直潤は「儒学も洋学も圧迫されたから、民衆を救うために東学が起こったのは当然の道理」と語った。

「この人たちは、儒教、仏教、道教の東洋思想から生まれた〝人乃天〟の天道思想を主張しているのです。〝輔国安民〟〝濟世蒼生〟を旗印に革命を起こしたのも、まさに民衆の心からの行動なのです。『鳥よ、鳥よ、青い鳥よ、緑豆の畑にとまるなよ降り立つな　緑豆の花が散れば　緑豆売りが泣いていく』と歌う民衆の声に耳を傾けて下さい。民の心は一朝一夕に変わるものですから、王権確立を口実に全琫準を死刑にしたら、民心は移り変わるかもしれませんが、民衆の歌のなかにある感情を消し去ることはできないでしょう。つまり、緑豆の花が散ったら、お前たちが着ている王党派のシンボルである青布衣は無くなり、別の世界になるという天の声なのです」

こう語る李直潤の言葉に、李道宰は李直潤の言うとおりだとしても、「全州城を占領して官軍を追い出すのは王権に対する挑戦だから、国家の規律と法的秩序を守るため、漢陽に押送して法的審判を受けさせねばならない」と反論した。

李直潤は、李道宰が新たに就任した官職に目が眩み、歴史の行く末を見極めることができていないと嘆き、直ちに漢陽に向かった。

池錫永の家に滞在しながら、東学決起者を寛大な処分にし、外勢に対抗する民衆の力を団結させ、万代のために国力を養わねばならないと多くの上疏文を書き上げた。しかし、すべては聞き流され、全琫準は漢江の河岸でさらし首にされた。李直潤は民心を読めないこの王権は滅亡すると嘆き、故郷に帰ってしまった。

けれども私生活には幸運が訪れた。李直潤の人柄を高く認めた池錫永の妹が、啓蒙的な女性らしく彼に求婚をし、古今島まで追いかけてきて子どもを産んだ。その子どもが李根五の母親なのである。

東学の乱を平定してやるからと朝鮮の地に押し入った日本と清国は、互いに主導権争いを繰り広げ、多数の艦船を破壊されて驚愕した清国は敗北を認めた。朝鮮半島は日本の独壇場となり、朝鮮王室は日本に意のままに操られるようになった。日本は得意絶頂になり、清国の力を借りようとした閔妃を浪人に殺害させ、宮殿内で遺体を焼却してしまった。

これに驚いたのは高宗である。李景夏の子、範晋《ボムシン》らの親露派が中心となり、日本の跋扈を抑えるには、ロシアの力を借りねばならないとそそのかし、高宗はロシア公使館に逃れた。ここで一年ほど避難暮らしをしながら執政をしたが、やがて大勢の民衆が徳寿宮《トクスグン》の大漢門前に集まり還御を懇願した。最も気がかりだったのは、あらゆる利権を掌握しようとした日本が、国王の決裁が困難と見るやロシアと秘密協定を結び、朝鮮の三十八度線以北はロシアが資源開発権を持つことに譲歩し、国王をロシア公使館から還御させたことだった。

李景夏は主丹剣で多数のキリスト教徒を殺害したが、彼の息子範晋は三十八度線の分断に刀を提供した。当時、本人は予測できなかったにせよ、後日、大勢の朝鮮民衆や世界の青年の血が流されることになった。果たしてこれを神はご存じだったろうか。

国王は還御すると李道宰を呼び出し学部大臣に任じた。池錫永は李道宰を訪ねて教育の重要性を力説し、李道宰に医学専門学校の設立を強く訴え、みずから初代学長に就任し、李直潤を古今島から呼び寄せ、ともに運営に当たることにした。しかし、漢陽はもはや世界列強の角逐の場となり、日本商品が幅を効かせるようになった。

英国とアメリカの支援を受けている日本が、ドイツとフランスの支援を受けているロシアと戦争をして勝利すると、かつての朝鮮分割管理密約を無きものとし、朝鮮を丸ごと飲み込む乙巳保護条約を強制的に締結してしまった。

これに憤慨した漢城医科大学の学生が、条約に反対する糾弾大会を連日開催した。すると朝廷は大学を閉鎖してこれに応じた。李直潤は直ちに古今島に南下し、島民の治療に専念した。

内閣から追い出された李道宰はうつ病になり、古今島に李直潤を訪ねて行った。彼は国力を養い、全琫準を放免せよとの李直潤の意見を聞き入れなかったために、国を日本に奪われてしまったと思い込み、自分が死んだら全羅道の大勢の人が通る道の真中に埋めて、大勢の人に踏まれるようにしてほしいと遺言し、古今島で息を引き取った。

ちょうどその頃、光陽で義兵を蜂起して捕えられ、古今島に流されていた白楽九が放免された。これを機に、李直潤は李道宰の遺体を牛車に乗せて長城郡まで行き、蘆嶺山脈の南側にある温暖な地の道の真中に埋めた。帰途には白楽九と関係のある義兵団に加勢した。韓国併合によって国権を完全に喪失すると、李直潤は主丹剣を持って全国を巡回し、義兵たちの医師となって負傷者を治療し、時には主丹剣を手に日本軍と戦った。

一九一九年、三・一独立運動も国権回復勢力を結集し発展させることができずに、単なる運動として終息してしまった。李直潤は義兵らとともに、新しい独立運動のための武装勢力を組織しようと、活動が自由な満州を目指した。

彼らは義兵の名称を独立軍と改称し、日本の保護を受けている軟弱な国王を訪ね、王権を保護するのでなく、新たに指導者を選出して国権を回復し樹立しようと主張した。しかし、満州で独立運動をする朝鮮人も、ロシア帝国が革命によって社会主義共和国になるのを目にすると、これに幻惑され、ソ連式共和政を樹立しようとする共産派と、アメリカ式大統領制国家を樹立しようとする共和派、さらに王朝を復権させようと主張する光復派が、互いに意見を戦わせた。だが意見は一致することなく分裂し、日本軍と戦う力量も分散してしまった。李直潤はこの力を結集させる方法として、朝鮮族と満州族とが協力し、まず満州共和国の樹立をと主張した。満州国を樹立、満州から日本軍を追放し、その余勢で朝鮮国内から日本軍を追い出し、国民が望む国家を建設しようと力説してまわった。

　このように満州国の樹立を主張したのは、中国の変化を見てのことであった。天下泰平を謳歌していた清国は、イギリス、フランスとの戦争に敗北し、日清戦争でも日本に破れ、また中国中原では漢族が蜂起し、反清運動が最高潮に達していた。結局、孫文一派による辛亥革命で清朝の最後の王である溥儀は廃位し、中華民国という漢族中心の共和制国家が誕生した。故郷の満州に追いやられた清族は、当時満州の軍閥だった張作霖の保護のもとに入った。

　張作霖は戦勢を鎮めて北京を占領すると、日本は張作霖と結託し親日の満州国を建てようとしたが、張作霖はむしろ日本を中国から追い出そうと企んだ。

　中華民国の軍司令官である蒋介石が北京を再奪還し、張作霖は満州の本拠地に列車で帰る途中、日本軍が敷設した地雷によって爆死した。彼の息子、学良は父親の仇を取るために蒋介石軍と手を組み、満州から日本軍を追放しようとした。

　その頃、満州では天然痘が猛威を振るっていたが、李直潤が池錫永から学んだとおりに予防接種をして治療をしたため、吉林省は他の省よりも患者が少なくて済んだ。この事実を聞いた吉林省政府主席の張作相は、李直潤を呼んで彼の医療技術を賞賛し、その功績に感謝の念を表した。この時、李直潤は張作相に満州地域の独立の必要性と妥当性を力説し、漢族も自分たちの国を建てたのだから、満州族も建国するのは当然だということ、吉林省には朝鮮族が大勢居住し、武装した独立軍がいるので、ともに力を合わせて戦えば国家を樹立できると説いた。それでなくても、張学良が満州族を敵と見なしている蒋介石と手を握って暴れるのを、同族違背者と考えていた吉林省政府主席は、李直潤の力説に心服し、満州国建設のための作戦計画を練った。

ちょうどその頃、日本軍も張学良の跋扈で四面楚歌の状態だった。関東軍の参謀らは吉林省の軍参謀長だった熙洽《キコウ》から満州国建設計画を聞くと、吉林省政府主席の旗揚げに先立ち、武力で親日満州国を建てようと柳条湖事件を起こした。そして朝鮮独立団と鉄道を破損する馬族団を一掃するとの名目で、関東軍によって全満州の拠点を占領してしまった。彼らは名分を生かすために、清朝の最後の王である溥儀を連れてきて満州国皇帝に推戴し、日本・満州・朝鮮・蒙古・中国（漢）の五族協和を理想とする国家を樹立すると発表して先手を打った。

しかし、吉林省軍参謀長の熙洽が違背したため、吉林省政府主席の張作相も李直潤も拘束された。李直潤は満州で朝鮮の独立運動をした罪で、関東軍によって死刑宣告を受けた。李直潤の息子根五は、母親の援助でセブランス医学専門学校を卒業したが、父親が独立運動家との烙印を押されて行動を監視、制約されていたので、故郷である古今島に帰り、島の人々のために開業していた。根五は、父親が満州で日本軍に捕えられ、「不逞之徒、頑迷之徒」として「反逆罪・内乱陰謀罪」の罪名で死刑執行日が決まったから面会に来るように、という通知を莞島警察署から受け取った。それで三日間も汽車を乗り継ぎ、母親とともに新京にやってきた。

李根五は、祖父の顔も知らない九歳の長男満雨とともに、奉天の関東軍監獄医務室で父親に面会をした。

李直潤は孫の手を取ると、満州はわが祖先が統治して暮らしていた広大な土地だ、日本の傀儡となった満州国ではなく、満州族と朝鮮族のための真の独立国になるべきだと主張した。根五には自分が日本軍に銃殺されたら火葬にはせずに、満州の地に埋め脱骨ができるまで待ち、脱骨したら骨だけを持ち帰り、故郷の地に埋めるようにと言い残したのだった。

夫人の池氏には「島の男の何がよくて付いてきてくれたのか、苦労ばかりさせた上に先に逝ってすまない」と告げた。彼女は「孫の成長を見るのを楽しみに過します。薪智島黄氏の娘と結婚させた根五は、九歳の満雨、六歳の溢雨、三歳の池花、今年生れた洪雨と四人もの孫がいるのですよ」と答えた。そして「娘は同じ村の高氏の家に嫁ぎ、男の子が一人います」と付け加えた。

根五は李直潤が関東軍に銃殺された現場で、張海林と知り合った。彼は吉林省主席の張作相の親戚で、海林の心遣いで畑の一隅に父の仮の墓を作ることができた。

根五は、父の遺言により満雨と満州に残って脱骨ができるまで墓を守ることにし、母だけが朝鮮の故郷に帰って行った。

張海林は奉天近辺の土豪であり張作相の頼みもあって、根五と満雨を自分の家で暮らせるように配慮してくれた。満雨は、その家の息子張永歳《チャンヨンセ》と娘の永美《ヨンミ》を知り、彼らが通う学校に一緒に通学することになった。根五は身につけた医術を活かして、奉天で家を借り医院を開業した。

根五は、海林の家族が見守る前で、刑務所から返された父親の唯一の遺品である主丹剣に貼りつけてあるものをはぎ取り、剣を確めてみた。すると、その場の家族全員が白刃の輝きに目を見張った。

この主丹剣は、李景夏にとってはキリスト教徒を斬首する道具となったが、医官だった父親にとっては人を生かす治療道具だったと話すと、みんなは驚いてしまった。

満雨、永歳、永美は主丹剣の来歴を聞いて感銘を受け、道場に通い剣術を習い始めた。

父が死刑になってから六年後に、日本は満州を拠点に中国本土を占領すべく日中戦争を起こし、義士を強制的に徴集した。根五はこれから逃れるために、学校に通う満雨を張海林の家に預けたまま、父親の遺骨を持って故郷に帰り、先祖代々の墓に埋葬した。

故郷にいた子どもたちは成長していたが、日本が朝鮮人に与えた苦しみは満州よりもさらに苛酷なものだった。朝鮮語の使用を禁止し、学校ごとに神社を建てて参拝させ、すべての生産物は供出の名のもとに奪い取った。日中戦争へ引きずり出されないように、苦しさを忍んで三年故郷にいる間に、洪雨との年齢差が六歳にもなる治雨が生まれた。

最後には創氏改名まで強制されたが、祖先の恥になることはできないので、今度は満雨が学んでいる満州に溢雨を連れていった。そして溢雨を満州の医科大学に入学させた。

満雨は学業成績が良かったので、満州の帝国大学に通い、満州国の高等文官試験に合格した。彼は卒業すると満州国の事務官に任命され、そこで満州王宮の建築に携わることになった。

彼は満州国の官吏になって満州国を確固たるものにしたら、いつかは日本軍を追い出すことができると考えていた。

世界の情勢は目まぐるしく変化した。ドイツ、イタリア、日本は三国同盟を結び、第二次世界大戦を引き起こした。日本はブレーキが壊れた戦車のように、見境なく四方八方に突き進み、戦争を拡大させた。人口一億の日本は、十億の中国を相手にした日中戦争でも手に余るのに、無謀な日本軍首脳部は、フィリピン、インドネシアなど南方地域まで攻略し、最終的にはアメリカの鼻先であるハワイの真珠湾を急襲し、太平洋戦争を開始したのだった。東洋の友と思っていた日本に鼻をへし折られたアメリカは、日本とドイツを相手に世界大戦に突入しなければならなくなった。

日本は軍需産業に不足する労働力を、報国隊として朝鮮、満州、台湾から徴用し、植民地の青年を太平洋戦争に身を捧げる志願者という名目で、半ば強制的に軍に入隊させ敵弾の盾に仕立てた。満雨の同窓生の大部分は軍隊に召集されたが、彼だけは高等文官試験に合格し事務官として働いていたため、軍隊からの召集はなかった。彼は幼い頃から一緒に通学し、同じ考えを持つ張海林の娘永美に求婚して一緒になった。

運命の小鬼が、主丹剣を求めて忍び寄ってきた。

根五が、満州人、朝鮮人、馬賊団、独立軍など、身分を問わず治療してやったので、医者としての名声が高まった。そんなある日、独立軍の負傷者を追いかけていた日本の憲兵が病院にやってきた。根五はこれまで秘密裏に独立軍の軍資金を支援していたが、憲兵が負傷者の後を追って資金ルートを捜査しているとは夢にも思わなかった。病院内を探し回った憲兵は、薬箱の下の主丹剣の隠し場所に入れてあった溢雨の日記帳を発見した。そこには独立軍に協力した事実が書き記されていた。それで結局、根五は満州国の医師資格証を剥奪され、溢雨は退学処分を受けた。ただ、高等文官になっていた満雨の立場は傷つくことはなく、二人だけが満州から追放された。

根五と溢雨は札付き者となった。その「札」は故郷の古今島まで付きまとった。日記帳に対する罪の意識と自責の念に苛まれている溢雨を、藤井将校は巧妙に利用したのだった。

（2）

李根五は満州から追われて帰郷するときも、この主丹剣だけは仕込み杖に偽装して持ち帰った。

祖母と母親、そして父親と叔父が、主丹剣にまつわる話をするのを、洪雨と治雨は熱心に聴き入っていた。

祖父の遺品であるこの主丹剣を藤井将校に差し出すか、それとも我が家にそのまま置くことにするか悩んでいると、外から藤井孝一の泣き声が聞こえてきた。

扉を開けてみると、孝一がパンツ姿で泣いていた。

「治雨君、ぼくが治雨君に渡した杖を、父さんが取り戻してこいって言うんだ」

「そう？　お父さんに叩かれたの？」

治雨の問いかけに、孝一はこくりと頷いた。

「後で説得して返してもらうから、今はそのまま渡してやりなさい。日本の武士の家系だって言うのに、兄嫁ともくっ付くし、子どもをダシにして朝っぱらから人の家にやるなんてみっともない」

祖母の声を聞きながら、治雨は日本の他の子よりおとなしくて、自分を慕ってくれる孝一が好きだったので、杖を持ってきて孝一に渡した。孝一は夜明けの道を再び駆けて行った。

第３章　満州からやってきたジャンク

(1)

日本の軍艦とアメリカ軍戦闘機の戦いがあってからというもの、連日、空襲警報が鳴り響き、学童たちは運動場に掘った防空壕の中に、また村人たちは裏山につくった洞窟の中に逃げ込むのが日課となった。日に日に、Ｂ29が空高く白い尾を引いて本土に向かう頻度が高まった。

満雨が満州へ去ってから二十日ほど過ぎた八月初旬の土曜日だった。夏休みだったが、学童たちは松根油増産運動のため、各家庭で松根油を搾り出す作業を続けていた。普通学校六年の洪雨と一年の治雨も、父親の診療所の庭で松根油をつくっていた。根や葉に赤く松ヤニの付いた薪用の松の根を掘り出し、短く折ったものを甕に入れ、もうひとつの何も入っていない甕の口を合わせて粘土を塗り、空の甕を下に置き徐々に熱くなるように火で焙る。すると松の葉が入っている上の甕の中から真っ黒な松根油が下の甕に滴り落ちるのである。こうして集めた松根油をたくさん持っていくと、学校から成績優秀として賞状が与えられる。この賞状が多い者には運動靴が配給された。学校で集められた松根油は、郡庁から手配された船で工場まで運ばれて、戦闘機の燃料となる。アメリカ兵はこの松根油がどう使用されるかは知らずに、洪雨と治雨の作業を熱心に手助けしていた。

郵便配達夫が李根五に電報を届けにきた。

「ワタシノツクマエニ　ツマワアニノフネデソチラニムカウ　シュッサンヲヨロシク」

電報の内容を見て、根五は首を傾げ、顔をしかめた。ちょうど診療所にきていた黄夫人が尋ねた。

「電報で何と?」

無言で渡された電報を読んで、黄夫人が言った。

「交通の便が悪くて三日ぶりに配達された電報だけれど、満雨が出発して二十日ほどになるのに、まだ到着しないというのは、何か事故でも起こったのかしら……」

「事故じゃなく、船足の遅いジャンクだからかもしれないな」

「ジャンクって?」

「前後の区別ができないように作った速度の出ない帆船だよ。今日、莞島に行って、まだ到着してないと満雨に電報を打ってこよう」

電報ひとつ打つにも、郵便局のある莞島邑に行かねばならない。根五は洪雨にアメリカ兵の世話をきちんとするように言い付け、着の身着のまま波止場まで出かけた。治雨が父親の後をついてきた。生まれつき聡明で父親の言葉をよく理解する子だった。

許老人は艀に帆をかけ莞島に向かった。莞島邑の波止場に着くと、埠頭から少し離れたところに春風号と大書した軍艦が停泊していた。先日、薪智島沖で爆弾が命中した駆逐艦よりは小型だった。根五は真っ直ぐ郵便局に行き、頼信紙に「ヨメマダコナイ」と書いて出そうとして躊躇した。息子が余計な心配をするのではないかと思ったからだ。そのとき空襲警報が鳴った。郵便局員は仕事を中断し、地下の防空壕に走った。根五は治雨を連れて外に出て空を見上げた。航空機三機が莞島邑上空を旋回していた。春風号は対空砲を撃ち非常警報を鳴らし続けた。海軍兵が乗り込むと軍艦は速力を上げて沖合に向かった。戦闘機が機銃掃射をしながら爆弾を投下しても、軍艦は巧みに爆弾を避けた。人々は防空壕の中にいたが、戦闘機と軍艦の交戦を見ようと防空壕を出て山に登った。

根五と治雨も人々について行き、裏手にある南望山《ナマンサン》に登った。春風号の艦長は戦闘機の攻撃をうまく避けて対空砲を放った。莞島邑の南端をまわり正道里《チョンドンリ》の沖合までくると、対空砲が戦闘機一機を撃墜させた。南望山の頂上にいた人々は歓声を上げ、「日本万歳」と叫ぶ者もいた。だが年配の朝鮮人からは舌打ちも出た。仲間の戦闘機が黒煙を吐きながら海中に落下しても、二機の戦闘機は執拗に機銃掃射を続けた。路化島の方角から新たに二機が現れ、海中に大きな爆弾を投下した。魚雷だった。瞬間、春風号の後尾から爆音とともに火柱が空高く上がった。軍艦は速力を落とし徐々に舳先を上げて沈み始めた。先ほどまで意気揚々、高らかに万歳を叫んでいた和服姿の人々が、その場にへたり込むと泣き声を上げだした。根五は息子にこの光景をよく見ておけと言った。

「お父さん、あの戦闘機はあそこの大きな二隻を、なぜ攻撃しないの？」

「どこに船が？」

「ずっと向こうの島と島のあいだに、二隻の船が見えるよ」

路化島側の島々の方角に、大型帆船が帆を降ろしているようだ。もしや満雨のいうジャンクではないか。しかし、治雨よりも視力の劣る根五は確認できなかった。根五は丘を下ると、以前からの知り合いである済衆病院の金院長を訪ねた。彼が金院長とこれまでの積もる話に興じていると、高倉警察署長が患者を連れてきた。軍艦春風号の海軍兵だった。戦闘機が飛び去ってから、警察署は警備艇を出動させて海上の海軍兵を救助したのだという。

「生存者は何名くらいですか？」

金院長が警察署長に尋ねると「やっとここに連れてきた七名です。ほんとうに壮烈な戦闘でした」と沈痛な面持ちだった。

重傷者はいなかった。もしいたとしても泳いで脱出はできないから、軍艦もろとも犠牲になっただろう。艦長も軍艦とともに最期を遂げ、将校では足に傷を負った一等航海士の津田大尉だけが生き残った。根五は金院長に頼まれて、大尉の足に突き刺さった破片を抜き取ってやった。そして残りの軍人の負傷に対しても治療を施した。

根五は、金院長に金を貸してほしいと頼んだ。凶作が重なり家族の食事にも困っているのに、アメリカ兵にまで食べさせなければならない。莞島邑にきたので小麦粉でも買っていくつもりだと、高倉署長に聞こえよがしに話した。根五にアメリカ兵の治療だけでなく寝食の世話まで任せっぱなしなのである。けれども警察署長からは感謝の言葉もなく、それどころか甲子生まれの全員に徴兵令状が出たこと、十五歳以上の女性にも報国隊入所の割り当てがきたと言い、根五の娘池花を先発隊として出したらどうかとそれとなく誘うのだった。まったく老獪な署長である。根五はそれだけは聞き入れられないと断固拒否し外に出てきた。日本の最後のあがきのように思われた。彼は苛立ちを紛らわそうと、次に日頃から志を同じくする、友人であり葦学校の校長でもある朴昌歳《パクチャンセ》を訪ねることにした。

南望山の麓に建っているその学校は、鐘の代わりに太鼓で時間を知らせていた。太鼓が鳴ると休み時間なのか、女子生徒が教室から水飲み場に押し寄せ、白い塩で歯を磨いていた。

「この学校には鐘がないの？」

治雨が聞くと、根五は治雨の手を取って校長室に行く階段を上りながら説明した。

「日本人が銃弾を作るため、学校や大きい寺の鐘、教会の鐘までも、供出という名目でみんな集めて持って行ったのだよ」

「ぼくの学校も、大きい鐘は取り外して小さいのを吊しているよ。なぜ、あの人たちは休み時間に歯を磨いているの？」

「この学校の校長先生は、歯を磨くと心と言葉がきれいになるとの信念で、生徒には休み時間のたびに歯を磨かせているんだ」

ほんとうにこの学校は特殊な運営をしていた。朴昌歳は民族教育しなければ国家を再建することはできないと考え、年齢を問わずハングルと日本語を教えた。文盲退治運動の一環だったが、戦争が勃発してからはハングル教育が不可能になったため、日本語を教える振りをしながら、民族精神をかき立てる生活習慣の改善を朝鮮語で教えた。昼は女性たちを、夜は成年男性に教える昼夜兼用の啓蒙学校だった。青海簡易学校いう看板を掲げていたが、青海葦学校と呼ぶように指導した。そして入学すると初日の授業時間に、朴昌歳校長は学校名の由来を説明した。昔、新羅時代に青海陣なる防禦網を張って暴れる海賊を撃退し、中国や日本と貿易をした張保皐《チョウホコウ》の精神にちなみ、海辺に執拗に生い茂る葦のように力強く生きよとの意味で、学校の名前にしたと言うのである。

根五が教務室に入ると、朴校長は喜んで迎えてくれた。朴昌歳は、治雨の頭をなでながら言った。

「歳を取ってから、こんな目のきらきらした賢い子どもができるなんてうらやましいね」

彼はこんな冗談を言ったが、それも束の間、互いの心配事を吐露し合った。

朴昌歳は、葦学校の男子生徒はことごとく、米軍の上陸を防ぐ大砲設置壕を掘るために南望山の南側へ動員されたというのだった。そして自分の息子の良右《ヤンウ》が甲子生まれなので召集令状が届き、一週間後には入隊しなければならないと告げた。

根五も、満州にいる長男の嫁がジャンクで莞島に向かって出発したのに、まだ到着していないので心配でならないこと、そして、先ほど済衆病院で警察署長から、一人娘の池花を「報国隊に出したらどうか」と言われたと話した。二人は日本がいま最後のあがきをしていると感じながらも、そこから逃れる方法を見いだせずにただ茫然としていた。すると外に視線を向けていた朴昌歳が、思いもよらない提案をしてきた。

「池花と良右を結婚させたらどうだろう。私の一人息子の良右が、君のところの溢雨みたいに戦死したら世継ぎは途絶えてしまう。それに日本の奴らも、結婚した女性は報国隊に引っ張らないと言うから、君のところも私の息子と結婚したら、報国隊から免れられるじゃないか！」

根五は良い考えだと同意しながらも、池花はまだ幼くて心配だし、良右の入隊までには日がなさ過ぎると言った。

「やれるところまでやって、その後は運命に任せるのだ。〝人事を尽くして天命を待つ〟と言うじゃないか」

彼らは子孫の繁栄と、報国隊から免れる手段として、二人を三日後に結婚させると約束した。根五は池花がいずれ結婚しなければならないのなら、朴昌歳の家に嫁がせるのが安心だと思った。これからわが家に帰って妻をどう納得させるか、池花本人にどのように理解させるかと考えながら、根五は治雨とともに葦学校を後にした。

(2)

三日過ぎてもジャンクは姿を見せないし、嫁もやってこなかった。根五は日が経つにつれ、焦燥感ばかりが募った。アメリカ兵の話によれば、これまで米軍機は日本の軍艦と軍需品輸送船を主たる爆撃対象にしてきたという。ジャンクも帆船としては大きな方だから、襲撃されたかもしれないと、あれこれと想像し睡眠もままならなかった。

彼は、満州の親友である張海林の娘と結婚したいという満雨の話に初めは反対だった。彼女は背が高く整った顔つき、大陸的気質で、少し荒っぽく活発な性格だった。だから女性が男性に従順で静かな家庭をと願うなら、故郷の田舎娘と結婚するように勧めた。しかし、満雨は男に従って生きる女性は必要ではない、一緒に暮らしていける女性が必要なのだと言い募った。祖父の李直潤も同じ意見で、満州人と朝鮮人がともに生きる独立した満州をつくりさえすれば、満州を完全な自主独立国家とすること、朝鮮を独立させる間接的な役割を果たすことにもなる。だから志を同じくする活発な張永美がいいとの意見だった。それでも予想した気質だから、夫の実家を初めて訪ねる手段がジャンクなのかもしれないと、根五は横になったままで小さな笑みを浮かべた。

いつのまに夜明けを迎えたのか、狭い路地から村人が子どもたちを引き連れて海辺に出かける物音がしてきた。

大人たちは、満ち潮に乗って打ち寄せてくる船の残骸を拾いに、子どもたちは干潟でアナジャコを捕まえるために浜に向かうのだった。

「報国戰勝」のスローガンのもと、農作物の栽培にも割り当てが課せられ、麦を植えていた畑には綿を植え、開花後の種を取った部分は綿になり、種は菜種油として、幹の皮はロープの材料として供出させられた。食に窮した村人たちは、海岸に打ち寄せてくる煙草の葉などの換金性の高いものを拾い集めた。それを本土の市場で売り小麦粉を買ってきて、釣り上げたアナジャコと混ぜて炒め、命をつないでいた。

洪雨はだれよりも早く起きると、治雨と藤井孝一に声をかけた。孝一は主丹剣の一件があって以来、父親が恐ろしくなり、それを口実に治雨の家で寝泊まりすることが多くなった。昨夜は、白い皮膚の兵士を見てみたいと治雨の家で寝ていたのだ。洪雨と治雨は、小麦粉にからめて焼いたアナジャコを白米よりも好むアメリカ兵のために、アナジャコを釣ってきて兵士の食事を作るのが日課になっていた。

根五は、幼い子どもたちが親の目を覚まさないように、こっそりと出て行くのを耳にしながら、いつまでこのように暮らさねばならないのかと、情けなく思って怒りが込み上げてきた。

池花を報国隊に行かせないために、親友である朴昌歳の息子良右と今日結婚させるのを、母親と妻は納得してくれた。急がねばならない結婚なので、当事者二人の意思を十分に確かめもせず準備もなしに、水一杯を婚礼卓に置いて結婚式とする約束をしたのだった。しかし淋しさは募ってきた。大勢の親しい人々に知らせ、一日中、中庭に天幕を張って島々や本土からの客人を招き、婚礼の宴を催すのがこの村のならわしだった。ところが戦時中のことでもあり、宴を催すだけの食糧もないので簡単に済ませようとしたのだが、父親としての務めを果たせない心苦しさで、しきりに寝返りを打っていた。

この時、海辺から息を弾ませて戻ってきた治雨が声高く叫んだ。

「父さん、母さん、ジャンクがやってきたよ。船の大きさは秋島の三つくらいあるよ」

近所の女たちと、夜通し娘の婚礼寝具を作っていた黄夫人が外に飛び出してきた。

「秋島が三つだなんて本当なの？」

「秋島より大きな船が二隻も秋島の近くにいるから、秋島が三つあるように見えるんだよ」

「嫁が乗ってきたというジャンクかもしれない。あなた、あなた！」

夫を呼んだが、根五ははじめて聞くように、悠然と服を着ながら外に向かった。昨夜も心配していたジャンクが到着して、安心したのだった。

「真ん中の二つの帆が前後の帆よりも大きい船なのか？」

「そうだよ、父さん！　この前に南望山から眺めたあの船だよ」

「そうか。ジャンクだろう。行ってみよう。お前は今日の池花の結婚式が滞りなく進むように準備してくれ！」

根五は治雨の手をつかむと、足早に野原の畦道を通り抜け、診療所横の松林の丘に上り、秋島の方角を見渡した。

夜明けの霧が秋島の側に漂い、秋島が海にいくつも浮かんでいた。ジャンクにも偽装を凝らしたのか、帆柱の横に何本かの樹木が立っているように見えた。海辺は引き潮だったので、ほとんどの船は干潟に浮き上がっていた。根五は治雨に許老人を呼んでこさせ、干潟にいる洪雨を大声で呼び寄せ、アナジャコを捕りにきた村人を集めさせた。

集まった人々は艀を海水面まで押しやった。艀が水面に浮かぶと、根五は孝一と村人を海辺に残し、許老人、洪雨、治雨だけを乗せて秋島の方向に向かわせた。許老人と洪雨が二重櫓を漕ぐと艀はスピードを増した。

近づいてみると、確かに田舎の学校の三、四倍ものジャンクだった。長さは六十から八十メートルもあり、高さは海面からでも、七、八階建ての建物に匹敵するほどだった。そして大きな帆柱が真ん中に二本あり、それより小さな帆柱が前後にもあって、どちらが船首か船尾なのかを識別できなかった。まったく同じ型の二隻の船が、青色の帆を垂らし秋島の近くに停泊していた。

彼らが前方から船に近寄ると、上衣を脱いだ船員たちが船の欄干から見下ろしながら、何やら分からない言葉で呼びかけてきた。そのうちの上衣を着た青年は朝鮮語だった。

「ここが莞島郡古今面上亭里ですか?」

「そのとおり、古今島上亭里です。この船は大連からきたジャンクですか?」

根五が大声で叫んだ。

「そうです」

「それじゃ、この船に張永美という満州人の女性が乗っていますか?」

返事の代わりに、その若者が船員に何やら満州語で叫ぶと、手すりの横の乗船梯子がゆっくりと降りてきた。青年が梯子を昇ってくるように手招きするので、許老人だけを艀に残し、根五と二人の息子は上って行った。船の甲板は運動場ほどの広さがあった。

船員たちの肌は真っ黒に日焼けしていて、身に付けているのは短いパンツだけだった。青年が船室の中に入ってしばらくすると、白い制服を着て金縁帽子の船長と、腹の膨らんだ背の高い女性が足元をふらつかせながら現れ、根五の前にきて頭を下げて挨拶をした。

「お義父さん、お元気でいらっしゃいましたか？」

「うん、無事だったのだね。とても心配していたよ。なぜ、こんな帆船できたんだい？　汽車もあるだろうに」

「古今島が島だというので、この船の方が便利かと思いまして」

「おじさん、お元気ですか？　張永歳です」

「おう、張永歳！　制服を着ているので、誰だか分からなかった。きみは海に出て船乗りになりたくて、大連海洋専門学校に通ったのだったね。願い通りに夢がかなったわけだね」

「そうです。でも、このたびはアメリカの戦闘機の攻撃で、通常のコースではなく島の間を避けながらきたので、とても時間がかかりました」

根五は満州の張の家で一緒に暮したことがあったので、彼らの成長する様子を知っていた。根五と張永歳は手を握り合い、互いに抱き合った。

「とにかく元気で会えたのは幸いだった。さあ、早く私の家に行こう」

「お義父さん、満雨さんは満州へ帰りましたか？」

張永美は夫のことを気にかけていた。

「お前がジャンクでここに向かったことも知らずに、心配になったのか、とっくに新京に出発したよ。新京に到着して初めて、お前が大連からジャンクで古今島に向かったことを知り、無事に出産させてほしいと電報がきたよ」

永美は教養もなく無作法な船員たちに悩まされ、戦闘機の攻撃に怯えながらやってきただけに、夫が自分の身を案じていたとの話を聞いて目頭が熱くなった。

「こちらが洪雨君と治雨君ですか？」

「ぼくたちの名前を知っているの？　お義姉《ねえ》さん！」治雨が喜んで言うと、

「もちろん。お兄さんがあなたたちのことを、とても自慢していたもの……」

永美はえくぼの浮かんだ笑顔で、洪雨と治雨の手を握った。

兄嫁の手はお母さんの手よりも、ずっと滑らかで暖かかった。

「大連で日本に運ぶ食糧を船積みしてから出発したため、ひどく時間がかかったのです。妹をここで降ろして、出発しなければならないのですぐに失礼いたします」

満州語で話す永歳に、根五も流暢な満州語で応じた。

「妹の嫁ぎ先も訪ねずに出発するつもりかい？　それに、今、出発するのはとても危険だよ。ここでも日本の軍艦二隻がアメリカ軍の戦闘機の攻撃を受けて大破するのを見たよ」

「私たちも数日前、瑙下《ノハド》島の近くで待避しているときに見ました」

「落下したアメリカ兵が私のところで治療を受けているから、彼らの話も聞き、情勢の判断をしてから動いたらどうかね。それに今日は池花の結婚式をわが家でやるので、宴に出てから出発しても遅くはないだろう」

「そうですね。それでは出発を少し遅らせましょう。おい、孫哲《ソンチョル》君。今、出発するのは危険だから数日後に出発することにして、今日は正装をして結婚式に出席すると、小型僚船の汪東武《ワントンム》船長に信号を送って伝えてください」

朝鮮語を話し上着を着た青年は、孫哲という朝鮮人航海士だった。

ジャンクのボートは、採取船より数倍も大きかった。張船長はこのボートに粟・トウキビ・豆・トウモロコシなどを五袋ずつ積んで、婚礼のお祝い用に運ばせた。島には船長、航海士、機関長、甲板長ら、制服のある幹部だけを上陸させ、制服のない甲板員と雑役夫たちは船に残すことにした。

村は二百戸ほどで、婚礼会場の家は結婚する池花を祝うための来客よりも、張永美を一目見ようとやってきた村人たちでごった返していた。それに根五は、供出と凶作で飢えている村人たちに、満州からやってきた嫁のお土産としてジャンクの穀類を、一人当たり一升ほど分配したため、またたく間に村人たちが集まってきた。それでも穀類のある少数の家では、この地のならわしどおり、粟を砕いて作った粥を冷やしたチョムクと、テングサを煮て篩に濾して作った寒天を婚礼の宴の祝儀として持参し客をもてなした。宴の食膳に上ったもやしは、一週間くらいは育てなければならないのに、三日で茹でたものなので、まだ食べるには早すぎるようだった。

戦争の最中なのでさびしいものだったが、結婚式の礼節だけは守られた。朴昌歳は、何人かの親戚とともに、息子の良右を連れて莞島から船でやってきた。紗帽冠帯で正装した良右が村の入口に現れると、村の未婚の男たちが道を遮って遂問（問いかけ）をした。時調《シジョ》（定型詩）で彼らが問いかけをすると、新郎も時調で応じ、禅問答をして答えなければ道を空けてくれなかった。

言葉が詰まると、金をいくらか与えて未婚の男らを追い払った。新婦の家の前庭には、白い天幕が張ってあり、婚礼卓が置かれていた。新郎がまず婚礼卓の前に立つと、ベールにチョクトリという婚礼用の冠をかぶった花嫁が反対側に立った。婚礼の主礼の指示に従って、先に新郎が二回拝礼をし、新婦は四回の拝礼を返す。そして新郎新婦でオシドリを交換し、新郎が持ってきた雁を新婦に捧げる奠雁礼《チョンアンイエ》を行った。最後に、ひさごで酒を互いに飲み合って結婚式は終わった。

祝い客たちはこの光景を見ながら、新郎新婦を笑わせようと冗談を飛ばした。祝い客の中には、藤井将校、三木駐在所長、古今普通学校の校長、制服を着た満州の船員たち、そしてアメリカ兵二人も参加し、あたかも国際祝賀使節が参列した結婚式会場みたいだった。その後の宴会では、大酒飲みが持ってきたマッコリと、根五が消毒用アルコールとして使用するために作っておいた蒸留火酒で、十分に酔うことができた。張永美は新婦の横で、膨らんだ腹を突きだし、満雨から習った拙い朝鮮語で村の女性たちと高らかに談笑していた。

ところが宴会の雰囲気は思いがけないことで台無しになった。藤井将校の息子孝一が治雨の友達と遊んでいて、兄嫁と結ばれて生まれた下司野郎とからかわれたのがきっかけだった。日本の武士の家では、長男が結婚して男児が誕生せずに亡くなった場合、次男が兄嫁と結ばれ代を継ぐのはよくあることで、孝一もそのようにして生まれたので、日本人にとっては当然のことだった。しかし、朝鮮半島では、兄嫁と結ばれた人倫道徳を知らない卑しい男の子という扱いをされる。だから例え日本の植民地であっても、日本を下司の国といい、そのような子どもを下司野郎とからかうのである。孝一が泣きながら告げたこの言葉に、いつも人前では厳粛な態度を崩さない藤井将校も、怒り心頭に発し根五に当たり散らした。毛唐の捕虜なんかとどうして同席できるか、満州の奴らと一緒に酒を飲めるかと叫ぶと出て行った。彼は三木に、アメリカ兵は捕虜であり自由の身ではないと言い張り、駐在所の監房に拘置するか、病院の小部屋にでも入れて置けとわめいた。藤井の言い分にも一理はあった。

(3)

甲子年生れの志願兵が旅立つ日、莞島港はすっかり日の丸や激励ののぼりで埋まり、祝祭の雰囲気が高まっていた。言葉では志願兵というものの、満二十歳に該当する一九二四年の甲子年生まれの若者たちを各島で募集し、大日本帝国の聖戦に参加させるため志願兵にさせられた朝鮮の青年を強制的に入隊させる行事だった。志願報国隊と名乗らせた一群れの女学生も、同じ船に乗せて木浦に送る行事を兼ねていた。彼らは汽車で木浦を出発し京城まで行き、訓練を受けてから各部隊に配置される予定になっていた。

歓送祝祭というので、日本の軍歌を高らかに歌うのだが、波止場は女たちの泣き声のほうが大きかった。歓送の群れのなかには結婚したばかりの池花もいた。志願兵を乗せた連絡船の背後には、上亭里の沖合から出発した二隻のジャンクが、その巨大な船体を偽装網で隠し、ゆっくり日本に向かっていた。連絡船は莞島港を二周し、汽笛を鳴らしながら木浦に向かって離れていった。

しかし、ジャンクは夕凪の中、秋島の近くに戻ってきた。鈴船と呼ばれたジャンクの汪東武船長と、航海士である陳瑞風の二人が、ひどい悪寒の熱病に突然冒されたからである。責任船長である張永歳の判断で、根五に診てもらおうと戻ってきたのだった。夜中に起こされて診察した根五は、腸チフスと診断した。だが、診療所には薬品がないので、解熱剤の注射だけをして冷水で頭を冷やすしか治療法はなかった。鈴船の主要責任者が病気で出発できずに何日間か留まっていると、藤井将校と三木駐在所長がやってきて、日本内地に送る穀類をこんなに遅延させているのはけしからんと、張永歳船長を叱りつけた。

その日の夕方、根五の家にある古いラジオを修理し、沖縄からの米軍放送を聴いていたジョージとメクトは、飛び上がらんばかりに喜び大声を発した。広島に原子爆弾が投下され、爆弾一発で全市が焼野原になったというのである。診療所にいた根五と張永歳も、そして病気で寝ていた二人の患者も、日本の敗戦が迫ったとの予感がした。しかし、年老いた陳瑞風航海士は熱病に打ち勝てず夜半に息を引き取った。翌日、上亭里の共同墓地に葬ったが、これを見送った船員たちが上衣を付けずに短パンだけを穿いていたので、村人たちのひんしゅくを買った。

こうして、汪船長が全快するまで情勢を静観した。ゆっくり出発すると張船長が決定し、船員たちの上陸が許可されると、きちんとした身なりをしていない船員たちから身を避けるのに島の女性たちは苦労した。張永美はそれを黙視できないと、兄の張永歳にこれを話し、穀類の袋を少し売って綿布を買い求め、服を作って着せてやろうと思い立った。船員たちは上衣を買う金を持ち合わせてはいなかったし、蒸し暑いジャンクの中で上衣を着ると汗だらけになるので、外出着を持たずにやってきたのである。船で過ごしてきた満州夫人は、陸地に上陸するときと船内で礼儀を守らねばならないときは、上衣を着用しなければならないと考え、孫哲にボートに穀物袋を積むように頼んだ。姑の黄夫人は妊娠した女のする仕事ではないと反対したが、彼女は大陸気質の女性らしく、私でなければ誰がしますかと言うと、洪雨と治雨を連れて莞島港に向かった。波止場に船が着くと、穀物袋はまたたく間に売り切れた。穀類が足りないので、村人は我先にとみんな買い求めて行くのである。その売上金を手にして、彼女は市場で木綿布を千枚ほど買った。ジャンク一隻に三十数名の船員が乗っているので、二隻分で約六十名分の服を作らねばならなかった。

村の女たちを動員して、船員の服を作っていたある日、莞島警察署長の高倉成一がやってきて、張永美を「穀物窃盗の罪」で立件すると告げた。張永歳船長は「自分の船の船員のために、自分が命令してやったことだから自分を立件せよ」と抗弁した。すると、人心を見抜いたり、人の神経を刺激しないことに長けている高倉署長は「一日でも早く日本にジャンクを出発させたら、妹の件は見逃してやる」と言った。張永歳船長は「汪船長の病気も回復したから、船員の服が完成したらすぐ出発する」と約束した。さらに警察署長は根五に「アメリカ兵には今夜が最後の夜になるだろうから、晩餐会をしたかったらやっても宜しい」と告げた。上層部から捕虜を処断するようにと緊急指令が届き、「皇国臣民の意志を鼓吹するために、明日、上亭里の砂浜に大勢の村人を集合させ、処刑することにした」と言うのだった。そして巡査を診療所に配置し監視するように命じて立ち去った。

アメリカ兵は、ラジオのニュースでソ連軍が日本に宣戦布告をして満州に進攻し、元山《ウォンサン》にも上陸作戦を敢行したと聴いたばかりだったので、数日だけ我慢すれば事態は好転するに違いないと喜んでいた。それなのに日本の警察が最後のあがきとして、先に処刑を実行したら大変なことになると根五は思った。そして、どこか逃亡させられないかとあれこれ思案を重ねた。アメリカ兵と家族をジャンクに乗せて遠くに向かわせようかとも考えた。彼は大きな歴史の歯車が回転する岐路に立っている自分にむち打とうとしたが、その手段もない哀れな自分の姿を顧みて、まんじりともせずに夜を明かした。

（4）

アメリカ兵を処刑する八月一三日の正午は、激しい陽光が射す蒸し暑い日だった。莞島邑と近くの島の代表たちが、強制的に動員され上亭里にやってきた。松の防風林が覆う土手道のもとにも大勢の人々が集まっていた。大きな松の木の下にはジャンクの船員と根五の家族も立っていた。堤防の下の砂浜には白い綿布が三列に敷いてあり、その上にアメリカ兵ジョージとメクトが、後ろ手に縛られ五歩間隔を開けてひざまずいていた。その背後には、藤井将校と三木駐在所長が大きな日本刀を手に直立していた。高倉警察署長が椅子から立ち上がり、集まった人々に向かって演説をはじめた。

「わが皇国臣民は、世界平和のためにアメリカ、ヤンキーどもと一大決戦を展開している。補給物資の不足で我が方はやや苦戦しているが、大和魂で玉砕を覚悟し、国家と天皇陛下を守り、この戦争を勝利に導こうとしている。本日、我々はこの場でヤンキーどもに、皇国臣民の報国精神がどれほど強固なものかを示さねばならん。諸君はヤンキーがこの土地にやってきた暁には、これから示す方法によって、一刀のもとにヤンキーどもを片づけなければならない。天皇陛下万歳！　万歳！　万歳！」

集まっていた人々も一斉に万歳を唱和した。昨夜から監視していた巡査が、黒い布で眼を隠そうとして二人に近寄った。するとジョージはすくっと身を起こしたものの、片脚がないためバランスを崩し倒れてしまった。彼は倒れながら叫んだ。

「Keeping Geneva Convention！」

メクトも一緒に英語で叫んだ。

「Keeping Geneva Convention！」

根五は人々に聞こえるように、日本語と朝鮮語で「ジュネーブ協定を守れ！」と叫んでいると通訳した。しかし、そこに集まった者のほとんどは、ジュネーブ協定が何であるかを知らない純朴な島民だった。そのうちの一人が群れの中から尋ねた。

「ジュネーブ協定って何だ？」

「世界各国が協議し、守ろうと約束したジュネーブ協定では、戦争中の負傷者は敵味方の区別なく治療すべきであること、戦争の捕虜は殺すことなく保護せよと定めているのです」

根五はみんなが分かるように大声で説明をすると、高倉署長がこれを制止した。

「糞ったれ！　ぐずぐず言わずに、ここにきて俺の言うことをアメリカ兵に通訳しろ！　大日本帝国の軍艦を攻撃し数百名の天皇陛下の兵士の命を奪ったヤンキーども、英霊を鎮魂するためにも処刑しなくてはならない。そう伝えろ。そしてアメリカがここに上陸したら、このヤンキーどもと同様に、死ぬ運命にあることを示すために処刑すると伝えろ！」

根五は松の木からアメリカ兵の側に近寄った。そして署長の言い分を伝えた。するとジョージが身を起こし、李根五を見つめて言った。

「これは明らかに国際法違反です。あなたにも知性があるのなら止めさせて下さい」

「私には止めさせる力がない。彼らは我々の姓も言葉も奪い取ってしまった。今では我々の行動までも支配している。彼らも日本帝国の軍国主義者という統治者から操縦され指令され命令されていて、どうすることもできない」

根五は憤怒と震えでどもりながら英語で答えた。横にいたメクトは、無力なひとりの人間の前に自分がいると気づいたかのように叫んだ。

「それでは、我々はこのまま死ななければならないのか？」

「それがあなたの運命で、あなたが守るあなたの国の運命ならば、やむを得ないでしょう」

これにジョージが応じた。

「私はイエスを信じます。イエスの意思ならば受け入れなければなりません。どうか私の首に架けている十字架を、あなたの娘の池花さんに渡してください。この十字架は朝鮮に宣教師として赴任した祖父が、私にくれたものです。私を看護してくださったことへの感謝の意味で差し上げたいのです」

「あそこにきているので、直接伝えなさい」

根五は、結婚してすぐに夫が出征し、たった一日で実家に戻っている池花を松の木から呼び寄せた。池花は訳も分からずに父親のそばにやってきた。

「池花、ジョージが首にかけている十字架のロザリオをお前に渡したいそうだ。行ってもらってきなさい」

池花は震える手で、ジョージの首に架かっている十字架をはずした。ジョージは感謝し、イエスの加護があなたとあなたの家族にあるようにと祈りを捧げた。そして十字架に口づけをさせてほしいと言った。池花は両手が後ろ手に縛られているジョージの唇に十字架を当て、横にいるメクトの前にも行き、十字架に口づけをさせた。メクトは目から涙をぽろぽろ流しながら、アメリカ国歌をうたった。ジョージも一緒に歌い始めた。池花は恐ろしさに追われるように十字架のロザリオを持ち、張永美の傍に駆け寄った。

メクトとジョージは、順番に黒い布で目隠しされた。警察署長が、ラッパ手に合図すると、曲は攻撃的なものに変わった。藤井将校と三木駐在所長は日本刀を抜き放ち、二人の背後に回った。メクトの後ろに立った藤井は自分の日本刀を仕舞うと、主丹剣を取り出した。

するとそのときだった。満州夫人が雷鳴のような声を上げ、ラッパ手の吹奏を中断させた。胎児が動くのか満州夫人はお腹を抱え込んで、大声を上げながらのけぞって倒れてしまった。根五と池花が満州夫人の脇を抱えて診療所を目指すと、治雨も「Keeping Geneva Convention」と叫びながら続き、友人たちもそれに続いた。彼らはあたかもスローガンのように、「Keeping Geneva Convention」を合唱した。動員された人々も処刑場面は見たくないので、ぞろぞろと診療所の方に流れて行った。多くの見物人が診療所の方に移動したため、処刑場は閑散としてしまった。そこに新しい生命が誕生したことを告げる診療所からの喜びの声が響いてきた。すっかり興ざめした署長は、処刑を八月十五日の正午に延期すると告げた。彼は、妊婦の妨害が入るとはついていないとわめき、ぼやきながらその場から立ち去った。三木駐在所長はアメリカ兵にしつこい奴らだと文句を言い、駐在所の監房に再び収容するため、メクトにジョージを背負わせ、五里ほど離れた駐在所に引っ張っていった。

第４章　あべこべの世の中

（1）

八月十五日の正午前、アメリカ兵の死刑を執行する上亭里《サンジョンリ》村の砂浜は、前々日と同じく準備が整っていた。少し違うのは正午に重大発表があるというので、大勢の村人に聞かせようとラジオにスピーカーが接続されていたこと、古今《コグム》普通学校の生徒まで動員して集合人数が多かったことだった。そして、ふっくらした顔の満州夫人が生後二日目の赤ん坊を抱いて顔を見せていた。

署長は聖戦督励の重大発表があるので、処刑は放送の後に行うと大声で宣告した。しかし、正午にラジオから流れてきた天皇の声は震えていて、「ポツダム宣言を受諾し、連合軍に無条件降服する」との内容だった。これを聞いた署長は、自分が考えていた聖戦督励とは正反対の降服するとの発表に、その場に泣き崩れてしまった。しかし、冷静な藤井将校は、アメリカ兵のもとに駆け寄ると目隠しの黒い布を取り外し、君たちが勝ったと伝えた。そして周囲の人々に向かって大声で言った。

「日本はアメリカに負けました。我々が天皇陛下をきちんとお支えできなかったからです。この罪をお詫びするために、私は切腹して償いをいたします」

藤井将校はこう告げると、号泣している署長に、日本同胞のために後始末をきちんとし、一緒に帰国するようにと命じた。そして小学生の群れの中にいる息子の孝一を呼び寄せ、父親が死ぬ姿をよく見ておき、武士の家柄らしく母を敬って生きるようにと諭した。

「三木所長、私は切腹する。この主丹剣での介錯をお願いします」

こういうと藤井はアメリカ兵が座っていた場所に自分が座り、鞘から短刀を引き抜いた。武士の家柄らしい振る舞いだった。彼が瞑想するように目を閉じると、ラジオ放送のために動員された村人たちも息を潜めてこの光景を見守った。

無意識にではあるが、いつも上司の命令に従順に、愚直に実践してきた三木所長が、先輩将校の命令で、過去の歴史を秘めた主丹剣を手にして藤井の横に立った。

やおら藤井が気合いを入れて自分の腹部を切りつけると、三木はヤッと声を発して藤井の首をはねた。一瞬の出来事だった。首は木片のように綿布の上に力なく落下し、三木は刀を投げ捨てうめき声を上げた。やがて村人は三々五々散っていった。

三木は警察官に綿布で巻いた藤井の遺体を警備艇に運ばせ、莞島《ワンド》港に向けて出発させた。根五は警備艇が遠く離れていくのを見届けてから、アメリカ兵、ジャンクの張永歳、そして孫哲と無言のまま固く抱き合った。

治雨は三木駐在所長が持って行こうとした主丹剣をつかんで言った。

「この刀は僕の祖父のものです。返してください」

三木所長はうなずいて主丹剣を治雨に渡した。

(2)

藤井が自決した砂浜で、村人は日本の鬼神を追い払ったことを喜び、流れ着いた木片などを集めてたき火を起こした。

診療所の隣にひと抱えもある松の木の茂る丘があり、そこに置かれた大きな平台には根五、アメリカ兵、張永美、さらに根五の妹の夫である高面長がアメリカ軍の放送を聴いていた。彼らは面前に大きな綿布を広げ、洪雨が手に持つ太極旗を見ながら、それぞれクレヨンで太極旗を描いた。洪雨が手にしている小さな太極旗は、祖父の李直潤が三・一運動で追放されて満州に旅立つときに、結婚直後の黄明辰に保管を依頼したものだった。マル〔縁側〕の奥の厨子に隠しておいたものを、今朝、取り出して洪雨に診療所の前に掲げるように渡したのである。高面長は各部落にも、また重要な機関にも掲げるために、日の丸に代わる太極旗を何枚か必要としていたのである。

初めて描いてみた太極旗なので、完成までにかなりの時間を要した。折しも高面長が松の木の丘に上り「わが国は本日解放され、太極旗も、言葉も、文字も、全てを取り戻した。本当にとても愉快な日を迎えた。熱い太陽が沈んだら、砂浜で盛大にたき火を燃やし、農楽に合わせてみんなで歌い踊りましょう」と挨拶した。そして面長は描き終えた太極旗を抱えて立ち去った。

張永美は買い求めた綿布を村の女たちに渡し、船員の上着を仕立ててくださいと依頼した。やがて上着が完成すると、それを永美、池花、村の女たちが抱えて田んぼの道を下っていった。遊んでいた洪雨と治雨の友だちが駆け寄ってきて叫んだ。

「おい洪雨、君のところの満州夫人がくるよ!」

張永美は「洪雨の兄嫁」とか「満雨夫人」などとは呼ばれずに、いつしか大人も子どもも、みんなから「満州夫人」と呼ばれるようになった。貧しさと凶作で疲弊した村人に、食糧を提供した救世主であり、解放されてからは兄を説得してジャンクに積んできたアワやトウキビを、村人や隣の村落にまで分け与えたので、「満州夫人」はすっかり好意的な愛称になっていた。

「兄さん! 船員たちの上着が出来あがりました。日本の束縛から解放されたのですから、明日にでも船員らを木浦に連れて行き、汽車で満州に帰らせてください。あの船員たちを故郷に連れ戻す義務が残っているのですから」

張永美は平台に近づくと兄の張永歳に言った。

「ジャンクはどうするか?」

「ジャンクの食糧は、この朝鮮の人々に分けてあげたいと思いますが? 日本まで持って行くことはないでしょう。いま日本に行ったとしても、敗戦国の誰に引き渡すのですか?」

「それはそうだ。ジャンクの船主は、満州を搾取するために在満の日本人が設立した八達公司なのだが、この会社が解体されれば船主はいなくなるな」

張永歳は、どんな目的地であっても行かねばならない義務を怠っているような気がかりと、船主がいなくなった運搬物をいかに処理すべきかとの悩みが、重く心にのしかかっていた。彼が苦手な英語でアメリカ兵に戦況を訊ねると、今はジャンクで日本に向かうのも、満州に戻るのも、どちらも危険との意見だった。あちこちに機雷が敷設されていて、日本に向かえばアメリカ軍が、満州に戻ればソ連軍がジャンクを没収するだろうとの見解である。

「それではこのジャンクは、どう処分すれば良いのだろうか？」

　張永歳は船長として諦めきれないのか、重ねて李根五に質問した。すると満州夫人が話に割り込んできた。

「船は責任者である船長がいなくなれば、船長の弟が責任者になるのではないかしら？　だから島民のために使えばいいのよ」

「お前は満州には戻らないのか？　子どもも生まれたし、夫も満州にいるのだから、俺と一緒に帰ることにしよう」

「私はこの島に嫁いできたのよ。いずれは夫のもとに帰るつもりだけれど、ここが気に入っているの。当分、子どもが〝百日のお祝い〟をするまでは、夫の家族の方々とともに、ここにいることにするわ」

　根五は「新体制に変わるときには混乱が起こり、大勢の人々が移動するから交通も途絶えがちになる。だからなるべく早く汽車に乗った方が良い。明日にでも、木浦まで船員を運んでくれる機械船を莞島港で探してみよう」と言った。

　張永歳は不慣れな英語と朝鮮語で、吉林と新京の間にある先祖代々の広大な土地のことを自慢げに話しだした。古今島の何倍も広くて、あちらこちらに村落があり、トウキビと豆とトウモロコシを耕作し、収穫の一部を土地使用料として徴収するのだという。するとジョージも負けじと「わが家の農場はコネチカット州にあるが、数千頭の牛を飼育して機械で乳を絞り、土地の一部ではトラクターで麦を耕作して収穫するから、数名の労働者だけで作業ができる」と言い返した。張永歳は「どうやって機械化したのか？」と気の抜けた質問をし、満州夫人も驚いた表情で

「機械化した農場を一度拝見したいものね」と言った。

彼らの話を聞いていた根五は、ある朝鮮族同胞の話を紹介した。「ソ連統治下の沿海州に住んでいたが、共同農場生活が嫌になり、満州の吉林へ逃げ帰った」と、深刻そうに言うのだった。「アメリカ軍の放送によると、いま満州にはソ連軍が進駐しているから、当分はソ連が統治することになるだろう。ソ連の共産主義による農業政策は、すべて個人所有の土地を国家が没収して国有化し、民衆が共同で耕作する共同農場をつくるものだ」

「そうなると、わが家の土地はソ連の人々のものになってしまうではないか？」

張永歳はそこまでは考えもしなかったソ連軍の統治で、わが家にどんな影響が出るのか心配になってきた。彼はアメリカ兵にアメリカの農業政策について訊ねた。「アメリカではいくらでも個人が土地を所有し経営することができ、あらゆる財産の運営は税金さえきちんと支払えば自由だ」というのだった。張永歳は「やはりソ連よりは、アメリカが満州を占領してくれれば良かったのに」と笑った。メキの愛称で呼ばれたがるメクト中尉は「蒋介石政府が満州を引き継ぐことになれば、アメリカと同じく私有財産制度を認める資本主義方式で国を治めることになる」と慰めてやった。メクトの説明に満州夫人が異議を申し立てた。

「蒋介石が満州を引き継ぐと、満州は漢族のものになるわ。満州は満州族のもので、また朝鮮族の土地でもあるのよ」

「満州は中国の一部じゃないのですか？　アメリカの歴史の本にはそう書いてありますよ」メクトはいぶかしげに言った。

「清の時代はそうでした。しかし、満州族を中国から追い出そうと革命を起こした蒋介石政府は、中原の漢族の土地を占領したのだから、満州族が住む満州の地は独立させてしかるべきです。これが人間の英知というものじゃありませんか？　それなのに、蒋介石は満州族が中原を統治したからと、満州までも占領して満州族を支配しようとしています。満州事変の際に、蒋介石の野望は試されました。満州は満州族の手で独立すべきです。日本を念頭に置いて勢力分散を目的に独立するのではなく、ある民族の集団が居住し生活する根拠地は、その民族が統治するのが歴史上、当然の論理なのです」

満州夫人が強い口調で言うと、その場は静まり返った。傍らで聞いていた汪東武が後を引き継いだ。

「大連を発つ前に聞いたところでは、中国の統一について米国式を望むのは蒋介石で、ソ連式を望むのは毛沢東だそうです。ところが蒋介石に押された毛沢東軍が、満州に多数潜入していて、これから本土は蒋介石が占領し、満州は毛沢東が占領するともっぱらの噂になっています」

張永歳も加わった。

「毛沢東も中原の漢族ですね？　とにかく満州は満州族が統治すべきです」

「満州はもともと朝鮮族がつくった高句麗の土地ですよ」

いつやってきたのか、傍で会話を聞いていた高面長が加わり、「面事務所の国旗掲揚台に太極旗を掲げて、面事務所の職員にもっと太極旗を描くように、そして各村落の事務所に掲げよと命じてきた」と言った。さらに「ソクチ酒造場に上亭里の診療所あてに、マッコリ三桶を配達するように注文してきました。上亭里の里長にも砂場で解放祭典をしようと言ってきたので、もう少しすれば……、あ、あ、もう村の農楽隊がやってきたようです。我々も砂浜のほうに移動しましょう」

砂浜のたき火の回りには、洪雨と友だちが、海苔を広げる細長い棒の先端に太極旗を掲げていた。太陽が西の山に傾くと、たき火の炎は一段と大きくなった。村人たちの群れに隣村の人々まで加わり、一同は南道アリランを何度も合唱した。

根五が豚一頭を提供し、金東年里長がさらに豚一頭を提供すると、お祝いの気分はいっそう盛り上がった。歌声はジャンクにまで伝わり、それを聞いた船員たちが「上着」を着て参加し、楽しい雰囲気はさらに高まった。このようにその場で豚を焼いて食べるお祭りは初めてだと里長は語り、さらに、これはみんなジャンクとアメリカ兵のおかげでもあると言うのだった。

「その昔、わが祖先たちが満州の人々とともに高句麗を樹立し、渤海も建国して一緒に仲良く暮らしていました。これからわが国も新しいすばらしい国をつくり、満州の人々もすばらしい満州国を打ち立て、ともに豊かな暮らしをしましょう。甥の満雨が満州の女性と結婚したのは、その先駆けのように思われます。みんなで拍手をして祝福しましょう」

これに応じてみんなが拍手を送った。

「だから李直潤お祖父さんが、満州族と朝鮮族がともに統治する満州国を樹立しようとしたのではないですか?」

李燮文という青年がこう言うと、年配の村人はこぞってそのとおりとうなずき、村人たちが満州の人々に手を差し出すと、面食らいはしたものの、親近感はさらに深まった。

「あらゆる物事は人間の意思どおりになるものでしょうか?神の意思だったら可能かもしれませんが。私も、昨日、ジョージのいう神の意思という歴史観を、今回の事件によって身に染みて体験し、やっと認めるようになりました」

　根五の言葉に、ジョージは微笑を浮かべ自分の首をさすった。彼は杖をつかんで立ち上がり、

「私の首が体から離れずに、このように生きていることに対して、満州夫人とその子に感謝の気持ちを伝えたい」と発言した。これを根五が通訳してやると、さらに大きな拍手が起こった。彼らの談笑は夜露で衣服が湿っぽくなる頃まで続いた。

　降服した日本軍と日本警察は、いまだに武器を所持している。だから最後のあがきで、どんな粗暴な行為に出るか分からない。そこで二人の兵士はアメリカ軍が進駐するまで診療所に留まることになった。また、村ごとに青年を動員して自警団を組織し、村と島を守ることを決めた。

　満潮の波が打ち寄せて、小山の麓の岩をしきりに叩いている。突然、ジャンクからのボートが接近すると、孫哲航海士が張永歳に大声で告げた。

「張船長！　いまジャンクに小船が押し寄せてきて、食糧を盗んで行こうとしています。船員たちが追い払っても、棒で立ち向かってくるのです！」

「解放されたというのに、もう秩序が乱れるとは！」

　根五がため息をつくと、傍にいた満州夫人が言った。

「お義父さん、ジャンクを村の近くまで引っ張ってきて、村人に守ってもらうようにしたらいかがでしょう？」

　張永歳もそれが良いと同意した。しかし、機動力を持たない大型帆船をどのように船着き場まで引っ張ってくるか、それが問題だった。無風状態なので帆を張っても効果はない。みんなが頭を悩ましていると、眠らずに太極旗を描いていた治雨が口を挟んだ。

「お父さん、大きな船を引っ張ってくるのは簡単だよ。溢雨兄さんが軍隊に行く前に、僕に話してくれたんだよ。ガリバーという巨人が水に溺れてね、島のこびとたちが、たくさんの小型ボートを集めて、ロープで縛って引っ張ったんだって」

「そう、ガリバー旅行記ね。そうだったわ。治雨君の言うとおりだわ」

満州夫人が治雨を強く抱きしめると、治雨は駆け出したくなるほどうれしかった。

根五は、まだチャング〔鼓を大きくしたような打楽器〕を鳴らし、歌をうたっている村の青年たちと、たき火の回りの人々に、聞いてほしいと大声で呼びかけた。

「ジャンクを泥棒が襲っているので、我々で守らなければならない。村の船着き場までジャンクを引っ張ってくるには、村の艀を全て動員することだ。みんなはカンテラを準備し、艀に乗って集まってください」

根五の呼びかけに村人たちは応じた。短時間で青年たちがカンテラを手に集まってきた。カンテラを艀の舳先に吊るして漕ぎ出すと、ジャンクに食糧があるとの噂を聞いた他の島の人々が、食糧を手に入れるために押し寄せていた。彼らは言葉が通じないので無理矢理に盗んで行こうとするのだった。ジャンクの甲板に上った上亭里の人々は驚いてしまった。その巨大な帆船の船腹には三つの仕切りがあり、そこには収まりきれないほどの穀物が積まれていたからである。

薬山島側の東の空に朝日が上る頃、張永歳はジャンクの船員に命じて船尾に何本ものロープを垂れ下げさせた。艀側はそのロープを船体に結びつけ、別の艀も同じように結ぶ。さらに次の艀も同様に連結した。ジャンクと艀との距離が異なるので、青年がこの船あの船と飛び回りながら、ロープの長さを調節していた。ジャンクから見ていた根五は、傍にいる金東年里長に「あの機転を利かせてよく動く青年は誰ですか？」と訊ねた。里長は「何年か前に南方に徴用され、三十歳でもまだ結婚できずにいる李燮文です」と答え、「台湾で港湾工事をしていたが、休暇で帰省中に解放になった運のいい青年です」と説明をした。

根五は李燮文の指導力と機敏な動きをじっくり観察した。やがて治雨のいう「ガリバー旅行記」どおりに、数十隻の艀が太鼓に合わせて一斉に漕ぎだすと、巨大なジャンクの船体はゆっくりと動き出した。秋島から上亭里の船着き場までは、わずかな距離だったが満潮なので少しずつしか進まない。朝方になってやっと船着き場の近くで、帆を降ろせる状態になった。船着き場にはこの珍しい作業を見ようと、女たちが大勢集まっていた。根五はその足でジャンクの船員を木浦まで運ぶ機械船を探しに、莞島港に向かって出発した。

(3)

「おい、昌歳！　莞島港がとても静かになったな。世の中は一体どうなっていくのかね？」

根五が葦学校に朴昌歳を訪ねて発した第一声である。植民地支配のもとで互いに苦労し合った二人は、解放の喜びをこのような言葉で表現した。

「あっけないものだ。天皇の降服宣言を聞いた藤井将校が、その場で自決したという噂が莞島邑に広がり、一部の村人は棍棒を持って日本人の商店を破壊し、漁師から収奪していた漁業組合を襲撃した。驚いた警察署長が私にも協力を求めてきたさ、見捨てるわけもいかないので、生徒に自警団を組織させ、官公署と日本人の商店を守らせることにした。日本人の警察署長は、アメリカ軍が進駐して治安維持を引き継ぐまで、現状維持をせよとの訓令を受けたらしい。憤慨したいがやむを得ない。秩序は守らねばならないからな」

「それはいい。わが村のジャンクも守ってくれよ。解放されたから法律が無くなったと思い込み、島々には夜陰に乗じて食糧を盗みにくる奴もいる」

「君のところの嫁が乗ってきた船だから、君のところの物になるのかもしれないが、みんな自分の所有物とすることはできないだろう。食糧不足に悩む島民に分配してやったらどうかね」

「古今島の人々だけなら分けてやるには十分なのだが、古今島の人々だけで食べるわけにもいかん。そうかといって莞島郡の十一の島の人々に平等に分けるには足りないし……」

「それじゃ、この島嶼地方の治安を維持する経費として使用したらどうだろう？　アメリカ軍がやってきて国民の意志に沿った新政府を樹立し、治安が維持されるまでは、我々自身で自警団を組織し、自衛しなければならない」

「治安維持の経費とするのもいいが、村人たちから、また力のある者が勝手に分けていると恨まれるかもしれないな。みんなが納得し目に見える生産的な仕事をやり、その労働の報酬という名目で分けたらどうだろうか？」

「それはそうだが、いい考えがある。君の村の裏山と対岸の鳳凰山との間に、だだっ広いススキ原があるだろう。優に百万坪くらいあるかな。そこを開墾するための堤防づくりに使用したらどうだろう？　古今島の二千世帯に分け与えたとしても、一世帯五百坪にはなるかもしれない。そこで収穫した米は自給用に使っても、ほかの島に分けてやる分まで残るのではないか？」

「なるほど、新しい農地を作る開墾事業か、いいね。高面長に話して面民の同意を得るようにしてみよう。それはそうと、ジャンクの船員たちを満州に送り帰さねばならないのだが、機械船を一隻頼んでくれないか」

「ジャンクの船長は君の親戚だろう。船員はきちんと帰してやらねばならないよ。じゃ、これから船着き場に行ってみようか」

　二人は船着き場に向かい、機械船の船主に会ってみた。ちょうど積み荷を運び終えた木浦行きの船を見つけ、キビとアワ十俵を与えて船を借り受けることができた。根五はその船に乗って上亭里に戻ってきた。船着き場に横づけになったジャンクでは、白い木綿の上着を着た船員たちが、根五の帰りを待ち構えていた。彼は船着き場に機械船を着岸させ、満州に船員を送り返す準備をさせた。そして六十名分の汽車賃を捻出するために、機械船に穀物を積めるだけ積ませた。朝鮮人の孫哲と機械船の船長には、木浦で穀物を販売した代金を張永歳から支払うことにした。黄夫人と満州夫人は、村の女たちとキビ、アワ、豆を混ぜて作った蒸しご飯の握り飯を、食べやすいようにポジャギ〔朝鮮半島伝統の風呂敷のような布〕で包んで持たせた。しかし、見送りの船着き場で、ちょっとしたいさかいが起こった。

「張永歳、父上によろしく。そして満雨に会ったら早く家に帰るように伝えてくれ。朝鮮にもやるべきことが多く、学んだ者が必要だとも言うように」

「お義父さん！　満州の仕事はどうしますか？　兄さん、満雨さんには満州にいるように言ってください。私も当分はここにいて、治安が安定したら満州に行くようにします」

「それはだめだ。帰ってこいと言うべきだ。これから情勢はどうなるか分からない。家に戻って情勢をよく見極めてから行動しなくちゃいけない」

黄夫人が口を挟んだ。

「あなた、もう解放されたのですから、気がかりなことなどありませんよ。本人同士が住みたいところで住めば宜しいのです。自分たちの意のままに暮らせばいいのよ」

「君には分からないのだよ。新しい秩序を作ろうとすれば、恐ろしいほど混乱と生みの苦しみを味わなくてはならないのだ」

張永歳がその場の空気を察して言った。

「私からみなさんの意見を満雨さんに伝えます。選択は本人に任せることにしましょう」

「兄さん！　満雨さんに落ち着いたら必ず手紙を書くように頼んでください。手紙がきたらすぐに出発しますから」

ジャンクの船員を乗せた機械船は船着き場を離れた。

根五の治療で腸チフスから回復した鈴船の汪東武船長は、病気の熱で禿げた頭をなでながら、船着き場に向かって「ありがとう」と頭を深く下げた。船着き場では村人とアメリカ兵も見送った。船が遠く梅示里、抉低里を経て見えなくなると、根五は里長の金東年に、村人たちを砂浜に集めて会議を開こうと提案した。

村人たちが集まると、根五はジャンクに積んである穀物を、どう処理するかを相談した。それは村人が自警隊を組織してジャンクを警備し、上亭里の裏山越しの浜辺と鳳凰山の間に堤防を築き、会龍里から鳳岩里、白雲里、農上里に達するススキの群生地を開墾して新しい農地を開拓し、そのための賃金としてジャンクの穀物を使おうとするものだった。

「我々は、これまでアメリカ軍の来襲に備えて大砲を隠し、大砲陣地を構築するために、海岸の岩壁や山に穴を掘ってきた。そしてアメリカ軍の戦闘機が爆弾を投下すれば、家々に避難できる防空壕を掘り、部落の共同防空壕を掘削もしてきた。だが、今やこうした恐怖心と労役から完全に解放された。我々は日本のために防空壕を掘った力を、我々とわが子孫のための生産的な労働に転換すべきときが訪れたのだ。この島で生きていくには、海苔やワカメだけでは生きていけない。この島でも米を生産する農地を作らなければならない。いま、二隻のジャンクには、満州の嫁が持ってきたキビと豆が積んであるが、それを均等に村人に分けてあげたいのだが、分けて食べてしまったらそれっきりだ。この食糧を元手に、裏山の向こうのススキ原を開墾し、もっと多くの米を生産する農地を作るのに使用したらどうだろうか。皆さんの意見を聞かせてください」

「今後の古今島を考えれば望ましいことだ」と全員異議なく賛成だった。しかし、満州夫人だけは、満州に行けば広い土地が沢山あるのに、なぜこんなに小さい島で苦労して大変なことをしなければならないのかと、義父の提案に異議を申し立てたが、「いくら狭くやせた土地でも、祖先の時代から暮らしてきた土地は、自分の命が生まれた土地でもあるので、宿命論的に離れたくないのだ」と根五が説明した。満州夫人は不明を恥じるように、義父の言葉にうなずいて同意した。村人たちが議論して得た結論は「朝から夕方まで堤防工事の仕事をした者に、アワ・豆・キビなどのいずれかを、男性には三升、女性には二升ずつ支給する」というものだった。

古今島の者だけでなく、他の島の者や本土の人々も、仕事をする意志さえあれば誰でも受け入れることにした。そして堤防の防築工事が完成する前に穀物が尽きてしまえば、土地の分配を受けたい者は無賃労働をすることになり、手間を出して完成させることになるが、公平に土地の分配をして農業に従事させようと決めた。この事実を隣村と他の島の人々に早く知らせて、盗まなくても正当に働けば、穀物を手に入れられると周知させることにした。堤防工事の監督は、南方で設営班として日本軍の大砲陣地を構築し、爆薬の使用法を学び、また台湾で港湾や堤防を築く方法を習得した李燮文に任せることを決めた。ジャンクの警備は里長の金東年が責任者となり、村の青年たちが三交代の警備団を組織し担当することになった。

黄夫人が泣きじゃくる赤ん坊を抱いて砂浜に現れて、嫁に乳を与えるように命じ、何を議論していたのかと訊ねた。ここに新平原を作ろうと議論している話が村の老人たちの耳に入り、堤防工事名は「新平原工事」とするのが良いだろうと、その場で意見の一致をみた。すると根五は、孫の名前を母親の腹の中にいたときに、腹を蹴ってアメリカ兵の生命を救ったから「在命」にしたいと言うと、拍手が湧き起こった。

メクトとジョージは、命の恩人になった在命の名前をアルファベットで書いてほしいと根五に頼んでいた。

(4)

数日を費やして、李根五、李燮文、そしてメクトは堤防を築く鳳凰山の麓を調査した。水深、潮流の速度、地盤の深さなど、また堤防の基礎をどれくらいにし、高さと傾斜をどうするかなど、設計の基礎資料を得るためだった。メクトに同行を求めたのは彼が航空工学を学んでいたので、その知識からアドバイスを得たかったからである。代々軍人の家でもあり、父親が工兵将校だったメクトの助言はとても参考になった。

その日は、細かな雲がたなびく西の空に赤く燃える夕日が沈み、鳳凰山があたかも生きているようで、頂上の大きな岩が鳥の頭のように見えた。岩に穿たれた大きな穴は眼玉のようで、小さな穴は呼吸する鼻みたいだった。ジョージとメクトは東洋の先人たちが、山の名称に鳥や動物の名前を付けた理由が分かったと感嘆していた。

このとき、上亭里側のサキミ岩から青年たちの声が聞こえてきた。

「お義父さん、ただいま帰りました」

近づいてきた船には、龍山訓練所で訓練を受けていたが、解放の知らせを聞いて解散命令がくだり、出征していた甲子年生れの志願兵とともに帰郷した朴良右と村の青年たちが乗っていた。彼らは戻る途中、木浦で白い上着のジャンク船員たちに会い、新義州行の列車に乗車するのを見たと報告した。そのうちの孫哲という者から故郷の消息を聞き、船着き場に出て、彼らが乗ってきた機械船の帰り便を利用し、昨日莞島に到着したという。彼らは腹を満たし、松葉杖を突いているジョージを支えながら、裏山の欝蒼とした松林の畑のあいだの道を抜けて帰ってきた。家に着くとすぐに治雨が声を上げた。

「お父さん、許旭おじちゃんが、石治にある普通学校にやってきたんだ。高級班の生徒に話をして、学校の隣の天照大神宮にみんなで火をつけて壊していたよ。日本の警察官の家、兵隊さんの家、お店のガラス窓を壊して品物を盗んで行ったよ」

「神社に火を放ったばかりか、日本人の家を破壊するのは良くないな……」

こう根五が心配すると、朴良右が言った。

「それでなくても、お義父さんが莞島自警団を組織し、公共の建物を守りながら、私にも古今島の責任者として、友だちを集めて自警団を作って守るようにと言われたばかりですよ。許旭という男が、もう打ち壊しをはじめたのですか！　昨日、ソウルの軍需工場から一緒に汽車で戻ったばかりだというのに」

このとき洪雨がやってきて言った。

「許旭兄さんは、わが国の侵略者であり、仇でもある日本人の家を叩き壊そうと五、六年生を煽ったので、付いていってみたよ。自分が好きな物は何でも一つずつ持っていけと言うから、僕はこの地下足袋を履いてきたよ」と、足元を見せた。

「何だと？　どうして他人の物を勝手に持ってくるのだ？　どこでそんなことを学んだのか？」

怒った根五は声を荒げ、傍にいるジョージの松葉杖で洪雨の尻を叩きつけた。驚いた洪雨が母親のもとに駆け寄ると、黄夫人は洪雨をかばって言った。

「日本人も私たちから略奪したじゃないですか。子どもたちが履いている草履を見てください。洪雨だって、地下足袋を履きたくて持ってきたわけじゃないわ。分かってあげてくださいよ」

「日本人が略奪したからといって、我々も同じように略奪をするなら、もっと間違ったことをしたことになる。今すぐに返してきなさい！」

彼は日本の支配下では、子どもたちに着るものも、食べるものも十分に与える親としての義務を果たすことができなかった。また息子の命さえも大日本帝国に捧げて死なせてしまった。彼は日本に堂々と立ち向かえなかっただけに、これまで日本に対する怒りを押し殺してきた。残された子どもたちに希望をかけ、清廉さと良心を守りながら生きてきたのに、それを破ってしまった息子に対する腹立たしさと、靴一足も満足に履かせられなくした日本に対する怒りを、息子にぶちまけたのである。そして彼は思わず涙を流したのだった。

　洪雨は、溢雨兄さんの葬式の際にも泣かなかった父親が涙を流すのを見て、自責の念に駆られたのか、地下足袋を脱ぐと外に飛び出して行った。

　洪雨が出ていった出入り口から、入れ替わりに血を流した藤井の妻が、孝一とともに入ってきて中庭に倒れ込んだ。満州夫人が駆け寄って血を拭いてやり、根五は涙を流しながら、医師の義務として傷口を診断した。棍棒で殴られたのだった。治雨が孝一の手を取った。

「ここで復讐をしてはならない。そう、治雨と孝一、お前たちは大人を真似してはいけないよ。ほんとうに良い友だちにならなくては」

　根五はこう呟くと、藤井の妻を抱えて縁側に座らせ、薬を持ってこさせた。藤井の妻は、胸に抱いていた風呂敷を根五に渡して言った。

「私の夫が自害した後、警察署長が藤井家の家宝だから日本刀とこの短刀を保管するように言ったので、日本刀は壁にかけて置き、短刀は風呂敷に包んでタンスの中に仕舞って置きました。ところが許旭たちが押し寄せてきて、その日本刀を奪って行きました。この短剣だけは藤井の遺品なので、そちらで保管してください」

　満州夫人が代わりに受け取り短刀を抜いてみると、一心という字が書いてあった。この短刀は、藤井将校が切腹をする際に用いたものだった。

「刀というものは、使い方を知らない無知な者が持つと、とても危険だと親父がいつも言っていたが、あいつはどこで日本刀を使うか分かったものじゃないな」

　根五は心配げに言った。満州夫人は短刀を鞘に収め、風呂敷に包んで義母に渡した。

(5)

根五は、島にいる日本人を集団保護するため、莞島警察署内に収容施設を作ったとの通知がきたので、藤井親子をそこに連れていった。警察署から戻ると、堤防の幅と高さ、傾斜面などをメクトと相談し、堤防の簡略な設計図を作成してみた。複雑な水門設計には時間をかけ、専門の設計家に任せることにした。岩石を破壊する火薬を確保するために、朴昌歳に頼んで莞島警察署の保管物を入手することにし、李燮文に取りに行かせた。明日から工事を開始しようと、高面長と李燮文、そして里長の金東年と協議していると、ジャンクから自警団の一人が血まみれになって転がり込んできた。許旭が手下を十五名ほど引き連れて、自警団を刀や棍棒で叩きだし、ジャンクを占拠したというのだった。根五は燮文、里長、そして高面長を含めた自警団とともに、船着き場に急行した。

許旭は誰も上ってこられないように、ジャンクに昇る梯子を甲板に引き揚げていた。彼は船上で藤井夫人から奪った日本刀を振りかざし、下を見下ろして叫んだ。

「いまや、われら労働者は、地主が奪取した財産を接収した。ここの穀物は貧しいわが労働者の所有物だ。直ちに島の労働者に均等に分配する！」

「おい許旭！　我々も島の人々に分けてやるのだよ。新平原を開拓する堤防の仕事をしてもらって、その代償としてこの穀物を分配しようと思っている。我々も働く労働者に分けてあげるのだよ」

許旭は父親とともに、李根五の家で作男をして暮らしていた。昔のことを考えるなら、根五に礼節を尽さねばならないのに、挨拶すらせずに傲慢に振る舞っていた。

「俺にあれこれ命令するな。いまや解放されて主従関係のない平等な世の中になり、労働者の時代がやってきた。これまで労働者が収奪されてきたのだから、地主の物を奪いとり、仕事をしなくても食べられるようにするのだ」

どうやらソウルの軍需工場で、共産主義思想に染まってきたらしい。

「おい、お前！　解放されて我々の世の中になったから、これからは先祖から伝えられた礼節をきちんと守らなければならないのに、何というざまだ！」

高面長の言葉に許旭が反論した。

「親日派の高面長！　お前は日本のいぬだったのだから、もっとも批判されるべき人間なのだ。そんな奴が出しゃばるな！」

呆れかえった高面長が黙っていると、金東年里長が口を開いた。

「高面長は我々古今面民が選んだ面長で、日本人が据えた面長ではない。高面長が間に立って善処してくれたおかげで、お前の親父は艀の運営権を得られたのではないか？　この恩知らずめ！」

「おい里長、お前も高面長も李根五医師も、昔の権勢を誇り、地主だった人間なのだから、批判を受けなければならない。これからは労働者が主人公になる世の中なのだ。この穀物も、作男や露天商などで暮らす人々に分けてやるつもりだ。これからはお前らが持っている家や田畑も、みんな国が没収して労働者に平等に分配し、共同で耕作して平等に暮らす世の中にするのだ」

許旭の言葉は貧しい人々に耳寄りな言葉であり、放浪者やごろつきを仲間とする者にも十分なものだった。

「許旭、その共産主義思想は危険だぞ。不平等は解決されても自由がない。個人の尊厳もないではないか。パンは汗と血を流して努力した代価として与えられるもので、平等ばかりを主張して、互いにやるべきことをやらなかったら、与えられはしないものなのだ」

根五は許旭を自分の家で育ててきた青年と思っていたが、いまは完全に変わっていた。

「ソ連も革命をして労働者の世界になり、平等ないい暮らしをしているじゃないか。わが国もいまや労働者の国家を樹立しなければならない」

完全に洗脳されてしまったようだった。根五は湧き上る怒りに耐えながら、ひと言言ってやらねばならないと思った。

「許旭、他人の物を奪うのはたやすい。他人の土地や穀物を分け与えるのもたやすいことだ。けれどもゼロから新たに土地を作り、ゼロから穀物を新たに生産するのはとても大変なことなのだ。人間は応分に努力すれば、それだけの対価を得て暮らしていけるもので、それが生活の法則なのだ。この世の中は努力すればするだけ、良い暮らしができる仕組みになっている。人間はそれぞれが努力の対価を享受する個人的な権利を持っているのだ」

「見かけだけは立派な両班の面々。旧時代のソンビみたいな話なんか程々にしろ！」

許旭は唾を吐いた。根五は侮辱されたと感じ、もうこれ以上の説得はできないと、重い足を引きずって帰路についた。

三日ばかり小作人だけに穀物を分けてやるというので、許旭の名前が島々に広まり人気が高まった。しかし、それはほんのひとときのことで、彼らも運動資金が必要だったのか、本土の商人を呼んで穀類の一部を売り払った。この噂を聞いた島民たちも、金を出すから自分たちにも売ってほしいと集まってきた。金に目がくらんだ許旭は、一隻のジャンクに積んであった穀物を見境なしに処分してしまった。朴良右が組織した自警団が見かねて、取り戻そうと木剣で対決したが、許旭の振りまわす日本刀にはかなわなかった。

朴良右は許旭の攻撃で左手の指を二本失った。これが島中に伝わると島民たちの艀がジャンクを取り巻いた。許旭は艀の船首を回転させたり、突き放したりするなど、島民との争いが続いた。負傷者は李根五の診療所に立て続けにやってきた。人手が足りなくなり、満州夫人と池花を家から呼びよせ看護に当たらせた。満州夫人はあまりにも多くの人々が傷つけられたり、手足を折られたりしたため、治療の手を止めて呆然と立ち尽くしていたが、やおら家へ向かって駆けだした。

「義姉さん、どこに行くの？」

池花の呼びかけも無視し、家に着いた彼女は白い運動着と鉢巻きで身支度すると、厨子に仕舞ってあった主丹剣を持ち出した。驚いたのは姑の黄夫人だった。

「だめだよ。何をするの！　そんな争いは男たちがやるものですよ」

「いいえ、お義母さま。私も満州でお祖父さんの薫陶を受け、満雨さんとともに剣術を学びました。心配しないで下さい」

「才能のある者が何をするのかい。あの粗暴な男に傷つけられでもしたら大変だよ。穀物はまた作ることができるけれど、人の体はそうはいかないからね。行ってはいけないよ」

黄夫人は穀物をみんなあげるようにと言った。

根五も、主丹剣を手に診療所に戻ってきた嫁を見て止めに入った。

「無知な人間の振りまわす刀は怖いものだ、とお祖父さんが言っていただろう。バカなことは止めなさい」

「お義父さん、そのまま見逃すことはできません。この負傷者たちを見て下さい。許すわけにはいきません。無知な人間は懲らしめてやる必要があります」

こう叫ぶと船着き場に向かって駆けていった。根五も、池花も、洪雨も、治雨も、患者も、一斉に彼女の後を追った。船の周辺で戦っていた人々もそれを中断し、押しかけてくる一同に目を向けた。許旭は船着き場を見降ろすと声を上げた。

「そうか、おまえが満雨の女房の満州夫人だな。お前が刀を持ってきてどうするつもりだ」

血を見た許旭は完全に理性を失っていた。満州夫人は彼に大声で告げた。

「このジャンクは私が乗ってきた船なの。この船は私たちの物です。ジャンクから直ぐに降りなさい。さもないと、この主丹剣があなたを戒めることになるよ」

「何だと？　このバカ女め、身の程も知らずに誰に文句を言っているのだ？　こっちに上ってこい。一振りでお前の首をはねてやるから後悔するな。お前が先に仕掛けた喧嘩だ。殺すことになっても、殺人罪にはならないからな。さあ、梯子を降ろしてやるぞ」

許旭の手下によって降ろされた梯子が、満州夫人の目の前で停まった。彼女は息を殺して見つめている大勢の島民の視線を感じながら、満州の武道館で満雨と競い合った時の興奮を思い起こした。その興奮のゆえに満雨と親しくなり、結婚までしたのである。もちろん、父親同士が親友で、満州を独立国として成長させる、との政治理念を共有してもいたが、満雨を男性として認識し、女性としての幸福感に浸ったのも、剣道の試合においてだった。しかし、今日は竹刀でも木刀でもない真剣勝負である。あの許旭という男に対しては、先手を取らないと私は死んでしまう。彼女は頭のなかを整理し心を鎮めながら、ゆっくりと梯子を上って行った。見慣れた甲板に立つと、許旭の目だけを注視して歩みを進めた。心配した根五が追いかけて梯子を駆け上がり、洪雨と治雨もそれに続いた。日本刀を手にした許旭が叫んだ。

「早く刀を抜け。どこの馬の骨だか、女のくせに、労働者解放事業を妨害する気か？」

彼の刀を持つ姿勢から、剣道を正式に身につけていないと直ぐに分かった。しかし「無知な刀が相手を窮地に陥れる」との祖父の遺訓が頭に浮かんできた。

満州夫人は許旭の気を削ごうとさっと刀を抜いた。そして基本動作に移った。輝く太陽のもとで主丹剣のきらめきは、まさしく殺気に満ちていた。彼女は主丹剣が日本刀より短いと悟り、陽光に反射する主丹剣の輝きを許旭の顔に映しながら、一歩一歩と迫っていった。ヤーッと気合いを入れて刀を振り降ろし、許旭の左腕を攻撃した。

「やりやがったな！」

許旭は悲鳴を上げて後ずさりし、やみくもに刀を振り回して攻めてきた。しかし、満州夫人は軽く身をかわして逃れた。許旭の腕からは血が流れていた。血を見た許旭は、再び刀を振りかざしながら接近してきた。刀を合わせれば、力の弱い女性側が不利なことは火を見るよりも明らかである。刀を振り回すスピードが緩慢になったとき、満州夫人は隙を突いて許旭の顔を刺した。両頬が白くなった。

「このくらいで刀を捨てたらどう。次は首に行くよ」

動転した許旭の顔からは汗と血がしたたっていた。彼はあたりを見渡した。手下の者たちが見つめていた。彼は力を振り絞って再び満州夫人を攻めたてた。彼女は刀を上手にかわし、狙っていた右の手首を攻めると許旭は刀を落した。

次いで許旭の胸に刀を突きつけると、彼は怯えてその場にひざまずいた。そして深く首を垂れた。短刀を構えた手下に目を向けた満州夫人が、彼らに攻撃を仕掛けようとすると、彼らは短刀を投げ捨て、助けてくださいと哀願するのだった。

満州夫人は刀を鞘に収めながら言った。

「早くここを立ち去りなさい。ここの穀物は新平原の工事用に使用します。この田畑の耕作が始まったら、すべて働いた人たちの物になるのです」

集まっていた島民はこぞって拍手をした。

許旭は手下とともにジャンクから降りようとした。根五が血を流している許旭に近寄り、持っていた包帯で傷ついた部分を巻いてやった。

池花が叫んだ。

「許旭さん、良右さんの指を切るなんて、なんてひどいことを！」

許旭は劣等感に苛まれ、頭を上げることができなかった。

根五は集合している島民に向かって声を張り上げた。

「明日から工事を始めます。穀物が必要な方は新平原工事の現場で仕事をし、その報酬として穀物を受け取ってください」

満州夫人の剣道の腕前に驚いた島民は、秩序を守るためにも、明日から働きに来ると約束し、各自が乗ってきた艀で帰って行った。

第5章　新しい国の建設

（1）

新平原工事が開始された。大勢の人々が穀物を手に入れようと群れを成して集まり、堤防工事に参加した。生産的な仕事をすれば、その対価としてジャンクの穀物を入手できるので、誰ひとり不満をいう者はなく、新しい国づくりに対する期待と希望に燃えていた。

しかし、島民の期待とは反対に、本土から伝わるのは暗いニュースばかりだった。

連合軍と日本との戦争を傍観していたソ連が、日本の敗色が濃厚になると、時期はいまとばかりに極東軍を動員、満州の関東軍を攻撃し、平壌など半島北部を占領したのである。そしてアメリカ軍は九月初旬にソウルに進駐したのだった。大国の軍隊が朝鮮半島に一挙にやってきたので、六十年前に日本軍と清国軍が朝鮮に侵入して衝突したのと同じく、もう一つの衝突があるのではないかと、歴史を知る知識人は心配していた。

メクトとジョージをソウルに進駐したアメリカ軍に送り届けなければならなかった。根五は龍山での訓練を受け解放されて帰ってきた婿が、ソウルの地理に明るいだろうと考え、朴良右にソウルのアメリカ軍部隊まで二人の兵士を連れて行くように命じた。

これまで上亭里の村人と親しくなった二人のアメリカ兵は、誰とでも抱擁して別れを惜しむつもりだったが、みんな逃げてしまうのを見て、風習と文化が異なることに気づき、握手だけを交わして出発した。

その朴良右はソウルから新しいニュースをたくさん携えて帰ってきた。

帝政ロシア時代に日本との協約で両分しようとした三十八度線以北はソ連が占領し、日本が開発権を持とうとした南側はアメリカ軍が駐屯しているという。そして日本人が残して行ったソウルの敵産家屋は、力のある団体や個人が占有して自分の物にする無法地帯になっているというのである。

占領軍が今後の治安維持に当たることになるが、一日も早く朝鮮人によって新政府を樹立し国を治めるのがいいと、根五は周囲の人々に語っていた。

しかし、北側ではソ連、南側ではアメリカが、まず占領して統治することになったので、不安な気持ちは消えなかった。

ところで、世の中というものは「好事魔多し」である。島と本土に腸チフスとコレラが一気に広まった。当初はジャンクからの伝染と誤解され、満州夫人は後ろ指を指されもしたが、本土にも瞬く間に拡大し、日本人が病原菌を残して帰国したとか、アメリカ軍とソ連軍が細菌弾を拡散したなど無数のデマが流布した。病気を媒介する蚊を駆逐するために、家々では綿に火を点けたので島中に煙が充満した。

根五は莞島の濟衆病院を除けば、島で唯一の医者なので、患者の家族に頼まれると、この家あの家、この村あの村と走りまわり患者の容体を診断した。医者のいない島では、彼の診療所に患者を放置する不届き者もいた。彼が隣村に診察に出かけているときは、満州夫人が世話役になった。入院用の部屋がないので、やむなく榎の木の下にテントを張って収容することもあった。

満州夫人は根五から教わった医薬の知識で患者を看護し、手を尽くしたが、薬品が無くて死んでいく患者をどうすることもできず、ただ涙を流すばかりだった。今まで日本から入ってきていた薬品の流通が、解放と同時に途絶え、いくら金があっても薬品は買えなかった。朝鮮人に田畑を耕作させて穀物を収奪しながら、朝鮮の地に重要な製薬会社を一つも建てなかった植民地政策のせいにしたところで、日本は既に罰が当たっているので、愚痴を言っても始まらないのである。

伝染病のため埋葬を手伝ってくれる者もいないほど世情は冷えていた。朴良右は自警団員を動員し、患者の家族とともに砂浜で、遺体に松根油を振りかけて火葬を挙行した。朴昌歳が組織した島々の自警団員は警備だけでなく、こうした奉仕活動まで行った。どの島でも遺体と綿を焼く匂いが鼻を刺激するのだった。

患者を収容するために建てたテントの上に、紅葉した榎の葉がぱらぱらと落ち、防風林の海松の間から冷たい風の音が聞こえる頃になると、患者の数も減ってきた。心を見失うほど忙しく走りまわっていた満州夫人だったが、時間の余裕が生じると、淋しさと孤独感が募ってきた。指折り数えてみると、在命が誕生して四か月、夫と別れてから七か月の歳月が流れていた。彼女は夫の消息を知りたかった。

人間の想いというのはどこかで繋がっているのか。姑の黄夫人に連れられて青年が診療所を訪ねてきた。彼女は抱いている在命を指さしながら満州夫人に言った。

「在命パパの消息を持ってきたそうだよ」

満州夫人は喜び勇んで尋ねた。

「満州から来られたのですか？」

「はい、そうです。李満雨さんの奥様、張永美さんですね？」

「ええ、張永美です」

「はじめまして。李満雨さんから手紙を預かってきました。愛していると伝えてほしいとも言われました」

折しも根五が診療所の入り口に現れた。

「満雨は一緒じゃないのかい？」

「はい、満雨さんは満州でやる仕事があるとのことで、私に必ず故郷を訪ねて消息を伝えてほしいと言われました」

「どこで会ったのかね？」

「私は満州軍官学校をこの春に卒業し、長春にある関東軍司令部で少尉として任官していました。ソ連軍に逮捕されて監禁されましたが、占領軍政治委員レチェプ大佐の通訳官だった満雨さんが、私が朝鮮人であることを知って大佐に頼んで解放してくれました。朝鮮に帰れるように帰国証明書をもらい、古今島を訪ねてくれと手紙を託されました。それで故郷の慶州に帰る前に、こちらを訪ねてきたのです」

青年は懐中から手紙を取り出すと満州夫人に手渡した。彼女はもどかしげに封筒を開いた。

「すべての通信手段が途絶えていたが、やっと手紙を書いて人づてに送れるようになった。

きみの永歳兄さんは無事に帰宅した。お義父さん、お義母さんと家族は南湖公園の近くの広い家で無事に暮らしている。きみと一緒に走った南湖公園の広い湖水が、今日に限って上亭里の村の沖合のように見える。永歳兄さんからぼくらの息子が生まれたと聞いた。大変だったね。アメリカ兵を助けたからと、親父が息子に在命と名付けてくれたそうだね。我々の息子が、将来、人を助ける立派な人物になってくれると良いのだが。

満州は、今、ソ連軍が占領していて、関東軍の施設と満州国の施設を接収した。私は朝鮮人ながらロシア語、満州語、日本語のできる満州国の行政マンというので、占領軍の行政を手伝う通訳を命じられ、その仕事の担当になった。ソ連占領軍は今後、満州を中国政府に引き渡そうとしている。ところが中国政府には蒋介石の軍閥政府と毛沢東の紅軍勢力があり、この二つの勢力の軍隊が満州に入ってきて、ソ連占領軍から実権を引き継ぐ気配だ。蒋介石政府が正当な政府だから、蒋介石軍に満州を引き渡すのがヤルタ協定の約束に沿うと言うのだが、ソ連軍は自分たちと思想が同じ毛沢東紅軍に引き渡そうとしている。

永歳兄さんは、家の農地を失わずに済むように、資本主義体制の蒋介石政府と手を握っている。しかし、私は満州が独立国家になることができるのであれば、毛沢東紅軍ではなしに高崗紅軍に、満州国の独立を条件に引き渡してほしいと願っている。高崗東北紅軍司令は中国本土から紅軍が追われ、ソ連が占領した満州であっても、独立した紅軍勢力の国を築こうとしているようだ。ソ連も好意的であるが、国際情勢というものは分からないものだ。

永歳兄さんは財産を放棄したとしても、満州国を建国できさえすれば、独立国の国民が政府を選ぶのではないのなら妥協は難しい、自分の財産のない国家なんて何の役にも立たないというのだ。ジャンク船の船長汪東武は、私のことを命を救ってくれた恩人の息子として、とても好意的に扱ってくれている。彼は紅軍に加わり高いポストに就いている。

ここは混乱そのものだ。匪賊がのさばっていて、一部の乱暴なソ連軍が女性を強姦し、民家に押し入り略奪している。当分は古今島にいる方が安心だろう。秩序が回復したら、きみを迎えに行くつもりだ。

永歳兄さんから聞いたのだが、ジャンクの穀物が実家への贈り物になったとか。きみは私の祝福だ。私の愛そのものだ」


手紙を読み終えた満州夫人は、涙ぐんだ目で沖合を見つめた。この様子を見た根五はその場の雰囲気を変えようとして青年に尋ねた。

「君の名前は?」

「金少南と申します」

「そう。ここまでくるのに苦労されたでしょう?」

「話になりません。思い出すだけでもうんざりします。長春から安東までくるのに列車で十五日以上も費やしました。日本人、朝鮮人、中国人が、それこそ明太魚みたいに詰め込まれ、汗の匂いや、便所にも行けないので漏らした小便の臭気が鼻を突いて、息をすることもできません。そして列車に乗り損なえば永久に帰れないと思い込んだ人々が、汽車の屋根の上まで必死にしがみついて乗り込み、大混乱を起こしています。さらに、ロシアの軍人野郎は、昼は紳士的ですが、夜になると列車を停車させ、灯りのない暗い車内を徘徊し、髪の毛を触ってみて長い髪であれば、有無を言わせず外に引きずり出して強姦し、女たちの悲鳴が今も耳に残っていて身震いがします。髪を切って男を装った女性もいました。新義州から沙里院まではソ連軍のそうした暴行はありませんでしたが、その代わり真昼に汽車の中に入ってきて、乗客の時計を奪い、両腕いっぱいにはめて歩き回っているのを見ました。満州を占領したソ連軍と、北朝鮮を占領したソ連軍は所属が違うようで、動きも異なっていました」

「いわゆる〝地上の楽園〟を夢見て革命を起こしたというソ連軍が、そんなことをするとは、まったく無知を平等にした革命だったみたいだな」

根五は顔をしかめて言い捨てた。金少南も憤慨して話を続けた。

「朝鮮に入ってからも、開城の北にある北緯三十八度線を境に、南北の通行が遮断されています。北側ではソ連軍が、南側ではアメリカ軍が監視していて、汽車も自動車も、人間すら自由に通行することはできません」

「何だと、三十八度線を境にしてソ連軍とアメリカ軍が日本軍を降服させたというのに、今度は通行を妨げる三十八度の障壁線まで作ったとは。それでは、どうやって南下してきたのかね？」

「通常の道ではこられないので、密かに山越えをしてきました。山越えを発見されたらその場で射撃されます。実に恐ろしいことです。国が二分されたようなものです」

「それは大変なことだ。早くアメリカ軍とソ連軍が我が国に統一政府を樹立し、独立した国をつくって引き下がるべきなのに。ところで永美さん、満雨はいつ帰ってくると言ってきたのかね？」

「まだ帰れないそうです」

満州夫人は手紙を根五に渡した。心配でならない黄夫人は声を出して読んでほしいと催促した。手紙を読み終えた根五は舌打ちして言った。

「自分の国も分断されて前途が見えないというのに、満州のことまで背負うとは……。ともあれ金少南さん、ご苦労さま。わが家で数日休んでから慶州に帰りなさい。さあ、行きましょう」

根五は、顔が浅黒くほお骨が突き出た、満州の軍官学校で鍛えた健康な体格の若者を家に案内した。

(2)

十二月、朴昌歳は莞島からやってくると、年末が迫っているというのに根五にソウルに行こうと言い出した。

戦争に勝利した米・ソ・英三国の外相がモスクワに集まり会談をし、朝鮮をこれから五年間信託統治するとの話が出て、国中が騒然としている時だった。

ソウルで「大東日報」の宋鎮鎬《ソンジノ》社長が、国民大会の準備会を組織するというので、莞島の代表として朴昌歳と李根五を指名し、上京を促してきたのである。

朴昌歳は「大東日報」が始めた文盲退治運動で、宋社長と知り合いになり、葦学校を建て今日まで運営してきたのだった。

根五は宋社長と会ったことはないが、満州の万宝山事件を宋社長に手紙で知らせ取材してもらったことがあったので、互いに名前は知っていた。関東軍司令部の策士たちは、満州族と朝鮮族が協力して満州国を建てようとしているのを知り、日本中心の満州国を建てるために、どうしても満州族と朝鮮族を分裂させ、争いをさせなければ日本の利益にならないと考えていた。それで彼らは朝鮮族が作った万宝山農場の堤防を破壊した後に、満州族が壊したと噂を広め人々を傷つけた。さらに、朝鮮族が満州族を殺したと噂を拡大して民族意識を刺激し、満州在住の朝鮮族を満州族が襲撃する事件を引き起こしたのである。

根五は、各界各層の指導者がこぞって参加するというのに、田舎で傍観していてはご先祖に申し訳ないと考え、朴昌歳とともにソウルに行くことにした。

医者でありながらも義兵に入り三・一運動を主導し、満州では独立運動で日本に対抗し、満州国の独立までも図った李直潤の活動的な性格に比べれば、息子の根五は現実と折り合いをつけ、医者の本分を忠実に履行し、家族を守ろうとする消極的な性格だった。

李根五と朴昌歳は互いに気が合って、彼らなりに田舎で自分の仕事を忠実にこなしていた。地域社会をしっかり守っていれば、占領軍がカイロ宣言で朝鮮を独立させると約束したのだから、当然そうなると思っていた。だが、伝えられてくるニュースは、一日に幾つもの政党が生まれ、互いに乱闘劇を演じているというもので、実際にソウルに行って確認してみたい気持ちもあった。

上京してみると権力に目がくらみ、この派、あの派と離合集散して騒がしかった。大きくはアメリカから帰国した李承晩派があり、上海臨時政府を率いてきた金九派があった。植民地支配下でも国内を離れずに守っていた国内派には、宋鎮鎬を中心とする国内右派と呂運亨を中心とする国内左派がヘゲモニー争いを演じていた。

平壌ではソ連が連れてきた金日成派と、中国延安からやってきた金科奉派が、手を握っているのだった。

加えて、日本の支配時代には日本にへつらい、日本やアメリカなど外国に留学し帰国してからは、太平洋戦争を聖戦などと持ち上げていた知識人のうちに、いつの間にか愛国者に変身し、党派を作ってアメリカやソ連の占領軍に取り入り、のさばっている者もいた。

根五は国民運動推進本部に立ち寄り、朴昌歳の紹介で宋社長に挨拶をした。東学革命の時に生まれた彼らよりも、宋社長は年齢が四歳ほど上だった。広い事務室では地方から上京した代表らが熱弁を振るっていた。

馬山から上京した六十代の鄭代表は、もともと快活な性格なのか、口角泡を飛ばし、熱っぽく語っていた。

「我々朝鮮は、世界でも類例のない、朝鮮語も名前も使用できない過酷な日本帝国主義の弾圧のもと、三十六年間の長い歳月にわたり植民地統治を受けました。それなのに、それでも足りずに、またしても信託統治を受けなければならないのか？　これはあり得ないことです。絶対に信託統治に賛成してはなりません」

北朝鮮でソ連軍の暴行を目撃し、南下してきたと自己紹介をした朱牧師が立ち上がった。

「私がソウルにくる時に見たのは、わが国はもはや三十八度線で分断されているということです。『ソウルに行く、平壌に行く』でなしに、『越南する、越北する』と言っているのです。アメリカとソ連が、この三十八度線を無くさなければ完全に分断の障壁になるでしょう。双方の意見を合致させるためにも、彼らが決定した信託統治を受け入れて、永世中立国として独立するしか道はありません。強大な隣国の間に挟まれているわが倍達民族（朝鮮民族の別称）は、永遠なる生存のための国家を考えなければならないのです」

「やめろ！　わが国が永世中立国になるなんて」

一人の青年が叫んだ。雰囲気が険悪化すると、やおら根五が起立し、「医者です」と自己紹介をして口を切った。

「私たち朝鮮の正式名称は何でしょうか？　皆さんの中には朝鮮末期の大韓帝国という方もいると思います。解放されて元どおりになるとすれば、王制のある大韓帝国になるべきでしょう。しかし、私たちが崇める国王がどこにいますか？　我々庶民の感情も国を滅ぼした王政を望んではいません。海外に出た私たちの代表が、上海で臨時政府を結成し、共和制の大統領を選出しましたが、その臨時政府も分裂してアメリカにも代表部があり、上海にも代表部があり、延安にも代表部があるじゃないですか？　国内にもわれこそ国民の代表機関と主張する団体がいくつもあります。だからどれが国民の同意と信任と支持を得ているのか、アメリカもソ連も分らないので、信託統治をしようと言っているのです。今後五年間の信託統治をするうちに、わが国民が真に望む統一された民主共和国を、我々自身が団結して樹立しなければならないのです」

髷に笠を被り、白いトゥルマギを着た老人が立ち上がり、忠清道方言を混ぜながら話し出した。

「軍政の信託統治に対して、賛成、反対を論ずるのはやめましょう。我々を植民地統治した日本が敗北したからといって、当然に、昔に戻って大韓帝国として国権が回復するのではありません。日本にいる王族を推戴して王座に座らせ、我々国民が受け入れれば、アメリカやソ連がわが国政府を干渉するといっても、統治の主体はわが国になるのだから、大韓帝国を復元させましょう」

「それはできない相談です」

短い髪にポマードを塗り丁寧に仕上げた青年が立ち上がり、平安道なまりで反論した。

「国を日本に奪われても、命が惜しくて日本の皇族に寄食している王室を連れ戻し、我々を統治して下さいと頼むのですか？　李王朝は国を日本に滅ぼされたその時に、すでに終わっているのです。しかし、政府の法統を引き継ぐ大韓民国臨時政府が中国に置かれ、その臨時政府が帰国し、京橋荘にいるのです。臨時政府が中心になり、アメリカが統治している三十八線以南の軍政と、ソ連が統治している三十八線以北の軍政を引き継ぎ、我々自身で統治すべきです。我々がこんなに騒いでばかりいるのではなく、臨時政府を前面に押し立て米ソの軍政を接収しに行きましょう」

賛成という声と拍手が雷のように湧き起こった。しかし宋社長は立ち上がり、両手を開いて拍手と歓声を制した。

「みなさん、我々は感情に溺れ誤った判断をせずに、理性的に現実を直視しましょう。日本を降伏させたのは連合軍です。そして三十八度線を境に、北を解放させたのはソ連で、南を解放させたのはアメリカです。この国を解放させた勢力が、臨時政府の光復軍であったなら、とても良かったのですが、そうでなかったのが残念でなりません。臨時政府の要人たちは、みんな個人の身分で帰国しています。しかし、我々は今、米ソ駐屯軍と妥協すべきです。わが国の代表をわが国民が選出し、その統治権を引き継ぐまで、米ソの軍政を容認し、連合軍の信託統治を受けるほかないのです。ただその期間が問題です。連合軍は五年の信託統治期間内に、わが国に民主主義政治体制を浸透させるというのです」

話にならないと叫ぶ者が多かった。そして互いに、不当だ、正当だとざわつき始めた。宋社長は話を続けた。

「民主主義にはソ連型の社会主義があり、アメリカ型の民主主義があります。ソ連軍は北側に社会主義政府を樹立しようとし、アメリカ軍は南側に民主主義政府を樹立しようとしています。そうなるとわが国は南と北の分断国家になります。分断国家にならないためには、連合軍の信託統治を南と北がともに受け入れることです。早い時期に、わが国民の主権行事である選挙によって我々の代表を選び、自主国家を打ち建てることが、分断を防ぐ道です。今回のモスクワ連合国会議で、五年の信託統治をした後に、わが国民の選択によって政府を樹立することになりましたが、もしこの通りにならなかったら、五十年の分断国家になるかもしれません」

この言葉が終ると、恐ろしい形相の青年たちが「新種の売国奴！」と、声を投げつけ走り去っていった。

根五は、宋社長の統一国家樹立に対する忠誠心を知らずに飛び出して行った青年たちを見て、残った代表に何か言いたかった。いや、宋社長に聞いてほしかった。彼は立ち上がり発言権を得た。

「宋社長のお言葉は、統一された国家を築こうとする真心であります。我々は社長の志を充分に理解しなくてはなりません。ただ、今この時代に国民の感情がどこにあるのかを考えるべきでしょう。わが国民は外国の支配から独立を願い、これからも独立国であることを願っています。

今日に限って独立運動をして死に至った父親の言葉が思い出されます。父親はいつも私に次のように話してくれました。大韓帝国の末期に、わが国の国権を回復しようと立ち上がった全琫準の東学軍が、腐敗政府の官軍と日本軍、そして清国軍が一団となった連合軍に比べ劣勢であることを知りながらも、弓乙符籍〔「弓弓乙乙」と書かれた守り札〕を貼ってなぜ蜻蛉のように飛びかかったのか。三・一独立運動の時に、全国民が大極旗ひとつを掲げて、身の危険を顧みずに、日本軍の銃剣の前を行進したその力はどこから出て来たのか。それは自主独立という、死をも怖れない国民感情によるものです。この感情が今も生きている限り、信託統治はわが国民の感情に合わないでしょう。しかし、国を二つに分断させる統治は、それ以上にわが国民の感情に合わないものと考えます」

「それではどうすれば良いのでしょうか？」

　一同が根五の口元を注視していると、傍らにいた朴昌歳が話し出した。

「その答えは火を見るよりも明らかです。信託統治の期間は短いほど良いので、アメリカもソ連も中国も歓迎する、統一した永世中立の自由民族国家を建国しようとすれば、米・ソ・英・中の連合国も両手を挙げて歓迎するでしょう」

　李根五と朴昌歳の発言に賛成する人が多くなると、宋社長が結論をまとめて語った。

「そうです。李根五先生の話がもっともです。人を診ることだけでなく、政治を見ることにも長けておられますね。わが朝鮮は解放の際に、どこにも国がない民族であり、国が存在しなかった。国家を建てるにはアメリカとソ連が五年間という時間が必要だというので、それに耐えるしかなかったのです。だから我々も国民の力を集結し、国民が希望する政府を樹立するように協力すべきでしょう。我々国民運動の推進方向もこのように考えれば宜しいと思います」

会場の後ろに立っていた二、三名の青年が「つまり信託統治に賛成せよということなのだ！」と言いながら、声を張り上げて飛び出して行った。

翌朝、旅館の部屋で新聞を広げた李根五と朴昌歳は驚きの声を上げた。昨日会ったばかりの宋鎮鎬社長が、自宅で怪漢に襲撃されて亡くなったという記事だった。

根五は政治に落胆してひどく気が滅入った。血の気の多い朴昌歳は、こんなことが起こるとはと飛び上がるほど興奮した。忌中の家に行ってみたが、死ねばそれまでだった。弔問客らは統一独立国になるまで、どれほど多くの人が命を落とすのかと心配していた。李根五と朴昌歳は、葬儀が終わると湖南線の列車に乗り郷里に向かった。

(3)

冬期なので海苔養殖に専念していたが、新平原防築工事では穀物を得ようとする本土の人々で相変わらず賑わっていた。そんななか、どうしたわけか、解放されてから天然痘という新しい伝染病が全国的に広がり始めた。この島も例外ではなかった。

根五の診療所にも、顔にでき物のような斑点の出た天然痘の患者が列を成してやってきた。根五と看護員になった満州夫人は、またしても忙しくなった。池花も、昨年、古今島自警大将になった夫とともに戻ってきていた。時々は家事を手伝っていたが、いまは妊娠して外出ができないので、満州夫人だけが多忙を極めていた。彼女はやっと解放されて、少しは楽な生活になると思っていたのに、なぜこのように災難が襲うのかとぼやきながら、島民たちが気の毒で愛しくなり、身を投げうって仕事をするのだった。

根五は診断の結果、天然痘患者と判明すれば自警隊に知らせ、人々の出入りを禁止し柴戸を閉めさせた。そして白い旗を掲げて病人のいる家であることを標示させた。昨年は腸チフスに罹った患者が放置されて伝染が拡大したので、大勢の患者が犠牲になった経験を活かしたのである。閉鎖された家には隣家が飲み水と食糧を供給することにした。当初は閉鎖をする自警団に抗議や乱暴をする者もいたが、こうした伝染病の予防措置は次第に理解され、島民の協力が得られるようになった。

人が生きる世の中においては、最悪の場合に救援の道が開かれるものだ。昨年、死の間際に辛うじて生き残り帰国したジョージ・ウェールズから、医薬品と外科手術器材がアメリカ軍輸送隊の便によって送られてきた。同封されていた手紙には、自分は除隊後に父親の経営する農場を手伝っているが、彼が戦争から生き残って帰ってきたことについて、ある日、教会で証言をしたと書かれていた。彼の乗った戦闘機が不時着したこと、独立運動家を支援したとして医師免許証を剥奪された古今島の医者の貧弱な診療所で治療を受けたこと、嫁の満州夫人の産気づいた声のおかげで処刑を免れたことなどを話すと、感銘を受けた信者たちが後援会を組織し援助してくれるようになった。そこで、先ずこの医薬品と外科手術器材を買い求めて送ることになったと書き記していた。さらに診療所の拡張費に使用するようにとも書いてあった。

根五は思いがけない贈り物を手にし、医者になったことに対する誇りと、都会の医者よりも田舎で貧しい人々のために奉仕する医者として働く決心に勇気が湧いてきた。彼は感謝の気持ちとともに、もっと早く伝染病予防薬と治療薬を送ってくれれば良かったとも伝えた。アメリカから送られてきた薬で治療すると患者の容体は好転し、昨年、薬がなくて死んだ患者数を上回る多くの人命を救助できるようになった。新薬で治療していると噂が広まると、本土からも治療を受けにくる者が増えていった。

根五は診療所の増築をしなければならなくなった。そこでジャンクの帆柱で柱と屋根の梁をつくり、甲板だった松の板で病院の天井と板の間を張った。

一隻のジャンクに積んでいた穀物は、それまでの工事の報酬に使用し空になってしまった。そこで船の上部を取り除き、重心を低くしてエンジンを取り付け、島々を巡回する連絡船に改造した。重心を保つため船底に沢山積んでいた鉄の塊を製鉄所に売却し、エンジンを新たに買い求めた。この船は様々な業務に使用され大いに役立った。

こうして慌ただしく過ごしている最中に、洪雨が国民学校を卒業し、独りでソウルに出向き、ソウル中央中学校の入学試験を受け合格して帰ってきた。

根五は遙かに遠い海を見つめながら、夫の帰国を待ち望んでいる息子の嫁の姿をしばしば目撃していた。それで満州夫人に「異なる風に当たって気分転換をし、満州の情勢も調べてみたらどうか」と、入学準備にかこつけて洪雨とともにソウルに向かわせた。

満州夫人は、ソウル中央中学校に近い仁旺山の山麓、楼上洞のソウル市内が見渡せる場所に洪雨の下宿を定めて、洪雨とともにしばらく留まりソウル市内を見て歩いた。満州の都の長春よりもずっと多くの人々が往来しているが、知り合いは誰ひとりいなかった。街には連日「信託統治反対」と「信託統治賛成」を叫ぶデモ隊が行き来していた。彼女は街が騒がしければ騒がしいほど夫の身の上が心配になった。そして会いたい思いが募り胸が痛んだ。十か月を迎えた在命を背負い、三十八度線に近い開城まで訪ねてみた。まさしく開城の北側で、アメリカ軍と大韓民国臨時政府の警備兵が検問し通行を規制していた。数日ほど開城に通い北側の情報を確かめているうちに、三十八度線をひそかに往来しながら稼いでいる案内人の存在を知った。彼女はある日、洪雨に「私が帰らなかったら、兄さんを探しに満州に行ったと思いなさい」と告げてから、在命を背負い案内人のもとを訪ねた。案内人は「南側に向かう者は多いが、北側を目指す者は少ない」と言い、「なぜ行きたいのか」と尋ねるのだった。

満州夫人は「満州に両親も夫もいるので行きたいのです」と、三十八度線を越える理由を説明した。案内人は「気が強いですね」と笑いながら、「何人か集ったら一緒に行きましょう」と約束してくれた。

案内人は、南北を往来する者から様々な話を聞き出し情報に通じていた。

南側に駐屯したアメリカ軍は、ある形式にまとめる民主主義をつくろうとするのでなく、国民が願う選択形式で民主主義を創出することを容認しているので、党派も騒乱も多く目に付く。しかし、三十八度線以北はソ連型共産主義をモデルにし、労働党支配政治という革命形式で、民主主義を制度化しようとして、反対者を認めていないため、秩序が保たれているように見えると言うのだった。

そして案内人は「三十八度線を北に行くか南に行くかで、その人の運命が決定するのだから、よく考えて選択しなさい」と満州夫人に語ってくれた。

彼女は夫に会って一緒に生活したいとの思いから、前後も考えずに決めたことなので、日が経つにつれ恐ろしくなり、また舅の根五に事前の相談をすることもなく、許可もなしにきたことが気になり不安に駆られるのだった。だが、どうせ踏み出した道だからと、人々が集ったある夕刻、松岳山の山道を辿って北方に向かった。しかし、その日に限って密告者があったのか、越北者の往来するルートをアメリカ軍と大韓民国臨時政府の警備兵が警護していた。自動車のヘッドライトが一斉に灯され一行は阻止された。すると人々は四方八方に逃げ出したが、在命を背負った彼女は動くこともできずに捕えられた。彼女が警備隊の収容所に数日入っていると、古今島から連絡を受けた舅の根五が訪ねてきた。彼女は根五に身元保証人になってもらい、訓戒のうえ放免された。

彼女はきまりわるげにつぶやいた。

「以前は、満州、朝鮮、中国、日本などを自由に行き来できたのに、解放するためにやってきた連合軍が、かえって往来する道を遮断するとはなにごとですか？　お義父さん、私に自転車を買ってください。これから乗り方を覚え、在命とともに北を経て満州まで行くつもりです」

無言で笑っていた根五の胸には、誰をも恨むことのできない気持ちが湧き起こった。

「そう、理念も国家も人間がつくったものだ。この地を作った神はみんなに、自由に往来しながら住むように希望されたのに」

根五はため息まじりに言った。

(4)

満州夫人はソウルから島に帰ると、毎日自転車で島内の道を走りまわり、湧き起こる若さを発揮するのが日課となった。

朝には治雨を背後に乗せ、白いスカーフをなびかせて二キロ離れた学校まで走ると、生徒たちは歓声をあげ手を振ってくれた。学校の隣には警察に編入された自警隊があり、隊員に剣術を教えたり、広くて長い防築工事場に立ち寄り、自転車で水を運搬し、人夫たちを激励したりした。島内で急患が発生すると、自転車に荷台をつなぎ診療所に搬送した。島民は大人も子どもも、みんな「満州夫人!」と呼びかけ、彼女を慕い好意的に迎えてくれるのだった。

自転車で満州にいる夫を探しに行くと計画してから一年が過ぎ、また二年と歳月が流れるにつれ、困難の度は深まり、国境線の城壁は厚く強固になっていった。

満州夫人は、隣の満州の情報を耳にする機会が少なくなったので、アメリカにいるジョージに手紙を出し、中国と満州の情勢を尋ねてみることにした。彼からは「解放されて三年目になるが、最近、毛沢東の紅軍が満州から蒋介石軍を追放した」と返信が届いた。

蒋介石軍に協力している実兄張永歳の立場、両親や夫の安否に対する不安などで、日が経つにつれ心細くなっていく満州夫人は、そうなればなるだけ自転車のペダルを力強く踏んだ。

今日は三回目の八・一五解放記念日で、新平原防築に水門が開通する日であり、南側が単独政府の大韓民国を樹立する日でもあった。それでほとんどの島民が新平原防築工事場に集まっていた。

満州夫人はかなり大きくなってよくしゃべる三歳の在命を自転車の前に乗せ、十歳の治雨を後ろに乗せて走った。背後からは休みでソウルから戻ってきた洪雨が、別の自転車でついてきた。二人は、まだ整理が終わっていない新平原の周囲に新たにできた十里ほどの道を通って堤防に向かった。堤防はまだ仕上がってはいなかったが、約二百メートルの道に高い山壁のように重なっており、とても立派に見えた。村ごとに農楽隊が出て、一緒に地神踏みでもするように堤防を往来した。水門には上下する門扉を五つ取り付けてあった。満潮と干潮の際に開閉を歯車で調整する手動式水門だった。手動式調整機の横に豚の頭を備え、島の老人たちと有志による「堤防固めの祈願儀式」が終わると、酒と豚肉が振る舞われて宴会が始まった。

堤防に敷物を敷き島の有志とともに酒を酌み交わしていた朴昌歳は、彼特有の熱弁を振るい、南側だけの単独政府の樹立を批判した。

北側の共産主義者たちはソ連の指令によって信託統治を支持したが、南側の臨時政府出身の金九と、李承晩が率いる大韓独立促成国民会は信託統治に反対し、三年の歳月を無駄に過ごしてしまった。

南側の保守主義者たちのうち、五年間の信託統治は民主主義の訓練のためにも容認してはならないという者は、右翼テロリストたちの標的になり暗殺された。

反託陣営の意見を聞いたアメリカは、国連に朝鮮問題を上程した。南北同時選挙により代表者を選出して国会を設置し、単一政府を樹立して占領軍から権限の移譲を受けた後に、占領軍は速やかに南北朝鮮から撤収すべきであると決議することになった。

結局、ソ連は共産党員として訓練させた金日成を中心に、北側に朝鮮民主主義人民共和国を樹立し、アメリカは米国型資本主義の訓練を受けた李承晩を前面に押し出し、国連の決議を大義名分に南韓だけの単独選挙を実施し、大韓民国を樹立したのだった。民族を生かそうとする志ある人々は、南と北に各々の政府が樹立することは、永久分断を意味すると主張し反対したが、京捕場（捕吏）の銃声で回答されるだけだった。

朴昌歳も単独政府の樹立は反対するが、参加しないで争うよりは参加して争いたいと、無所属で国会議員選挙に立候補したが、李承晩を支持する独立促成会の金長鎬が当選した。朴昌歳は「莞島の人間が島民の文盲を解消するために若さを捧げ、解放後には治安維持のために奉仕したおれの実績をみれば、日本で学んだ後に光州で警察署長をした金長鎬よりはいっそう功績があった。しかし、島民は親日派だった金長鎬を選んだ」と敗戦の弁を語った。根五も少し酒に酔うとひと言つけ加えたのだった。

「庶民感情を理解しなければならない。私の父がいつも話していただろう。庶民を統治するには庶民感情を知らねばならないと。それなのに君は二つの失敗を犯して票を失ってしまった。第一は、単独政府に反対しながら単独政府の国会議員になろうとしたこと。第二に、合同遊説で金長鎬を親日派と罵倒したが、金長鎬は『生きるために宮城遙拝をしなかった者がどこにいるか、日本の学校を通学しなかった知識人がどこにいるか』と反論した。そのうえに、わが家の溢雨と満雨に対して、『日本の官職にあり、日本軍を支援した親戚がいるので自分を親日派というなら、親日派でない者がどこにいるか』と言われたとき、君は直ぐに回答できなかった」

昌歳は、彼特有の豪傑笑いをしながら答えた。

「へへっ、おれが国会議員に落選したのは君のせいではないよ。おれがその話に対して直ぐに返事をしなかったのは口下手だからだ。ただ国会におれが入っても、単独政府を支持するよりは南北統一政府の樹立のために努力したいとの、おれの意志を人々に分かってもらえなかったのは淋しいけれどね」

根五は、朴昌歳に酒を勧めて慰めの言葉をかけた。

「父は満州で亡くなる前に、こんな話をしてくれた。庶民感情は土壌で、民心はその上を流れる水で、水の流れは水の量に応じて朝夕に変化すると言うんだ。南北が一つになった自主独立国家を建てることが、我々庶民の願いだったとするなら、単独政府は南の民心だった。そして日本で勉強しようが、満州やアメリカで学ぼうが、外国人がわが国を統治するよりは、わが国の人間が統治するのが望ましいというのが民心だった。この民心がいつどう変わるかわからないが、信託統治という言葉よりは、親日派といえどもわが国の者ならばいいという風に、民心が流れたのだろう」

「いつかは庶民感情が民心を吸収し、統一した自主独立国家という形が見える日もくるだろう」

「その通り。まさに昌歳、君が言うその形が見える日が、統一の日になるだろう」

傍らで二人のやり取りを熱心に聞いていた高面長が割って入った。

「庶民感情が賛託でも反託でもなく統一だと見るならば、結局、現実的に二つの政府が樹立されるようになり、国民感情は自分の側にあると互いに争っていたら、いつかは戦争の渦に巻き込まれるのではないでしょうか？」

遙か山の彼方を眺めていた根五は、ため息をついてこれを認めた。

「権力に目がくらんだ政治の策士がごった返す世の中だから、戦争が起こるかもしれないな」

昌歳が大声で言った。

「おいお前。第二次大戦でうんざりだというのに、何でまた戦争をするんだ。そして争いをしないと分かれたのが、なぜ永久の分断となるのだ」

昌歳の話を、横で聞いていた池花と子どもの世話をしていた満州夫人が言った。

「あの、永久に分断されれば、満州に行く道は永久に閉ざされるのでしょうか？」

「そうかもしれないね」

「そうしたら、満雨さんとはいつ会えるのでしょう？」

一同は静まり返った。

根五は胸に抱いていた在命の頬に自分の頬を当てた。在命は髭が痛いと悲鳴をあげた。

「もう少し待ってみよう。この子が大きくなったら良い世の中になるだろう」

根五は独り言のようにつぶやいた。自警隊が警察に編入されて、古今島支署主任になった朴良右との間の息子を抱いている池花に、朴昌歳も話しかけた。

「どれ私も、孫の民守を抱いてみようかな」

彼は池花から二歳になる孫を受け取った。

「この子らが解放っ子なのだ。将来、この子らがわが国を率いて行く頃には、民主主義もきっと定着しているだろう」

満州夫人が言葉を継いだ。

「英国は民主主義を確立するのに二百年を費やし、アメリカは百年を要したと歴史の先生が教えてくれました。この方式を練習させせようと、五年間の信託統治を設けたのではないでしょうか。

この子らが大きくなり政治をする三十から四十年後には、立派な民主政治が育っているでしょう」

「民主政治は選挙で落選したら、潔く敗者が勝者を手助けするし、先頭に立つことだけでなく後方に立たなければならないこともある。自分が受け持った期間が終われば潔く次の人に引き継ぐことも出来る。そのような政治が民主政治だと思うのだが、練習ではなく実習だから、多くの苦痛と血を流さねばならない」

彼らは遠い未来を予見するように語り合った。

第6章　「山人」たちの逃避行

(1)

機関銃と小銃の音が、古今国民学校の向こう側の支署から豆を煎るように響いてきた。好奇心の旺盛な国民学校の生徒が外に飛び出して見入った。二、三名の警察官が背後の垣根を越えて山に逃げ込むのが見えた。黒い服を着た警察官に向かって機関銃を射撃する一群は、国防色の軍人服だった。

銃音が途絶えると、軍人と赤い腕章をつけた民間人が二体の警察官の遺体を引きずって国民学校に入って来た。ＬＭＧ機関銃、Ｍ1銃、カービン銃などで武装した人々は、空砲を放つと国民学校の生徒に、運動場に集合せよと命じた。日帝時代には古今普通小学校と呼ばれたが、解放されてからは古今国民学校と改名されている、千二百名の生徒が通うこの学校は、一瞬のうちに大騒ぎになった。

生徒と教師がわけも分からずに、銃音におののきながら運動場に集合すると、赤い腕章を巻いた許旭が壇上に立ち、大声で演説を始めた。

「皆さんは、たったいま解放されました。この島は祝福を受けて朝鮮人民共和国の南朝鮮地域解放区になりました。麗水で人民の解放のために起こった軍の蜂起は、順天《スンチョン》、求礼《クレ》、宝城《ポソン》、和順《ファスン》を解放し、島としてはこの古今島が最初に解放されたのです。軍の戦士たちは光州を経て、ソウルに向かって解放を進めています。そして、北側にいる金日成将軍がソウルを解放し、南下してきたら、わが南北の人民軍が落ち合い、李承晩政権を打倒し、共産主義労働者の社会に解放されるのです」

この時、四年に在学中の治雨が叫んだ。

「許旭おじちゃん！　なぜ警察官を殺したの？」

「あー、お前か！　ここに出てこい。ちょうど、お前の父親の診療所に行こうとしていたところだ。お前の父親と満州夫人はいま診療所にいるのだろう？　生徒の諸君、みんなは李治雨の家よりも貧しいでしょう。我々は貧しい者の味方です。貧しい人は我々がやることに力を貸せば豊かになれます。黒い犬の警察官の奴らがきたら、我々に連絡をして下さい。我々はこの機関銃で黒い犬をやっつけるつもりです。我々は小作人を解放し、みんなが平等に暮らせる世の中を作っていきます」

上空に向けて空砲を放ち、李治雨を先に歩かせて上亭里の李根五の診療所に向かった。遺体はそのまま運動場に放置した。

許旭の一行は、軍人十名に民間人五名だった。軍服に少尉の階級章をいまだに付けている指導者らしき人物が脇腹を負傷して、民間人が担架に乗せて運んでいた。別の一人は足に負傷して軍人に寄りかかって歩いていた。

許旭はジャンクで満州夫人に恥をかかされてから麗水に行った。波止場で働きながら、労働組合を結成して活動していた。麗水に駐屯していた国軍第十四連隊の一部の軍人が、九月に三十八度線以北に樹立された共産党政権に同調して反乱を起こすと、我が世の春を迎えたように思ったのか、これに同調し、波止場の労働者らと反乱軍に加わり飛び回っていたのだ。彼らは、伐橋、宝城などの西部方面に進軍する急ごしらえの人民軍に編入された。熊津山嶺で警察討伐隊と遭遇して多くの隊員を失い、さらに指揮官の金容植少尉が肋骨に銃創を受けると、部隊員は散り散りになり、辛うじて十五、六名だけが残ったのだった。

西部方面人民軍支隊長である金少尉の治療のため、許旭は李根五を訪ねようと水門浦から船に乗り、海岸の道に沿って古今島に到着し、先ず警察支署を制圧したのだった。通信手段が発達していなかったので、何の情報も入手していなかった支署主任の朴良右は、銃を撃ちながら侵入する人民軍の襲撃を受けた。実戦経験のない約十名の警察官はとっさの判断で垣根を越えて逃亡し、二名は射殺され、残りの者はばらばらに逃げた。朴良右は新平原の彼方の鳳凰山に身を避け、莞島邑に行くと警察署の支援を要請した。

アメリカにいるジョージの医薬品支援のおかげで、貧しい人には無料で、やっと生計を維持できる程度の人々には安い治療費で治療をしていた李根五の前に、治雨を先頭にした許旭と人民軍がやってきた。支隊長の治療に失敗したら診療所を破壊すると許旭に恐喝されながら、根五は支隊長の肋骨に食い込んだ弾丸の摘出手術をした。その間に逃げ出した治雨は、奥まった自宅に駆け戻り、これまでに起こった事柄を母親と満州夫人に語り、許旭が銃を持っているから隠れてと言った。

許旭は銃を放って、上亭里の村人を集合させた。そして人民軍に協力せよと村人に脅し文句を並べ立てたが、人民軍と知った村人たちは黙りこくって応じなかった。彼は村人が応じないと見るや、彼らの気を削ぎ服従させるには、先ず自分を負かした満州夫人を屈服させねばならないと考えた。そこで満州夫人を探したが、彼女はすでに身を隠して見つけることが出来なかった。許旭は民間人をひき連れて、家々を捜索したが見つけられない。彼は隣村に行き協力者を求め、満州夫人を探したがやはり見当たらなかった。さらに、新平原附近の村々を回りながら人民軍の協力者を求めたが、誰も応じてこなかった。まだ水路と田のあぜは完成していなかったが、広大な新平原が広がり、村の近くや山の麓に苗が青々としているのを見た許旭は、島の人々が人民軍に同調しないのは、新しい農耕地ができて心にゆとりが生まれたからだと考え、堤防に出ると水門に数個の手榴弾を投げて破壊してしまった。

彼らは再び根五の家に入り込むと、満州夫人か主丹剣かどちらかを差し出せと言い張り、酒を飲みはじめ一晩中乱暴な振る舞いをした。見かねた池氏のおばあさんが主丹剣を差し出すと、許旭は一行を率いて海辺の診療所に戻った。

満潮で海水が新平原を満たす夜明け頃、莞島警察署では署長の鄭敬烈が各島の支署から選び出した約三十名の機動打撃隊を率いて、朴良右に案内されながら診療所を包囲した。

人民軍を識別できる早暁になると、包囲網を張った莞島警察署長の鄭敬烈が叫んだ。

「人民軍は両手を挙げて出てこい。お前たちは包囲されている。どこにも逃げることはできない。軽挙妄動する者は容赦なく射殺する。早く武器を捨て、両手を挙げて出てこい」

驚いた人民軍は診療所のガラスを割り、むやみに銃を撃ちまくった。しかし、警察は患者と医者の身を考慮し、応戦をせずに警察署長の射撃命令だけを待っていた。許旭は診療所のなかから叫んだ。

「お前ら、黒犬め。この診療所に一歩たりとも入ってくるな。入ったら、ここにいる連中を一挙にぶっ飛ばすからな！」

「お前たちはここから出て行け！　そして、この古今島からも離れろ。お前たちが静かに出て行くなら見逃がしてやるぞ！」

朴良右は義父と患者の安全を考えて、とっさにこのように怒鳴り、署長を見上げて同意を求めると、署長はうなずいた。

許旭は看護婦に非常薬と簡単な治療道具を包ませ、根五と治雨、そして看護婦を先に立たせて診療所の外に出た。署長は道を開けよと隊員に命じた。十五名の人民軍は石活方面に向かった。警察官は遠くから包囲し、そのままついて行った。

島の東西南北に通じる道がある中心地の石活は、市《いち》の立つ日なので島民でにぎわっていた。国民学校の前の十字路に着くと、人々が大勢集まっていた。許旭は昨夜自分が村々を回って説得したので、こんなに人々が集まっていると支隊長に自慢した。しかし、近くに寄っても人々からは拍手も万歳もなく、重い沈黙が覆うだけだった。そして、道を開けてもくれなかった。許旭は道端に立っている李燮文に言った。

「燮文、久しぶりだな。そう、おれたちの革命蹶起の志を知って、歓迎しに出てきたのかい？」

「許旭、お前！　人民を貧しさから解放しにやってきた者が、収穫を無くすために堤防の水門を破壊したのか？」

李燮文は怒りに満ちた声で叫んだ。

「お前たちのために、おれたちは命を賭けて蹶起したのに、お前たちは資本主義に安住しているから、目を覚まさせようとしたのだ。それが、なぜ悪いんだ」

「おれたちは資本主義が何か、共産主義が何かなんて知らない。おれたちは血と汗を流し、労働の代価として新平原の財産を作ったのだ。それなのに共産党を信奉するお前たちが、水門を破壊するのを見て、共産党が何であるかが今になってやっと分かった！」

　李燮文の反論に、許旭は大勢の人の前で批判されたように思った。そして生意気な奴と大声を上げ、「おれたちは共産党ではなく、南労党なのだ！」と言いながら、李燮文の足に発砲すると、燮文はその場に倒れてしまった。

「許旭、これ以上、殺傷をしてはいけない！」

　根五が制止し、燮文の傍に駆け寄り傷ついた部分を確かめた。殺気だった島民は離れるどころか詰め寄ってきた。この光景を見守っていた金支隊長が危険を感じて声を上げた。

「早く道を開けろ。道を開けないと大勢が犠牲になる！」

群衆の中から満州夫人が叫んだ。

「李根五先生を連れて行かないで。李先生はこの島にとって必要な医者です。そして人民のための真の人民軍ならば、人民が作った新しい農耕地の穀物を海水で駄目にした、その許旭をこの場で処刑しなさい」

「そうだ。許旭を処刑しろ！」

　群衆から「そうだ」の声があちこちから上がった。彼らが厥起して右翼分子を処刑する時には、人民裁判という方式で、群衆のなかから「殺せ」「そうだ」の声が出れば、そのまま処刑をしたというが、今は自分の側を処刑できない金支隊長は懇願するように、「皆さんの損害は全国で労働者革命が完遂されれば、そのときに賠償します。恐らく許旭隊員は皆さんの協力が得られなくてそうしてしまったのです。そして、李根五先生は、現在、警察が遠くから我々を包囲しているので、この島を離れたら帰っていただきます」と答えた。

「あなたたちは警察官を殺した殺人犯なのよ。私たちは復讐をしないから、あなたたちだけで早く逃げなさい」、満州夫人の声がした。

するとと許旭が空に向けて銃を放ちながら叫んだ。

「満州夫人、姿を見せろ。おれともう一度対決しよう。今度もおれが負けたら、潔く立ち去ってやる」

許旭が再び空砲を放つと、人々が道を開け、運動着姿の満州夫人が現れた。そのとき、古今支署で警察補助員の仕事をしながら、満州夫人に少し剣術を習った金相傑という向こう見ずの男が遮った。

「おれたちの剣道師範に手を出すな」

許旭はこの男の足元に銃弾を撃っても、びくともせずに立っているのを見て、彼の性格を知っているので叫んだ。

「このまぬけめ！ お前の腹には銃弾が当たらないと思っているのか？ この銃が怖くないのか？ そこを開けろ」

「やめろ。満州夫人はおれたちの師範だ」

彼の向こう見ずな行動が結果的に満州夫人を助けた。他の人々も再び満州夫人を取り囲み道を閉ざした。この時、息せききって池氏のおばあさんと黄夫人が駆け寄った。

「私の息子を連れて行ってはいけない。私を連れて行け。あんたたちを手術してあげたら感謝しておとなしく出て行くと言っていたのに、どうして息子まで連れて行こうとするのかい」

池氏おばあさんは許旭の胸倉をつかんだが、許旭が払いのけると同時に倒れこみ、担架に乗せられている金支隊長に倒れ込んだ。すると傍にいた呉中士が、許旭が持っていた杖を奪って打ちつけた。やおら刃が現れ、池氏おばあさんの腰に刺さり、おばあさんは即死してしまった。

呉中士は殺す気はなく、杖だと思い奪って打ちつけたのだが、池氏おばあさんを死に至らせてしまったので、慌てて叫んだ。

「あっ、刀じゃないか？」

刀を取り落とすと、許旭がすばやく拾って振り回しながら道を開けろと叫んだ。

根五は母親に駆け寄り、「お前たちがお袋を殺したのだ。こいつらめ」と抱きしめて泣き崩れた。

池氏おばあさんは七十六歳を一期に永眠した。

金支隊長は群集心理の恐ろしさに気づき、横にいる治雨をすばやく抑えると、頭に銃口を当てて叫んだ。

「道を開けないと、この子はもちろん全員を撃つぞ」

「やめて。治雨を撃たないで。私が代わりに付いて行くから、お父さんと治雨は返して」

群衆に紛れて子どもを背負いながら、この光景を見ていた池花が駆け寄って叫んだ。

池花の手をひったくった許旭が言った。

「分かった。李根五は連れて行かない。しかしこの女は古今島支署主任の女房だから、おれたちが連れて行こう」

根五と黄夫人、そして村民たちが池氏おばあさんの遺体の前で、どうすることもできずにいると、許旭は池花を、金支隊長は治雨を引っ張り、陸地に行く渡し場の方向に動き出した。許旭の一行が乗船し陸地が見える渡し場で船に乗るまで距離を保ち追ってきた警察署長が叫んだ。

「麗水と順天の仲間は、全てわが国軍によって平定され、自首してきた。お前たちも命が惜しければ、人質を無事に返し自首すれば命は助けてやる。さもなければ、船とお前たちを蜂の巣にしてしまうぞ。さあ、一分間の猶予を与えよう」

何の回答もなく船を出そうとするので、署長が射撃命令を出そうとすると、朴良右が懇願した。

「どうか射撃はしないで下さい。あそこに乗っている人質は私の妻と子どもです。また、あの生徒は私の甥です。私がどこまでも付いて行き、連れ戻してきます」

警察官と村人たちは悠々と出ていく船を眺めながら、どうすることもできなかった。

渡し場と馬梁の間の狭谷の海水は、渦巻きながら急激に長興《チャンフン》、会津《フェジン》方向に引き潮となり流れていった。

人民軍が乗った小舟は、会津の方向に山腹沿いに回り、瞬く間に姿を消してしまった。

(2)

許旭の一行は会津に船を着けた。彼らは軍と警察の合同攻撃で人民軍が押され気味なのを知り、警察の眼を避け、山道に沿って有治村に行くことにした。

長興の有治村には、以前から左翼に同調して警察に追われた人々が、宝林寺から雲住寺に至る二つの高い山脈が深い谷をつくっている峡谷で隠棲生活をしていた。宝林寺入口の龍門と雲住寺の上の谷を守れば、誰もこの谷間に入ることが出来ない。寺の田もあり、民家もあるので食生活に不便がないばかりか、いざとなれば山脈を辿って智異山に逃げることもできるので、南側の軍政とか新しい単独政府などに反対して追われてやって来た「山人」たちがここに集って暮らしていた。

許旭の一行は、大徳を通り天台山と天冠山の間の高い峠を越え、長興を通って有治村に行く道を選んだ。金支隊長と許旭は会徳で池花と治雨を帰らせようとしたが、島民の抗議に驚いた隊員たちが、有治村に入るまでは人質にしようというのでそのまま連れて行った。

昔は盗賊の巣窟であった深い峠の絶壁の下にある旅籠屋で、一行は寝食を取ることになったが、山の中で過ごす十月の夕方は肌寒かった。

金支隊長の手術の跡から血がふき出した。許旭は上亭里の診療所から奪って来た薬のかばんを池花に渡し治療せよと命じた。彼らがおばあさんに行った惨酷な行動を思い出し、金支隊長も殺してしまいたかったが、消毒薬の匂いが、彼女を生命を救う看護婦に立ち戻らせた。さんざん暴れていた許旭も池花の治療する姿を見て心が和らぎ始めたようだった。

旅籠屋の前庭につくったたき火は疲れきった一行に眠りをもたらした。しかし、治雨がいざとなれば殺害でもしそうに呉中士から離れないので、許旭はきまり悪げに言った。

「君のおばあさんを本当に殺すつもりはなかったのだが…」

この言葉に呉中士は我が意を得たように言った。

「老人を殺すつもりではなく杖を振り下ろしただけだったのに、あの杖が刀とは思わなかった。本当にあんなになるとはな」

「今日、呉中士がおばあさんを斬らなかったら、私たちは群衆から袋叩きになって殺されたか、私たちの銃で群衆が全員死んでしまったかのいずれかだっただろう。呉中士の行動がかえって多くの命を救ったのだ」

上等兵階級章をつけた男がおべっかを言った。

「まさしくその通り」

牛泥棒のような男もうなずいた。そうしながら革命の意志を燃やすためにと革命歌を歌い出した。池花と二歳の民守そして治雨は、患者である支隊長と一緒に主人が寝る隣りの部屋で横になり、隊員たちは旅籠屋の庭で火を燃やして寝た。しきりにむずかる民守を寝かしつけ、用を足しに外に出た池花があちこち適当な場所を探していると、歩哨の若い兵が案内するというのでついていった。そして、池花が乱暴されそうになり悲鳴を上げると、悲鳴に驚いて起きた許旭が走ってきて、主丹剣を歩哨に向けて振り降ろした。歩哨はその場で息絶えた。

「そんな女のために同僚を殺す必要はないだろう。みんなひもじいのにこんな時にはお互いに楽しんだらどうですか?」

ある軍人上がりの隊員が言うと、許旭は眼に火花を散らして言った。

「この女は私の主人だった人の娘なんだ。幼い時から私に良くしてくれたし、私によくなついてくれた。俺が徴用されて苦労した時にも、池花の面影が目の前に浮んで辛抱できたのだ。解放されて故郷に帰ったら求婚しようと思っていたんだ。しかし、報国隊から逃れるために黒い犬になった甲子生れと結婚をしたのだ。私のものにはならなかったが、俺はこの女が好きだし、これからも助けてやりたい気持ちだ。誰であろうとこの女に手を出したら、こいつみたいになるぞ！」

こんなことがあってから、池花に近寄る者はいなくなった。李治雨は姉に片思いをしていた許旭に対して、殺人者というよりは哀れな人間という同情心がわいてきた。

彼らは長興邑を迂回し有治村に到着した。莞島警察署機動隊は管轄が違うので、長興までは追撃してはこなかった。有治村は光州と伐橋から押し寄せて来た人民軍であふれていた。彼らは軍民合同で再び革命軍組織に編成され、池花と治雨は許旭に従って雲住寺方面に向って一日を過した。温かい太陽の光を受けながら大きな塔の下に座っているときに、治雨はサングラスを外している許旭の顔を初めてじっくり眺めた。昔、治雨が幼い頃に、おんぶしてとねだった使用人許旭の顔だった。満州夫人が傷つけた跡が頬に残っていて、目は今にもぎょろりと飛び出しそうだった。民守に乳を飲ませている池花を見つめる許旭の影のような姿を、治雨はじっと眺めていた。

支隊長が探しているという声を聞いた許旭は立ち上がり、池花に向こうの丘に弥勒仏が横たわっているからそこにお参りし、自分の希望を祈りなさいと言い置いて立ち去った。

池花と治雨は民守を抱いて許旭が教えてくれた山道を辿った。弥勒仏は丘の上に横たわる巨大な岩に彫ったもので、多くの人がお参りに来て合掌していた。池花と治雨がこの光景をぼんやり見ていると、民守が仏の上をよちよちと歩きながら、おもらしをした。驚いた池花が、まだし終えない民守を抱いて外に出ると、横にいた住職が笑いながら言った。

「出て来る小便を我慢するのは仏の意思ではありません。小便を我慢しようというのは人々が作った道徳に外なりません。あなたの息子みたいに何の意思もなく仏さまに小便を掛けるのは、多くの人々が合掌してお参りをすることよりもっと純粋な祈りですよ」

住職は世の中を恨み嘆くかのようにため息を吐きながら話を続けた。

「ここでお参りして行く人は、仏を信じているのであって、共産党ではありません。本当に貧乏で、豊かにしてくれるというからついて来たという人もいるし、生きていく上で怨恨が生じ、反乱が起こったのをきっかけにして、恨み骨髄の相手を殺してからこの山奥に入って来た人も少なくないのです。一部の軍人とか光州の学生など、新政府が積極的に民主発展の目標や封建改革対策を提示できずに、親日派を引入れ政府の要職に座らせていることや、独立運動をして圧迫を受けた家には何の見返りもないことに反発を抱き、麗水反乱事件に同調する人も多いという。とにかく現実に不満のある人たちがこの狭い谷間に次々と集まって来るのです。あの人たちはこの世で弥勒仏を見つけようと東奔西走しますが、ここにお参りに来たことはありません」

この話で、李池花はジョージが死刑場でくれた十字架のロザリオを思いだし、自分の首にかけていた十字架をぎゅっと握りしめた。

この時、許旭が父親を連れて丘の上に登って来た。

「許おじいさん、どうしたのですか？」

池花が懐かしさから声をかけ、駆け寄り手を握った。

「おじいさんも有治村に入って来たのですか？」

治雨はそれでこそ男だと皮肉まじりに話した。

「坊ちゃんとお嬢さんをお迎えに来ました。私の息子のせいで、こんな苦労をさせて池花お嬢さん、すみません。まさしく愚かな息子を持った私の罪です。こいつ、おばあさんはお前を胸に抱いて育ててくれたのに凶器で殺したとは、この世の中で二人といないおばあさんだった。そんなにお世話になったおばあさんを殺すなんて。こいつ、こんなことをしなくてもごはんを食べていけるのに、どうしてこんなことをしたのか？」

許老人は涙をぽろぽろ流しながら息子を見つめて恨みごとを並べ立てると、許旭も罪を感じたのか父親の言葉には反論もできずに首を垂れていた。

李根五は、診療所で人民軍がこれからの行き先について相談するのを耳にしていたので、有治村に行ったのを知っていた。それで、婿の父親でもあり友人でもある朴昌歳に莞島から急いで来るように頼んで、許老人を連れて有治村に行き、許旭を説得して池花と治雨をつれ戻すように図った。そして、彼は主丹剣で殺された母親の葬儀の準備をした。

満州夫人が、おばあさんの葬儀ではなく、池花と治雨を探すのに同行すると言って一緒に行くことにした。朴昌歳は長興に来て許老人を有治村に入らせ息子を説得させた。

「長興で民守のおじいさんと満州夫人が待っているから早く行きましょう」

許老人が背中を押すと許旭が言った。

「行って夫に伝えなさい。私のせいで父親を利用したり傷つけたりしたら、その時には放っておかないと」

許旭も人の道義には逆らえず、父親を案じる言葉が口をついて出た。

彼らの話を聞いていた僧に池花が言った。

「ご住職様！　弥勒様は私の胸の中にいらしていたようです」

池花は、自分の胸に架かっている十字架のロザリオについて話すと、住職はうなずきながら「南無観世音菩薩」と唱え、お気を付けてと別れの挨拶をした。

許旭に案内されて龍門に到着すると、みすぼらしい家屋の前に十字架マークが入った医療テントがあり、その前で階級章をはずして赤い腕章をつけた人民軍と、父が銃弾の傷痕に芯を入れて治療した金支隊長が手を振っていた。

呉先生と呼ばれるのを好む呉中士は民間服に着替え、腕には赤い腕章をつけて元気な姿で立っていた。木の下の洞窟や隠蔽物の横から銃口がこちらを警戒していた。許旭と呉中士は別れの挨拶を交した。民守をおぶった李池花は、治雨の手をぎゅっとつかんで黙々と歩いた。許旭は父親の手を握ると、ぎょろりとした目に涙を浮かべ、白旗を渡してやった。

許老人と李池花、背の民守、そして治雨が白旗を掲げてしばらく山麓を歩いて行くと、重武装をした軍人と機動警察に出会った。彼らは朴昌歳の説明を聞き、許老人を入らせたことにいら立ち待っていた。

池花の舅朴昌歳と満州夫人は、再会を喜び合った。朴昌歳は孫の民守を抱いて頬ずりし、満州夫人は治雨の手をぎゅっと握った。

「良右さんは？」

池花の問いに、満州夫人は答えた。

「人民軍の銃弾で死んだ警官の葬儀を警備するために来られなかったの」

「そうですか」

池花の寂しげですねたような反応に、満州夫人は自分をも納得させるかのように、同情しながら話した。

「男たちは皆そうですよ。池花さんの兄さんもそうだったじゃありませんか？　公務を尽くすことばかりで、家族のことは考えもしない……」

満州夫人は夫の満雨が恨めしいのか、夫のこともひっくるめていた。

「三十八度線は開城の上にだけあると思っていたのに、ここにも三十八度線があったのね」

満州夫人が恨みつらみをぼやくと、迫撃砲と機関銃が山の中腹から有治村に向かって、霰のように激しく降りそそいできた。

第7章　予告された骨肉の争い

(1)

仁旺山に反響する大砲と機関銃の音で、楼上洞にある李洪雨の下宿でうたた寝をしていた満州夫人は目を覚ました。横で寝ていた在命も恐ろしいのか、満州夫人の胸にもぐり込んできた。明け方早くに響いてきた漢江《ハンガン》人道橋からの爆音と、空高く巻き上がる炎に驚いて眠りにつけず、やっと少しまどろんだだけなのに、永川《ヨンチョン》にある母岳《ムアク》峠の方向から大砲の音が響いてきたのだ。

隣の部屋で寝ていた洪雨も驚いて外に飛び出し、仁旺山を見つめた。大砲の音に仁旺山がわなないているようだった。

「いま人民軍がソウルに攻め込んできたようです。ソウルから早く逃げようと言ったのに、僕の話なんか聞いてはくれなかったから……」

高校二年になった洪雨が、満州夫人に恨みがましくいうと、彼女も外に出て弁明するように答えた。

「戦争が起こったら、韓国軍はたった一週間で鴨緑江まで人民軍を追い詰めると威勢よく言っていたのに、単なるほら話だったのね。人民軍が先に三十八度線を越えてソウルまで進撃してきたけれど、明らかに計画的な侵略よ。たぶん国際的な批判と指弾を受けるでしょうね」

夫を待ち続けて五年にもなるが、いまだに満州からの便りはなく、恋しさに心を焦がし、若さを空しく過ごしてきたように思うのだった。夫を探しに三十八度線をもう一度越えてみたくなり、ふらりと古今島を後にしてきたのだ。そして、洪雨の下宿から開城に行ってみたが、解放された年にアメリカ軍が警備していた頃よりも、南の韓国軍は二重三重に鉄壁のように防御していた。重武器で厳重に武装しており、三十八度線を越えることは思いもよらないと、二の足を踏んでいるあいだに、戦争が勃発したのである。

洪雨が二十五日、「北が三十八度線を越えて南に攻め込んできたので休校になった。故郷の古今島に行こう」と誘っても、満州夫人は開城で見た韓国軍の武装と彼らの大言壮語、それにソウルを最後まで死守するとの大統領のラジオ放送を聴いて、それほど急ぐことはないと答えたのだった。

「共産主義の支配下で暮らすのは嫌です。どんなに平等に食べるものを分け与えるといっても、人間を人格も欲望もない機械のようなロボットにするだけです。人間が自分の能力に応じて生きていける自由世界が良い世の中なのです。義姉さん、古今島に帰り、再整備した韓国軍が人民軍を追い払ったら、また戻ってきましょう」

洪雨の言葉に満州夫人は神経質に応じた。

「世の中が共産主義だろうと自由主義だろうと、戦争中であろうとなかろうと、満州に行かなければならないの。そこには私の実家があって、夫がいるの。三十八度線を越えて満州に行くのが私の夢だったのよ。けれども、いまはどちら側かによって壊されるか、すでに破壊されているかもしれないけれど、私は夫を探しに満州に行かねばならないの」

「戦争の最中に動けば、怪我をするかもしれません。まず生きることが先決です」

洪雨もいつの間にか成長し、自分の主張を曲げなかった。傍で聞いていた下宿の女主人が口を挟んだ。

「洪雨君の言うとおり。こんな混乱している戦争の最中には、特に若い人たちは気をつけなければならない。どんな時代でも動乱の時にやられるのは若い人なのだから。動乱の最中に生き残るには、奥深い田舎に引っ込んでいるのが最上の方法ってもんだ。田舎に家があるのだから、まずは帰りなさい。満州であろうとどこであろうと行きたいのであれば、この動乱が鎮まってからにしなさい。お隣さんも昨晩避難しようと漢江人道橋に行ったところ、橋が爆破され切断されたとかで戻ってきたよ。今すぐに麻浦《マポ》方面に行って渡し船で漢江を越えなさい。北から銃を撃ってくれば南に逃げるのが当然というものだよ」

「おばさんはなぜ逃げないの？」

満州夫人が女主人に尋ねた。

「私なんて、この世だろうとあの世だろうと貧乏のままさ。年老いた夫と家を守って暮らせるならば十分。それに、私は生粋のソウルっ子だから行くあてもないし」

満州夫人は、三十八度線がどちら側に崩壊しようと、満州に行くことさえできればという気持ちで待ち続けてきたのだが、小高い紫霞門《チャハムン》方面からひっきりなしに撃ち込まれる多発銃の音と、彌阿里《ミアリ》峠から聞こえてくる大砲の音が、これ以上耐えることも避難を遅らせることもできないほどの恐怖感を与えた。女主人の言葉に従って田舎に避難し、戦争が終わってから満州に行っても遅くないと考え、まず荷物を取りまとめた。

彼らが荷物とともに西大門《ソデムン》交差点に到着すると、前方にいた十人ぐらいの韓国軍が麻浦方面に通りを渡っていたのだが、独立門《トンニムムン》側にいた人民軍の戦車から機関銃が撃ち込まれ、韓国軍の何人かがその場に倒れ込んだ。このとき、倒れた軍人の一人が持っていたトランペットが、交差点の真ん中に音を立てて転がった。これを見ていた在命が、転げ落ちるように母親の自転車から降り、駆け寄るとトランペットを拾った。びっくりした満州夫人がやめなさいと叫びながら追いかけた。トランペットを拾った五歳の在命は軍人に渡そうと近寄ったが、血を流して死んでいるのに驚いて大泣きし、母親の胸に抱きついた。洪雨がさあ行こうと促し、自転車を押して交差点を横切ろうとしたとき銃声がまたも響いた。

「人民軍も子どもには銃を撃たないようよ」

満州夫人は独り言のようにつぶやいた。

彼らは避難する人々でごった返している麻浦への道を自転車でどうにかたどり、麻浦の渡船場に到着した。岸は河を渡ろうとする避難民であふれていた。船頭は船賃を多く支払う者から先に乗せていたが、みな我先に乗ろうと騒ぎ立てていた。

航行している船は何隻かあったが、とうてい順番どおりというわけにはいかず、洪雨は少し離れた岸に沈んでいる船まで行ってみた。船には水遊びのために業者が取りつけたタイヤチューブと板材があった。洪雨はタイヤ三個と板をつなぎ合わせ、その上に自転車を載せた。そして、満州夫人に在命を乗せるように言った。満州夫人は、まだ子どもとばかり思っていた洪雨の太くなった腕に頼もしさを感じつつ、在命を乗せた。そして、長春の南湖公園で満雨さんから泳ぎを習ったのよと言って、泳ぎながらタイヤを押し出した。

島出身の洪雨は泳ぎを楽しむように、河の流れに沿って汝矣島《ヨイド》の砂浜までタイヤを押していった。対岸の麻浦の土手道からは多発銃の音が激しく響いてきた。人民軍が、避難しようと岸に立っている人々に向けて、避難できないように銃撃していたのである。満州夫人たちが自転車を降ろしていると、渡し船でやってきた人々にも銃を撃ち込みはじめたので、汝矣島側にいる人々が逃げ出した。切頭山《チョルトウサン》方面でも満州夫人の周辺でも銃撃があり、弾丸が身をかすめていった。

「あいつら、私たちにも銃を撃ってくるわ。走りましょう。子どもや民間人には銃撃しないと思っていたのに、無差別だわ」

満州夫人と洪雨は在命を自転車に乗せ、汝矣島飛行場の鉄条網に沿って大急ぎで走った。しかし、ついに漢江から迫ってきた人民軍のヤク戦闘機が飛行場を爆撃した。韓国軍の空軍も対空砲で応戦した。永登浦《ヨンドンポ》の土手道にいる韓国軍もヤク戦闘機に撃ち返した。戦闘機は故障して動けない単発練習機の何機かを襲撃して飛び去っていった。ソウルの上空へ消えたヤク戦闘機は引き返し、満州夫人ら逃げ行く民間人の上に機銃掃射を浴びせた。満州夫人と洪雨は、自転車を倒して四つん這いになった。戦闘機の銃弾が自転車を木っ端微塵にしてしまった。そして、永登浦の韓国軍と麻浦の人民軍との間で銃撃戦が繰り広げられ、汝矣島上空は弾幕で覆われた。洪雨が満州夫人の方に這っていってみると、在命が西大門で拾ったトランペットをしっかり握って、母親の胸でまばたきもせず目を見開いていた。

「在命はトランペットを捨てずに持ってきたのだね」

「軍人さんが死んで吹けないから、ぼくが吹くんだ。おじちゃん、今、戦争ごっこをしているのでしょ？」

「戦争ごっこじゃない、本当の戦争だ」

豆を煎るような銃の音が止み、静けさが広がった。

満州夫人はやおら起き上がり、砂の上に落ちていたビラを拾って読み上げると、言った。

「ビラには人民を解放するために人民軍がやってきたと書いてあるけれど、実際には避難する人民まで殺しにきたのよ」

人民軍も人なのだから、まさか殺傷はしないだろうと思っていた満州夫人は、徐々に恐怖と憎しみを抱き始めた。

永登浦の土手にいる韓国軍が彼らの行動を見守っていたが、早く堤防を越えろと声を張り上げた。韓国軍は漢江の南側に防衛線を築こうと懸命だった。

満州夫人と洪雨は永登浦駅に行ってみた。しかし、そこは汽車に乗ろうとする避難民で阿鼻叫喚の様相を呈していた。彼らは一台残った自転車を押しながら、国道に沿って歩くことにした。在命を自転車に乗せて避難民について歩いて、夜中にやっと水原《スウォン》駅に到着した。水原駅も避難民でごった返していた。

空腹を感じたので駅前の食堂に行ってみたが、避難民のために食べ物が尽き果てて何もないというのだった。宿を探してみたがどこも満室だった。ドアに錠をして返事すらしないところもあった。駅前に戻り人々がうずくまって寝ている隣に座り込んだ。洪雨と在命は疲れ切ったのか、床に横になると寝入ってしまった。満州夫人は、今までの生涯で食べはぐれたことはなかったのに、今日はじめて何も食べられなかったことに気づいた。満州まで自転車で行くのであれば、小麦粉や干し肉などを準備しておくべきだったが、このまま道に沿って南下すれば、どこでも人は暮らしているのだから、物を買って食べることくらいはできると考えて出発した行動が、あまりにも無謀だったと思うのだった。いつしか彼女も寝入ってしまった。

けたたましい汽笛と、戦闘機の機銃掃射で目が覚めた満州夫人と洪雨は、空を見上げた。人民軍のヤク戦闘機二機が、水原の飛行場と駅の上を旋回し機銃掃射をしていた。朝日が昇るあたりからアメリカ軍の戦闘機が飛び立ち、ヤク戦闘機を攻撃した。空中をあちらこちら何回か回ったヤク戦闘機は黒い煙を吹きながら落下した。この光景を眺めていた避難民が歓声をあげた。地上では戦車、空では戦闘機によって戦争が拡大していくように思われ、恐怖は募るばかりだった。

満州夫人と洪雨は南へ道を急いだ。川の水で空腹を満たして全義《チョニ》駅前まで来た。駅前にある鍛冶屋の隣に倒れ込むように座ると、鍛冶屋の双子の娘が出てきて、どこに行くのかと訊ねてきた。事情を知った二人は夕飯をこしらえてくれた。田舎の純朴な人情が残っている鍛冶屋の家で二日ぶりに空腹を満たすと、そのまま寝入ってしまった。朝日が空高く昇る頃になってやっと目覚めた満州夫人は、早く起きて川辺で双子の娘と水遊びをしている洪雨を見つけた。

戦争でなければ絵にもなりそうなそんな場面を見て、このまま何日間か休んでいきたいような気持ちになった。戦争中というには余りにも牧歌的な風景を、いつまでもそのままにしておきたかった。

お金を受け取ろうとしない双子の娘に、病気を患っている母親の薬代の足しにと寸志を押しつけ、満州夫人と洪雨は出発した。双子の娘は、道中に食べてくださいと握り飯をカボチャの葉に包んでくれた。後ろを振り返りながら洪雨は叫んだ。

「戦争が終わったら、必ずくるよ」

いつのまにか若者同士で気持ちが通じ合ったのか、洪雨は後ろ髪を引かれる思いになり、歩きながら満州夫人に尋ねた。

「義姉さん、どちらがかわいいと思う？」

「二人とも同じ顔つきだもの、どちらかなんて分からないわ。どちらもかわいかったわ」

「義姉さんも区別できないなんて。下唇のあたりにほくろのある子の方がかわいいじゃないですか。その子が、ほんのちょっと後に生まれた妹なんだって」

洪雨はこんなふうに言って笑った。

「女の子を見分けられるようになるなんて、洪雨君もいい年頃ね」

二人は久しぶりに笑った。その日は足取りも軽やかだった。錦江橋《クムガンギョ》を越えて甘城里《カムソンリ》に到着すると、夕陽は鶏龍山《ケリョンサン》の尾根にかかっていた。

鶏龍山の山頂に燃えるような夕焼けが広がり神秘的だった。甘城里の丘陵の松林にはおびただしい数の白鷺と青鷺が飛んでいた。美しさに心を奪われた満州夫人が、ここで休んでいこうと野原に面する旅館の縁側に腰掛けた。

このとき大きな双発航空機が鶏龍山の方角から現れ、尾翼から多くの落下傘が降下してきた。タンポポの種のようにあちこちに浮かびながら、苗の植わった田畑や浅い河川に降り立った。彼らは群を成して錦江橋や公州の方向に集まり、洪雨のいる旅館に向かってくる者もいた。顔は真っ黒で両目がキラキラ光る黒人兵と白い皮膚の白人兵が、満州夫人を見つめて美しいと口を揃えて言った。

英語を学んだ洪雨と満州夫人は、彼らの感嘆する言葉を理解した。満州夫人と洪雨は、アメリカ兵のメクトとジョージに接したことがあったので、白人については知っていたが、こんなに色の黒い兵隊は初めてだったので、ひたすら凝視した。

自分に好意を抱いていると思い込んだ唇の厚い黒人兵が、鉄帽を脱いで満州夫人の手をとりキスをした。洪雨は初めて見る光景なので、無礼な行動ではないか、兄嫁を守らなければと、思わず身につけた空手で黒人兵に蹴りを入れてしまった。黒人兵はどしんと尻餅をついた。突然の出来事に、黒人兵は腰のサーベルを抜き出し洪雨を威嚇した。洪雨はすばやく背の高い黒人兵の腹の下に潜り込み、サーベルを持つ手をひねって刀を奪った。同僚が危ないと見た別の黒人兵が、自分の大剣を抜き出し洪雨に飛びかかってきた。洪雨は身をひょいとかわした。危険を感じた満州夫人は横にあった杖を取ると、洪雨の前をさえぎった。仲間の兵士たちは興味深い見物とばかりに歓声を上げげて取り囲んだ。黒人兵は優れた刀の使い手のようだった。両手を交互に使って何度も突きかかるのを、満州夫人は軽くかわし、刀を持つ手を杖で打ちつけた。刀が落ちると白人将校が現れ「ストップ！」と叫んだ。

洪雨がたどたどしい英語で話した。

「あの山は鶏龍山です。韓国にきて道徳と礼儀を守らないと、あの山にいる龍神が怒りますよ」

アメリカ軍の将校はプロ中尉と名乗り「文化の相違だから理解してほしい」と言った。自分たちは戦争が勃発した朝鮮半島に、韓国軍を支援するため日本からやってきた空輸部隊と説明した。そして互いに相手の腕を褒め合い、「どこに行こうとしているのか？」と尋ねてきた。

満州夫人が「人民軍が侵入してきたので故郷へ逃げ帰る途中です」と言い、ソウルの状況を語った。そして「韓国を支援しにきた方々に、このような歓迎をして申し訳ありません」と詫びた。

満州夫人にキスをして一撃を食らった黒人兵は、在命が持っていたトランペットを手にすると、「アメイジング・グレイス」を巧みに演奏した。次いでロックを吹くと、道端にいる兵士たちに踊りの輪が広がった。

アメリカの兵士は楽天的だと満州夫人は洪雨に言うのだった。

プロ中尉は、トランペットを吹く兵士がヒントウという名前で、入隊前は有名な楽団の一員だったと話してくれた。そうこうするうちに、この村落で野営をするから村の責任者の了解を得てほしいと言うので、洪雨が村落に行き里長に伝えると、村の有志が現れ彼らを歓迎した。

夕方になったので満州夫人と洪雨は、旅館に頼んで泊まっていくことにした。

アメリカ兵はみんな野戦食の缶詰で食事を済ませ、道端に寝袋を敷いて寝るようだ。いつのまにか在命と親しくなったヒントウは、在命にトランペットの吹き方を教えていた。在命は素質があるのか、トランペットは吹けなかったが、「アメイジング・グレイス」の曲を口ずさむようにして覚えていった。

プロ中尉が「在命は音楽の素質があるから音楽家として育てなさい」と満州夫人に勧めると、満州夫人は首を振って「満州を独立させる政治家に育てる」と答えた。プロ中尉が「満州は中国の一部なのに、どうやって独立させるのか」と聞くと、満州夫人は「満州は満州族と朝鮮族の土地です」と答えるのだった。さらに「アメリカ軍が朝鮮半島を統一させ、満州を中国が独立させてくれたらいいのに」と語った。それを理解できなかったのか、プロ中尉はそれ以上の質問をしなかった。しかし、マッカーサー司令官だったら理解できる話だったろう。

在命はヒントウにねだって「アヴェマリア」を口ずさんでもらい、ほかにも二曲ほど覚えた。

翌朝、しきりに増える避難民の列を避けながら、アメリカ兵は錦江を越えて北方に向い、一方、満州夫人と洪雨は故郷に行く道を足早にたどった。彼らの頭上をアメリカ軍の戦闘機が水原とソウル方向に絶え間なく飛んで行った。

彼らは西大田駅から木浦に行く貨物列車に座る場所を確保することができた。久しぶりに足を伸ばしゆっくり金堤江《キムジェガン》と万頃平野《マンハン》を越えていった。しかし井邑《チョンウプ》に到着すると汽車が停止し、線路脇には人々があふれ、みな長城の峠を眺めていた。

「山人」が長城の峠とその下のトンネルを占領し、列車を通らせまいと障害物を放置したというのだ。そして長城の峠はバスと一般人の通行はできるが、農民と労働者を除いた知識人や公職者は、その場で射殺されるか、山間部に連行されるかのどちらかだという。

満州夫人と洪雨は駅舎に入った。洪雨はそこでソウルから南下してきた顔なじみの学生仲間に出会い挨拶を交わし、峠越えについて相談をした。そこにはともに中央高等学校に通っていた光州の羅東允《ラドンユ》、柳大烈《ユデヨル》、それに鄭台植《チョンテシク》がいた。彼らは意気投合し、突撃隊を組織し「山人」を排除し、鉄道を開通させようと話がまとまった。学生たちが井邑警察署を訪れ、署長に面会してその趣旨を話すと、若い警察署長は快く承諾してくれた。機動突撃隊を組織しようとしても、家族持ちの警察官は応じてくれないので、苦労しているのだった。学生たちは簡便な機関銃とカービン銃で武装し、銃の使い方を知らない学生には、その場で操作法を学ばせ裏庭で練習させた。「山人」が出没する地域なので、新たな部隊を編成するために銃器類の補給は受けていた。それで学生たちを武装することができた。十名の学生が武装して出て行くと、警察官も武装してこれに続いた。彼らが駅舎に入ってくると驚いたのは満州夫人だった。

「洪雨君、なぜそんなことを？　もう少し我慢すれば、警察が解決してくれるでしょうに……」

「警察の顔だけをうかがっていればいいのですか。非常時には我々も出て行かなければなりません。以前は〝山人〟が貧しい人々のために戦うといって、庶民から支持されていたのですが、このたびは庶民が利用する交通手段を遮断し、秩序を乱す行為は同情に価しない乱暴な行動です。もっと大きな秩序のために、奴らを放置しておくことはできません」

警察署長が「山人」らの意図することを語ってくれた。

「彼らは人民軍がソウルに侵入したとの話を聞いて、民衆蜂起を引き起こそうと、こうした行動に出たのだが、かえって一般人に不便をかけており、賛同を得られていないのです。ここは東学党の時代から民衆蜂起が多かった土地です。しかし、その時は明確な理由があって民衆の賛同を得ましたが、いまでは銃と刀で同意を求めても誰が賛同するでしょうか？」

満州夫人は義父が夫に、しばしば話していた祖父の李直潤の話を思い出した。

「洪雨君、李道宰先生とお祖父さんの話、知ってる？」

「はい、知ってます。お父さんがよく話してくれました。お祖父さんの時代の全琫準は青い鳥だったけど、今の〝山人〟は赤い鳥です」

満州夫人は、洪雨が明確な目標を持って行動する限り、止めることはできないと思うのだった。この時、駅長が長城駅にいる全南警察の朴良右警備課長から、警察署長に電話だと伝えてくれた。

「朴良右課長ですって？　姉の夫ですが、僕にも通話させてくれませんか？」

洪雨は署長について行きながら言った。駅長室にある電話を署長が受け、いま学生行動隊がトンネル方向に行くから、長城側からも同時に攻撃をと言った。そして、ソウルから君の妻の弟がここにいると伝え代わってくれた。受話器を受け取った洪雨は懐かしさに声が高まった。

「義兄さん！　おめでとうございます。全南警察に栄転されたと、姉さんから聞きました」

「それよりも、お義父さん、お義母さんがとても心配しているぞ。満州夫人はどうしているのか？　満州に行ったのか？」

　受話器から朴良右の心配げな声が聞こえてきた。

「満州に行ったかですって？　ソウルから歩いてここまできたところです。人民軍のために蘆嶺《ロリョン》で足止めを食ったのです。いまソウルからやってきた学生たちと、井邑警察署がトンネルを占拠している連中を一掃しますから、義兄さんは山の上の方を片付けてください」

「うん、それは良いが、お前たちが危ない。そうだ。ドラム缶を活用しろ。〝山人〟には重火器がないから、防御用の楯にはなるだろう。警察署長と代わってくれ」

　朴良右は警察署長と協議し、同士撃ちを避けるために、井邑側はトンネルを、長城側は蘆嶺を受け持ち、掃蕩作戦を展開することにし、出動時間は暗くなる前の六時と定めた。

　井邑警察は洪雨の要請に応じ、ドラム缶五、六個を調達し砂を入れ、鉄路作業車の前方と横に配置した。銃弾を防ぐためだった。時間になると学生十名は作業車に乗りそれを動かし、警察は線路の下に隠れてトンネルに向かった。作業車が加速すると、トンネル側から「山人」たちが銃撃を開始した。しかし、銃弾はドラム缶に当り、砂の中に突き刺さるだけだった。学生たちは約束どおり、「山人」が設置した障害物に達する前に、両側に飛び降り、機関短銃を「山人」に浴びせかけた。あっという間に、「山人」は逃げることもできずに全員が射殺された。山の上の蘆嶺からも豆がはじけるような銃声が響いてきた。追ってきた警察官が障害物を取り除いた。トンネル内部や長城側のトンネルの外には「山人」がまだいるだろうと、学生たちは再び作業車に乗り込み、銃を乱射しながら突進した。長城側にも障害物があったが、恐れをなした「山人」は逃亡してしまった。洪雨は先頭に立って指揮をしたが、逃げていく背の高い男が許旭であることに気づいた。

急ごしらえの学生行動隊だったが、負傷者を出さずに井邑に帰ってくることができ、列車の運行を再開させることができた。学生たちは井邑警察署に武器を返納した。警察署長が感謝状を授与するといっても、朴良右課長が光州で歓迎会を開くといっても、学生たちは名前を知られるのは遠慮したい、早く家に帰りたいと断り、握手をして別れた。

満州夫人と洪雨は、光州に新たに建てた朴良右の家を訪ねた。洪雨は大人たちの心配事が解決したことよりも、在命と民守が久しぶりに顔を合わせたことが、とてもうれしかった。

(2)

光州東明洞《トンミョンドン》にある、かつて日本人が住んでいた「敵産家屋」の広い畳の部屋で、洪雨は性能が良いというアメリカ製のラジオを買ってきて、ダイヤルを回してニュースを聴いていた。ラジオは「錦江橋が爆破されて錦江防衛線が危うくなったが、アメリカ軍と韓国軍はこの防衛線を死守している。イギリス、カナダ、オーストラリア、ニュージーランドが空軍と海軍を派遣すると通告してきた」と伝えていた。「国連安保理事会では北韓の南侵を糾弾し、撤収を主張している。世界の世論もソ連を後ろ盾にする北韓が、南韓を共産化するために侵略したと糾弾している」との内容だった。「国連は侵略者に対する懲罰のため、国連軍を組織して派遣すると決議し、これに同意した三十六か国が武力支援をすると声明を発表、今後、全国民が協力して北韓軍を阻止すれば、より多くの国連軍が到着し、ソウルを再奪還することができるだろう」とアナウンサーは告げていた。

隣の部屋のふすまが開き、満州夫人が言った。

「私たちが通ってきた錦江橋が爆破されたら、あのプラ部隊はどうなったかしら。みんな無事に帰国できればいいのだけれど」

「世界各国がそれほど支援してくれたら、人民軍もどうしようもないわ。後退するだけでしょう」

池花は当然のことのように言った。しかし、満州夫人は首を横に振った。

「そんなに簡単ではないわ。来るときに見たけれど、韓国軍は旧日本軍の着古した色のはげた軍服を着て、古い銃を持っていたけれど、戦闘機から飛び降りてきたアメリカ兵はかなり重武装をしていたわ。それなのに大田まで追われたとなると、人民軍の兵士も相当訓練されていると思うわ」

洪雨が口を挟んだ。

「錦江を隔てて対峙したら、甘成里の白鷺はみんな死んでしまう。罪の無い錦江付近の人々が傷つかないようにしなければ……。義姉さん、あの鍛冶屋の双子の娘を連れてくれれば良かったね。

あのままいるかと思うと心配だよ」

「洪雨君はあの娘が好きになったようね。戦争が終ったら会いに行ってみなさい。顔もきれいだったけれど、お握りを持たせてくれたあの気持ちがうれしかったわ」

洪雨のニキビ面が赤くなった。愛と平和の地を戦場にした人民軍に対する強い敵愾心と怒りがこみ上げてきた。

洪雨と満州夫人は、古今島にいる両親に「ソウルから光州に着いて無事でいますから安心してください」と電話をし、光州の朴良右の家に十日以上も泊まっていた。夫が恋しくて満州まで自転車で行こうとした兄嫁と一緒に避難してきた洪雨は、五年間も便りのない兄の代りに兄嫁に対して責任を感じて申し訳ない気持ちになり、池花が話し相手になってくれたこともあって、しばらく留まっていたのだ。

朴良右が夕飯を食べに帰宅した。彼は非常勤務が続いていて、食事のときだけ帰宅していた。ラジオのニュースを聴くと、彼はため息をついて言った。

「放送は良い内容を伝えるべきものだが、そうはいかない。現在の戦況はかなり危険だ」

「それでは大田《テジョン》にいるアメリカ軍と韓国軍はどうなるのですか？」

満州夫人は気がかりだったので尋ねた。

「そうですね。大邱方向に退路を探すでしょう。軍人は嶺南地方を、警察は湖南地方を守ることになっていますから、後退するとなればその方向に行くでしょう」

「軍隊ですら防衛できない人民軍を、警察が阻止できますか？　それじゃ湖南平野は放棄するつもりですか？」

洪雨が興奮して叫ぶと、池花が口を挟んだ。

「ラジオでは三十六か国の国連支援軍がくると言っていたわ。その国連軍が湖南地方を守ってくれるのじゃないの？」

「彼らが戦争の準備をしてわが国にくるまで、我々が死なずに守ることができればの話ですよ」

「えっ、死ぬって？」

池花はその時になって初めて戦争を実感したかのように戦慄を覚えた。満州夫人は心配になって問いただした。

「持ちこたえられなかったら、警察はどうなるの？」

「人民軍の進撃をできるだけ阻止しますが、できなければ南海岸の莞島と珍島に渡り、島を死守することになります」

「とにかくどこでも、一つの島でも大韓民国側に残れば、国連軍が駐屯することは出来るのです」

洪雨がこのように話すと、朴良右は思い出したように語った。

「そうだ、洪雨！　明日すぐに莞島に行き、ジャンクにエンジンを付けてくれ。ジャンクにエンジンを付け、島々との連絡船として使用しているが、そのジャンクを莞島漁業組合から借りて艀に改造して使用しようと思っているのだ。船舶修理所のドックにもう一隻あるんだよ。大きいＧＭＣ自動車のエンジンとプロペラを付けたら、いま動いているジャンクよりスピードは速いだろう。自動車修理工場にあらかじめ依頼をしておいたから準備しているだろうよ。予備の医薬品もたくさん買って、お義父さんの診療所に持っていきなさい。まだ当分は実家にいなさい。私はここで人民軍を阻止するために戦い、もし後退することになったら莞島に行くことにする」

洪雨は「莞島が最後の防衛線になる」というので、莞島警察署の弾薬備蓄量を聞いておきたかった。

「井邑警察署には機関短銃が多かったけれど、莞島警察署にもそのような武器がありますか？」

「井邑は〝山人〟が大勢現れるから、反撃のための予備補給品が多いんだよ。でも、莞島港にも釜山からそれらの武器や弾薬が入ってくるだろう。莞島警察署長に食糧と武器を備蓄するように、上司に建議するつもりだ」

満州夫人は洪雨に「また先頭に立たないように」と釘をさした。

「井邑のときのように、学生らが先頭に立つのには反対です。洪雨君、どんなに心配したか知らないでしょう。あれから三日間は便秘で苦労したんだから」

「あの学生たちはとても勇敢だった。名前を教えてほしいと頼んでも、教えてくれなかったからな。とにかく噂が広まれば、〝山人〟が復讐するのではないかと心配したよ。彼らは容赦なく復讐するからな。洪雨はあの後も友だちに会ったのか？」

「光州に住む三、四人の友だちには数日前に会いました。でも、学徒兵に志願すると二人は大邱に行ってしまったのです。中央高等学校で一緒だった友だちで、名前は羅東允と柳大烈というんだ」

満州夫人も挨拶にきたその学生が、とても好青年で勇敢だったと褒め称えた。

「我々警察も、そういう勇敢な若者を組織できれば、この湖南を守れるのに、それができないのは残念だな。我々はもともと治安警察として訓練を受けているが、戦闘警察としての訓練は受けていないので仕方がないのだが、警察官だけで湖南地方を守れというのはあまりにも酷だ。この先、どれくらい死ぬことになるのか……」

朴良右が結末を予見するように言った。

翌日、トラックを借りた洪雨、満州夫人、池花、そして子どもたちが埃まみれになりながら、エンジンと医薬品を馬良まで運んだ。

あらかじめ電話で連絡しておいたので、連絡船に改造したジャンクが馬良で待機していた。荷物を移して出発したが、上部のみ取り外してエンジンを付けたからか、船体が大きくて速力が出なかった。洪雨は新しく改造するジャンクは、ぶつかっても壊れない、銃弾も貫通しないように、船体の高さを低くし、船べりの厚さは今のジャンクの二倍にもなる三寸以上、上部に取りつける木材は二重にしようと考えた。

ゆっくり進むジャンクは半日かかって上亭里に到着した。父親の根五と母親の黄夫人、そして国民学校の六年生になった治雨が波止場に出ていた。許旭の父親、許老人はいまも艀を漕いでいた。エンジンは莞島邑の船舶修理所に直ちに送った。ジャンクの改造について婿から電話で詳細に聞いていた根五は、「費用がどんなにかさんでも支援するから、とにかく急げ」と洪雨に命じた。

洪雨は、翌日から莞島邑の船舶修理所で寝起きしながら、ジャンクの改造につきっきりになった。連絡を受けた莞島警察署の鄭敬烈署長も激励してくれたので、仕事ははかどった。木製の船縁を取り除き、重ねていく作業なのでさほど困難ではなかった。操舵室もきちんと造り、壁には防弾用のドラム缶の鉄板を貼り付けた。船内の機関室の上部には、人と荷物を乗せられるように広い板で甲板を敷き、銃を撃てるように胸の高さにした。

二つのエンジンを搭載させる日、満州夫人も見にきて、戦争が終ったらこのプロペラ付きのジャンクで、満州まで行けるように、もっと速い船を作りなさいと励ました。彼女は夫を探しに満州へ行く夢を、いまだに捨てていなかった。そして、以前の名前にちなんで「熊船」と呼ぼうと提案した。現在、島々を行き来するジャンクは、島の人々から「鈴丸」と呼ばれている。乗船客の乗降の際に鈴を鳴らすからだった。

洪雨が光州を出発してから十五日目に、心配していたように、人民軍が光州に押し寄せてきた。全羅北道の警察は南原《ナムウォン》、求礼《クレ》、河東《ハドン》を経て南海島に撤収し、全南の霊光《ヨングァン》など西部地方の警察は珍島に、光州などの中部地方の警察は莞島に、そして順天など東部地方の警察は高興沖合の居金島と羅老島に後退させた。

全羅南道警察は珍島に移転したが、朴良右は光州警察署の発令で莞島地域の責任者となり莞島にやってきた。

洪雨はいつしか熊船の船長になり、莞島の知り合いとともに、撤収する警察官とその家族を本土から運んだ。莞島周辺の十一の大きな島には、郡単位で警察署別に配置し、警察を移動させてあったが、熊船がそれを引き受けた。

ある時は康津から避難民を乗せて島に運んだが、それは古今島の清鶴里を訪ねる神父と教徒のグループだった。彼らはソウルの共産軍統治下にいたが、教徒に対する弾圧を避けて、逃亡してきた人々だった。熊船に乗っても賛美歌を歌い、礼拝を執り行う責任者の神父は、懺悔するように自分の話をした。その昔、捕盗大将としてキリスト教徒を殺害した李景夏という人物が自分の祖父に当たると言った。祖父が流させた殉教者の血によって自分は贖罪のつもりで神父になった。後孫らは任官の道を選んだが、自分は祖父の罪ほろぼしのために、茨の道を選んだというのだった。李富参《イブサン》と名乗るこの神父は、祖父が権力に目がくらみ開化に目覚めることができなかった。そのため鎖国の道をひたすら進む大院君の言葉だけを聞き入れた。大勢の西学の人々を殺したため、日本の圧制に三十六年間、我々庶民は苦痛を強いられ、解放された後には無神論者である共産党に、このように追われ苦しみを味わっていると、みずから告白するのだった。

　このすべての罪が自分の祖父の過ちから発するもので、もし人々が自分に石を投げるならば、敢えてそれを甘受するとも言った。父親から祖父が古今島青鶴里に埋葬されていると聞かされていたが、これまで恥ずかしくて、一度も訪ねたことがなかった。現在の災難が祖父の晩年に過ごした地に自分を導き、この民に向けた神様の進路を少しでも許し請うことができるように祈るのが、神様の意思だと気づいたという。それで、一緒に行って懺悔の祈りを捧げましょうというのだった。義人の祈祷は神様が聞いてくださるというから、多くの教徒が今日の義人となり、庶民を救ってくださいと、古今島青鶴里に行き救国祈祷をしようと熱心に語った。

　七月末には島々と本土の間に、いつしか戦線が形成され、警察と人民軍は対峙状態になった。人民軍は海岸の住民を動員し、軍艦の攻撃に備えた防衛線を本土海岸の山崖に二列に築きはじめた。島でも警察が住民を動員し、本土に近い地域の山崖に人民軍の占領を阻止するための塹壕の道を掘った。近接した隣島と本土の往来が遮断され、お互いに銃口を向け合うようにもなった。

　洪雨は海で過ごしていたが、家に帰ってみると、井邑で一緒に戦った仲間が五人も訪ねてきていた。光州の鄭台植《チョンテシク》、潭陽《タミャン》の宋雄《ソンウン》、長城《チャンソン》の張長平《チャンチャンピョン》、羅州《ナジュ》の羅仁淳《ラインスン》、康津の黄龍国《ファンヨングク》だった。彼らは本土では人民軍が学生を捕らえて強制的に入隊させるので、逃げてきたと言うのだった。いっそ釜山に行き韓国軍に入隊することも考えていた。洪雨は満州夫人が話してくれたとおり、各国が国連軍に加わって韓国に参戦するための足場を築き、国連軍が戦列を揃えて進撃するときまで時間を稼ぐため、井邑のときのように、行動隊を組織して戦おうと提案した。一同は賛意を示し、同じ船に乗って避難民を移送している莞島の友人四名も合流した。そのまま彼らは両親の許しも得ずに、莞島警察署に駐屯している朴良右を訪問した。朴良右は密かに期待していたので喜んで迎え、その場で珍島にいる道警局長に電話をして許可を得て、武器まで支給してもらうことになった。避難してきた光州の学生の全鐘烈と金火旭が同志であると紹介され、十二名の行動隊が急きょ組織された。朴良右は、莞島の友人に船の機関室と操舵室を任せ、危急の時には船から支援射撃が出来るように、船の内部に機関銃を配置した。そして、学生には機関短銃とカービン、M2自動小銃を与えた。

　行動隊がまずすべきことは、海岸に沿って人民軍に誘導射撃を行い、海岸集中警備地域と火力保持の程度を調べることだった。朴良右は一個分隊の警察を引率して同乗した。

　学生らは、珍島海岸のウルドルモクから本土の最南端を回り、海南と莞島に挟まれた達島《タルド》を経由し、大興寺の後方にある大屯山と頭輪山の南側の海岸、康津の茶山草堂《タサンチョダン》までを一巡した。彼らが銃射の練習を兼ねて熊船から誘導射撃をすると、本土の海岸防御濠から応射してきた。朴良右はそれを地図上に書き込み、火力の保持状況を表示した。人民軍の短銃は熊船までは届かず、タタン銃はジャンクの分厚い船べりを貫通することはなく、かすめて行くだけだった。彼らは高麗青磁の陶窯場として知られる康津の大口《テグ》、古今島と馬良の間の急流が流れる狭谷、会津海域、そして高興半島のプチヨリと巨今島、馬羅島の間を通りながら偵察をした。太極旗を揚げて海岸を巡る熊船は、疲弊している島々の警察官に勇気を奮い起こさせた。

彼らが莞島に到着すると、莞島と海南の間の達島《タルド》が人民軍に占領されたとのニュースが届いた。行動隊は達島奪還を第一の攻撃目標にし、熊船を海岸の近くまで接近させ、達島にいる人民軍に向けて集中射撃を行った。いくら反撃しても、悠々と応射しながら通過する熊船に驚いた人民軍は、本土の南昌《ナムチョン》に退却してしまった。行動隊の力だけで達島を奪還すると、莞島で支援の射撃をしていた警察が万歳を叫んだ。行動隊の士気は一挙に高揚した。そして人民軍の攻撃で負傷した警察官が、そのまま民家に放置されていたので、彼らを古今島の李根五の診療所に船で運んだ。

診療所は患者よりも避難民が多かった。避難民のなかにはソウル大学音楽科の玄《ヒョン》教授もいた。玄教授は、在命が根五の傍で「アヴェマリア」をトランペットで吹くのを偶然目にして、音楽の才能がある子と賞賛した。満州夫人は在命を政治家として育てたいのに、音楽家に育てればひ弱になると反対したが、根五は芸術を理解してこそ、政治もできるようになるから、そのままにして置くようにと言った。満州夫人は在命の成長に喜びと希望を抱いていただけに、玄教授がきてから在命を奪われたようで淋しい思いをしていたが、学生行動隊が武装してやってくると元気を取り戻した。

「洪雨君！　銃を持っているところを見ると、井邑でした戦闘を熊船に乗って、ここでもするつもりね？」

「ええ、僕たちは今日、達島を占領していた人民軍を見事に追い出しました」

「私も戦うのを見たいわ。いつか熊船に乗せてちょうだい」

「義姉さんが乗船を希望するなら、いつでも歓迎します」

黄龍国の言葉に、患者の警察官を診ていた根五が突然声を上げた。

「戦争は遊びじゃない。自分が死ぬか、相手が死ぬかの問題なのだ。お前たちは一体何のために戦うのか？」

これまで何をしているのか気になってはいたが、実際に戦争の負傷者を目にすると気になった。

「自由民主主義の大韓民国を人民軍が共産化しようと侵入して来たのですから、我々はそれを防ぐために戦うのです」

当然の言葉だった。しかし、根五は若い学生の命が心配で、黙っていられなかった。

「お前たちの命はひとつだけだ。複数の命を試しながら生きられるわけではない。自分が戦う意味を理解した上で、命を守るために戦わなくてはならない。お前たちはまだ幼いのだから、戦争は大人に任せ、もっと勉強しなければならない」

すると宗雄が反駁した。

「僕たちはもう大人です。本土で人民軍が僕たちを強制的に軍隊に入隊させようとしたので、逃げてきました。どちら側に入って戦うのか、もはや選択の余地はありません」

横にいた玄教授がうなずくと、避難民のひとりが不満げに話し出した。

「二つの強大国がわが国を解放してくれた時から、わが民族は二分され、無理矢理に強要された戦争をしているのです。我々はアメリカとソ連の代理戦争をしているのです」

別の教授が加わった。

「戦争が起こった経緯を知ってみると、やはり信託統治を受け入れて統一をするとか、永世中立国といっても、統一国家を作ろうと政治家たちが団結さえしていれば、骨肉の争いは起こらなかったのに……いまはもう時期を失ってしまいました」

長城から来た張長平が強い口調で言葉を継いだ。

「戦争がどうして起こったのか、先ず我々を攻めてきた共産党を殲滅させねばなりません。我々は自由民主主義の大韓民国を守るという大義と名分を持って戦います。自由を愛する国連軍が続々とやってきているので、そのときまで我々はこの島々を守り抜けばいいのです」

光州からきた鄭台植がこれを受けた。

「そうです。共産党が戦争を仕掛けてきたのだから、我々は国連軍の力を借りて共産党をこの地から追い出し、統一した自由民主主義国家を、この地の上に築くための絶好の機会と考えて戦うのです」

李根五と玄教授、そして避難民たちも、この学生行動隊の正しい考えと道理にかなった決意に付け加える言葉はなかった。

（3）

もともと耕作地が少ない島に大勢の避難民が押し寄せたので、まず食糧が足りなくなった。新しい農耕地を開墾した古今島民はどうにか自給自足できたが、他の島の人々は本土からの補給で食いつないでいたため、交通が途絶えると痩せた土地しかない島では騒ぎが起きた。行動隊は南海岸の島々や済州島に食糧供給をしていた馬良の倉庫を襲撃しようと決めた。熊船に乗った警察隊と行動隊は、莞島港の港湾労働者も乗せ、船尾にジャンクのボートをつなぎ馬良に向けて出発した。行動隊はジャンクのボートに乗り移り、雨期前の常緑樹が青々と茂る黒島で降りた。そこから馬良の背後を攻撃し、熊船の警察隊は船着場に接近して正面から攻めて、馬良の人民軍を制圧する作戦だった。この計画は的中し、馬良支署に集まっていた人民軍は船着場に現れた熊船に向けて一斉射撃を開始した。警察隊がこれに応戦している間に、行動隊は人民軍の背後から攻撃を加えた。彼らは熊船に無理矢理乗せてきた港湾労働者に、船着き場の倉庫から熊船に穀物袋を運ばせた。二、三時間後に、緊急連絡を受けた人民軍が康津からトラックで駆けつけた時には、穀物を満載した熊船は悠然と莞島に向かっていた

　学生たちによる行動隊の行為は略奪で、集団窃盗罪に相当するものだったが、戦時中なので、敵軍の手中にある穀物の奪取は、むしろ義挙とたたえられた。

　しかし、この事件を契機に、馬良に駐屯する人民軍はさらに兵力と火力を増強し、古今島に向けて続けざまに反撃砲や機関銃で攻撃してきた。

　古今島駐屯の警察隊も、その昔、略奪のために西北地域に倭軍が向かう道を防ぐべく築いた皐夷城に機関銃を配置し、馬良の人民軍に対して応戦した。

　この皐夷城の西側の谷間にある清鶴里には、李景夏《イギョンハ》捕盗大将が島流しにされた住居跡がある。そこにソウルから避難してきたキリスト教徒がテントを張り、讃美歌を歌い、祈祷を捧げる毎日を送っていた。この賛美歌の音は皐夷城まで伝わり、教徒は島民の新たな話題の種になってい

た。

嶺南《ヨンナム》地域で洛東江《ナクトンガン》まで攻め込んだ人民軍が、釜山を目前にして総攻撃を開始した頃、湖南《ホナム》地域を攻略した人民軍はその地域の大部分を占領し、残されたのは南海岸の島々だけになった。

大韓民国の支援にやってきた国連軍のジェット戦闘機は、莞島の島々を人民軍が占領していることを知り、大型船が航行していると、どこからともなく現れて機銃射撃を加えるのだった。国連空軍側と島の警察隊との意思疎通が円滑ではなく、充分な連絡がなされていないためだった。

それで熊船はもっぱら夜間に活動した。ところが本土にいた人民軍部隊も、昼間に戦闘機から攻撃されるようになると夜間作戦を展開した。人民軍の湖南地域司令部は「八・一五解放記念日」を期して、一斉に島々を攻撃してきたが、島民の頑強な抵抗と熊船の活動で阻止された。だが五日後の早暁、人民軍は多数の兵力を動員し、島々に向けて第二次攻撃を開始した。前回に失敗した経験から、今回はさらに大勢の住民を動員し、筏までつくり蟻の群れのように攻め寄せてきた。

この日、熊船は南昌《ナムチャン》の穀物倉庫を襲撃する予定だったが、本土側から無数の採取船が莞島に向け、音もなく接近しているのを発見した。熊船から見ると採取船に人民軍が五名ずつ乗っていた。人民軍は熊船に向けて射撃を開始した。熊船に乗っていた警察隊と行動隊は一斉に応戦し、速力を速めて四方八方に突き当たり採取船を破壊した。莞島警察署の警備塹壕もやっと眠りから覚め、採取船に向かって攻撃し、莞島への上陸阻止に成功した。折しも古今島と馬良の中間から弾けるような銃声が聞こえてきた。熊船は人民軍が海南方向に逃亡するのを見ると、馬良方面に人民軍を追い詰めていった。莞島側の銃声に急を知った古今島守備警察が、馬良から押し寄せてくる採取船の群を見て反撃を開始したが、一部はすでに古今島假橋里の岩礁海岸から上陸してきた。しかし、古今島の守備隊が必死に応戦していると、熊船が現れて攻撃に加わった。すると人民軍は採取船の向きを転換させ馬良に逃げ帰った。こうして一部の人民軍は、熊船との戦いで激流の渦に船もろとも飲み込まれてしまった。

その日の大攻勢で、本土に近い大きな島のうち、莞島と古今島だけが大韓民国側に留まり、南海島と珍島など他の島々はすべて人民軍が占領するに至った。

この侵攻事件があった後、国民学校の生徒、女性、子どもを含む島民のすべてを動員し、島の回りを人間の鎖でつなぎ、人民軍の動きと島周辺の船舶の移動状態を監視した。本土でも人民軍の増員があり、それまでは小銃だけに依存していたのが、大きな爆撃砲まで使用するようになった。警察には小銃と機関銃が支給されているだけで、爆撃砲は配置されてはいなかった。莞島警察署では、釜山に避難した道警察と警察本部に、武器の支援を要請する無線を送ったが応答はなかった。

八月末になると、いらだった人民軍が莞島と古今島の海岸に相次ぎ集結した。満州夫人と治雨が、黒島が遙かに見渡せる古今島清鶴里の山腹にある警備壕に配置され、監視していた八月三十日の早朝だった。馬良と南昌から人民軍が、莞島と古今島に向けて一斉に小銃と機関銃を発射してきた。両島からも警察が小銃と機関銃で応戦した。双方が放った弾丸の幕で、あたかも赤い雹が降っているかのようだった。

「お義姉さん、あの火の玉を見て。如露で火の玉を撒いてるみたいだよ」

治雨が満州夫人に言うと、満州夫人は少し震えた声で応じた。

「そうね。今日は総攻撃しているみたいね。隣の組に人民軍が攻撃してきたと、伝達するまでもないわ。いくら叫んでも銃声で何も聞こえないし、もうみんな見ているから、知らせる必要もないでしょう」

そうこう言っていると、本土の人民軍側が放った砲弾が、島の警察隊の射撃地点に命中し、一挙に火の海となった。罪夷城の機関銃座にも正確に着弾した。火の手がパッと上がると、罪夷城の城壁の岩塊が転がり落ち、警備壕にまで崩れ込んできた。

「治雨君！　この壕を早く抜け出ましょう。人民軍が警察の射撃地点を正確に狙っているわ」

彼女は治雨の手首をつかみ、警備壕の先の丘を力強く登っていくと、治雨はごろりと雑木のあいだに転がった。二人は山に上り、大きな岩に身を潜めて海を見下ろした。大口と馬良、そして会津方向から一群の採取船が、真っ黒になり古今島に向かって押し寄せており、その背後には無数の筏船が続いていた。このとき古今島鳳鳴里《ボンミョンリ》に停泊していた熊船が、速度を上げて馬良方向に向かっていた。

「熊船が見える。洪雨兄さんと友だちがやってくるね」

「今日は人民軍の群れがとても多いわ。彼らが新たにつくった筏船も多いし」

すでに引き潮に乗った熊船は、大口方面からくる採取船団に対して銃撃したり、船体をぶつけたりしていた。その時、馬良側の船から真っ赤に火花を放つ小型物体が熊船の船首に当たり、ドカーンという音とともに大きな火柱が上がった。対戦車ロケットが命中したのだった。

「お義姉さん、大変だ。人民軍はロケットを持ってるよ。どうすれば……」

満州夫人は地団駄を踏んだ。治雨は炎が上がったので、どうすべきか迷って眺めていたが、さらなるロケット攻撃で船全体が火炎に包まれ、しばらくすると船首が海水の中に突っ込み、船体は逆さまになった。この光景を見た治雨は熊船が破壊されたことを知り、手で地を叩きながら兄の洪雨を呼んだ。

「洪雨兄さん、洪雨兄さん、兄さん！」

熊船は次第に沈んでいき、すばやい引き潮に乗って馬良の前を通り過ぎ会津に向かっていたが、古今島假橋里の山陰に行くと姿を消した。

治雨は怒りの涙が込み上げ、激しく泣きじゃくった。満州夫人も治雨を抱き寄せて涙を浮かべた。しかし、泣いてばかりいられなかった。古今島の海岸に採取船を停めた人民軍が、銃を放ちながら山に登ってきた。治雨は銃があったら撃ちまくりたかったが、肝心の銃がなかった。石ころを拾い山の下を目がけて投げつけるのを見て、満州夫人が言った。

「早く家に帰りましょう。ここにいると人民軍の標的になってしまう」

二人は懸命に走った。山道に詳しい治雨が先頭になり満州夫人を導いた。清鶴里教会を過ぎ、青龍里《チョンヨンリ》の裏山を越え、龍草《ヨンチョ》から新平原の原っぱを横切り上亭里に着いた。朝日が上がると、海に反射した光りが目にまぶしかったが、莞島側からもう一隻のジャンク鈴丸が、ゆっくり上亭里に向かうのが見えた。治雨と満州夫人は、家に帰らずに海辺にある診療所に急行した。診療所には荷物を抱えた避難民とともに、池花も荷物を持って待っていた。根五と黄夫人も池花の傍にいたが、満州夫人と治雨が走ってくるのを見て、黄夫人は喜んで言った。

「お前たちが戻ってこないから、池花がここにくるジャンクに避難しようと言ってたのよ。いくら急ぐからと言っても、二人を置いて離れることはできないし。莞島の朴さんから電話があったんだよ。莞島を守っていた遠東防衛線が破られて、莞島警察署長と村の有志たちは警備艇で避難し、朴さんは鈴丸で行くから、私たちに避難の準備をせよというの。警察官や軍人の家族は本土でひどい目に遭っているので、私たちにも逃げるように言うのだけれど、どこに逃げたらいいのだろう。池花やソウルから逃げてきた人たちと一緒に行こうと思っているの」

根五が気遣わしげに満州夫人に尋ねた。

「古今島の防衛線も壊滅したのだろう？」

「ええ」

満州夫人は力なく答え、頭をうなだれた。

「それなら、古今島にいた守備警察隊もじきにここにくるだろう。あの鈴丸で逃げればいいのだ」

「いいえ、彼らはこられません。人民軍の爆撃砲がとても正確で、逃げられる者はあまりいないでしょう」

「そんなに犠牲者が多かったのか？　では、熊船はどこで戦ったのか？」

「……」

満州夫人も治雨も答えられずにいると、黄夫人が言った。

「熊船はスピードが早いし、機転の利く学生のことだから、すばやくどこかに逃げたでしょう」

この言葉に涙をこらえていた治雨が、母親の胸元に駆け寄り声を上げて泣き出した。

「母さん、洪雨兄さんと学生たちは、熊船と一緒に沈んじゃったよ」

「何だって、私の洪雨がどうしてそんな……」

母親の胸元に抱かれていた治雨は、かえって母親を支えねばならなかった。このとき、生日島《センイルド》方向から、両翼に爆弾のようなエンジンを積んだジェット機が二機やってきた。島の人々は、時々本土側に爆弾を投下していくオーストラリアの爆撃機を、高速という理由で「ジェット機」の愛称で呼んでいた。そのジェット機が上亭里の海岸に接近している鈴丸の上を一周した。そして矢のように急降下すると、機銃掃射と爆弾投下をした。驚いた朴良右と船員たちは海に飛び込んだ。一瞬のうちに鈴丸は火の海となり燃え上がった。さらにジェット機は船着場に集まっている人々に向けて機銃射撃をすると、みんなは驚いて診療所の裏山に逃げ込んだ。

根五も、息子の洪雨のことを心配する間もなく、妻を支えて診療所の裏山に避難した。

「あのジェット機は、ここも人民軍が占領していると思い込んでいるのだ。治雨、早く太極旗を出して道に広げろ」

治雨は診療所に走ると、父親の机の引き出しから太極旗と赤十字旗を取り出し、診療所の前の広場に広げた。燃え上がる鈴丸と診療所の上空を旋回していたジェット機は、そのまま象山の後方に消えた。

朴良右と船員たちは負傷者を支えて泳いできた。池花と治雨、そして満州夫人は、泣く暇もなく海岸に走り寄り彼らを助けた。根五は「洪雨を返せ、返せ！」と泣き叫ぶ黄夫人を診療所のベッドに寝かしつけ、精神安定剤の注射をした。

爆弾の破片で片腕を失った船員が連れてこられたので、根五は緊急処置をした。傍では朴良右が大声で怒鳴っていた。

「ジェット機の野郎、俺たちを助けてくれるどころか爆撃なんかしやがって。馬鹿な奴らだ。ヤンキーどもは！」

避難してきた教授たちも、呆れて二の句を告げずにいたが、玄教授は慰めるように言った。

「太極旗を掲げるなど、何かの目印を付けて置けばよかったんだ。人民軍が侵攻したと無線が入ったのできてみたが、地上と連絡が不通でこうなったのだ。それでも負傷者が少なかったのは何よりだった」

近くの高面長が朴昌歳の安否を尋ねた。

「お父さんは警察署長と一緒に逃げたかい？」

「いいえ、父は自分の土地をなぜ離れるのかって動かないんです。自宅にいます」

「昌歳は頑固者だからな。でも、君は警察官だから早く池花と一緒に、採取船でも何でもいいから乗って新智島に行きなさい。そして釜山に避難するのだ」

「いいえ、皆さんを残したまま自分だけ逃げるなんて、とてもできません。それにしても熊船はどうなったのでしょうか。熊船だけでも上亭里にきてくれればいいのですが、通信が途絶えて連絡が取れないのです」

治雨が答えた。

「熊船はロケット弾で沈没したんだ」

「どこで？」

「馬良の海」

「洪雨たちは？」

「船といっしょに……」

治雨が言葉を失っていると、何が起こったのかを覚った朴良右が大声を張り上げた。

「ああ、神様、何ということを！」

一同は魂が抜けたように、呆然とお互いを見つめるだけだった。

この時だった。上亭里の裏山から多発銃と機関銃の音が村中に響き渡り、人民軍の一隊がサツマイモ畑を越えて村落に攻め入ってきた。

あわてふためく朴良右に、李根五は「付いてきなさい」と言った。良右と治雨がついて行くと、根五は診療所と裏山の間に行き、良右に診療所のマル（板の間）の下にある排気孔に入れと命じた。

「マルの下は広いから、ちょっとの辛抱だ。食事は周囲に気づかれないように治雨が運ぶことにしよう」

朴良右が中に入ると排気孔を炭俵でふさいだ。根五は避難してきた人々に平常に振る舞うように言い、満州夫人と池花に看護服を着せ診察室に待機させた。

しばらくすると、許旭を先頭にして黄色い肩章の将校と、赤い肩章を付けた人民軍の兵士が、診療所のドアを蹴飛ばしてやってきた。

「李根五義士同志、ついに古今島は解放された！」

開口一番、許旭は言った。黄色い肩章をつけた人民軍将校が「警察官や軍人が入院しているなら教えろ」と言いながら、病室で一人ひとりを確認した。彼は避難民がいる待合室に入ると怒鳴った。

「ここは待合室ではないな。お前たちはどこからきたのか？」

玄教授が答えた。

「我々はソウルで暮らしていたのですが、戦争が起こったので、この島に避難してきました」

「一流のブルジョアが集まったな。自分だけ楽に暮らそうという人民の裏切り者だ！」

許旭が大声でこう言うと、黄色い肩章の将校が続けた。

「いや、この人たちも我々と同じく人民だ。我々は人民を解放しようと三千里も歩いてきた。人民を殺そうとしてきたのではない。安心するように。さらに我々が調査すべきところはないのか？」

許旭はほかにはないと答えた。「山人」として過ごしていた許旭は、人民軍の案内人として帰ってきたのである。彼らは外に出ると、燃えているジャンクを見て喜んでいた。

彼らが出て行ってしばらくすると、假橋里の戦闘で負傷した人民軍三名が担架で運ばれてきた。担架を運ぶ人民軍兵士も負傷していた。

「あの怪しい船にぶつけられ、負傷しました。治療してください」

根五はこの「怪しい船」という表現に身を硬くしたが、「手術をしなければなりませんね」との看護婦の言葉で、患者の傷口の診察を始めた。

許旭は村の里長に食事の支度をさせた。人民軍に食べさせてから、午後に付近の村人たちに、上亭里の砂浜に集まるように命じた。

午後になると、民間人の負傷者が診療所に押し寄せて治療を受けていたが、許旭が階級章もなく武装した「山人」の一群を率いて診療所にやってくると、根五の家族は全員外に出るようにと命じた。そして根五、黄夫人、池花、治雨、さらに満州夫人の全員を連行した「山人」は、砂浜に集まっていた島民たちの前に立たせた。在命と民守は看護婦と手をつなぎ村人たちの中にいた。

砂浜には百名を超える人民軍も座っていた。

黄色い肩章に筋が三本入った将校が立ち上がり語り出した。

「皆さん、どれほど今日を迎えるのを待たれたことでしょう。我々は南の人民を解放するために、白頭山から三千里の道を行軍してきました。皆さんの傍に座っている人民軍はみな足の皮が剥けています。それでも我々は我慢をし、皆さんを解放しようと、ここまでやってきました」

許旭や「山人」たちは拍手をしたが、島民は何人かが釣られて拍手しただけで、周囲の人々の横顔をうかがい、手を叩こうとはしなかった。

「数日内に、釜山も我々人民軍によって平定されます。そうなれば、この国は朝鮮人民共和国として一挙に統一されます。今後はこの世界はすべて労働者の国になり、労働者の天国となるのです。世界のすべての労働者は団結していることを、皆さんは今朝はっきり見たのです。これ以上は別の場所に行って暮らすことはできないと示すために、戦闘機があの沖合で今も燃えている避難用のジャンクを攻撃しました。戦闘機が本土の解放地域をときには爆撃しますが、不発弾が多いのです。不発弾を解体してみると、爆薬が入っているのではなく、労働者のための煙草が入っていました。爆弾を作る工場の労働者が、わが人民軍のために煙草を入れておいたのです。さあ、皆さんは、わが人民軍を信じ、労働者の国を造るために協力してくださるようにお願いします。実際は島で苦労する皆さんのために、もっと早く解放したかったのですが、黒犬（巡警）どもの妨害で、遅くなってしまいました。我々に協力する方は、労働者の天国でともに暮らすことができますが、妨害する者は容赦なく処刑します」

将校がこう言ってから許旭に目配せすると、人民服で武装した「山人」たちが、警察服を着て縛られている三名を、海辺の李根五家族が立っている場所から少し離れたところに立たせ、集中射撃を加えた。

この残酷な光景を見た人々はみんなおののいた。池花も気を失い、その場に倒れてしまった。このとき許旭が声を張り上げた。

「この倒れた女の夫も警察官で、この島にきていることは分かっている。李根五同志、あの男はどこにいるのだ？」

誰も答えないでいると、許旭が再び叫んだ。

「皆さん、我々は罪のない人を殺しはしない。みんなはわが労働者側だ。これまで革命に反対する黒犬の妨害で〝山人〟になっていたが、偉大な人民軍が我々を解放してくれた。しかし、今では反革命分子が労働者社会の建設を妨害しているので、彼らを粛正してこそ明るい世の中になる。わが人民軍は反革命分子を探し出して処刑する。しかし、黒犬であっても進んで自首するならば、許すつもりだ。かくまった者も同じく処罰を受けるが、告発すれば許しを得られるだろう」

誰も口を開かないので、許旭は手にしていた主丹剣を振りかざし、またしても声を張り上げた。

「よろしい、時間はたっぷりある。我々が何とかして探し出す。人民軍の進撃を妨害した李洪雨を知っているだろう。洪雨はジャンクで人民軍を妨害して多勢の人に被害を与えたが、今朝、偉大なる軍の手で、船もろともに粉々になり海の藻くずとなった」

島民たちがざわめいた。許旭は叫び続けて、治雨を責め立てた。

「李治雨、おまえの兄洪雨と一緒だった学生の名前を言え、誰と誰なのか？」

治雨は父親をうかがった。根五がうなずくと、大声で名前を並べ立てた。

「李洪雨、金鐘哲、金大旭、羅仁順、宗雄、……、鄭太植、黄容国……」

治雨の目から涙がすうっと流れた。

「李治雨、彼らの名前と故郷を言え」

許旭が大声で怒鳴ると、治雨はさらに大きな声を出した。

「大韓民国李洪雨、大韓民国金鐘哲、大韓民国金大旭、大韓民国羅仁順、大韓民国宗雄、大韓民国鄭太植……」

李根五の目からも涙が伝った。病院のマルの下から、外をのぞいていた朴良右の目からも涙が流れた。

「やめろ、おいやめろ。こいつはひどいな。反動分子だ」

許旭は恥をかかされたので、今度は満州夫人に攻撃の矢を転じた。

「このすべての原因は、満州からジャンクでやってきた満州夫人だ。ジャンクがやってこなければ、わが人民軍も、このように死傷者を出さずに済んだのだ。そして満州夫人はジャンクで運んできた穀物で、みんなの膏血を搾り取り、新平原の農地を開拓し着服した」

するとと群衆の中から声が上がった。

「いいや、それは違う。彼らは農地を作り、我々農民に等しく分配し、自分では一坪も手にしなかった」

「誰だ、いま発言したのは？　前に出ろ！」

李燮文が松葉杖を突きながら、人々をかき分けて出てきた。彼は、麗順反乱の際にやってきた許旭に「新しい農耕地の水門をなぜ破壊したのか」と抗議したので銃で足を撃たれ、松葉杖が必要になっていたのだった。

「お前か。お前はこのブルジョア連中の手先だ。お前は以前からわが革命課業を妨害した悪質分子だ！」

許旭が李燮文の顔面を銃床で殴りつけると、燮文はその場に倒れ気を失ってしまった。許旭は黄色い肩章の中隊長に何やら耳打ちをした。中隊長は笑いながらうなずいた。許旭は続けて声を張り上げた。

「ジャンクは、わが人民軍の中隊長の言われたように、爆弾を作った世界の労働者の審判を受けて燃えている。今日は諸君が解放された喜ばしい日だから、ジャンクを善用しようとした俺の顔を日本刀で傷つけた満州夫人と余興で再び対決をする。俺が勝てば李根五同志の即決裁判は延期する。今日は刀を準備していないから、この松葉杖でやろう」

許旭は李燮文の松葉杖の片方を自分が持ち、もう一本を満州夫人の前に投げつけた。気絶した池花を抱いていた満州夫人は、静かに立ち上がり許旭を睨みつけた。許旭は満州夫人に松葉杖を取れと大声で叫んだ。しかし、彼女は目をそっと閉じてから燃え上がるジャンクを見やった。許旭は松葉杖を長剣のようにつかみ攻撃体勢に入った。そして相手をじらすように周囲をぐるぐる回った。人民軍は拍手をしてはやし立てた。許旭が正面から気合いを入れて松葉杖を振り下ろした瞬間、彼女はすっと身を避け、足で砂を蹴り上げ、許旭の顔面にぶつけた。砂が目に入り、じたばたする許旭を見ると、村の人々はどっと笑った。

するとç島側から騒々しいエンジンの音を発する小さなボートが、矢のようなスピードで上亭里海岸に近づいてきた。ボートは人々が集まっている砂浜で停まると、人民軍将校一名と護衛兵士二名、そして人民服を着た一人の民間人が降りてきた。やおら中隊長が駆け寄り、ボートから降りた将校に敬礼をした。

人民服の民間人は李根五院長と黄夫人の前に進み出ると、砂浜に膝をつき深々とお辞儀をするのだった。

「父上、母上、満雨はただいま帰ってまいりました」

驚いた黄夫人が近寄り声を上げた。

「おお、満雨じゃないか。どうして今頃、帰ってきたのかい」

莞島から一緒にきた将校が、人々に大声で説明した。

「皆さん、この地出身の李満雨同志が、全南地域の行政官として赴任されました。さあ、お祝いを、故郷に錦を飾った方のお祝いをしましょう」

集まっていた人々が大きな拍手をした。しかし、拍手が高まるにつれ、根五の顔は険しくなっていった。

満雨が満州夫人に「お前……」と言いながら近寄って行くと、泣き顔になっていた満州夫人は、いきなり自分の前にあった松葉杖を振りかざし、満雨に殴りかかった。不意の攻撃だったが、満州で鍛錬した確かな手腕の持ち主なので、満雨はするりと身をかわした。

満州夫人は攻撃を続けた。許旭が自分の持っていた松葉杖を満雨に投げつけると、満雨はこれを受け取り、かつて満州の武道場で打ち合った張永美を思い出しながら、彼女の攻撃に立ち向かった。

腹立たしさから攻撃を続けていた満州夫人は、力が尽きると松葉杖を砂に突きさし、膝をついて座り込み大声で泣き叫んだ。満雨も彼女の頭を抱え、ともに涙を流した。莞島からやってきた将校が、根五と黄夫人に近づくと丁重に挨拶をした。

「私を覚えていらっしゃいますか。私はジャンクの朝鮮人メンバーだった、一等航海士の孫哲です。みなさんお久しぶりです」

根五は孫哲の自己紹介を聞いて、様変わりした姿からやっと昔の面影を見いだした。しかし、黙ったまま涙だけを流していた。すると傍にいた高里長が叫んだ。

「ああ、あの時のジャンクの青年航海士、孫哲君だね。そう、人民軍としてやってきたのかい？」

人々が、この思いがけない縁《えにし》を知るとざわめき始めた。

「あの時は皆さまのお陰で、我々は無事に帰ることができました。満州出身者はみんな満州に帰り、私は故郷の新義州に帰って人民軍に入隊し、現在は人民軍の大隊長をしています」

満雨と孫哲は懐かしさで人々に挨拶をしたが、なぜか以前のような親しみは感じられなかった。みんな表情が硬く口が重かった。

「どうしたのですか？　母上、この島に何かあったのですか？」

老いた母の代わりに池花が答えた。

「兄さんは弟の洪雨を殺害し、その死のさなかに帰ってきたのよ」

「何？ 洪雨を殺した？」

「洪雨とその一団は、わが人民軍がこの島を占領しないように、ジャンクの熊船に乗って妨害した学生団体のリーダーでした」

許旭がこう説明すると、満雨は後頭部を一撃されたように感じた。彼は歓迎されない理由を知ると、母親の前にひざまずいた。

「母上、うちの弟がなぜそんなことを？」

孫哲中隊長はその場の気配を察して、集まった人々を解散させた。人民軍は村の会館を臨時宿舎として使用することになった。

根五は黄夫人を支えて自宅に向かった。待ち望んでいた息子との再会だったが、話しかける言葉もなく黙々と歩いた。根五は〝骨肉の争い〟という言葉が恐ろしくなり、足どりが重かった。

人々はみんな散ってしまったが、治雨は涙を拭こうともせずに、そのまま砂浜に座り続け、まだ燃えているジャンクの炎を見つめていた。わけの分からない在命と民守は、治雨に向けてパンパンと銃を撃つ真似をして走り回っていた。

砂浜に座り込み、立つすべを忘れたような満雨を、満州夫人が軽く腕を取って立ち上がらせて尋ねた。

「どの子が自分の息子か分かりますか？」

満雨は顎で在命を示した。

夫人はうなずくと、もう一人は妹の池花の子だと教えてやった。

孫哲は自分の乗っていたジャンクの最後に敬意を示しているのか、燃えているジャンクに挙手の礼をした。

(4)

李満雨は、妻の張永美に送った手紙にあったように、ソ連が満州を占領したときに、日本人ではなく朝鮮人の文官であったため、占領軍の政治委員レチェプ大佐の通訳兼諮問官を任じられた。ソ連は蒋介石軍に満州の全行政権を委ねねばならなかったが、一方で紅軍を支援する二重政策を採用し、結局、中国紅軍に満州全域を占領させ、これを基盤に中国本土内の蒋介石軍に対抗できる、紅軍中心の満州国を樹立しようというのが、レチェプの計画だった。ソ連と中国、そして朝鮮と日本の四か国が、今後平和裏にやっていくためには、満州に緩衝国を建てねばならないとの李満雨の見解に、彼も同意したのだった。彼は満州を活用し、中国を共産化する前哨基地にしようと考えた。そして満州地域を担当した紅軍の高崗司令官を積極的に支援し、一つの国家を樹立しようとしたが、高崗は、独立国家の経営には弱腰で実現できなかった。彼らが支援した東北地方のゲリラの幹部は栄転して去った。満州を中国の一部に固定する方針になり、紅軍内の漢族幹部にむしろ利用される形になったのだった。

李満雨は自分の満州独立国建設の考えが、時間の経過につれ、雲散霧散しそうなことに気づき、骨に刻んだ祖父の遺言さえも放棄し、祖国に帰ろうと準備をした。しかし、祖国は二分され、南は大韓民国、北は朝鮮民主主義人民共和国になっていた。南の家族を訪ねて行こうとしたが、交通が途絶えて躊躇していると、いまは肩に星を光らせている大佐から、北の諮問官になったので一緒に行こうと誘われた。満雨は北に行けば、故郷への往来も可能になるだろうと、レチエプ大佐に従って北韓に赴いたのだった。

満雨は、満州が独立し、朝鮮が統一自主国家となるのか選択を急がされているが、アメリカ型民主主義になるか、ソ連型社会主義になるか、それは重大なこととは思わなかった。彼は教科書で学んだように「どのような民主国家であろうとも、国民の選択に従って民主主義を選択すればよいのではないか」と単純に考えていたのだ。しかし、北韓にきて暮らしているうちに「国民が自由に選挙によって政治体制を選び、政府も選挙を通じて変えることができる」という彼の考えは、次第に消えて修正を迫られることになった。

世界の共産化を目指すソ連の共産主義革命方式は、武力を使ってでも進攻し、共産主義理論を浸透させ、平等に暮らす社会を築くことがインテリの義務とされ、洗脳を強いられた。そして共産革命のためには、若干の血を流すことは、その時代の義務とする考えを教え込まれた。

ソ連の進めている「武力統一計画ソ連諮問団」の通訳業務を担当しながらも、祖国を統一するには、これまで自分が考えていた選挙方式では不可能で、武力統一のほかに道はないことを、ソ連諮問団との討論過程で受け入れるようになったが、その「骨肉の争い」の被害がわが身に及ぶとは思いも寄らなかった。

彼らが計画した南侵計画の実践で、開戦後わずか三日でソウルを占領し、三か月後には南端の故郷の地まで進攻したのである。南を占領するようになると、彼は諮問団から外されて故郷である全羅南道の行政指導官として派遣され、しばらくは光州に滞在していたのだった。

満州を離れるときに、北韓に行ったら孫哲という人物を訪ねるようにと、妻の兄の張永歳に言われ、彼の紹介で人民軍将校となった孫哲と、北韓に滞在しているあいだに付き合うようになった。そして孫哲が湖南地域進功軍の大隊長になったのを知ったのだ。

満雨の故郷の古今島と莞島については、「これまでの戦闘で占領できなかったが、今朝の総攻撃で解放させることができた」と孫哲大隊長から誇らしげな電話があったので、彼は光州からジープではやる心を抑えながら駆け参じたのに、先ほどの辛い再会になったのだった。

満雨はこうした経緯を、診療所の裏の松林にある平台に座って家族に話したが、根五も黄夫人も、兄弟同士の争いになり、弟を殺しにきたような満雨の話しぶりに、言葉を失ってしまっていた。

叔父に当たる高面長も傍に座って「満州夫人は無謀にも二度も、三十八度線を越えて夫を探しに満州に行こうとした。今後は妻と離れることなく一緒に行動しなさい」と忠告した。

人民軍を歓迎すると称し、許旭は砂浜にたき火を起こし、村から農楽隊を連れてきてお祝いの雰囲気を盛り上げていた。

やがて李爕文が松葉杖をついて平台にやってきた。彼は興奮した口調で、許旭が自分の足を銃で撃ったこと、麗順事件の時に、許旭が連れてきた荒くれ男たちによって根五医師のお母さんが殺害されたこと、人民軍は労働者に良い暮らしをさせようとやってきたというが、村人たちは許旭のような人民軍ならば、歓迎どころか顔を見るのも嫌がっていると毒づき、顔を背けるのだった。

満雨は期待と希望を抱いて帰った故郷なのに、以前のような喜びはなかった。母親は「もう少し早く帰ってくれれば、洪雨が死ぬこともなかったのに」と、恨みにも似た言葉をしきりに口にし、池花は言い淀んでいるのか何も語らず、治雨は兄の影だけを追って近づいてはこなかった。あんなにも会いたかった妻も、満州の両親と実兄の身の安否だけを案じていた。満州の両親は紅軍の時代になっても、それ以前と何ら変わりないこと、兄の張永歳だけは農場を守るために蔣介石軍側についていたが、紅軍の時代になると収監されたこと、しかし、ソ連諮問団の通訳になった自分の口添えで無事に釈放され、今はむしろ紅軍幹部になり元気でいると教えてやった。久しぶりの夜の夫婦の交わりも昼間の雰囲気の反映なのか、思い焦がれていた高まりもなく、トウモロコシの茎を抱いているような味気なさだった。

満雨は息子の在命が道《どう》行政の仕事で忙しい父親を慕っていると思っていたので、在命に革命歌を教えてやった。しかし、在命は革命歌ではなく、共産主義世界で忌み嫌われている「アヴェマリア」を口ずさむので、これ以上は耐えられなくなり、翌日の午後に光州に帰ることにした。

満州夫人には、何としても会いたかった夫だったが、五年という短い期間に起こったことが、二人のあいだを以前とは異なる冷たい水が流れているように思われた。しかし、「夫と離れて暮らせば他人になり、一緒に暮らせば夫婦になる」と言った両親の言葉を思い出し、夫に付いて行くことにした。

満州夫人は、光州の生活が安定すれば迎えにくると姑に在命の世話を頼み、夫とともに村の山道を登って行った。満雨は乗ってきたジープを、南昌から古今島に近い馬良へ向かわせることにした。昨日の激戦地だった馬良を見たかったからだった。

黙ってついてきた根五は、ためらっていた言葉を満雨に向かって語った。

「この国はなぜ二つになって戦争をするのか、お前たち兄弟がなぜ敵味方になって戦うのか、俺には理解できない」

「南北の理念が異なるからです。自分の側の理念で統一させるために戦っているのです。釜山さえ占領すればすぐにも統一されるでしょう」

息子が答えると、父親は首を横に振った。

「ラジオの放送で聴いたところでは、国連軍だって甘くはないぞ。世界の多くの国が協力するということだし……」

「我々にも、ソ連軍や中国紅軍が背後についています」

「では、また世界大戦がこの地で起こると言うのか？」

「……」

「強要された志願兵ではあったが、溢雨が戦った太平洋戦争の結果はどうだったか？　結局、大勢の人々が死んだだけだった」

「我々が戦うのは、国家と民族のためです」

「かつてはお前の弟の洪雨もそう言っていた。国と民族のために戦うのだと」

根五は大きなため息とともに話を続けた。

「まさに国家と民族のために満州で戦った李直潤、お前のお祖父さんの言葉が思い出される。『何をするにも、一般民衆の心情を読み取らねばならない。一般民衆を治めようとする者は、とりわけそうだ』と、常々言われていた。理念や国家もみな人間がつくったものではない。神はみんなが自由に暮らせるように造られたと考えられる。とにかく、個人の生きる道により比重を置く理念や国家が一般民衆の気持ちをつかむと思う」

父親は、兄弟同士でさえ戦わなければならないこの戦争を、早く終わらせるべきだとの考えから、それまで胸に溜めてきた思いを吐露しているのだった。

「一つの民族に一つの国家が理想ではあるが、周囲にどうにもならない事情があり、二つの国家になったとしても、互いに文化を創造し、生活の質と安定を期する政治をきちんとやるなら、何らかの機会に連邦でも連合でも、あるいは完全な統一ができれば良いのだが……」

根五は遠くの海を眺めながら言葉を継いだ。

「お互いに戦わなければならない目的が、後世になって空しいものとなれば、人間として空しい人生を送ったことになる。その目的は空念仏になるのではないか。日本は大東亜共栄圏の樹立が神の意思であり、天皇の御意とか言ったが、彼らは大勢の人々の生命ばかり犠牲にした後に空しく滅びた。結局、彼らの戦争目標はとんでもない軍閥の野望だったことが満天下に暴露された。大日本帝国というものが苦痛だけ与える正体であることを、原子爆弾を投下されて知ったのではないか。互いに自分の思想に固執し、他人を殺して戦うのではなく、民族が生存するために休戦をして、いつかは手を結び統一をしなければならない。南と北が分かれて戦うのは人民のためだと言うが、実は権力を奪取した何人かの政治家が、理念を押し立てて、人民を戦争の犠牲にしているのだと思う。我々は後世の歴史に恥を残さないように生きなければならない」

満雨は弟に対する若干の罪悪感があったので、「父上の言葉を大切にします」と答え、村落の背後の山道で別れる際に言った。

「光州で落ち着いたら在命を迎えに参ります。それでは、父上、母上、お元気にお過ごしください」

満雨と満州夫人はともに挨拶を交わした。洪雨兄の事件の後、満雨兄ときちんと向き合うことをためらっていた治雨は、兄と義姉との別れを離れた木の陰から見守っていた。在命が治雨を見つけると、「治雨おじちゃん、ぼくとかくれんぼする？」と言いながら山へ走って行った。

(5)

夜中に、一小隊ほどの兵力を残し、人民軍の中隊長や他の中隊の兵士は、音もなく島から本土に向けて離れていった。しかし、島民は人民軍に動員され、今度は方向を転じて南側の海岸に二つの警備壕を掘りはじめた。一方、オーストラリアのジェット機はしばしば現れ、海の上の帆船や島々を往き来する採取船にまで機銃射撃を浴せていった。島民に愛されていたジェット機も、いまでは人民軍のせいで立場が代わり恐怖の対象となり、戦闘機の音を耳にすれば、木陰や畑の溝に隠れるのが習わしとなった。

傷跡が癒やされない戦争の渦中でも、秋夕《チュソク》は今年も間違いなく巡ってきた。急に組織された女性グループが人民軍を慰労するため、上亭里海岸の砂浜で「カンカンスオレー」を演じた。以前には儒教の因習によって男と女が場をともにすることは禁じられていたが、この地域でもいつしか人民軍が用いる「トンム」が通称になり、お祖父さんトンム、おじさんトンム、女性トンム、男性トンム、ちびっこトンムと、呼称にトンムを付けるようになり、女性同盟員と人民軍兵士が一緒になって、民謡「ケジナチンチンナネ」を歌っていた。

病院のマルの下に隠れている朴良右に、食事や飲み物を運んでいった治雨は、独りで釣道具の手入れをしているように装いながら、朴良右の話相手をしていた。

良右が声を潜めて娘たちは何を騒いでいるのだ、うるさいと文句を言った。

すると良右の声よりはずっと大きい、唸るような響きが遠い海の彼方から聞こえてきた。通過する大型船舶の音かと思われたが、一つの響きが終わらないうちに、もう一つの響きが続けざまに水の中から聞こえてきた。さらに大型船舶のやってくる音が響き渡ると、砂浜で戯れていた人民軍兵士がたき火を消して銃を手にし、掘ってあった上亭里の警備壕に走っていった。

「何か機械船の音かな?」

朴良右がマルの下から話しかけた。

「さあ、解放された時に、アメリカの戦闘機と戦った日本の軍艦みたいな音だよ」

「ああ、そうだな。ようやく攻撃しようとするのかな。それじゃそろそろ出るとするか。窮屈でたまらないよ」

「もう少し辛抱してください。まだ人民軍がいるから出たら危険です。ここに上陸しようとすれば、砲撃して近づいてくるでしょう。あの船はみんな釜山の方からやってきて、木浦方向に向かっているんだ」

治雨は叔父にもう少し我慢するように言うと、父親のところに走って行き、このことを知らせた。彼らは海辺に出て一緒に遠くの海を見つめたが、月の光では見分けることはできなかった。

翌朝になって軍艦と確認されると、人民軍は緊急の通信連絡をした。

この軍艦は釜山の方からやってきて、莞島には立ち寄らずに、木浦の方面に一隻また一隻と、一定の間隔をおいて一日かけて通り過ぎていった。古今島を占領して十三日目に、人民軍は夜陰に乗じて本土方面に去ってしまった。昼三日、夜二日、続けて軍艦は沖合を通り過ぎていった。北の平壌を焦土化するため、国連軍艦隊が西北方向に進んでいるとの噂が、いつしか島民たちにも広がった。

人民軍がいなくなり、さらに警察も上陸してこないので、朴良右は診療所のマルの下から出てきた。彼は妻の実家に留まり事態の推移を見守った。

人民軍が去って四日目の深夜に、意外にも莞島の民青委員長になり、勝手な振る舞いをしていた許旭が、「山人」たちと地方青年連盟である民青隊員を引き連れ、李根五の家に乗り込んできた。いきなり根五を引きずり出し、池花の部屋にいる朴良右を発見した。すると大声を上げ、良右を蹴とばしながら外へ押し出した。さらに民青隊員の一隊は、青鶴洞の李富三神父とソウルから一緒にきた長老と、古今島で李神父の説教に感動し、最近、信者になった高面長を縛り上げ連行していった。

彼らは村の人々に気づかれることもなく、夜のうちに採取船に乗せられて莞島に向かった。

秋夕を過ぎてから何日にもならないので、月の光は煌々と冷たく輝いていた。高面長が許旭を諭すように言った。

「許旭、お前は幼い頃からとても良い子だったじゃないか。ソウルから避難してきた人たちに何の罪があるのか。神を信じる者に何の罪があるのか。早く家に帰らせてやってくれ。法の規制がなくても生きていけるお前の父親の体面を考えてみても、このように我々を扱ってはならない」

「わが人民軍は南韓を解放しにきたのだから、人民軍を歓迎しなければならない。避難するなんてもってのほかだ。何で避難してきたんだ。それに神を信じる者は、唯物論的共産主義の社会を築くのに障害になるばかりだ」

許旭がこう言うと、酒に酔った民青隊員が揶揄しながら言った。

「今からでも神を信じないと大声で言えば、この船から降ろしてやるぞ」

高面長はたしなめるように言った。

「それはできない、許旭、世の中がこんなに物騒な時だからこそ神を信じるのだ。俺は今まで神を知らずに生きてきたが、李富三神父の説教を聴いて、神の存在に気づかされた。李神父は、君の持っている主丹剣の持ち主だった李景夏の孫に当たる方だ。神父の祖父は、その昔、主丹剣でキリスト教徒たちを殺害したが、神は愛でもってその子孫を見放さずに悔い改めさせ、神のお言葉を伝導する神父になられた。神は我ら一人ひとりに命をくださり、生きている間にやるべき善行をお示しになった。君も心を改めて神を信じれば、心の安らぎを得られ、神から祝福されるだろう」

「黙れ。そんな嘘を誰が信じるものか。この主丹剣がキリスト教徒を殺したとは聞いていたが、今度もこの主丹剣でキリスト教徒を殺すべきだと信じている」

民青隊員の一人が言った。

「こいつ、自分が信じる神様が救ってくれるものか、いちどこの海に投げ込んでみよう」

酒に酔った民青隊員らはこぞって賛成した。そして、隊員の一人が船尾から船の均衡を保つために使用する鉄の塊を見つけ出し、高面長を縛った縄に結びつけた。それを見て驚いた李富三神父が大声を出した。

「やめなさい。その方はこの島の人々から信望されて選出された面長だ。彼はキリスト教徒になってまだ日も浅い。神を信ずる者を殺してはならない。ここにいる全員を釈放し、神父の私だけを殺しなさい」

許旭は「莞島に行き、大勢の人が見ているところで、神父の祖父の主丹剣で、信者となった連中の首を切るのだ」と言い、「高面長は親日派で、右翼の面長だから即決処分する」と言い渡すと、民青隊員が高面長にくくりつけた鉄の塊とともに海に突き落とした。それを見た根五が怒鳴った。

「許旭、お前って奴は。天罰がくだるぞ。満雨だってお前たちを放ってはおかない！」

許旭はせせら笑いながら言った。

「何をほざく。お前の息子は高い地位にいるかもしれないが、右翼とキリスト教徒を殺せと通知をしたのは、それよりももっと位の高い方なのだ」

根五は返す言葉もなく、高面長の名を呼び続けたが、海の静寂を破るのは進みゆく船のエンジンの音だけだった。歯を食いしばった根五の歯ぎしりする音が響いた。伝染したように、縛られていた者がこぞって歯をがたがたさせ、その音が船の音よりも高く響いた。

莞島の船着場に着くと、そこには近くの島々や本土の海岸で拘束された右翼有志や警察官が大勢立たされていた。「山人」や民青隊員らは暴徒化し、国民学校や警察署に火を点けていた。小さな港が急に真昼のように明るくなると、その明りのもとで拘束された人々の確認作業が始まった。

一人ひとり後ろ手にされている右翼と目された人々は五名ずつ、あたかもクルビ《いしもち》を吊したように縛られ、まとめられて大きな貨物船に乗せられた。そこには捕らえられた朴昌歳もいた。彼は根五を見ると、豪快に笑いながら言った。

「あの山賊みたいな奴らが我々を殺そうとしているようだが、罪のない我々を殺したら、きっと天罰を受けるだろう」

許旭は銃床で一撃を加え、「静かにしろ！」と叫んだ。これを見た朴良右が怒りを爆発させた。

「この野郎、許旭、誰を殴っているのだ。この犬野郎《ケーセッキ》め！」

許旭は朴良右を引きずり出し、李神父と一緒に縛った。そして自分が主丹剣で処刑すると告げ、貨物船に乗せた。

根五が確認される順番になった。書類を手にしていた男の前に進むと、「この者は保留、次！」と高い声で言われた。

この声にその男をよく見てみると、麗順反乱の時に、許旭によって古今島に連れてこられた金支隊長で、根五が治療してやった人物だった。根五は訳も分からずに船に乗せられようとする李神父と朴良右を指さして言った。

「あれは私の婿で、もう一人は神父です。どうか助けてやってください」

「この名簿は上層部が作成したものです。私の一存ではどうにもなりません」

根五は、自分の生命の恩人なので除外したという金支隊長の命令に従い、あちらへ行けと背中を押しやる「山人」の制止をくぐり抜け、再び金支隊長の前に戻って頼み込んだ。

「あそこに私の婿と友人がいます。見逃してください」

「あの人たちを殺害はしません。みんな安心できるところに送ります」

金支隊長はこういうと根五の頼みを拒絶した。根五はうちの息子は全羅南道の行政官だと言おうとしたが、言い出せなかった。彼らの上層部というところに、まさに自分の息子も含まれていると思うと、いっそう言葉が詰まるのだった。

どんな経緯で作成したのか、彼らは名簿を持ち歩いていた。名簿の確認が終わると、貨物船に乗らない者は早く帰れと船着場から押しやられた。根五は後退しながら北側に連行されるのだろうと考え、安佐洞の朴昌歳の家を訪ねて行った。

この殺伐とした渦中でも、自分の土地を大切にする人々がいた。煉瓦造りで火の手の弱かった中学校と警察署の火事は消えていた。木造の国民学校の火災には手が回りかねるのか、火の手は広がるばかりで夜空が真っ赤だった。

暴徒は根五の予想に反し北に連れては行かなかった。莞島の人々が神聖視し愛する美しい常緑島と朱島の裏にある、水流が速く渦潮の発生する地点で貨物船の錨を降ろした。連れてこられた人々を五名ずつ貨物船の欄干に立たせ、竹槍で突き落としていった。鋭い竹槍で刺された人々は、悲鳴を上げながら渦巻く海に落下し、真っ暗な海に呑み込まれていくのだった。法も人情もない殺戮の地獄そのものだった。

人々が縛られたままもがけばもがくほど、暴徒はますます残忍になり凶暴化していった。さらに、許旭は主丹剣で昌歳やキリスト教徒たちの首を打ち落とし始めた。

朴良右は逆上し、自分と一緒に縛られている李富三神父ら四名を引きずり許旭に向かって突進した。許旭を道連れに死ぬつもりだった。しかし、許旭はするりと身をかわすと刀を振り下ろした。その刀で李神父と隣の人の首が切り落とされ、良右はそのまま海中に落下した。船の上からは多発銃が放たれた。良右は主丹剣で殺された人々と縛りつけられたまま、浮き沈みしながら流されていった。彼は生きるとの一念で、もがいて海面に出ようとした。懸命にもがき続けていると、足が隣の人の体を蹴り、そのはずみに縄が解けて浮び上がることができた。肩で激しく呼吸をして周囲を見渡すと、李神父の遺体があり、もう一人は生きていた。船からは海に向けてまだ銃が放たれていた。二人は再び海中に潜り押し流されていった。そして莞島港の端にある小島の岩礁にたどり着くことができた。これ以上は波に流されはしないだろうと、岩面に覆い茂る水草をつかみ、歯を食いしばり、ようやく岩の上に這い上がることができた。

そこは列島の端で、水草が覆う岩礁だった。良右ともう一人は、後ろ手に縛られているロープを切りたいと周囲を見まわしていると、李神父の首に架けられている十字架のロザリオを見つけた。それを取り外し、端の部分を岩に擦って鋭くし、縛っているロープを切った。ともに九死に一生を得たのは、莞島の国民学校の校長先生だった。校長は自分の命が救われたことへの感謝の念よりも、学校が焼かれたことにいっそう憤っていた。

「学校に放火した奴が何で革命軍なのか。邪魔者それだ！」

良右と校長は首のない李神父の遺体を海へ葬った。

良右は十字架を掌に乗せて声を上げた。

「神父様の神よ、悪者を懲罰する力を私に与え給え。この殺人者の恨みを必ずや晴らします。父上、私はどこまでも許旭を追い詰め、きっと探しだし父上のかたきを討ちます」

良右の目からの涙が傷跡を伝わり流れていった。彼らはさほど遠くない莞島の海岸に泳ぎ着き、山に隠れていたが、二日後に警察が上陸するのを確かめてから邑内に降りていった。

第８章　智異山の氷の花

（1）

莞島《ワンド》の沖合を通過した軍艦は、九月十五日、仁川上陸作戦を敢行した。仁川から上陸した国連軍と韓国軍は破竹の勢いでソウルに向かって進撃した。そして洛東江《ナクトンガン》に防衛線を築いていた連合軍も、洛東江を渡り秋風嶺《チュプンニョン》を越え北へ向かった。こうなると、孤立したのは、湖南地方を占領し平定政策をくり広げていた人民軍部隊だった。

北へ後退する道がふさがれた湖南《ホナム》地域の人民軍に、海岸地帯から韓国海兵隊と警察部隊が迫ったので孤立無援になった。

孫哲《ソンチョル》大隊長は、光州にいる李満雨を捜し出し、戦況が不利なので、上層部から全北《チョンブク》地域の人民軍を智異山《チリサン》の西側に、全南《チョンナム》地域の人民軍を智異山の西南側に集結させて戦列を整え、国連軍の背後を攻撃せよと指示されたと伝えた。そして満雨に一緒に行こうと促した。

李満雨は、久しぶりに再会した妻との新婚のような生活に未練があったが、行かねばならなかった。彼は満州夫人に困難な道になりそうなので、古今島の両親の傍にいるように命じた。しかし彼女は、逃げて暮らしても若さを失うばかりで、また海だけを眺めて待つことになるから、一緒に付いて行きたいと答えた。在命は五歳になったので、姑に任せておけば大丈夫だと思ったのだった。

彼らはそれまで使用を認められていたジープに、衣類と米俵を積み、求礼《クレ》方面に向かった。途中には人民軍隊列に参加していた人々が大勢押しかけていた。各地域の人民委員会幹部と民青隊員らは、穀物を華厳寺《ファオムサ》と雙磎寺《サンケサ》など智異山の山麓に運んで行った。智異山はいまや要塞化しつつあった。

東側は智異山、西側は蟾津江《ソムジンガン》に囲まれ、守るのに好都合な求礼に留まっていたが、ラジオから聞こえてくる戦局は引き続き人民軍に不利なもので、アメリカ空軍Ｆ－80戦闘機の攻撃を阻止することはできなかった。彼らは華厳寺に身を寄せていたが、孫哲大隊長の計らいで、道人民委員会の幹部らとともに老姑壇《ノコダン》に登り、かつて日本人が避暑用に使用していた別荘に留まることができた。

満州夫人は久しぶりに別荘で夫とともに身を休められるうえ、眼下の十月の紅葉が彩る山道、そしてうねうねと山麓を巡って麗水《ヨス》へと流れる蟾津江、遙か遠くの南海《ナメ》の海……このような美しい光景を目にすると、戦時中であることを忘れるほどだった。

こんな美しい国土になぜ戦争が起こるのかと、満州夫人が満雨に尋ねても、沈みがちの彼は、国連軍が平壌を奪取し、余勢を駆って鴨緑江《アムノッカン》にまで進撃しているとのラジオの放送ばかりに耳を傾けていた。

早くも冬が訪れてきた老姑壇には、落ち葉の散った物寂しい枝に白い霜が降り、銀色の粉が氷の花のようにまぶしかった。十一月の中旬、孫哲大隊長が谷間から上がってきて戦況を伝えてくれた。

「やっと助かった。ソ連がミグ機で朝鮮戦線に支援してくれています。胡志明《ホーチミン》は韓国にいるフランス軍を誘い出すために、インドシナのフランス軍を攻撃し、中国紅軍は朝鮮に支援軍を送り、再び進撃するようです」

満雨は父親の根五が、世界大戦になるかもしれないと言っていたのを思い出した。

「また、世界大戦になるかもしれないね。この朝鮮の地で起きれば、わが同胞だけが犠牲になり、わが民族だけが滅亡する。世界大戦を防がねばならないが、そのためには休戦しかない。早くレチェプ諮問官に会ってこう伝えたいのだが、難しそうだな」

このとき、Ｆ－80戦闘機七機が蟾津江に沿って接近してきた。そして山里や老姑壇の別荘地帯を攻撃した。

彼らは会話を中断し、急いで山麓に身を避けたが、別荘地帯は焼夷弾で一面の火の海と化していた。

満州夫人は衣服と暖をとる場所を一挙に失い地団駄を踏んだが、戦争の火の手をどうすることもできなかった。

人命被害も甚大だった。彼らは傷ついた人々を引き連れ、華厳寺と老姑壇の中間に駐屯している孫哲部隊に向かった。

そこには意外にも、許旭が「山人」とともに部隊に合流していた。

「とうとう満州夫人もわが同志になりましたね。歓迎します」

孫哲は許旭のことを満州夫人に尋ねた。

「あの同務は闘いへの情熱は抜群だけれど、印象が良くないですね」

「ええ、そうなの。昔、夫の実家で作男をしていました。とても残忍で危険な人物なのよ」
満州夫人は夫の顔をちらっと見やった。許旭に比べると、あまりにも書生じみた人物だと思った。

十二月に入り、中国支援軍によって平壌が奪還されたとの知らせが届き、意気消沈していた孫哲部隊は、山麓の農家から調達した牛を調理し山里で宴会を開いた。その隙を利用し、王甑峰《ワンシルボン》と一臺峰《チョッテボン》、そして蓬莱山に潜入していた韓国軍と警察は、鷰谷寺《ヨンコクサ》に向かう谷間に布陣していた人民軍呉建《オゴン》部隊を急襲した。激しい機関銃と爆撃砲の音に驚いた華厳渓谷の孫哲部隊は、王甑峰側を見やったが、高い山に囲まれた盆地にいるので、戦闘音のほかに部隊らしきものはなかった。

彼らは部隊毎に通信装置を持っていたので、通信用のテントから通信兵が現れ、孫哲大隊長を捜した。久しぶりの宴に浮かれていた孫哲部隊は、急襲されたので支援してほしいという呉建部隊からの緊急連絡を受けた。孫哲は隊員を集め本部要員だけを残して出発した。許旭と武装した「山人」らも後に従った。満雨も竹で屋根を覆った宿舎にいたが、拳銃を手に出てきた。満州夫人は古今島の戦闘で、恐ろしい殺戮現場を目撃していたので、夫を制止しようとした。しかし、彼は人目を気にしたのか、無為徒食ばかりしてはいられないと付いて行った。

軍警は王甑峰、蓬莱山、一臺峰に隊列をつくり、鷰谷渓谷にいる呉建大隊に十字砲火を加えていた。孫哲部隊は王甑峰を迂回し谷間の入口にある蓬莱山を攻略した。日暮れ頃に始まった戦闘は、夜も更ける頃に、孫哲部隊が蓬莱山を占領して終わった。こうなると王甑峰にいた軍警が包囲された格好になり、鷰谷渓谷に潜んでいた人民軍と孫哲部隊は王甑峰に突進していった。

王甑峰の軍警も、夜陰に乗じて退路を求めようとしたが、敵味方の識別ができず、肉弾戦が繰り広げられた。

　正規の訓練を受けたことのない満雨は、部隊から脱落し身を潜めていたが、前方に真っ黒い人影が突っ立っていた。満雨は拳銃を抜いて撃とうとしたが、味方かもしれないと思い躊躇していると、急にその男が襲いかかってきた。二人は上になり下になり、激しい殴り合いをしながら、山麓に向かって転がっていった。夜が明け東の空が明るくなるまで、相手を捕まえると離さずに殴りつけた。こうしているうちに、銃も刀も体から離れて丸腰になってしまった。精根尽き果てた二人は、空が白み始めると相手の顔を見つめた。

「あれ、満雨さん？」

「あ、お前、池花と結婚した良右じゃないか」

「そうです。池花の夫の良右です」

　二人は父親といっしょに、お互いの家を行き来していたので、幼い頃からよく知っている間柄だった。

「俺たち、なぜこんなことしているんだ」

　彼らは声を張り上げて泣くのだった。山の中だから体面も立場も考えることなく、大人気《おとなげ》ないくらい思い切って泣くと、先に朴良右が莞島《ワンド》での悲惨な体験を語った。

　許旭が「山人」とやってきて、父親の昌歳や莞島の有力者たちを右翼と決めつけて刺し殺していったこと、李根五も殺人現場に引き立てられたが、麗水・順天事件の際に古今島で根五に治療してもらった金支隊長という人物が、根五を見逃してくれたので生き残ったことなどだった。また、許旭が根五の家から奪った主丹剣で、キリスト教徒の首を切り落とすという暴挙に出たこと、主丹剣の持ち主であった李景夏の孫、李富参神父の首も主丹剣ではねたこと、良右が神父の首にかけてあった十字架のロザリオを根五に渡し、神父の妻に届けるように託したことも話した。民青隊員や「山人」が殺害した人々の名簿は、上層部で作成したとの許旭の言葉に、上層部ならば満雨が作ったものに違いないと、夫や子どもを返せと遺族が根五の診療所に押しかけ、根五の家族がひどい屈辱を受けたことも教えてくれた。満雨にすれば思いがけないことなので、驚くばかりだった。

「いや、僕はそんな名簿は知らない。許旭はそんなふうに悪宣伝したのだな。許旭め、戻ったらきっと処分してやる！」

満雨が興奮するのを見て、良右は許旭が満雨と一緒にいることを知り、自分も刺し違える覚悟で許旭に突進したが、許旭はそれを交わし、自分は海に落ちて生き残った経緯を説明してやった。

朴良右は小島で、神と父親の霊魂に誓いを立て、許旭を探し出して仇を討つために、警察機動隊を組織し、ユチコルの渓谷を掃討し、智異山まできたと明かした。

「許旭の奴、僕の叔父を殺し、父親まで殺そうとしたのだ。あいつは麗順事件の際に、お祖母さんを殺害した張本人らしいが、何の恨みで、僕を右翼の殺害者に仕立てるのだ。あいつは今、僕の部隊にいるのだが、戻ったら直談判してケリを付けてやるよ」

「満雨さん、ありがとう。僕を捕らえた振りをして連れて行ってください。奴は僕の敵だから、僕が殺すしかないよ。出会い頭に刺し殺し、僕も死ぬよ。僕は奴のせいで命を失うところだったんだ。殺せたら、何も思い残すことはないさ。父上と神様に誓ったんだ。必ず父上の仇を討つと」

「この山にいる人間には捕虜がいない。即決処分だ。それだけだ」

「それは、いい考えです。僕が転向して一緒に山にやってきたように装ってください。潜入して、あいつさえ処分すれば抜け出します」

満雨は少し考えて言った。

「君と池花との間に子どもがいるだろう？　父上の仇は僕が討つから、君はここから逃げてくれ」

「だめです。満雨さん、僕があいつをやっつけます。そうしてこそ、故郷の人々の前に堂々と立つことができます」

互いに許旭を討つとか、生き残って帰れとか言い争っているうちに、人民軍が彼らの回りに集まってきた。

「行政官殿、無事だったのですね。さあ、部隊に合流しましょう」

朴良右はきょろきょろ見回していたが、死んだ「山人」の外套を奪って着ると、一緒に付いて行った。人民軍は確認射殺をしながら前進した。大勢の「山人」の遺体があちこちに転がっていた。鷰谷渓谷には人民軍の遺体が積み重なり、王甑峰の尾根には国軍と警察の遺体が散らばっていた。

孫哲大隊長は、残った兵を集合させた。一晩の戦闘で部隊員の半数以上を失っていた。鷰谷渓谷の兵力は、四分の一も残っておらず、大隊本部も粉々になっていたが、埋葬する気力もなく、残った兵力を合流させ、老姑壇の麓の華厳渓谷に導いて行った。

李満雨と朴良右は、許旭を少し離れたところに発見して睨みつけたが、機会を見いだすことはできず、部隊の駐屯地まで付いてきてしまった。

洞窟の前で待っていた満州夫人は、殴り合いで顔が膨れ上がった満雨と良右に気づき、喜びの声を上げそうになったが、満雨がそれを制止し、洞窟の中に入っていった。洞窟の中で、これまで起こったことを聞いた満州夫人は、歯ぎしりをしながら、何の罪科もない者への殺人と放火は戦争ではなく蛮行だと語り、孫哲大隊長に処断を依頼しようと言った。彼女は息つく暇もなく、大隊長のテントに入って行った。満雨と良右もついて行った。疲れている孫哲に、許旭が行った莞島の有志や無実の信徒を斬り殺した虐殺と、国民学校や中学校など、教育施設への放火を伝え、人民軍に殺人放火者という恥辱的な汚名を着せる行為だと告げた。さらに、この先、正しい戦争を遂行するためには、そのような殺人放火者は処刑すべきであると付け加えた。

孫哲は一等航海士であった満州夫人の兄が、ジャンクの船長として、アメリカ軍の攻撃を避けながら満州夫人を古今島まで連れてきてくれたおかげで、生き残ることができたと考えていたので、満雨と満州夫人を尊敬し、また彼らを助けよというレチェプ諮問官の命令もあったので、満州夫人の話に聞き入っていた。

「我々人民軍は人民を解放するためにやってきたのに、我々に協力すべき〝山人〟が、むしろ人民軍の名において人民に危害を加えるのであれば、わが人民軍は歓迎を受けるどころか、むしろ敵愾心の対象になるだけだ。けれども、その険悪な人間を人民裁判に回付するには、証人や証拠が必要になるが……」

「私がその証人です。私も許旭に殺されそうになった警察官です」

孫哲はびっくりして言った。

「君はわが部隊に潜入した警察官なのか？」

満雨が早口で、昨夜に起こった二人の戦いについて語った。

「仇を討とうと敵軍に潜入するとは、驚くべきことだ。しかし、証人になっても、君は警察官として進入したのだから、わが方の手で殺されるかもしれない」

孫哲の話に良右は決心したように言った。

「分かっています。私は主義とか国家の問題以前に、どんな世の中でも、人間として到底生きていく価値のない人間を、まず処置するのが急務だと思います。警察官としての任務もまさにここにあると思うので、敵陣にまで潜入し、任務を遂行しようとしたのです」

「よろしい」

「いや。この警察官は私の妹の夫で、妻も息子もいるのだから、無事に帰してほしい。そして許旭は私がやっつけたい」

満雨の言葉に孫哲は決心したように、許旭を処断した後に、適当な時期を見計らって帰ってもらうと言った。そして部隊の幹部を呼び寄せた。許旭を人民裁判に付すから、山伝いにやってきた民間人と「山人」まで、全員集合させよと命じた。そして、許旭から武器を取り上げた場合の「山人」の反発を予想し、部隊員に武装させて待機せよと指示した。

戦争の惨憺たる被害を見てきた人々は、何が原因なのかを究明すべきだと考えていたので、こぞって火田畑に集まってきた。

許旭は、銃を構えた人民軍に引きずり出され、武器を取り上げられた。岩の上に立たされた許旭は声を張り上げ、何の罪でこんなことをするのかと怒鳴り散らした。

　孫哲は離れた岩に上がり、集まった人々に向かって言った。

「我々が南韓を解放しにきたときは、南韓にいる南労党の人々と同じように、生きるためには南韓の人民が総決起し、我々を歓迎し協力して、一気に南北統一がなされるものと思っていた。しかし、南韓に来てみるとそうではなかった。人民の抵抗が思いがけないほど強かったのだ。なぜなのか。いや、誰のせいなのか？　人民のための行動をすると言いながら、自分たちの憂さ晴らしの手段として、罪のない人民を無差別に殺し、放火して、人民が安心して暮らせないようにしたからだ。まさに、あの岩の上に立っている許旭同務のような者が、海岸や島で良民を捕まえ、竹槍で数十名も刺し殺し、幼い生徒たちの学校まで放火したからなのだ。それで我々は人民の中に足掛かりを得られず、智異山に追われたのであり、これを見て怒りに駆られた警察が、昨夜、命を賭けて我々に急襲してきたのだ」

「許旭が殺人や放火をしたことが、どうして分かるのか？　証人がいるのか？」

「山人」組の隊長、金支隊長が言った。しかし、孫哲は自分の言葉に確信を持ち、手を振って話を続けた。

「戦士が戦争で人を殺すのは、戦争だから仕方のないことだ。しかし、武装していない人民を縛り竹槍で刺し殺すのは殺人行為で、虐殺行為となる。このようなことをした者は、人間である前に野蛮人なのだ。こうした野蛮行為をしたのが、あの許旭なのだ」

「処刑してください。殺人者は処分すべきです」

　満州夫人が言った。

「処分すべきだ。殺人者は処分しなければならない」

人民軍たちも続けて処分しろと叫んだ。このとき金支隊長が前に進んで叫んだ。

「だめだ。証拠がない。証拠がないなら証人を出せ」

ウールの帽子を目深に被った朴良右が前に出てきた。

「私が証人です。あの許旭とこの金支隊長らの〝山人〟が、莞島の大勢の良民を竹槍で突き刺して殺害し、私の父親も刺し殺したのを、この目でしっかりと見ました。私も殺されそうになったが……」

「あ、お前は逃亡した奴じゃないか。そんな警察の一員がどうしてここにいるのだ？」

こう言った金支隊長が拳銃を抜いて良右に狙いを付けると、待機していた人民軍の武装兵が一斉に金支隊長の包囲網を縮めた。孫哲大隊長が金支隊長に拳銃を捨てろと叫ぶと、金支隊長は拳銃を仕舞った。これを見ていた許旭は、銃を取り上げられたときには杖と思われてそのまま持っていた主丹剣を取り出し、良右に向かって打ち据えた。

良右は口から血を吐き崩れ落ちた。これを見ていた満雨と満州夫人は棍棒を取り、許旭が手にしていた主丹剣に備えた。満雨が棍棒で許旭を攻め立てると、棍棒は主丹剣に切断された。この隙に満州夫人が許旭を攻撃した。いつしか、剣道の果たし合いの場になってしまった。満雨はより丈夫な棍棒で許旭を攻撃し、主丹剣をずらすように誘導した。満雨の棍棒に刃が突き刺さると、その隙を利用し満州夫人が許旭の手を叩きつけた。満雨が上にはじけ飛んだ主丹剣をつかむと同時に、許旭の脇腹を切りつけた。良右の傍に倒れ込んだ許旭は、良右から短剣で首を切りつけられ、目をむいて息絶えた。満州夫人と満雨が良右に走り寄った。満雨に抱き寄せられた良右は血を吐き咳き込みながら、十字架のロザリオを首から外すと、満州夫人に渡して言った。

「私が殺人者許旭を追跡しようとしたとき、池花がこのロザリオを持って行くように渡してくれたのです。このロザリオを池花に返してやってください。そして、私が任務を果たしたことを伝えてください」

アメリカ兵のジョージ・ウェールズが池花に与えた十字架のロザリオを、満州夫人は良右から受け取った。

孫哲大隊長が良右に近づいて見下ろすと、良右が言った。

「あなたのような人民軍がいれば、この先、南韓との対話に希望が持てます。ありがとう」

良右の首ががくりと傾いた。満雨は手で彼の目を閉ざした。

金支隊長をはじめ民青隊員は少なからず動揺を示したが、良右の正義の死に頭を垂れ、無言のまま散らばっていった。

(2)

国連空軍機の空襲のために、洞窟の中で火を点すことができず、目を猫のように細くして口数少なく物思いにふける満雨に、孫哲が声を掛けた。

「満雨兄さん、我々も行くことになりました。朝鮮人民軍が中国人民支援軍の協力でソウルを攻略したそうです。私たちにも北上して合流せよと指示が出ました」

満雨と満州夫人は外に出た。全ての部隊員が荷造りを終えて外に出ていた。満雨の呼称を「同志」から「兄さん」に変えた孫哲の人間的な心の変化は、智異山での苦しみのなかで芽生えたものだった。

「我々は智異山の山並みに沿って徳裕山《トギュサン》に向かい、秋風嶺《チュプンニョン》、月岳山《ウォラクサン》を越えて、原州《ウォンジュ》の雉岳山《チアクサン》を経て、北に行こうと思います。辛いでしょうが、兄さんは、我々が隊列を整えてもう一度戻ってくるまで、智異山に残っていてください」

「だめだ。僕はレチェプに会わなければならない。休戦でも何でも、戦争を終えるよう進言するのだ。朝鮮民主主義人民共和国の当局者たちが、僕の言葉に耳を傾けてくれなくても、何か言わなければ、この胸が張り裂けてしまいそうだ」

満雨と満州夫人は、準備しておいた背嚢に日用品を詰め込み、孫哲部隊に従って行った

冬の季節に稜線を北に向かうのは並大抵の苦労ではなかった。参戦したソ連のミグ戦闘機は全く見かけず、北上したり南下したりするのは、国連軍の戦闘機ばかりだった。昼間は戦闘機に発見されないように隠れている時間が長く、主に夕方から行軍を開始した。智異山の凍った花は太白山脈沿いに続いて美しかったが、行軍をする者にとっては、身をえぐられるように辛いものだった。

一行が徳裕山を経て秋風嶺を越えた時だった。秋風嶺の道をアメリカ軍の補給トラックが数台登ってくるのが見えた。孫哲大隊長は兵士たちが空腹で疲れているのを見て、補給車両を襲撃せよと命令した。アメリカ軍は人民軍の銃声に驚き、車両を放置したまま逃亡してしまった。孫哲部隊が警戒心を解いて車両の補給品を確かめていると、米空軍のF－51戦闘機が近づき、機銃掃射と爆弾による攻撃を開始した。そして、どこからか現れたアメリカ軍トラックまで攻撃してき

た。空と地からの立体的な攻撃が敢行された。兵士たちは国守峰《ククスボン》に向かって逃げたが、逃げおおせた部隊員は半分にも達しなかった。

孫哲は満雨に、あのような立体攻撃をするアメリカ軍が、ソウルまで中国軍に追われて後退したのは、中国人民支援軍を捕獲するための企みではないかと語った。仁川に上陸して湖南地域の人民軍を孤立させ、今後は元山《ウォンサン》や南浦《ナンポ》に上陸作戦を展開するつもりで、誘導し後退する作戦と考えたのだった。そして満雨にソ連軍顧問のレチェプに会ったら、後方にいるアメリカ軍の屈強な実力を説明してほしいと言った。

人民軍は兵力の半数以上を死亡や負傷で失ったが、補給車両から奪った食糧は飢えた兵士たちを延命させた。孫哲の当番兵は満州夫人に食糧を用意してくれたが、彼女は喉につかえ、食べることができなかった。

孫哲部隊は、山の稜線や歩行可能な山腹を進み、聞慶鳥嶺《ムンギョンセジェ》や小白山《ソベクサン》の竹嶺《チュクリョン》を無事に越えることができた。やがて小白山麓の西北側の大小の藁葺き屋根が二十軒ほど集まっている村落に入って行った。

藁葺き家のオンドルを暖めるために燃やす薪の匂いが、山伝いにやってきた孫哲部隊の隊員に故郷を思い起こさせ、警戒心を緩めてしまった。

村人たちは素朴に見えた。人民軍は村落の代表に、アメリカ軍の補給車から奪った毛布数枚を渡し、夕飯の仕度を頼んだ。彼らは百名分の美味しい食事を鶏汁まで添えて用意してくれ、兵士らは満足した。そして自分たちは集まって休むからと、親切に暖かいオンドル付きの家屋を提供してくれたので、分隊別に分かれて寝ることにした。疲労していた兵士らは空腹を満たし、暖かい部屋で深く寝入ってしまった。もちろん歩哨を立たせたが、歩哨すら居眠りをし、村人たちが夜中に抜け出したことは誰も気づかなかった。

翌朝、目覚めた満州夫人は暖かいオンドル部屋でくつろいでいた。すると、あらゆることが面倒に思われてきた。起き上がる気にもなれず、明るみ始めた窓を眺めていると、在命はどうしているだろうかと気になった。数えてみると在命と別れてもう四か月半になり、智異山《チリサン》を脱出してからは十五日になる。遅々とした歩みだったと考えていると、突然、激しい銃声が響いた。

彼女は急いで寝ている満雨を揺り起こし、一緒に外に出てみると、周囲の山々にはすでに韓国軍が配置されていた。孫哲が隣の家から走り出てきて、一目で韓国軍に包囲されたことを見て取ると、逃げ道を探せと近くの将校に指示した。

そのとき、前の山の岩陰から怒鳴り声がした。

「お前たちは完全に包囲された。手を挙げて出てこい！　お前たちは正規の人民軍だから、ジュネーブ協定によって捕虜としての待遇はしてやる！」

孫哲が近くの兵士から多発銃を受け取り、前の山に向けて引き金を引くと、弾丸が雨あられと飛んできた。韓国軍の火力はとても強力だった。銃撃が一段落すると、またしても怒鳴り声が聞こえてきた。

「そこにいる民間人はみんな避難させた。早く降服しなければ、爆撃砲で木っ端微塵にしてしまうぞ！　早く手を挙げて出てこい！」

孫哲部隊は家々を確認して見た。なるほど民間人はいち早く立ち去っていた。

「やけに親切だと思ったよ。奴らに謀られたな」

孫哲が恨みがましく言った。すると満州夫人が出てきて「仕方ないわ。犬死にするよりは、降参した方がいいでしょう」と言うのだった。

李満雨も状況はとても不利だと思った。

「孫哲大隊長、命を大切にしましょう。この若者たちはこの国の歴史を背負っているのです」

「我々は軍人なので捕虜になれますが、満雨兄さんは刑務所に入り、死刑か無期懲役になるのではないでしょうか？」

満州夫人もそれを考えていたので、自首を勧めることができずに、山道を歩いてきたのだったが、実際に孫哲に言われると目の前が真っ暗になった。しかし、しばらく考えてから満雨はまた言った。

「大勢の人命を救うことができるなら、私ひとりの生命などは覚悟しなければなりません」

　前方の韓国軍将校はまた大声を発した。

「三分間の猶予を与える。三分過ぎても出てこなければ、爆弾の洗礼をする。いいか、命は一つだけだ。お前らの両親のことを考えろ！」

　部隊員全員が孫哲を凝視した。孫哲は彼らの目に浮かぶ切実な訴えを読み取り、決心して言った。

「すべての銃を捨て、両手を挙げて前に出ろと伝えよ」

　満州夫人は首に巻いていた白いスカーフを取って彼に渡した。

　孫哲はスカーフを白旗のように振りながら、先頭を立って畑に進み出た。約百名の人民軍が畑に出て行くと、五百名を超える大勢の韓国軍が山から下りてきて、彼らを取り囲んだ。

　少佐の階級章を付けた大隊長は、李満雨と満州夫人を見つけると何か言おうとしたが、直ぐに傍にいる大尉に、人民軍を丹陽国民学校に連行せよと命令した。

　そこから約十里離れた丹陽国民学校に韓国軍は駐屯していた。

　人民軍を国民学校の講堂に押し込んだ韓国軍は、一人ずつ呼び出し、身分事項を把握し記録した。大隊長は講堂にやってくると、満雨と満州夫人を指さし付いてくるように言った。彼は自分のテントに入ると、当番兵を追い払った。そして、帽子を取りサングラスまで外して言った。

「李満雨さんですね？　私は日本軍の少尉だったのですが、満州で敗戦を迎えたときに、ソ連軍のレチェプ大佐にお願いして通行証を手に入れ、故郷に帰してくださった金少南です」

　満雨はそうだったと思い出し、懐かしそうに手を握った。

「そんなことがありましたね。金少尉！　韓国軍の幹部に昇進されたのですね。おめでとうございます」

満州夫人もやっと思い出して言った。

「そうでしたね。今やっと思い出しました。解放の年、満州から主人の手紙を持って古今島に訪ねてこられた金少南さんですね」

「はいそうです。その節にお会いました。とても美しい方だと思っていたのですが、これまでご苦労されたようですね」

「あら、私、そんなに老けましたか？」

満州夫人は呆れたように笑った。

「いいえ、今も美しいですよ。ただ、ひどく顔が汚れているので……」

「ええ、山の中で暮らしていたので」

「それにしても、なぜ人民軍の部隊にいたのですか？」

満雨はこれまでの経過を語り、孫哲人民軍大隊長とともに北に行く途中だと語った。満雨はためらいがちに、孫哲と自分の妻、そして自分を解放して、北に行かせてほしいと頼んだ。金小南はむしろ大韓民国に自首すれば、父母兄弟や子どもたちと一緒に暮せるのに、なぜそうしないのかと反問した。すると李満雨は自分が北に行かねばならない理由を話しだした。

「太白山脈の険しい山道を辿り、底知れぬ谷底を這いながら、早く北に行って私が成すべきことを、いっそうはっきり覚りました。それで歯を食いしばってやってきたのです。私がやりたいのは、革命の完成ではなく、民族を死から救わねばならないという思いです。金少南小尉、いや金少南少佐もご存じのとおり、ソ連の大佐だったレチェプが準将に進級し、満州から朝鮮にやってきて、武力統一戦争諮問会議の顧問官をしています。そのレチェプに会い、間違っている提言のせいで、世界各国の軍隊が朝鮮に押し寄せて世界大戦をしているので、これを阻止するように進言したいのです。理念戦争と言われますが、同族が互いに殺し合い、外国人まで引き込み、朝鮮民族を抹殺する、この悲惨な戦争を中止させなければなりません。できるならば、戦争を中止する休戦を建議するように、強く勧めたいのです」

テントのオイルストーブは暖かかった。金少佐は簡易ベッドを李満雨夫妻に勧めた。

「実に正しい意見です。朝鮮半島で世界大戦が起これば、わが民族は全滅します。現在、中国軍が人海戦術で南側に進撃していますが、人間を銃弾の盾にし、爆弾の中に人間を捨て置いているだけです。人間を戦争の消耗品扱いしている、こんな非人間的行為が起きているのに、誰のための理念戦争なのか理解に苦しみます」

二人の意見は同じだった。

「昨年の十二月初旬、智異山でラジオを聴いていると、南の国防部長官という人が、国連に原子爆弾の投下を要請したと伝えていましたが、一体どの民族の頭上に原子爆弾を投下するのでしょうか？　こんな馬鹿げた人間を排除できる健全な人々が、南にもいてほしいのです。北にもこれよりもっとひどい唐変木が大勢います。自分ひとりだけ生き残るために、ここに留まるよりは、こうした唐変木の誤謬をただすために、北に行きたいのです」

金少南はしばらく考えていたが、「そういう立派な意図ならば、以前、満州でお世話になった恩返しに、お送りしましょう」と言ってくれた。

そして、彼は当番兵に孫哲を呼んでくるように命じた。

「あなたは実に立派です。あなたも大隊長、私も大隊長ですが、今朝、部下の命を惜しむあなたの決心に感服しました。本当に難しい決断をしましたね。ところで、ここにおられる李満雨さんは、満州で知り合い私を助けてくれた命の恩人です。その恩返しのために、今度は私が満雨さんを北にお連れしたいのです。いかがでしょうか？」

突然の提案に孫哲は当惑し、李満雨夫妻を見やった。

「部下を置いて私ひとりだけ生き延びようとするのは……」

「ここにいる部下のことは心配はいりません。殺したりはしませんから。全員、捕虜収容所に送り、きちんとした待遇をいたします」

金少南が安心させるように言うと、李満雨も孫哲に言った。

「我々はすることがあります。我々は北に行って休戦をさせなければなりません。あなたも私も、戦争を主張する上司たちに、休戦を建議するのです。北も南も正しい意見を提言する人々がいなければならない。まともな意見を言う勢力がいてこそ、正義にあふれる国を樹立し、融和へと導くことができるのです」

「満雨兄さんと一緒に行けるなら行きましょう」

満雨と孫哲、そして満州夫人は、金少南の顔を見つめた。彼は狭いテントの中を行き来して考えあぐねていた。

「まともな意見を言う勢力ですか、そうですね。まともに導く勢力が必要でしょう」

金少南少佐はこう言うと、名簿に名前が記載される前にここから出発するようにと言った。そして自分の軍用ジャンパーを孫哲大隊長に与え、人民軍の服の上に着させた。

「現在、原州《ウォンジュ》と寧越《ヨンウォル》の近くまで中国軍がきていますが、丹陽《タニャン》から原州に行く鉄道に沿って北上すれば、中国軍に出会えるはずです。ただ鉄道近くには双方の軍隊がいるので、よく見極めてください。私は鉄橋のある所までご案内します」

金少南は自分のジープの後部座席に三名を乗せ、運転兵に丹陽鉄橋まで行くように命じた。彼らは峡川《ヒョプチョン》を過ぎて鉄橋の直前でジープを停めた。一月中旬の寒風が頬を叩いた。満州夫人はスカーフを出して頭をすっぽり包んだ。そのスカーフは、古今島で夫のことを考えながら自転車をこいでいたときに首に巻いていたものでもあり、今朝、孫哲に渡して降服を知らさせたものであった。


金少領は運転兵に橋の向こうの梅浦《メポ》駅まで案内して戻るように指示し、もし、その途中で韓国軍に遭遇したら、大隊長の身内の者だが提川《チェチョン》に用事があって案内していると答えるようにと命じた。彼らは「統一したら会いましょう」と、固い握手を交わした。満雨は二、三歩歩き出して振り返った。智異山で許旭から奪い取った主丹剣を金少南に渡しながら、「もし可能ならば、古今島のわが家に行き、父に渡してほしい」と頼んだ。金少南は「お渡しします」と約束し、主丹剣を受け取った。満州夫人は「みんなが仲良く往来して暮らせる統一が、一日も早くくるように」と言いながら別れていった。

運転兵を先頭に、孫哲、満雨、そして満州夫人の順に、鉄道の枕木を踏みしめながら一歩一歩と進んだ。鉄橋の下を滔々と流れる黒い水が満州夫人にはとても恐ろしかった。彼女の足がこわばって思うように歩けないのを見て、満雨は前から手を差し伸べたが歩きにくいため、満州夫人を先に歩かせた。鉄橋を半分ばかり進んだそのときだった。前方の木々に囲まれた小高い丘の上から銃声が上がり運転兵が倒れた。瞬間、三人はうつ伏せになったが、満州夫人は足を踏み外し、下半身が鉄橋の下に宙ぶらりんになった。悲鳴をあげた彼女に、満雨が急いで近寄り頭を右腕に抱えたが、スカーフだけが空しく手に残り、彼女は川の中に転落してしまった。満雨が慌て て「おーい！」と叫んだが、その叫びは両岸から射ち込まれる銃声にかき消されてしまった。

満雨が厚い外套を脱いで水に飛び込もうとすると、孫哲が駈け寄り彼の手に残ったスカーフを奪いとり、彼を引きずって前方に進んだ。

対岸に着くと中国軍が二人を取り巻いた。孫哲は着ていたジャンバーを脱ぎ、中の人民服を示しながら、中国語で北側に行く人民軍の大隊長だと言った。彼らは安心したのか小銃を降ろし、川を流れていく満州夫人を眺めていた。

満雨は流されている彼女を見て「おーい、死んではダメだぞ。おーい」と叫び、靴を脱いで飛び込もうとすると、孫哲と中国兵が制止した。そのとき満雨は対岸の金少南が川に飛び込み妻を助けているのを目撃した。

「満雨兄さん、金少佐が救助したようです。死ぬことはないでしょう。安心してください。ここから戻ったら、もう北韓には行くことはできません。この中国支援軍の兵士たちと一緒に行きましょう」

金少南が押し流されている満州夫人を抱え、浮き沈みしながら、急流を対岸に戻って行くのを見ていた満雨が言った。

「こんな寒さの中で水に落ちて、二人は無事だろうか？」

「そうですね。二人とも若いから大丈夫でしょう」

「私は妻を探しに行くから、孫哲大隊長だけ先に行ってくれ。どうしても私は妻を置いて行くことはできない！」

「何を言うのです。私を北韓に行こうと誘ったのは誰ですか？　満雨兄さんではないですか？　少し前に休戦を成し遂げるために、北に行こうと言った方が、一人の女性のために行かないと言うのですか？」

「いま別れたら、南北が統一されるときに会えるだろうか？」

「満州夫人は息子さんに会いに、嫁ぎ先を訪ねていくでしょう。急いで南北を統一させ、統一してから会えばよろしいでしょう」

対岸の山頂の大韓民国の国軍基地から機関銃が轟いた。二人は、中国軍の一分隊も周囲の山々の美しさに釣られて前進し、敵軍に深く入ったことに今になって気づいたことを知った。背後を振り返る満雨を、孫哲は引っ張りながら歩みを急がせた。

一方、金少南は鉄橋にいる満州夫人が川に落下するのを見て、本能的に厚い外套と靴を脱ぎ捨てて飛び込んだ。皮膚が直ぐにも凍るほどの冷たい水だった。泳いで満州夫人に接近しようとしたが、泳ぎが上手な彼女も、落下で驚いたためか気を失なった状態になり、さらに水を沢山飲んだのかしきりにもがいていた。

金少南は満州夫人の脇を抱えて、水流に流されながらも岸辺に近寄り立ち泳ぎすることができた。二人が上がった川岸は、そびえ立つ絶壁に囲まれた狭い砂浜だった。金少南はまわりを見渡した。絶壁はあまりにも高く、この状態で這い上がるにはかなり骨が折れそうだった。対岸を見ても冷たい冬の風が通り抜けるだけで、人影はまったくなかった。周辺には燃やす木片もなく、煙草を吸わない彼はライターの持ち合わせもなかった。まず応急処置をしなければならないと考え、意識を失ってぐったりしている満州夫人の外套と外衣を脱がせ、自分の膝に彼女の腹を乗せて飲んだ水を吐き出させた。そして、歯をがちがち鳴らして震えている蒼白の満州夫人をマッサージした。しかし、全身にくり返しマッサージしても、彼女の四肢は凍り付いたように感覚を失い、だらんとしていた。金少南は彼女の頬をひっぱたいた。

「目を覚ましてください。眠ってはいけません。寒さに勝たなければなりません。体を動かしてください」

それでも反応がないので、金少南は満州夫人を抱いて跳んだり跳ねたりし、負ぶって走り回ったりしてみた。彼自身も感覚を失った筋肉を緩ませる動きをしなければならなかった。どれほどの時間を抱いて走り回っただろうか、金少南は自分の体の硬さが緩み、彼女の体から暖かい体温が伝わるようになった。

「凍え死にしてはなりません。この寒さに打ち勝ちましょう」

金少南は必死に叫ぶと、彼女もやっと気付いて一緒に飛び跳ねた。寒さと戦い勝つための生存を駆けた運動だった。

しばらくの間、二人が体を合わせて動き回っていたが、若さは熱気を帯び、体を火照らせた。そして思ってもみないところからエネルギーが沸き出てきた。二人は固く抱き合ったまま砂浜に倒れてもつれ合った。そして金少南は、外套も上衣も脱ぎ捨て、隆起したものを、有無を言わせず満州夫人の盛り上がったチマの中に押し込んだ。彼女は身を振るわせた。運動の熱気よりもっと熱いものが二人に通じ合い、汗をしたたらせた。

満州夫人は朦朧としていた意識から目覚め、在命を身ごもったときの熱さを自分の体内に再び感じていた。

第10章　反逆者のレッテル

（1）

国連軍は中国志願軍の人海戦術による攻勢で水原《スウォン》まで後退したが、一月下旬から全面的な反撃に転じた。

金少南部隊も原州《ウォンジュ》と寧越《ヨンウォル》地域の再奪還を目指し、中部戦線の攻撃に参加するため出発しなければならなかった。

満州夫人と金少南は心ならずも体の関係を持ったが、どちらのせいとも言えず、後悔をしてはいなかった。しかし、夫を探しに戦線を突破し北に行くには、川辺でのことが気になり、彼女は丹陽《タニャン》に数日ほど留まっていた。

人間はいつも未練を持つものだが、金少南は満州夫人に通行証を書いてやりながら、故郷にいるのなら次の機会に訪ねてみたいと言った。彼女に夫がいることを知っている金少南は、何の約束もできなかった。生きるための止むを得ざる過ちだったが、忘れてしまわねばならなかった。

満州夫人は、砲煙の中を去って行く金少南部隊の長い隊列をぼんやり見つめていたが、やおら戦時通行証を手にすると丹陽に向けて歩み出した。

オーバの衿を立て冷たい風を防ぎながら、軍用トラックで忠州《チュンジュ》に辿り着くと、貨物列車に乗り継ぎ烏致院《チョチウォン》までやってきた。烏致院駅で光州《クァンジュ》行列車の出発時刻を確かめようと駅舎に入ったところ、数人の子どもが髪の毛の短い少女をからかっていた。

短髪の少女は満州夫人を見ると「洪雨さん！」と駆け寄り、いきなり抱きついてきた。彼女が思わず押しのけると少女は倒れてしまった。それでも少女はにっこり笑った。彼女はその天真爛漫な笑顔の持ち主が、昨年、全義《チョニ》の鍛冶屋で会った双子の娘のひとりであることに気づいた。彼女を立ち上がらせて「どうしたの？」と尋ねても、破れた服の少女は笑うだけだった。

「その子は狂っているんだよ！」と悪童たちが叫ぶと、老女が彼らを追い払いながら言った。

「全義からきた気の毒な子なんだよ。戦争であんなふうに気が触れてしまったのさ」

「気が触れただって？　頭が変だと言うのですか？　私はこの娘のことを少しは知っています。全義の鍛冶屋の娘なのです」

満州夫人は尋ねた。

「そうだよ。その鍛冶屋の娘だよ」

「どうしてこうなったのですか？　昨年、まだ戦争が始まったばかりの頃に、あの子に初めて会ったのですが、なぜこんな風になってしまったのかしら？」

「本当にひどいものだよ。昨年、戦争が起こると、あの子の父親はすぐに人民軍の労務者に徴集され、洛東江《ナクトンガン》近くの前線で砲弾を運んでいたときに、国連空軍の攻撃を受けて死んでしまったのさ。遺体は見つからなかった。二人の娘は人民軍の看護婦に引っ張られたのだけど、姉のほうは人民軍が後退するときに北に連行され、妹のこの子は洪雨という青年を待つために家に逃げ帰ってきたそうだ。ところが韓国軍が村を奪還すると、この少女が人民軍の労役をしたからと、鍛冶屋の前の木に吊し、服を脱がせ『姉はどこに行ったのか?』と詰問して、口にするのもおぞましい拷問を加えたというのだよ。その光景を見ていた病気の母親はショックで亡くなり、この娘も頭がおかしくなってしまったのさ。この子は誰にでも『洪雨!』と呼びかけて追いかけるそうだ。いまは全義の村からも追い出されて鳥致院までやってきた。そして人々が哀れんで恵んでくれるパンを食べ、駅前で寝起きしているのだよ」

満州夫人の目からはいつしか涙がこぼれていた。彼女は少女が「洪雨!」と呼びかけるのが哀れで、少女をぐっと抱きしめ声を上げて泣いてしまった。彼女が悲しみに浸って泣いていると、少女が満州夫人の肩を揺すった。

「洪雨の兄嫁さんじゃない?」

「ええそうよ。洪雨の義姉さんよ。私のことが分かるの?」

「洪雨はいつ来るの?　あのときにうちの姉さんよりも、私のほうがきれいって言ってくれたのに……」

「ああ、そうそう。二人の名前は先子《ソンジャ》と後子《フジャ》だったわね。それで後子、私のことが分かるの?」

後子はふふっと笑った。

「洪雨はいつくるの?」

「そうね」

満州夫人が躊躇して涙を流していると、またしても後子の目の焦点が合わなくなり、おかしなことを言い出した。

満州夫人は後子を旅館に連れていき身体を洗ってやったり、古着を買ってきて着替えをさせたりした。

そして駅で列車を待つことにした。洪雨と一緒のときは韓国軍側だったが、夫と一緒のときは人民軍側にいたから、私も古今島の夫の実家に帰ったら、きっと後子のような目に遭うだろうと思い、不安と恐怖に駆られるのだった。

人民軍の支配のもとで暮らした後、国連軍が鴨緑江にまで迫った。そこから後退するときに、ともに避難してきた北の人々に従って釜山に逃げれば良かったかも知れないとも思ったが、息子の在命に会いたくてしょうがなかったのだ。夫と一緒のときには、在命に会いたくても我慢することができた。しかし、夫が傍にいないのと、夫に対する不実が在命に会うことで償われるように思われ、無性に息子に会いたくなった。

夫の故郷の人々も、夫が恋しくて夫に従って行った罪のほかにはない自分を許してくれるだろう。そして夫も南北統一が達成されて再会することになれば、どうしようもない状況だったと、金少南とのことも許してくれるだろうと自分を納得させた。そして古今島に向かうため、湖南線《ホナム》の列車に乗ろうと決心した。列車の到着を知らせる案内放送を聞くと、満州夫人は後子の手を引いて車内に入った。彼女が光州で列車を降り、バスで康津に着くと、そこで意外にも池花と治雨に出会った。

父親の根五が国民防衛軍に召集されて、本土に行ってしまったが、今は海岸地方の壮丁が集団収容されている康津兵営国民学校に駐屯しているというのだった。北から中国人民軍が人海戦術で押し寄せてくると、南側の十七歳から四十歳までの男性はこぞって召集され、銃を持たされて前線に向かわせるのが「国民防衛軍計画」だった。ところが、訓練の時間も施設もないうえに、これほど多くの壮丁の食と衣の補給準備もせずに召集したため、寒さと飢えで病気になり死亡する兵士が続出した。

そこで国民防衛軍の将校でもない五十六歳の根五を召集し、男たちの健康管理を任せたのである。だが、薬品がないので古今島の診療所に連絡して薬品の送付を依頼し、連絡を受けた池花と治雨が運んで行くところだった。

出会った満州夫人も一緒に行くことにした。一行は運ぶ車両がないので、歩いてカラス峠を越えて兵営国民学校に向かわねばならなかった。

満州夫人は歩きながら、息子の無事を確かめた。

「在命は元気にしていますか？」

「在命は母親を恋しがりもせずに、民守とよく遊んでいます。母さんが二人の面倒をよく見てくれているのです。ところで兄さんは？」

「満雨さんは北に行ってしまいました。お前は故郷に残れと言って……」

満州夫人は事実を告げられず口ごもっていたが、池花は気づかないままに話を続けた。

「特務隊の人たちが、兄さんとお義姉さんは、今でも智異山にいるだろう、あるいは故郷に何か連絡してくるのではないかと、たびたび調査にやってくるのよ」

傍らで聞いていた治雨が言った。

「満雨兄さんとお義姉さんは反逆者だって。捕まったら刑務所行きになるそうです」

「反逆者？　私が何の罪を犯したというの。夫に従って暮らしたことが罪だというの？」

満州夫人が興奮気味に言うと、治雨も不満そうだった。

「洪雨兄さんは、大韓民国を最後まで守り通すために、死をもって戦ったのに、その功労は認められずに、満雨兄さんの反逆罪だけを問い詰め、特務隊の連中が父さんとうちの家族に付きまとっているんだ」

池花もため息をつきながら話を続けた。

「お義姉さんは、私たちがこれまで大変な不運に見舞われてきたことを知らないでしょう。許旭が地方の暴徒を引き連れてやってきて、右翼と目された人々やキリスト教徒を捕まえて殺害したのだけれど、それで兄もその名簿づくりに参加しただろうと、遺族の人たちがわが家に押しかけてきて、乱暴して大変だったのよ。その遺族の父親を許旭が鞭打って殺してしまったの。わが家が許旭のような化け物を育てたと、むしろ恨まれているの。

お義姉さんも、これから故郷に帰れば、どんな目に遭うか分からないわ。良右さんも、許旭に舅を大槍で突き刺されて殺されたと、その仇を討つために、智異山討伐隊に志願して行ったの。私はジョージ・ウェールズがくれた十字架のロザリオをお守りにしていたのだけれど、良右さんに持っていってもらったわ。この頃は悪い夢ばかり見て心配でならないの。生き延びて帰らねばならないのだけれど……」

満州夫人は良右の最期のことを話そうとしたが、池花があまりにもかわいそうで、ひたすら歩いてばかりいた。

兵営国民学校は昔の兵営城の中にあった。この城は倭寇を防ぐ南海岸地域の軍事基地だった。三百年前にオランダの貨物船の書記ハメルが済州島に漂流した際に、この兵営城に抑留されたと漂流記に書いたので、西洋にも知られた城だった。西北には月出山、東には修仁山が屏風のように取り囲んだ平原にある城で、その跡地には国民学校が建てられ、今では国民防衛軍の臨時宿舎となり、召集された青壮年であふれていた。

十字の旗が掲げられた教室に治雨と満州夫人が入った途端、肉の腐った匂いや赤痢で内臓の腐った匂いが鼻を突いた。大勢の患者が床の上に横たわっていた。李根五医者は悲鳴を上げている患者の手当をしていたが、満州夫人に気がつくと、挨拶もそこそこに外に出ようと合図をした。根五は崩れた城壁を経て日当りの良い静かな場所に座ると、話を始めた。

「きみは顔を見せてはいけないのに、なぜここに来たのだ？　いま特務隊員が満雨ときみを捕まえようと必死になっている。見つかったらどうする」

根五は叱責した。満州夫人はこれまでの一部始終を話した。光州で幾日か過ごしたこと、智異山での洞窟生活、そして智異山と太白山脈に沿って北上し、丹陽鉄橋では夫の満雨と孫哲大隊長は北に向かい、自分だけが川に落下して落伍したことなどを話した。しかし、金少南とのことについては話さなかった。

それから来る途中で、後子に会い連れてきたことも話した。彼女は池花の顔色をうかがいながら、智異山で許旭を殺して恨みを晴らして死んだ朴良右の最期についても語った。号泣する池花の手に、満州夫人は十字架の付いたロザリオを持たせた。池花の目からこぼれ落ちる涙がロザリオを濡らしていた。

「私の家庭は、なぜ、こうも時代の波に翻弄されねばならないのだろう。家長としてお前たちに、何をどうすべきなのかが分からない。これほど無力感を覚えるのは初めてのことだ。功績は小さく過ちは大きく見えるのは世の常ではあるが、洪雨の死は軍の認識票もなく、功績も価値もない、ただの死として取り扱われ、長男の満雨の罪はあまりにも大きすぎて、我々が反逆の罪を背負って生きていかねばならなくなったのだ」

　根五は深くため息をついた。

「いまここにはきみを知っている島民がいるから、早くここを立ち去り、避難民が大勢いる釜山などで暮らし、月日が経過して平和になったら、そのときにまた会うことにしよう」

　満州夫人はあらゆる罪が、満雨と自分にはね返ってくるようで、身震いする思いだった。

「お義父さん、私に過ちはありません」

「そうだ、みんな間違ってはいない。洪雨も満雨もお前にも罪はない。この時代が悪いのだ。だから、私はきみが反逆者の罪科で、特務隊の連中に捕まるのを見たくない。理由はどうであれ、いまのように混乱した時代には、権力を持つ者の解釈によって、耳にかければ耳飾りに、鼻にかければ鼻飾りになるのが世の中なのだ。殺気にあふれる民心が落ち着くときまで、どこかにしばらく身を避けていなさい。誰もきみのことを知らない土地で、糊口をしのいでいてくれ。私の考えでは、避難民が大勢集まり、国連軍が上陸する釜山のようなところで、自分の素性を隠して暮らしてみたらどうだろう」

　根五はのどがつまり話を続けられなかった。治雨も涙を飲み込んで満州夫人を見つめた。

　彼女は治雨の手をぐっと握って頼み込んだ。

「治雨君、在命の面倒をみてくださいね」

「そうだ、あの後子という娘は、池花に預けていきなさい。私が治療してみるから」

「いいえ。お義父さんに重荷を負わせたくありません。私が連れて行って治してやろうと思います。私が傍にいると、ときには正気に戻るみたいです」

「洪雨と呼びかけるところを見ると、洪雨と親しかったのかな……」

「ええ、昨年、避難してくるときに仲よくなったようです。洪雨君も生きていればよかったのですが……」

満州夫人は話が続けられなくなり、知人を避け後子を連れて兵営国民学校を後にした。彼女の手には、別れ際に舅が渡してくれた小さく折り畳まれた紙幣の感触が、いつまでも残っていた。

(2)

南浦洞《ナンポドン》のチャガルチ市場は、避難民でごった返していた。陸路ではソウル・開城《ケソン》・平壌から、海路では咸興《ハムフン》・興南《フンナム》・元山《ウォンサン》から、北の共産主義を避けて避難してきた人々だった。彼らは周辺の丘陵にテントを張り、そこで寝起きし、食べる問題を解決するために、国際市場やチャガルチ市場に群がっていた。

何か自分で出来る仕事はないだろうかと、あちこちをのぞきながら歩きまわっていたが、疲れて何やらつぶやく後子とともに、埠頭の屋台で汁飯を注文し、海を眺めていた。人々のざわめきと、海上を飛んでいるかもめの鳴き声を聞きながら、さまざまな思いに耽った。

あんなにたくさんの人々が共産主義を嫌って避難してきているが、夫は北に自ら行ってしまった。夫がこの避難の隊列を少しでも見たなら、自由な生存が何であるかということを、もっとはっきり理解するだろう。夫は飢えのない平等な社会をつくる課業と、世界大戦を防ぐとの名目で北に行くと言ったが、なぜか夫が恨めしく思われてならなかった。飢えから逃れようと必死になっている周囲の人々を見れば、夫の考えが正しいように思われ、かもめが飛ぶのを見ていると、食べることだけが人生の全てではないようにも思われるのだった。まず、反逆者のレッテルに抗って叫びたい気持ちだったが、かもめの鳴き声が彼女の怒りをぐっと鎮めてくれた。

満州夫人は感傷だけに耽ってはいられなかった。草梁洞《チョリャンドン》の丘陵の海の見える家に、寝起きする部屋を見つけたが、部屋代を支払うと持ち合わせはすぐに底をついてしまった。

大勢の避難民が殺到するので、仕事を見つけるのはとても難しく、星をつかむようなものだった。数日間、あちこちを探し回ったが、ちょっと顔つきのきれいな女性は酒場で働き、見栄えの劣る女性は魚の屋台売りをし、装身具や服を持っている女性は国際市場でそれらを販売するのが、女たちの主な仕事だった。汚れた男性と一緒に貨物船の荷役作業をする女性もいた。何をどのようにするのか漠然としていた。彼女は健康な体の持ち主だったので、荷役作業をするのが良かろうと思い、作業服を買って荷役作業場の事務所に行ってみたが、そんな白い顔で何ができるかと拒絶された。

後子を連れて仕事を探すのだが、後子とともに歩くのも煩わしくなってきた。彼女は後子を家に残し、雑然とした市場と埠頭付近で懸命に職探しをしてみたが、探し出すことはできなかった。いまや残った金はわずかになり、飢え死寸前の状態になってしまった。

坂の下の水道に長い行列ができていた。水で空腹を満たし坂道を上がっていくと、入り口で待っていた後子が喜んで迎えてくれたので、疲れが癒されるような気がした。しかし、数日間何も食べずにいると、後子はどこに行ったのか帰ってこなかった。満州夫人は自分が食べさせてやれないから、後子が自分で物乞いでもして食べ物にありつければ幸いだとも思ったが、一緒にいるときは異常だった後子が、少しずつ精神状態が回復していただけに、かえって病状が悪化するのではないかと不安になった。

彼女は、ひょっとすると後子が私娼街に行ったのではないかと心配し、釜山駅近くの線路に沿ったテント村をのぞきまわった。

その日の夕刻も後子を探すため、テントの前に赤い電灯を吊して、アメリカ兵に声を掛けている厚化粧の女たちのなかを、あちこち探し回りながら、満州夫人は線路に沿って歩いていた。酒に酔った港湾労働者やアメリカ兵たちは、満州夫人を娼婦と思ったのか、手をつかんだりしたが、彼女はそれをはねのけテントをのぞき回った。線路から脇道に入ると開けた場所があり、複数の青年が中年の男にリンチを加えていた。彼らは「この日本人のチョッパリ野郎！　何を企みにまたやってきたんだ！」などと悪態をつき、集団で殴る蹴るの暴行をしていた。その男は「助けてくれ！」と日本語と韓国語で叫び、顔は血だらけだった。

彼女はその男が詫びる姿を見てかわいそうに思い、手にしていた傘で、青年たちの頭に一撃を加えながら群れのなかに分け入り、その日本人を救出しようとした。

すると、リーダーらしき小柄で黒いサングラスの青年が、「お前は誰だ？　引き下がらないと、お前もやっつけるぞ！」と叫んだ。

「集団でひとりに暴力することは、人間の道理に反するわ」

「人間の道理？　ここに人間の道理を求める女なんかいるものか？　あの女を捕まえろ」

彼が大声で命じると、青年たちは一斉に飛びかかってきた。彼女は傘の柄で彼らの急所を突いたり、首の急所を攻撃したりして反撃した。サングラスの小柄な男が体を押しつけるように飛び込んできた。満州夫人はさっと身をかわし、腰と首の急所を続けざまに叩きつけると、青年はドーンと倒れて起き上がれなかった。傍の青年たちは我先にと逃げてしまった。満州夫人はやりすぎたように思い、倒れた青年を立ち上がらせると、彼は言った。

「我々はこの戦争で大変なのに、あのチョッパリ野郎が麻薬を持ってやってきて、哀れな女たちに売っていたので、懲らしめていたんだ」

「そう、この日本人は悪い男なのでしょう。それなら警察に引き渡せばいいのに、どうして集団で殴ったの？」

「以前にも、こいつを捕まえて警察に引き渡したのに、軍需品を運んできた日本人だと言って、翌日に直ぐ釈放してしまったのさ」

その中年男が満州夫人に気づいて声を上げた。

「失礼ですが、古今島で暮らしておられた李根五さんのお宅の満州夫人ではありませんか？　私は莞島警察署の古今島駐在所長だった三木武吉です」

満州夫人は電灯の下で、その男が六年前に上亭里の砂浜で、藤井将校の介錯をした三木であることに気付いた。

「ほんとうにお久しぶりです。一体どうしたのです？　日本に帰らずに、ここにいたのですか？」

「いいえ違います。朝鮮戦争のために日本から軍需物資を運んでいる翔鶴号という船があるのですが、私はその船の甲板長をしています。ただ日本の友だちから大金を稼げるからどうだと誘われ、麻薬をちょっと運んで、このような目に遭ってしまったのです。どうか私を助けてください。もう二度とこんなことはしませんから」

　満州夫人はサングラスの外れた青年を見た。一方の頬は刃で切られたのか、火で焼かれたのか、肉がそげ落ち醜い顔だった。満州夫人はサングラスをかけてやりながら言った。

「正しい行動とは気付かなかったわ。あのように許してほしいと言っているのだから、許してあげましょう」

　満州夫人は三木を前に立たせて「行きましょう」と言うと、近くで見ていた娼婦たちが満州夫人の武術の腕前に驚いたのか、少し休んで行きなさいと口々に誘いをかけてきた。しかし、満州夫人は失踪した後子の顔つきなどを伝えて、どうかその娘を見つけたら連絡してほしいと頼み込んだ。

　彼女はサングラスの青年に住所を教えてやり、後子を見かけた際の連絡を依頼した。青年は何か話をしかけたが「自分の名はチンボ」とだけ名乗って、後で連絡すると言って別れた。彼女は線路に沿って歩き、アメリカ軍と韓国軍の用兵が守っている軍用埠頭へ向かった。二人は三木の身分証でゲートを通過し、翔鶴号と書いてある大きな貨物船の停泊現場に着いた。

「あの貨物船が、日本から軍需物資を積んできて、韓国が戦争を続けられるようにしているのです。日本の廃墟となった軍需工場が朝鮮戦争のおかげで再稼働し、日本は軍需景気に乗って再起しているさなかです。私はこの翔鶴号の甲板長の仕事をしています。そして新智島の沖合で、アメリカの戦闘機に攻撃されて負傷した中村艦長は、いまこの貨物船の船長をしています。中村船長は古今島の李根五先生の応急手術で命拾いしたので、いまも李先生に感謝しているのです」

「ふしぎな縁ですね。中村さんは私がジャンクで古今島に到着する前に、治療を受けて帰国されたので、お目にかかったことは無いのですが、お義父さんが、良心的な日本人だと賞賛していました」

「ええ、立派な方です。戦争に敗けて日本に撤収する途中、釜山で再会しました。帰国してから私は大阪に住み、再建隊に出て働き、救護品でやっと生計を支えて過ごしてきました。ところが、今度、朝鮮半島で戦争が起こって、軍需品を運ぶ船の船長として中村艦長が就任すると、私を甲板長として使ってくれることになりました。ところで、満州夫人はなぜ釜山に？」

満州夫人が答えに窮していると、巡査の頃から察しのよい三木が話題を換えた。

「背が高くてお美しいから、一目で気づきました。私たちの船の見物を兼ねて、船長に会われたらどうでしょうか？　李根五医師の子息のお嫁さんと言えば、きっと喜ばれるでしょう」

昔の傲慢だった三木からは想像もつかないほど、へりくだって親切な誘いだった。そして、満州夫人の意向を確かめもせずに、先頭に立って案内するのだった。満州夫人は空腹で疲れきっていたが、別にすることもないので付いていった。

船はジャンクの二倍ほどの大きさだった。後方にある船長室に入ると、海軍服のような船員服をきちんと着た五十歳程度の船長が立ち上がって迎えてくれた。

三木が満州夫人を李根五医師の息子の嫁と紹介すると、船長は謹厳な顔つきに微笑を浮かべ、うれしそうに挨拶をした。

「お目にかかれてうれしく思います。李根五先生はお元気ですか？」

「はい、義父からも中村船長さんのことをうかがっていました。日本の生きている良心だとも……」

「日本の良心だって。あまりにも過分なお言葉です。事実、私は根五先生が立派な医師なのを知らずに、医師免許を奪って田舎に追放した日本人として謝罪したかっただけです。ところで、この埠頭には何のために来られたのですか？」

満州夫人は躊躇したものの、相手が日本人なので気楽に、反逆者のレッテルを貼られて釜山まで逃げてきたこと、そして働く場を探していることなど、近況について語った。

「そうですか、一つの家庭でそんな悲劇があるのですね。本当にお気の毒です。日本は共産主義者や自由主義者のような者が共存していて、〝反逆者〟という言葉は使わないのですが、韓国では思想が二分されていて、互いに戦っているので、反逆者と言う言葉が生きているのですね」

中村船長はしばらく考えてから三木甲板長に言った。

「三木さん、埠頭の労務事務所の事務長を訪ねて頼んでみてください。満州夫人が働けるようにね。我々は十日ごとに軍需品を運んでいますから、また連絡をしましょう。お役に立つことができればうれしいのですが……」

船長の案内で船の食堂に行き、満州夫人が食事をしている間に、三木甲板長は労務事務所に行って事務長に就職を頼み込んだ。その結果、満州夫人は荷役作業をする労務者の伝票を取り揃える仕事に就くことができた。

背が低く太った事務長は、労務事務所を訪ねて挨拶する満州夫人を親切に迎えてくれた。三木の賄賂が功を奏したようだった。

さっそく翌日から仕事が始まった。それは荷役労務者の働いた回数を確認する伝票を受け取る仕事で、満州夫人は伝票を受け取ると、ねぎらいの言葉をかけつつ笑いかけるので、労務者の評判が良かった。

翔鶴号は貨物を降ろして出発し、十日後にまた日本から軍需品を運んできた。

三木甲板長は満州夫人にお土産として二つの大きなトランクを渡してくれた。税関に気づかれずに運んできたトランクのうち、「ひとつは満州夫人が持ち帰り、別のほうは売ってドルに交換しなさい」と言うのだった。彼は事務長にも手土産を持ってきていた。そして、このことは船長には話さないようにと口止めをした。彼女が家に帰ってトランクを開けてみると、発売されたばかりの化粧品だった。国際市場で商売をする隣家のおばあさんに化粧品を見せると、自分がみんな買い取ると言って代金をくれ、もっと持ってきてほしいと頼まれた。満州夫人が三木にその処分代金を渡すと、三木は笑いながら生活費に使うようにと半分だけを受け取った。

満州夫人はあまりにも簡単に大金を手にしたので、好奇心が湧いてきた。

埠頭の事務所で働きながら、化粧品のほかに時計や薬品など、かさばらない雑貨を三か月ほど売ってみると、生活にも心にも余裕が生まれてきた。しかし、大金が入れば入るほど、良心の呵責を感じるようになった。日本人は軍需工場を再稼働させて、その軍需物資を韓国に売って廃墟となった日本を再起させているが、韓国は日本の物品を入手し、兄弟同士で銃を向けて相手を死に追いやる戦争をしているのだから、間違いも甚だしいと考えるようになった。自分も法を犯して密輸した物で、市場で喚き立てている哀れな人々の金を奪っているのではないかとの思いに駆られた。

こうした反省をするようになったきっかけは、いつも自分の後に付いてくる黒い影のような存在に気づいたからだった。ある日、黒い影のように満州夫人の後を付けていた人物が埠頭に姿を現すと、自分を知っているかと尋ねた。満州夫人は、どこかで見たような顔だと思ったがどうしても思い出せなかった。その男は呉中士と名乗り、麗順事件の折りに許旭とともに古今島で会ったことがあると言った。そう言われてみて、やっと彼女は主丹剣でお祖母さんを打ち殺したひどく痩せた無口の男を思い出した。

智異山で暮らしていたときに、金支隊長に呉中士はどこにいるかと尋ねてみると、彼は北に召喚され、政治教育なる特殊訓練を受けに行ったと答え、その後の消息は知らないとのことだった。呉中士は夫の行方についても尋ねてきた。満州夫人は北に行ってしまったと答えたが、すぐに後悔した。この人物に真実を語るのは、闇がありすぎると思ったからで、彼は埠頭にしばしばやってくると、軍需品の数量や種類、そして軍需物資を積んだ船舶の動向を尋ねるのだった。

満州夫人は適当に答えはしたが、呉中士がスパイではないかと思い、彼を出来るだけ避けようとした。そこで満州夫人はもうここを離れて、他の仕事を探そうと決心した。自分を捕えようとする者はまだ現れていないが、片時も自分に反逆者のレッテルが貼られている事実を忘れたことはなかったので、同じ場所に長く留まっていると、尻尾を捕まえられるのではないかと思ったのである。

満州夫人は職を替えたいと思い、釜山駅の紅灯街にあのサングラスのチンボを訪ねた。それまでにも、後子を探してほしいと何度か訪ねてみたが、この街にはいないというのだった。

彼は手下を引き連れてやくざから紅灯街を守り、保護料を受け取って生きていた。

満州夫人がチンボに仕事の口を頼むと、「ちょうど良かった。東莱《トンネ》温泉の近くにある巨堤里捕虜収容所の隣に、アメリカ兵のためにアメリカ工兵がバラックキャバレーを建てているが、その運営権を買ったので、キャバレーの運営を任せたい」と言うのだった。

海辺の風が強く吹き荒れる埠頭で、わずかな稼ぎをするために、通勤してくる労務者の伝票の受け渡しをしているよりはと思い、一緒に行ってみることにした。

満州夫人はチンボとともに汽車に乗り、東莱駅の手前の巨堤里駅で降り、眼下に広がる野原を見渡した。

巨堤里の野原の真ん中に流れの早い川があり、その両岸を平らにしたところにテント村ができていた。高い鉄条網で囲まれたテント村は捕虜収容所だった。南側の川岸の松の木の茂った丘には、トタン屋根のバラックで組み立てたアメリカ軍の捕虜収容所管理棟が建っていた。その南側に民間避難民のテント村が無秩序に入っており、このテント村の中心には二階建てのバラックが二、三棟並んでいた。このうち最初のバラックが、チンボが運営権を買った「カウボーイクラブ」だった。チンボの話によると、アメリカ軍が駐屯すれば、軍の上層部は周辺の善良な住民を保護するために、部隊の周辺に公認の「排泄機関兼酒場」を開設するのが厚生面からの慣例だというのである。

チンボはいつの間にか、釜山駅近くの紅灯街から見栄えのいい女たちを選び、ダンスなどアメリカ兵を接待する方法を教えていた。まだ、営業時間に早いせいか、誰もいない広いホールは衝立で仕切られ、テーブルがずらりと並んでいた。夜になるとバンドが演奏し、ダンスを踊るキャバレー式酒場になるのだった。満州夫人が頼まれたのは、得意の英語を生かして勘定をしたり、出入りする客の案内をしたりする顔マダムの仕事だった。最初の数日は好奇心で何とか過ごすことが出来たが、日が経つにつれ、アメリカの軍人と一緒に酒を飲まねばならず、ときにはダンスも踊らねばならない。さらにキスまで求められるので、満州夫人の道徳心では耐えることができなくなった。自分はあくまでも満雨の妻であり、実家は満州では名家に数えられる家柄で、夫の家も朝鮮では医者の家なのだから、飲酒や談笑でこびを売ることは良心が許さないのである。いくら運営監督の仕事といっても、なかなか馴染むことはできなかった。

男と女が手を握るだけでも不道徳と言われた時代である。アメリカ兵の強烈な要求を避けられなくなると、彼女は外に飛び出て風に吹かれながら川辺を歩いた。

月が明るく照らす川辺では、女たちが何かを洗っていた。ふと見ると口調の荒い太った女とともに、毛布の一隅をつかみ洗濯物をすすいでいる娘がいた。後子のようだった。

満州夫人が「後子！」と呼ぶと、その娘は洗っていた毛布をそのままにし、川辺から駆け寄り満州夫人に抱きついた。

「お姉さん！　どうしたのですか？」

「どうしたのって、あなたこそ何をしているの？」

二人は川辺で抱き合って泣いた。口調の荒い太った女も二人が知り合いであることを知ると、充分に語り合う時間を認めてくれた。

後子は、満州夫人が仕事を探すため出かけた後に、空腹を満たそうと外出したが、帰ってくる途中、道に迷ってしまった。南浦洞をうろついていて、この太った女に出会った。後子は自分の母親に似ていると思ったので付いて行ったらしい。そして食事も仕事もさせてくれるので、巨堤里のその女性の家に住み着いていていたのだった。女性の夫は収容所で残飯整理や便所掃除などの雑用をしていたが、各種の日用品を求める捕虜たちが、自分に支給された毛布を排泄筒や食器運搬箱の中に入れて置くと、夫がそれを運んできて妻に渡し、妻は川辺で洗って市場で売り、売った代金の一部を捕虜に分配する「共生事業」が成立していたのである。

後子は太った女の指示どおりに、夜になると川辺に行き洗濯をしていた。その女の小言を聞きながら暮らしていると、彼女の精神が正常に向かいだしたという。故郷にいるような感情を抱きながら洗濯をすることで、心の底に溜まった澱が流されたのだろう。

満州夫人の姿が見えなくなったので、チンボは部下に彼女を探させた。彼は満州夫人にマダム役で経営を任せていたが、彼女を実の姉以上に丁重に扱っていた。川辺にいたという部下の報告を聞くと彼は川辺に急いだ。後子を見つけたとの話を聞いて彼も喜んだ。後子が過ごしてきた話を聞くと、彼も告白することがあると言って、満州夫人に向かって話し始めた。

チンボは、去年、李洪雨とともに井邑《チョンウプ》で葦峠トンネル付近に隠れていた「山人」を掃蕩した光州の羅東允《ラドンユン》だと名乗った。彼は李洪雨と同じ高等学校に通い、光州にきてからは同期生の柳大烈《ユテヨル》とともに学徒兵に志願しようと釜山に行ったのだった。彼らは学徒兵に入隊し、軍標もなしに霊泉《ヨンチョン》地区で戦ったが、彼は爆弾の破片と火傷で顔の半分が台無しになり、病院に護送されたという。病院で治療を受けたが、醜く傷ついた顔ではどこにも行けず、裏街のやくざ者になり、黒いサングラスで顔を隠すようになった。

「自分は満州夫人に井邑で会っているので直ぐに気づいたが、これまで恥かしくて素性を明かせなかった」と打ち明けた。そして李洪雨のことを尋ねた。満州夫人は「井邑に集った友人が莞島に再び集まり、島々を決死に守ったが、人民軍のロケット弾にやられて全員が亡くなった」と語ると、後子は声を上げて泣き出した。羅東允もサングラスの下で涙を流した。たった一年の間だったが、月夜に巨堤里の川辺で再会した数奇な縁は、十数年もの歳月が経過しているようにも思わせるのだった。

当分の間、後子は太った女の家にそのままいることになった。満州夫人はカウボーイクラブのマダムの役割を続けたものの、彼女の性分に合わない仕事なので、時間のあるときにはあちらこちら新しい仕事を探し回った。捕虜収容所で通訳官を募集していたので応募してみたが、身分保証人と戸籍謄本の提出を求められ断念してしまった。自分は隠れて暮らさねばならない立場だったからである。

戦況は国連軍がソウルを再奪還したが、開城と三十八度線附近での攻防が続いていた。中国軍は人海戦術で春季大攻勢を展開したが、国連軍は絨毯爆撃で阻止し、無数の捕虜が捕えられていた。

中国軍の春季大攻勢が失敗に終わると、ソ連は彼らの国連軍代表に三十八度線上での休戦を提議させた。しかし、国連軍総司令官マッカーサーは、満州を爆撃し中国軍の補給ルートと後方施設を破壊し、北を孤立させ降伏させる戦争拡大計画を主張した。ところが、友邦国であるイギリスも休戦を主張するようになると、戦争拡大を主張していたマッカーサー将軍は解任され、後任の総司令官は休戦会談を容認すると語った。

第三次世界大戦を防止しようと、北韓に向かった夫満雨のことが改めて思い出されるのだった。満州夫人は夫の提言が、北韓政府にきちんと受け入れられると思った。

五月の心地良い薫風が夫への思いを募らせ、埠頭に出て風に当たっていた。折しも翔鶴号が入港していた。これまで色々と世話になった船長と甲板長に、お礼を述べようと翔鶴号に上がって行くと、船長がちょうど探していたと駆け寄ってきた。彼はどこで何をしていたのか心配したと言いながら、思いがけないニュースを伝えてくれた。

彼らは軍需物資を積み込むために佐世保港に寄港したのだが、そこで六年前に薪智島の沖合で、戦闘機と軍艦で互いに戦ったアメリカ軍将校のメクト・ステイムスに再会したというのだった。現在、少佐になった彼は、こんどは釜山近郊の金海《キメ》空軍部隊に転出したという。満州夫人が釜山で暮らしていると聞いたので、ぜひ会ってみたいと思った。そして釜山の荷役場に連日出勤しているというので、赴任後に訪ねてみたが満州夫人は見当たらない。組合の事務長もどこに行ったのか分らないと言うので、探していたと説明するのだった。

沈着な中村船長も不思議な縁に興奮したように語った。

満州夫人も、自分の知っているアメリカ軍人の階級が上がり、韓国勤務のために赴任してきたのがうれしかった。彼女は巨堤里のアメリカ軍部隊近くのカウボーイクラブに勤めることになったいきさつを話し、そこで夕刻に会うことにした。メクト少佐にも電話連絡し、来てほしいと伝えた。

満州夫人に妙案がひらめいた。満州出身の中国軍が巨堤里捕虜収容所に大勢収容されていると、以前、太った女の夫から聞いたことがあり、何としてでも通訳官になり、故郷の人々に会いたいと思っていた。そこでメクトに会った機会に、身分保証人を頼み込むことにした。

満州夫人は、その日、特別に着飾ってカウボーイクラブで待っていると、背の低い太り気味の三木が、笑みを湛えた背の高い金髪のアメリカ将校を連れてやってきた。船員服の中村船長の姿もあった。

この健康そうで美男のメクトは、西洋の風習どおり満州夫人と抱擁し、頬にキスをしたが、彼女は人前での抱擁が恥ずかしくて、怖じ気づいてしまった。彼らは衝立で仕切られた席に案内されて座った。そして羅東允を呼んで紹介してやった。その日は特別に後子も招待したので参席していたが、後子はまだ田舎っぽく、おどおどして不安げに座っていた。

「人というものは互いに敵を作ってはなりません。昨日の敵が今日の友になるのですから」

満州夫人が英語で話すと、その場は笑いに包まれた。船長も甲板長も英語を学んだことがあるのか、聞き取っているようだった。

「アメリカは日本を軍政統治したのに、日本人に英語を強制しなかったのですか？」

満州夫人が皮肉っぽく言うと、中村船長は「人間はみんな愚か者で一歩先のことは見えないので、生きることが出来ませんね。一歩先のことを見通すことが出来れば、それは神の子と言えるでしょうね」と応じた。そして彼は「許しと愛のために乾杯！」とグラスを上げ、みんなで一気に飲み干した。

彼らは食事をしながら洋酒を味わった。満州夫人はこれまでの苦しくて不安だった気持ちから解放されたくなり、酒を飲みながら色々と語った。

「今夜はまるで親戚の家で、故郷の方々と心おきなく談笑しているような気分です。何だか今夜は酔ってみたくなりました」

メクトも、昔の親友に会ったみたいにうれしいと言いながら、それまでの武勇伝を並べ立てるのだった。

メクトは日本の空軍基地から満州を偵察しに何度も飛んだと言い、ある時はミグ戦闘機から攻撃されたが、空中戦で自分は何機も撃墜したと自慢するのだった。彼は広大な満州の平原を飛行するたびに、満州夫人のことを思い出したと言った。「満州が独立をしてこそ満州族も生きられるし、東洋の平和が訪れると、古今島上亭里の松林の丘で、木製の涼み台で熱弁を振るった満州夫人の顔が思い浮かんだ」と語るのである。そのとき、彼らは満州の独立をあざ笑っていたが、アメリカに帰って歴史を学び、政治学者らと対話をし、新たな事実を知るようになった。日本が満州を独立させようとしたこと、ソ連もまた満州を独立させて衛星国にしようとしたが、最近になって失敗したというのだった。

「そこでですね。この朝鮮戦争を勝利に導くためにも、中国軍の補給路である満州を砲撃し、空挺隊を投入して満州を占領すれば、北朝鮮にいる中国軍と朝鮮人民軍は孤立し、降伏するだろうというわが部隊の提案を、マッカーサー司令官が実践しようとしたのですが、ホワイトハウスの臆病者がマッカーサーを解任してしまいました。アメリカ軍が満州を占領すれば、満州も独立できる絶好の機会だったのに、そのチャンスを逃してしまったのです」

メクトは酒を一気に飲み干して話を続けた。

「自慢話になってしまいますが、実は満州を独立させ、満州夫人が命を助けてくれた恩返しをしようと、そんな大きなプレゼントを差し上げようという、個人的な胸算用をしていたのです。ところが、思う通りにはいかずに、むしろ砲撃の功績を認められ、このたび少佐に進級して韓国に転出してきました」

メクトはおどけた言い草をしたが、満州夫人には熱い感情が込み上げてきた。

「私のための贈り物を考えてくださったのですね。アメリカの美男子が満州の独立という贈り物をくださるなんて、まるでおとぎ話のシンデレラになった気分です」

満州夫人が喜んで各自のグラスになみなみと酒を注ぐと、「満州の独立のために乾杯！」と唱えて一気にグラスを空にした。

「満州の独立は、満州民族と朝鮮民族のための大きな贈り物になるだけでなく、東洋の平和のためにも必要なことです」

中村船長も同調の言葉を発すると、気分の高揚したメクトは大声で言った。

「中村船長も同調されるのですね。同調者が増えれば満州の独立は近くなります。もし、私が原子爆弾をいくつか持っていて、満州の要塞に投げつければ、たやすく独立させることができるでしょう」

「いやですよ。冗談は言わないでください。満州を独立させようとするのは、満州にいる満州民族と朝鮮民族を生かそうとするもので、人々を殺害して独立しようというものではありません」

満州夫人が改まった口調で言うと、メクトは済まないと謝った。

「私の祖父は満州族ですが、清王朝を憎んでいました。清王朝が中国の中原を支配しようとする、その見返りに満州を中原の人々に渡してしまったからです。中原の漢族は満州を今は自分の地と思っているので、祖父の話はそのとおりなのです。私も、いまに至って祖父が〝真の満州だけの国を建てねばならない〟と言った意味を理解するようになりました。どこの国であっても、他国を支配しようとすれば、結局、胆嚢を抉り心臓を失う結果を招くという、歴史の教訓を改めて知りました」

メクトが満州の永遠なる独立のために祝杯を挙げようと提案した。そして、満州夫人にダンスを申し込んだ。二人が踊るワルツはホールを盛り上げた。ワルツが終わると、アメリカ軍人が相次いでタンゴを踊ろうと申し込んできた。一緒にタンゴを踊った彼女は、酒の酔いで転びそうになり席に戻ってきた。

満州夫人はメクトにかねての念願を語った。「自分はこんな所で酒の相手をしていたくはない。私はあくまでも満州の貴婦人だから、捕虜収容所の通訳が自分の性分に合っているのだが、誰も身分保証をしてくれないので、通訳の仕事をすることができない」と、酔いが回っていながらも、本心を吐露したのである。

メクトも「夫の家の体面を考えれば、通訳の仕事をするのが良いだろう。捕虜収容所に自分の友人のレーベン中佐がいるから、相談してみよう」と言ってくれた。満州夫人は「力になってくれるのなら、キスをしてあげる」と、メクトの額に唇を当てるとハート型の跡がついた。一同は手を叩いて笑った。満州夫人もメクトも大分酔ったようで、羅東允は部下にタクシーを捕まえさせ、彼女の家まで送らせた。同乗した中村船長と三木甲板長は埠頭で降り、メクトは彼女が暮らしている草梁洞まで来ると一緒に車を降りた。メクトは「満州夫人の家も知りたいので家まで送って行く」と言った。

昔の日本人の家屋が連なる路地から、避難民の穴蔵の家を通り過ぎ坂道をたどった。満州夫人は坂路で倒れそうになったが、メクトの太い腕に支えられて上がって行った。

満州夫人は腰にまわしたメクトの大きな腕に身震いし、男性に対する恋しさが込み上げてきた。酒に酔っておぼろになった彼女の目には、月の光を浴びたメクトの顔がまるで童話に出てくる中世の素敵な騎士みたいだった。

満州を独立させるという贈り物をくれると言ったメクトが、とても偉大に思えたのである。そんな騎士に何かお礼をしたいと思った。彼女は酒のせいで英雄に見えるメクトを、自分の部屋に引き入れてしまった。夫のいない独り暮らしの女の暗い部屋の床で、抱き合って寝転んだだけだった。メクトのその大きな一物が自分の体の中に入ってくると、張り裂けそうな痛みとともに果てしない快感を覚えた。汗を流し興奮すればするほど、下腹が痛くなった。痛さで悲鳴を上げると、メクトは彼女を攻め立ててきた。もうこれ以上我慢できなくなると、彼女は大声で止めてと叫んだ。彼女は下腹を抱えてのたうちまわった。そしてメクトに病院に連れて行ってくれと頼んだ。驚いたメクトは服を着ると、満州夫人を抱えて病院に走った。

目が覚めると診察をした応急措置担当の医師が「妊娠中の卵巣周辺が緊張して起きた痛み」と説明してくれた。「胎児は五か月ほどになっているが、あまりにも大きな衝撃が加わったので驚いたようだ」と医師は笑っていた。そして鎮痛剤の注射を打ってくれた。メクトは何度も謝り、明日来るからと帰っていった。正気に戻った満州夫人は指折り数えてみた。金少南だと思った。李満雨との関係は智異山まではあったが、山並みを越えて北の方に行ってからはなかったからだ。彼女は不思議な気分になった。生活に追われていたので、これまでは悪阻もなかったのに、メクトと関係してから現れたので不思議に思われた。しかし、祝うべき生命が在命と父親が異なるので彼女は悩んだが、薬の影響なのかいつしか眠ってしまった。

翌日、産婦人科の医師が診察し、妊娠しているのは間違いないと判定してくれた。医師はヤンキーの種だと思ったのか、堕しましょうかと尋ねた。戦争中に生きていこうとすれば、どんな目に遭うか分らない。最近はヤンキーや黒人の子どもを堕そうと大勢の女性が訪ねてくると言うのだった。そして「暮らし向きが良くなり、子どもが欲しくなったら、この次には純粋種の種をもらって産みなさい」と付け加えた。人間ではなく動物を扱うような医師の態度に、彼女は生命の尊厳に対する抗議をした。

「ヤンキーの種がどうで、黄色人種の種がどうだとか。それもひとつの生命なのだから、そのままにしておいてください」

満州夫人はさっと起き上がると、病院の外に飛び出していった。

第11章　捕虜収容所の兄と妹

（1）

メクトの紹介を受けた満州夫人は、巨堤里捕虜収容所で、中国兵尋問の通訳を始めた。

ここでの仕事はメクトの友人のレーベン中佐のもとで、入所する中国軍捕虜の身分を確認して名簿を作成し、済州島と巨済島の捕虜収容所に配分するものだった。上級将校の場合は、この巨堤里収容所で最高の処遇を与えられており、アメリカの情報部隊が直接取り調べする際の通訳をする仕事もあった。

中国兵は十八歳の若い志願兵から五十歳の老兵士までいた。正規軍も八路軍も少しは混じっていたが、大部分は満州の出身だった。文字の読み書きができない者が多いうえに、台湾出身の通訳官は満州方言が分からないので、かなり苦労していたが、満州夫人が満州語で通訳してやると、その困難は解決し、中国兵も順応してくれたので仕事の能率は上がった。加えて彼女の誠実さと活発な性格も、アメリカ軍から高く評価された。

上級将校を審問して得た情報によれば、八路軍に従軍していた朝鮮族を帰郷させるとの口実で、北韓軍に編入させたという。こうして北韓政府がやってくる前から、ソ連にそそのかされた金日成が、人民軍を養成してきたことを知った。そうは言うものの、南でも日本軍と満州軍の出身者で、警備隊を組織して軍隊を養成したから、軍事的衝突は起こるべくして起こったのである。ただ、このたびの人海戦術で銃弾の標的になり、追い払われた中国志願兵のほとんどが満州族であることを知ってみると、漢族の陰謀に満州夫人は民族的な義憤を感じないわけにはいかなかった。

臨時首都の釜山では、連日、国会や新聞が「居昌《コチャン》良民虐殺事件」を取り上げ、騒然とした状態だった。智異山の共産ゲリラに食事を提供し、内通したという罪で、居昌郡神院面《シンウォンミョン》の人々が集団殺害された事件である。

満州夫人は恐ろしかった。彼女は古今島の夫の実家に行くのが難しくなったと不安に陥った。さらに自分の周辺をうろつく呉中士から逃れたくなり、職場を変え住まいも東莱温泉付近に移した。

そんな夏の土曜日、満州夫人が収容所から早めに帰宅し着替えをしていると、メクトがジープに乗ってやってきた。彼は部屋に入ってくると声を出して激しく泣いた。驚いた彼女がどうしたのかと尋ねると、今朝、北韓地域を攻撃してきたが、大きな藁屋根の建物を発見し、屋根の煙突のような所から煙が上っていたので、軍事施設かと思って砲撃を加えた。ところが上空から確かめてみると、それは民家に接した精米所で、大勢の村人を傷つけたことが分かった。降下して治療してやることも出来ないので、そのまま帰ってきたが、自分の過ちだったと、頭を拳で叩きもがくのだった。部屋着姿の彼女が彼の頭をやさしく抱え、頭を叩くのを止めさせた。彼はしばらくむせび泣いていたが、胎児が腹を蹴っていると笑った。彼はお腹にいる幼い命の人格も尊重する西洋の紳士だった。

満州夫人はメクトだけでなく、収容所のアメリカ軍人からも多くのことを学んだ。捕虜の人格を認め人道的な待遇をすること、女性を優先的に扱い尊重することなどである。与えられた時間さえ熱心に働けば、残りの自由時間は思う存分に個人が活用する生活習慣のなかで、アメリカは個人主義的でありながらも、人格主義的な面もあると知ることができた。そして勤務時間には厳しい規律があったが、勤務時間以外は徹底した個人の時間として活用した。また、公共や共同の仕事は、討論と話し合いで決定する民主主義的な生活方式が、しっかり身についているのだった。彼女はこれが民主主義で、自由主義社会の生活であると、観察した結果を日記に記録することにした。

腹部が目立つようになると、一緒に働く同僚や手伝いの後子まで、カエルみたいとからかった。そんな秋のある日、大攻勢で捕虜になった中国兵がトラックに詰め込まれてやってきた。そしてレーベン中佐の傍で通訳をしていた満州夫人は、思いがけずに実兄の張永歳に巡り会ったのだった。

張永歳は去年の十二月に、志願軍として朝鮮戦争に参戦し中部前線にいたが、しばらく前の北漢江地域の戦闘で捕虜になったのである。

兄と妹は互いに抱き合って涙を流した。瞬く間に、それは巨堤里収容所内で話題になった。レーベン中佐は彼の事務所で、兄と妹だけの時間を持つように配慮してくれた。

張永歳は自分が志願兵として出征するまでは、両親はとても元気だったと語った。父親は農場で稼いだ金を、日本の関東軍が跋扈した際に、何も知らずに東北抗日聯軍（満州地域の抗日遊撃隊連合部隊）に資金提供し、土地を国に接収されてしまったが、暮らしていた家屋はそのまま持ち続け、長春の吉林大学の図書館長として働いているという。

張永歳は先月、前線で偶然に出逢った孫哲から、南での妹の業績と越北の経緯などの近況を知ることができたが、満雨が越北の際に鉄橋から落下した妻のことをとても心配していたとの話もした。二人は南での闘争と越北事件を高く賞賛され、孫哲は連隊長になり、レチェプ諮問官との連絡を担当していると聞いたというのだった。

しかし、妹の張永美が南で反逆者のレッテルを貼られたため、古今島の夫の実家に帰れなくなり、釜山で収容所の通訳の仕事をしていると聞くと、張永歳は「兄と妹の二人が生きていることだけでも、祖先に感謝しなければならない。自分はこうして捕虜になったので、妹を助けてやりたいのに、助けてやることができない」と悔しがった。

妹は自由人として収容所の外で暮らしていたが、兄は囚人として捕虜収容所の中で過ごさねばならないからである。

夫の満雨が自分を心配していたとの話は、少しの慰めにはなったが、満州夫人は大きくなった腹部を見やりながら、一抹の罪悪感を感じてもいた。

満州夫人は一か月の出産休暇をもらい自宅にいたが、十月下旬に病院で男の子を産んだ。彼女は生まれたばかりの子どもを注意深く確かめてみたが、在命と異なるところはなかった。ただ肌の色が金少南に似たのか少し浅黒いように思われた。子どもを産んでみると、在命にひどく会いたくなった。だが、彼女は涙を飲み込み、夫の実家に迷惑をかけるので、古今島には連絡しないと決心した。

満州夫人が病院を退院し、巨堤里捕虜収容所に再び勤務するようになると、兄の永歳はすでに巨済島の捕虜収容所へ移送されていた。前線では人民軍と中国軍の捕虜が相次いで捕らえられ、また投降してくる者も多いので、巨済島の古縣《コヒョン》城前の獨峯山《ドッポンサン》を中心に、北側には人民軍収容のバラックを、南側には中国軍と女性捕虜収容のバラックを増設し、十万名を超える捕虜を収容するようになった。

満州夫人は、太った女の家から戻ってきた後子に、週末には子どもの世話を任せ、釜山から連絡船に乗り、巨済島の中国軍捕虜収容所にいる兄に面会に行くのが習慣になった。

後子は完全に正常な状態に戻っていた。偶然に出会った太った女が、後子を自分の娘のように思いながらも、気短な性格のため、しばしば小言を言って仕事をさせていたのが、むしろ正気に戻らせるきっかけになっっていたのだ。後子は自分の母親に会いに行くように、女の家に子どもを連れていくのが楽しみとなった。チンボこと羅東允《ラドンユ》は、二日がかりの集団闘争で自分の地位を固守し、満州夫人の家にきては善良な羊のように、後子と話をするのを楽しみにしていた。

戦争開始から三年目の新年を迎えた。正月休みを利用し、メクトは満州夫人とともに巨済島の張永歳に面会に出かけた。メクトは李根五診療所の傍にある松林の丘の涼み台で、張永歳に会って時局談義をしたことがあったので、互いに楽しく再会することができた。二人は誰が自分たちを敵と味方に分けたのかと話し合った。彼らがそれは韓国が主犯だとか、日本が主犯だとか、ソ連とアメリカが主犯だとか、いや理念が主犯だとか言い合っていたが、最終的には韓国が主犯という結論に達したのだった。

満州夫人は帰りの船で思いがけず呉氏に会った。彼はメクトが船室に入ると、すぐさま話しかけてきた。

「新年を迎えて、西南地域の智異山《チリサン》の討伐作戦が大々的に開始されるという噂です。気をつけてください。私は孫哲部隊員のいる収容所に面会に行ってきました」

「孫哲部隊長はどこの収容所にいるのですか？」

「全員九二収容所にいたのですが、反共思想に染まった者は九三収容所に移されたそうです。いつかいちど行ってみて、北に全員送還するように説得して下さい」

「そうですか。近く面会に行ってみます」

二人はこうして別れたが、いつも影のように満州夫人を尾行していた呉氏はいつの間にか、彼女の家も知っていて、巨済島収容所にいる知り合いに手紙を渡してほしいと、しばしば訪ねて来るようになった。彼女は安否を気遣う手紙だろうと思い、兄の面会に行った折りに、人民軍の捕虜収容所に立ち寄り、その手紙を渡した。そして一緒に智異山で時を過ごし、太白山脈の夜間行軍をした孫哲にも会った。部隊員の中には再会を喜ぶ者もいた。特に孫哲の当番兵だった徐安植《ソアンシク》兵士は、実の姉に会ったように喜んだ。彼は満州夫人に孫哲が北で連隊長になったと話した。そして満州夫人は反共に転向した孫哲を訪ねて、ジュネーブ協定によって戦争が終われば、全員が母国送還になるので、ここで民主主義をきちんと学び、北に帰ったら人民の生活が良くなるように触媒の役割をしてほしいと語りかけた。彼女は満雨の言ったことを思い出しながらした話だった。北にも正しい話をする者が必要だと、こうしたアメリカ型民主主義の思想を持った捕虜たちが、北に戻ったなら、夫の平和の主張に対する同調者が大勢現れるのではないかと思ったのだった。

寒さも緩む四月になると、休戦会談にも進捗がみられ、送還に反対する捕虜が日ごとに増えた。そして親共捕虜と反共捕虜との間で争いが起こり、しばしば負傷者や死亡者が出るようになった。そこで再分類収容をするために巨済島収容所は、別の部隊からも調査官の支援を受け、再調査を開始した。満州夫人も赤ん坊と後子まで連れてやってきた。

一カ所に五千名ずつ収容する直角形の鉄条網数十個が続く、まるで鉄条網都市のような捕虜収容所は、それぞれの収容所が団結を誇るように歌声を響かせていた。そのうえ至る所に設置された大型スピーカーからは、韓国語と中国語による捕虜への宣伝放送が繰り返しなされていた。

「捕虜のみなさんは、これから数日以内に収容所当局による個人面談を行いますので、本国に帰るのか、帰らないかについて意思表示をしてください。みなさんの安全を図るため、当局の調査官と個別面談をするまでは、どんなに親しい友人であっても、自分が決心した内容を伝えてはなりません。国連軍司令部では、最後まで本国への送還を拒む捕虜に対しては、最終的な運命を保障することはできません。各自の決心の結果が、自分の家族に及ぼす影響の大きさを考慮し、慎重を期してください。万一、送還を拒否する者は自分の家族に、再び会えなくなることを心得ておいてください」

満州夫人に会った張永歳は神経質になっていた。

「あの放送は恐喝じゃないか。人権を尊重するというアメリカ軍が、自由を選びたいという捕虜を脅かし、強制的に送還させようとするのはなぜなのか！」

「休戦会談で、国連側は送還を希望する者だけで、捕虜交換をしようと主張し、北側はジュネーブ協定に従って、北にいる国連軍捕虜一万二千名と、南側にいる中国志願軍と人民軍の捕虜十一万名を交換し、送還するのでなければ、会談に応じないと言ったからなのよ」

「俺もいまは台湾に行って、蒋介石軍に入り直そうかと思っているのだが……」
「兄さん、そんなこと言わないで。満州にいる両親はどうなるの。ここで民主主義をきちんと学んで、いつか満州に住みやすい国を造らねばならないわ。満州出身の志願兵を糾合し、アメリカ型民主主義を身に付けてください。夫も休戦協定を提案し、世界大戦を防ぐ道が生きる道であると主張するのだと言って越北したのよ。捕虜になった孫哲部隊長にも、私はそう話しました。みんなを搬送させる送還を拒まずに、ここでアメリカ型の民主主義の思想を確実に学んで、北に戻りソ連型社会主義と接ぎ木して、さらに良い民主社会を築く麹の役目を担ってほしいの。麹が発酵しアメリカを理解し、南を理解する勢力になれば、南との対話が行われ、夫が考えているように、戦争による統一ではなく、平和的な統一ができると思うわ」

面談の通訳と分類作業のために、満州夫人が巨済島に一週間ほど留まっていると、メクトが収容所まで訪ねてきた。

いくら親切な男性とはいえ、女性が働いている島まで訪れて、他人の子どもを自分の子のように巧みにあやし、妹のそばを離れないメクトの行動を観察していた張永歳は、彼が部隊に帰った後に妹に尋ねた。

彼女は「釜山での避難生活の際に、メクトから多大な支援を得たこと、今も自分を守ってくれているが、単なる友だちに過ぎない」と説明した。さらに金少南の子を身ごもった経緯についても話し、「これからどうすべきだろうか？」と、積もった悩みを打ち明けた。

「まったく気の毒だなあ。お前の悩みは分かったが、社会人は身辺をいつもきれいにして置かねばならない。満州の女性は一人の男性に従って生きるのが伝統なのだ。昔から女性が結婚したら、夫の家で鬼神にならねばならないのが朝鮮や満州の風習で、また守るべき鉄則だった。それは現在も我々が守らねばならない倫理だと思う。お前は則天武后でも、革命家でも、軍人でもない。お前はただの女性なのだ。生きていくということは女性の道を守り、一人の男性に仕えて家庭を守っていくということだ。早く義父や兄弟に気づかれる前に、その子の父親のもとに連れて行き、アメリカ軍人との関係も断つのだ。お前とメクトは友だちで、男女の関係はないと言うが、周囲はそうは思わないだろう。お義父さんがお前を避難させたのは、お前とお前の家庭を守るためであって、お前に人の道を踏み外させるためではない。満州の女性は女としての自尊心を持ち、堂々と生きなければならない」

満州夫人は兄の一言一句が身に染みた。いっそ、幼い頃のように間違っていると叱責してくれたら、罪悪感は少なかったかもしれない。

満州夫人は沖合に浮かぶ船を見つめながら、兄の言葉にうなずいていた。

永歳は活動的で健気な妹が、世の荒波に揉まれも苦しんでいることに心を痛めた。

分類作業が終る頃に孫哲部隊を訪問すると、徐安植が自分の部隊員の徐泰鎮《ソテジン》という青年を連れてきた。そして古縣城の上からテント村を眺め、両手を合わせている女性を指さして言った。

「毎週日曜日にあの城の上で祈っている女性の姿が、咸興《ハムフン》の故郷にいる徐泰鎮の母親と重なってくるのです。咸興からここまで来るはずはありませんが、いちど訪ねてください」と頼まれた。

その話を聞いて満州夫人は古縣城壁に上がってみた。古縣城壁は、その昔に日本軍を守るために大きな石を高く積み上げて築いたもので、一部を壊して捕虜収容所の階段に利用していたが、いまは崩れていた。確かめて見ると、女性はまさしく息子のために祈っている徐泰鎮の母親だった。その女性は自分の祈りが天に通じたと、満州夫人を抱き締めて喜んだ。しかし、母親であっても鉄条網の中に入り、息子と面会することはできなかった。

女性の話によると、十七歳になった息子が人民軍に召集され、戦争中に消息不明になってしまったが、国連軍が咸興まで北進し、中国軍に追われて撤収する際に、周囲の人々とともにLST（上陸用舟艇）で釜山までやってきたという。巨済島に人民軍捕虜収容所があると聞き、もしや息子が捕虜になっていないかと、日曜日ごとに古縣城を訪ね、捕虜収容所に向かってお祈りをしているのだった。夫は暮らしのために釜山のチャガルチ市場で鮮魚店を営んでいるという。親子の偶然の出会いを知り、満州夫人は心温まる思いで、この奇跡的な親子の消息を連絡する仲介役を果たした。

そして徐泰鎮の家が昔からキリスト教徒であると知り、無神論の共産世界よりも有神論の自由世界を選択したいとの徐泰鎮の意向から、彼を反共捕虜に分類し、レーベン中佐の許しを得たうえで、両親の生活根拠地に近い巨堤里捕虜収容所に移監させてやった。

(2)

兄には子どもを父親のもとに連れていくと約束したが、実際に連れていくのは不憫で、わが子が誕生したことも知らない金少南を訪ねて行くのも、気が進まないことだった。夫の知り合いで、夫が元気でいることを知っている金少南に結婚を申し込むなどは、なおさら思いも寄らないことだった。彼女が思案に暮れ決断を延ばしているうちに、日時は流れ五月を迎えた。

春の日の暖かい光は、満州夫人の身と心を落ち着かなくさせた。

メクトは満州夫人から早く結婚しなさいと言われ、休暇をもらって本国に帰ってしまった。彼女はいつも訪ねてきたメクトが来なくなると淋しくなった。今日のような日に、金少南の故郷を訪ねて、どんな地域なのかを調べてみようと思い立ち、子どもを抱いて慶州《キョンジュ》に向かった。

子どもにまだ名前を付けていなかったが、メクトがベイビーと呼んでいたので、彼女もベイビーと呼んでいた。

子どもまで生まれるのを知っていたなら、金少南の慶州の家の住所を詳しく調べておくべきだったが、漠然と慶州出身としか知らないので、市庁に行ってみることにした。

彼女は市庁の戸籍係で金少南の住所を尋ねた。戸籍係長は偶然にも金少南をよく知っていた。彼は「金少南の結婚式に出席するためにきたのか」というのだった。そして「ここからほど近い市民会館で結婚式があるので、一緒に行きましょう」と誘った。

戸籍係長は満州夫人と一緒に歩きながら、金少南のことを繰り返し褒めちぎった。晩婚だが、相手はソウルの女子大を卒業した金持ちの才媛で、結婚できて良かったといい、彼は将来、立派な将軍になる人物だと賞賛した。

祝賀客で賑わう市民会館の前に到着すると、満州夫人は戸籍係長に先に中に入ってもらい、自分は道端に立ち止まった。胸がどきどきし、なぜか彼の結婚する姿を見たくなくなった。

彼女は子どもを背負ったまま式場を通り越して、王の墓が立ち並ぶ狭い道を経て、低い丘を思わせる新羅土城の半月城《パンウォルソン》に向かった。入口の案内板によれば、新羅の王が暮らした王宮だという。少し急な坂を上ると広い芝生があった。芝生には建物の礎石が散らばり、崩壊した王宮の面影を偲ぶことができた。彼女はしばらく歩きまわり、松の木の根元に座り、半月のように丸く曲りながら流れていく南川を眺めた。

ユキヤナギが茂っている土手では、人々が楽しげに談笑していた。夫の満雨が新羅と半月城のことをしきりに話してくれたので、初めて見たような感じはしなかった。夫は朝鮮を語るたびに、いつも満州を手放した新羅を恨んでいた。新羅は民主主義の嚆矢とも言える和白制度を巧みに運営し、六つの村長が王を選んで王座に座らせ、あらゆることを妥協しながら国を治めてきた。しかし、金氏王を推挙してからは、金氏一族が王権を世襲し、国を支配下に置く唐と連合し、隣の同族である百済と高句麗とを統合させ国を統一した。しかし、そこまでは良かったが、人民を統合させることはかなわず、朝鮮半島だけを支配し、高句麗の地満州を唐国に手放し、現在まで満州の地は自分たちのものではなくなったと、満雨が恨みがましく言うのを、彼女は何度も聞いて知っていた。

新羅が満州を手放したことと、金少南がベイビーを手もとに置けなかったのは同じことではなかろうかと思い、なぜか笑ってしまった。

ちょうどその時、結婚式後の記念撮影のために、半月城にやってきた人々の賑やかな談笑の声が近づいてきた。金少南と新婦、そして友人たちだった。新婦はきれいで素敵な女性だと思いながら、満州夫人はベイビーを抱いて立ち上がり、その場を去ろうとすると金少南が満州夫人に気づき、懐かしそうに話しかけてきた。

「あれ、満州夫人じゃない？　なぜ、ここに……」

「ええ、慶州に観光にきたのです。ご結婚されたのですね。おめでとうございます」

「ありがとうございます。お訪ねしようと思っていたのですが、どこにいらっしゃるのか分からなくて……」

「釜山で暮らしています」

「ああ、そうですか。お子さんが生まれたのですね。ほんとうにかわいい。名前は？」

「金さんの姓をいただいて、在金にしようかと思っています」

一瞬、思いついたことだったが、彼女は良い名前だと思った。友人たちが早く写真を撮るようにと促しにきた。

「私は新羅が国を統一したのに、満州を手放した故事に思いを馳せていたのです。どうぞ、戻ってください」

金少南は不意を突かれたように、〝在金〟をじっと見つめた。そして「またお会いましょう」と言うと、友人たちの方に急いで立ち去った。

満州夫人は観光にも飽きて、釜山に戻った。

家に戻ると呉氏がきていた。彼は北送に反対する捕虜が多くて大変だと言い、七六捕虜収容所の李氏に手紙を渡してほしいと依頼するのだった。満州夫人と呉氏は捕虜送還の意味について意見が異なっていたが、ジュネーブ協定に基づき全ての捕虜を送還すべきだという点では一致していた。

満州夫人は巨済島に行って手紙を渡し、兄にも会った。

張永歳は捕虜収容所の雰囲気を語り不安を口にした。アメリカ軍が捕虜の人格を尊重するので、収容所のなかでは力の強い者がリーダーになっていて、反共捕虜と親共捕虜とのあいだで、殺人劇が繰り広げられているという。人民軍の捕虜だけがそうなのではなく、中国志願軍の捕虜のなかにも、蔣介石側に行きたい者が大勢いる。秩序が乱れてしまうと、結局は統制が強圧的になり、自分の足にみずから足かせをするようになるのを捕虜たちが気付かずにいると語った。そして、収容所の中では管理を困難にする何らかの陰謀が企てられているようだが、上司に話して未然に防いでほしいとも言うのだった。彼女は釜山に帰ると、レーベン中佐にこの旨を伝えた。数日後、巨済島捕虜収容所ではドッド少将が、過激な親共捕虜に収容所内部で拉致される事件が起こった。

板門店では中国軍を含む人民軍側と、韓国軍が陪席した国連軍側が、休戦会談をしていた。偽って投降した工作隊を捕虜収容所に侵入させ、処遇改善要求という抗議デモをしながら、収容所所長を拉致したのは、人民軍側が有利な立場を獲得するために行った彼らの工作だった。

ドッド少将は謝罪文を書いて署名したので、自分の命は助かったが、高位軍人が敵側に捕らえられ謝罪文を書き与えたことになり、人民軍側に戦争の歴史に例のない宣伝効果を与えてしまった。レーベン中佐はその時になってやっと、満州夫人の情報を疎かにしたことを後悔した。ドッド少将は三日目に解放されたが、彼の権威は失墜した。空挺部隊が投入されて警備が強化され、出入禁止措置が厳しくなった。

呉氏はまたやってくると、手紙を渡してほしいと言った。先日の暴動と関係がありそうなので、満州夫人が拒絶すると彼は本性を現してきた。

彼は「麗順事件後に北韓に帰り、政治学習を受けて派遣された南韓解放戦線の地下政治工作班員」と名乗った。全ての指令は直接北韓当局から受けており、「満州夫人が協力しなければ李満雨は自分の一言で、直ぐにも粛正される」と脅すのだった。彼女は夫に被害が及んではならないと思い、それ以上の拒絶はしなかった。

日曜日、兄を訪ねて行く日なので、手紙をハンドバックに入れて出かけた。彼女は船の舳先で潮風に吹かれながら考えた。呉氏の手紙は捕虜たちの様子を確かめ、激励する内容と軽く考えていたが、手紙を渡した翌日には必ず何らかの事件が起きたことを思い出し、恐ろしくなってきた。

今日は兄と話し合ってみようと、巨済島の船着場で降りて収容所に向かった。これまでは数人の警備が正門を守っていたが、今日に限って部隊が厳しい警備をしていた。

検問所の将校のうちに、六・二五戦争が勃発した折りに、洪雨とともにソウルから避難する途上、錦江橋近くの甘城里で出会ったプラ中尉がいた。当時は鉄兜を被っていたが、今日は黒いベレー帽だった。彼は満州夫人に気がつくと喜んで迎えてくれた。黒人のヒントウ兵士も一緒だった。ヒントウ兵士が洪雨の安否を尋ねてきた。彼女は洪雨が故郷の島を守るために、友人らとジャンクで人民軍と戦い、全員壮烈な戦死を遂げたと泣きながら告げた。ヒントウ兵士の黒い顔からも涙がこぼれた。

プラ中尉がどうしてここにと尋ねるので、彼女は「自分は満州出身で、実の兄が中国軍志願兵として参戦した結果、捕虜になって収容所にいるので面会にきた」と答えた。

プラ中尉はヒントウ兵士にジープで案内させると申し出てくれ、兄に会うことができた。彼女は兄に呉氏のことを話した。兄は危険な伝達役をしてはならない、手紙を開けて読んでみろと言った。それは親共捕虜を収容する七六収容所にいる朴大佐にあてた手紙だった。彼女は内容が気になり手紙を開けて読んでみると、その手紙にはとても恐ろしい陰謀のことが書かれていた。六月下旬頃、親共捕虜が決起し鉄条網を破り、本土に上陸した後に、智異山のパルチザン部隊と連合し、後方を攪乱させるという内容だった。兄永歳は朝鮮語の手紙を訳して読み上げる妹の説明に、「収容所の警備隊に申告し、そのような伝達役はもうするな」と告げるのだった。

満州夫人はヒントウ兵士に早くプラ中尉のもとに行くように頼み、その手紙を渡した。「船の中で見知らぬ呉と名乗る人物から、七六収容所の朴某に手紙を渡してくれと依頼され、軽い安否確認の手紙だと判断し渡そうと思っていた。ところが読んでみると、重大な陰謀を企図した内容なので申告する」、そして警備を固めてほしいとつけ加えた。

さらに、プラ中尉に釜山にくる用件があれば、ヒントウとともにわが家に立ち寄ってくださいと、東莱の住所を教えてやった。

その後、巨済島捕虜収容所では、反共捕虜と親共捕虜を分け、それぞれ五百名単位に鉄条網で分離し、集団行動ができないように収容した。そして陰謀の主謀者を別々に切り離したので、幸いにも暴動を未然に防ぐことができた。

プラ中尉は感謝したいと部隊員を連れて訪ねてきた。満州夫人は自分が姉になった気分で、彼らをビールでもてなした。こうして、いつしか彼女の客間はプラ隊員たちの行きつけの休憩所になっていった。

満州夫人は日本から軍需品を運んでくる翔鶴号の船長と甲板長にも住所を教えていたので、彼女の家の客間はあたかも国際社交場のように賑やかになった。ヒントウ兵士のトランペット演奏は近隣にも喜ばれ、彼女を反逆者と疑うよりは、むしろ国際的な人物と見なすようになった。

ところが、平和な楽しさのなかに憎しみが芽生えていた。巨済島事件が起こってしばらくすると、この巨堤里収容所でも反共捕虜と親共捕虜達の間で争いが起こり、親共捕虜一名が死んだ。その復讐なのか、親共捕虜が反共捕虜の幕舎から一名ずつを殺害し、百五名の遺体を食糧倉庫に放置する事件が発生した。その亡くなった反共捕虜の遺体のなかには徐泰鎮がいた。満州夫人は驚かざるをえなかった。この戦争は骨肉の争いだと人々が語り、夫と弟の洪雨が敵軍になり、洪雨が死んだ時も、ただ戦争に巻き込まれて死んだと思っていた。しかし、彼女が気遣って父母の傍らにいるようにと、巨堤里まで連れてきた徐泰鎮の遺体を見ると、同族同士で殺し合うこの戦争に、怒りを感じとても悔しかった。彼女は、人道主義的な同情から良いことをしてほしいと思い、徐泰鎮をここまで連れてきたのに、死なせてしまったので、日が経つにつれ罪悪感にとらわれた。そして憤慨が胸にこみ上がり、親共捕虜に怒りをぶつけた。

そのうちに、こうした感情は北に行った夫満雨に対する恨みに変わり、恨みは反抗心となり、その反抗心はあたかも大きな鬼蜘蛛のように、チマの中に潜むようになった。そのたびに、カウボーイクラブで、アメリカ兵の誰とでも一緒に酒を飲み、踊り明かすようになったのだった。酒に酔った彼女が、アメリカ兵の肩に寄りかかって帰る時には、路地で待っていたチンボの部下が、アメリカ兵を追い払って、後子と在金の待つ東莱の家まで送ってくれた。

(3)

捕虜収容所だけが騒がしいのではなかった。避難民の集結地で臨時首都の釜山でも、連日、騒乱が途絶えることはなかった。

休戦に反対する官製デモに、避難地で臨時の看板を掲げて学ぶテント教室の学生まで動員し、街頭を行進させていた。国会では国乱を防止できなかった李承晩政権の退陣を要求し、間選制で選出された大統領が、次の選挙で再任されないことは、火を見るより明らかだった。直選制で大統領を選出する憲法に改正するため、武装警官を動員し、反対する野党議員を監禁し、直選制抜粋改憲案を通過させてしまった。

そんななか、政府を糾弾する群衆大会が釜山駅前広場で開かれ、これを妨害する民族自決団なる与党のやくざ組織が、暴力を行使するのでいつも騒がしかった。

そうして抜粋改憲案どおりに、直接選挙による大統領選挙を実施する八月の暑い日がやってきた。全国の治安はまだ不安定な状態だったが、選挙日は公休日と布告され、捕虜収容所も休務となった。捕虜に選挙権はないが、収容所で働く韓国人には選挙権があった。

満州夫人も身分を隠すために、避難民として申告していたので選挙権が与えられていた。選挙の当日、アメリカから帰ったメクト少佐が、朝早くジープでやってきた。満州夫人が徐泰鎮の事件で神経質になっているのに気づいたレーベンから、彼女の気分転換を依頼されたからだった。彼はこの日は出撃当番ではなかったので、暑い最中に家に籠もっているよりは、海水浴にでも行こうと誘いにきたのだった。

しかし、満州夫人は自分の手で大統領を選ぶ市民としての主権行使に興奮していた。後子に海水浴に行く準備をさせ、投票に出かけようとしていると、羅東允が忙しげにやってきた。

「投票に行くのですか?」

「ええ、投票権が与えられたのよ。市民としての権利を行使しなくちゃ」

「投票しないで下さい。正義の市民は選挙をボイコットすることになりました。戦争の最中なので、治安を維持すると行政府組織を通じて、李承晩大統領を選び出すのは決まりきったことです。それで、あの人たちが良識ある野党議員を拘束し、憲法を通過させたのではないですか？」

「それでも、大統領は誰がなるのであれ、選ばねばならないでしょう。間接選挙よりも国民が直接選ぶのが、とても良いと思うのだけれど」

「国民が自由に良心に従って投票できるようになれば、どんなにか良いと思いますが、国会議員を拘束し、憲法を改正しようとするのでは、国民投票とは名ばかりで、再選させようとするのは分かりきったことじゃないですか。だから多くの野党議員は、混乱の時期だから、地域代表の国会議員が大統領を選ぼうとしたのです。そして、李承晩大統領は戦争で多勢の国民を死なせ、反逆者にさせ、飢え死にさせせた戦争敗北の責任を負わねばなりません」

「戦争の責任は金日成にもあります。この国を二つに分断したソ連とアメリカにも責任があるわ」

　この言葉に羅東允は興奮して反駁した。

「先日、直接選挙制に反対した徐鎮鎬《ソジノ》という野党議員に会いました。彼が言うには、李承晩が権力に目が眩み親日派を活用し、中立統一論者を排除したというのです。そして、アメリカをバックにして韓国だけの単独政府を樹立しようとしている。北韓もソ連型の政府を樹立すると言っています。そして李承晩が親日派で韓国の政府を樹立したら、北韓に韓国を再び解放させる口実を与えることになるのです。ともあれ、私の部下が情報網を使って調べてみると、今も日本が軍需品の商売を続けるために、親日派を通じて選挙資金を出していると噂が広まっています。韓国の若者たちは自由民主主義の国を樹立するために、今も前線で血を流して戦っているのですよ」

羅東允の選挙拒否勧誘を傍で聞いていたメクトが、もどかしげに言った。

「いまは戦争の最中だから、李大統領でなければ誰がこの混乱した韓国を率いていけるのだろうか？　国民が投票で力を集め、李大統領を助けなければならない」

「国民が選ぶ国民投票が良いと思います。不正投票さえしなければ、我々庶民を自分の命よりも大切に思う指導者を選ぶことができます。しかし、こんなに治安が乱れている状態では、国民投票は現在権力を握っている者によって利用されるから、拒否しようというのです」

「不正もあるにはあるでしょう。しかし、戦争で混乱するときは、英語が分かりアメリカの事情に精通している方が、この国の指導者になるのが望ましいでしょう。北朝鮮にもソ連がソ連軍出身の金日成を押し立てたように、アメリカも親米派の人物を韓国に支援するのは当然じゃないだろうか？」

「そうですね、私が支援している政治家も、現在は国際政治時代で、国際的パワーゲームなのだと言っていましたね……」

羅東允もそれを認めた。韓国語を学んだメクトはたどたどしかったが、半分は英語で語った。

「不正があったとしても、国民が直接大統領を選ぶことが重要なのです。自由民主主義は訓練と試練を経て達成されるのです。そして不正は長くは続きません。民主主義方式を学んで自由民主主義に目覚めた国民は、いつも自分の票を監視するようになります」

羅東允はその話に納得したのかうなずいた。彼はついに説得されて、満州夫人と後子を投票所に連れて行き、自分の部下にも投票せよと勧めて立ち去った。

東莱温泉に近い満州夫人の住まいから海雲台海水浴場に行くには、水営飛行場を経由しなければならない。水営飛行場では、今日も三十八度線付近での休戦に備えて、少しでも多くの地を奪おうとする熾烈な戦闘を支援するために、戦闘機がしきりに飛び立っていた。メクトはその戦闘機に向かって手を上げ敬礼していた。

「あのー、ジープの中でそんな仕草をしても、戦闘機は分かるのでしょうか?」

満州夫人がこう尋ねると、メクトは笑いながら言った。

「ただ、無事に戻ってくるように願っているだけです。一日でも早く休戦が成立して、若者がこれ以上は血を流さないようにしなければならないのに、北朝鮮の若い戦争狂と韓国の頑固な年寄りが休戦に反対し、中国とアメリカの援助軍は休戦を望んだとしても、休戦を成立させられずに、引っ張られているのです」

満州夫人は北韓にいる夫のことを思って言った。

「双方の頑固な権力の化身のもとでも、休戦を願う良心的な勢力と助言者がいるでしょう」

「そうだとも。どんな社会にも良心的な人々はいるから、歴史は続いていくんだよ」

満州夫人はメクトをそっと見上げた。古今島上亭里の砂浜で処刑されそうになり、震えていたメクトの姿はなく、成熟した男性であることに改めて気づいた。

海雲台の海水浴場は大勢の釜山市民と外国軍人で賑わっていた。沖合には無数の船が停泊し軍艦も航行していた。海雲台の砂浜には黄色い肌、白い肌、黒い肌など、これまで見たこともない肌色の人々が、小さなパンツを穿いて歩き回っていた。

メクトが「何をそのように見ているんだい?」と尋ねるので、満州夫人は「初めて人種の展示場を見物した気分なの」と答えた。彼は「朝鮮戦争に参戦した国だけでも約三十か国にもなり、今後、多民族問題が起こることは避けられない。現在は幼い孤児の問題であるが、十年後には適応教育が問題となり、二十年後には家族葛藤の解消が問題として浮上するでしょう」と説明したが、大きな問題ではなさそうな口ぶりだった。

アメリカ軍専用地域に、レーベン中佐が夫人とともにいた。満州夫人は息子在金を後子に託し、あらゆる悩みを洗い流すのだと言わんばかりに、砂浜を駆けて行くと海中に飛び込んだ。メクトも脱衣場で着替えて泳ぎ始めた。強烈な太陽のもとで、まぶしく輝く波をかき分けて思う存分泳いだ。いくらか沖合に出ると海水は冷たくなり、赤みがかったクラゲが近づいてきたので彼女は悲鳴を上げた。浜辺に戻ろうとしたが、クラゲのスピードの方が速いのでメクトに助けを求めると、近くで泳いでいた人が追い払ってくれた。クラゲに足を刺された黒人が砂浜で悲鳴を上げ、足をばたつかせるのを見て人々が笑った。浜辺にいる者の肌の色は異なっていたが、笑いはみんな同じだった。

満州夫人はパラソルの下に寝そべり遠い海を眺めた。七年前にジャンクで夫を訪ねてきたとき、黄海の色は何と言っても、希望に燃えたロマンチックなものに思われた。ところが今日、眺め見る大韓海峡の海の色は、言いようのない懐かしさが胸に染みる青い海だった。

夏の長い陽が海辺の松の影をパラソルに垂らす頃、レーベンがメクトに話す声で満州夫人は眠りから覚めた。

「中国軍の将軍が昨年の春に負傷して捕らえられ、病院で治療を受けていたのだが、このたび巨堤里捕虜収容所に移された。ところがこの将軍が自分を捕虜として捕らえた韓国軍兵士を探してくれと言うのだ」

「へえ、捕まってしまえばそれっきりじゃないか。なぜ捕まえた者に会いたいと言うのだろう？変わった捕虜だね」

「その将軍が言うには、韓国軍の兵士が自分も負傷していたのに、砲火を冒し、自分を背負って部隊まで帰ったというのだ。捕虜にはなったが命は助かったから、その恩が忘れられなくて、兵士の名前と顔を確かめてから、母国に帰りたいそうだ」

「ほんとうに人道主義的な兵士ですね。敵味方問わず負傷兵の一人として扱った韓国の兵士は本当に立派です。そんな韓国兵士がいたとは、広く知らされねばならないですね。ところで、その兵士は見つかったのですか？」

「韓国軍側に照会したところ、その兵士の部隊と名前が判明し、直ちに知らせてくれるとの通知を受け取りました」

「その兵士に会ってみたいね。こんど捕虜収容所に来たら、私がご馳走すると伝えてください」

二人の話を聞いていた満州夫人は、ほんとうに聖人みたいな兵士が、夫の母国にいることが誇らしく思われた。

山の影が海水浴場を包みはじめると、彼らは着替えをしてカウボーイクラブへ向った。

カウボーイクラブはアメリカの最新の流行があふれているのでいつも若者でにぎわっていて、外国人も韓国人もやってきて楽しんでいた。

満州夫人の一行がカウボーイクラブに入ると、片隅のテーブルに翔鶴号の船長と甲板長が、もう一人の日本人と一緒に座っていた。船長と甲板長は満州夫人に気づき、こちらのテーブルにどうぞと誘った。レーベン夫婦とメクトも座をともにした。

見知らぬ顔と思った日本人が立ち上がり、九十度のお辞儀をした。

「満州夫人、お久しぶりです。私を覚えていらっしゃいますか？　以前、莞島警察署の署長だった高倉成一です」

「ああ、あのとても怖かった署長さんですね。その後いかがお過ごしでしたか？」

うまく世渡りをし、政府側の仕事をしていると中村船長が説明すると、レーベンは高倉の身分は明かさないことになっていると目配せをした。

メクトが自分も高倉署長を夢の中でも忘れたことはない。この署長が自分の首を切ろうとした莞島警察署長だと言うと、不思議な出会いがあるものだと驚くのだった。

「韓国政府は日本との感情問題があるため、日本人にビザを出さないと聞いたのですが、高倉さんはどうやって入国されたのですか？」

レーベンがこう尋ねると、「朝鮮の人々は日本人を嫌っていても、韓国の政府要人は日本をそれほど嫌ってはいません」

多弁で少し軽率な三木甲板長が、代わって答えると、満州夫人が笑いながら皮肉った。

「大韓民国の政府は親日派が多いそうですが、それは本当なのですね。軍需物質をたくさん買って欲しいと、韓国政府の上層部に政治資金を与えているから、大切にするのでしょうね」

この言葉に当惑したのか、高倉が強く否定した。

「私はただ韓国に行きたくて翔鶴号の船員になったのです」

日本の生きている良心と李根五が賞賛した中村船長も沈黙を破った。

「韓国は戦争の苦痛から逃れるために努力しているのに、日本は軍需品を売って稼ぐために、政治資金まで支援するのは間違っています」

「その昔、朝鮮を併合する時に、親日勢力を育成したのですが、満州国を建国する時にも、同調する勢力をつくったのと全く同じことをしようとしているのです。日本が負けてから何年も経っていないのに……」

高倉が満州夫人の話を遮った。

「日本は滅亡してはいません。再起しつつあります。満州夫人は満州の独立を望んでいますが、独立するには資金を必要とするし、支援勢力がなければなりません。満州国を樹立した日本の関東軍の参謀らも、まだ死んではいません」

「日本は韓国の青年が流した血で金もうけをし、再び世界を支配しようとするのですか？」

いつの間に傍にきたのか、大きなサングラスと付け髭で変装した羅東允が、満州夫人の背後に立っていた。

羅東允の横に、中尉の階級章をつけた背の高い軍人がいた。

「満州夫人、お元気でしたか？　洪雨の友だちだった光州の柳大烈です」

太い声で堂々と話す軍人を見つめた満州夫人は、柳大烈の手を固く握りしめた。

「井邑の勇敢な学生の？」

「はい、そうです。羅東允と一緒に洪雨の姉さんの家に、軍に入隊すると報告しに伺ったあの学生です。羅東允とともに霊泉地区で戦いましたが、羅東允は顔を負傷して送還させられ、私はそのまま軍に従って北上しました。以前は学徒兵だったのですが、いまではもう正規の軍票を持ち階級は中尉になりました。ところで、羅東允から聞いたのですが、洪雨君は壮絶な戦死を遂げたそうですね。本当に大切な友人だったのに……」

「そうなのよ。さあ、ここに一緒に座って」

満州夫人は羅東允と柳大烈を、アメリカの軍人と日本人に紹介した。そして酒を勧めた。広いホールでは、いつしかアメリカの軍人と韓国の女性たちが、バンド演奏に合わせて流行のマンボを踊っていた。

「韓国軍と国連軍は前線で血を流して戦っているのに、あんなに派手なダンスを踊って、謝肉祭でもしているつもりなのか？　友だちの羅東允に会いにきたのに、こんな放蕩な事業をしているのか？」柳大烈が言葉を強めた。

羅東允はばつが悪そうに、付け髭をなでながら、「兄嫁《ねえ》さん！　大烈はさっきから、俺が人身売買か何かをやっているように言うんですよ。そうじゃないといくら説明しても、こうなのです。ちょっと説明してあげて下さい」

満州夫人は笑いながら、興奮している柳大烈に言った。

「私も最初はそのように思ったけれど、ここにきてよく見るとそうじゃないわよ。まず、戦争の恐怖に陥っている外国人兵士を慰労する事業だし、善良な韓国の家庭を保護する役割も担っているの。そして、ここは世界の流行を伝えてもいる。良い意味でアメリカの自由民主主義を体得できる場所でもあるの。笑いがあふれる後方基地と考えればいいのよ」

「流行も結構ですが、我々の三綱五倫の伝統は守らねばなりません。わが祖先は金を遠ざけたと言います。昔から金は堕落する翼で、悪の泥沼に陥る麻薬と言われてきました」

韓国語の分かる三木が話に入ってきた。

「昔の儒者の時代はそうだったかもしれませんが、近頃のような資本主義社会では合わないお話です。金があれば人は付いてくるのであり、金があってこそ権力を握ることができ、社会の王様と言えるのです。金さえあれば、虎の髭だって手に入るのが資本主義社会なのです。それだけでしょうか。金があれば前線でも銃弾から逃れられる世の中なのです」

「ほおう、大砲の砲弾を運んでくる軍需品運送船の甲板長だから、そのように世の中を見るのですね。そうだ。その見方が正しいかどうかは分からない。今、前戦では軍人が銃弾に当たり、叫び声を上げながら死んでいるのです。なぜそうなのか知っていますか？　権力がなく金もない若い兵士だけが、アメリカと日本の共産化を防ぐ防共前線で死んでいるのです。だから甲板長の言い分が正しいのかもしれない。だが、これが正義の社会なのか、ということです」

羅東允も柳大烈の興奮を鎮めさせようと語りはじめた。

「そうだ。金の味を覚えさせたのはアメリカだ。金を奪うため戦争を引き起こしたのはソ連、中原を統一させようと戦争を利用したのが中国、軍需物資を売って漁夫の利を得て、廃墟の地を生き返らせようとしたのが日本なのだ。結局、韓国の国民だけが死んでいくのです」

「韓国の若者は世の中を誤って理解しています。誤解をしているのです」

高倉がこのように話すと、柳大烈がテーブルを叩いて反論した。

「この羅東允がこんな商売をしても、あなたが何者で、いつ釜山にきて誰と会って、どれほどの金を渡したかまで知っているのに、認めないのですか？」

興奮した柳大烈がテーブルを叩いた途端、テーブルの上のジョッキからビールが飛び散り、レーベンの顔にかかった。レーベンは大きな鼻の下の髭をなでながら、不機嫌そうに英語で言った。

「どうしたのですか。何を言っているのか全く聞き取れません。満州夫人、あの軍人はなぜあんなに興奮しているのですか？」

満州夫人は雰囲気を鎮めようとして言った。

「アメリカが大きな鼻の下の髭に、日本が垂木を置いても構わないと、興奮しているのです」

「それはどういう意味ですか？」

「じっくり考えてみてください。東洋の話は繰り返しよく味わえば、その意味が分かってくるものです」

満州夫人の説明の意味が分かったように、メクトはうなずいて笑った。しかし、レーベンは理解できないようで、どういう意味かと何度も確かめていると、若者のグループがドアを蹴飛ばし、棍棒を持って入ってきた。彼らはバンドを中止させ、オーナーのチンボは出てこいと叫んだ。羅東允が彼らの前に出ていくと、リーダー格の体つきの大きな若者が叫んだ。

「俺は大韓自決隊の釜山地域責任者だ。チンボ、お前は大統領直選制の反対運動を起こし、野党議員に政治資金を与えているそうだな。お前は利敵行為をした反動分子だ！」

この言葉が終ると、殴る蹴るの暴行が始まった。羅東允と従業員は応戦したが、棍棒を持った自決団に押され気味だった。羅東允は何度も棍棒で殴られ、空手の実力を発揮することもできなかった。柳大烈が羅東允を助けようと飛びかかったが、棍棒で頭をたたかれて倒れてしまった。

羅東允側にはアメリカの軍人まで加勢したが、棍棒を持った集団にはかなわなかった。怒りに満ちた満州夫人が、素早く自決団の一人の手首をたたき棍棒を奪うと、その棍棒で自決団に立ち向かい、巧みな腕前で面を打ち羅東允を救った。そして、前に立ちふさがる頑強な自決団の釜山支部長に面打ち、胴打ちと繰り返したが、相手は空手の実力の持ち主らしく素手で棍棒を防いだ。そしてすり足で攻め立ててきた。反射的に満州夫人は後ずさりし、相手の足を力一杯棍棒でたたきつけると、傷つきうめき声を上げた。

「誰だ、お前は？」

「私が誰であろうと関係ないわ。お前は善良な市民の営業を妨害している。この国は法律も秩序もないの？」

「俺は自決団を代表して、野党を支援したあのチンボを懲らしめにきただけだ」

「この国は自由民主主義の国なのよ。野党を支援しようと与党を支援しようと、それは市民の自由だわ。その自由のために、あなたたちのその揺らぐ民主主義を守るために、外国人たちは血を流しているのよ。あなたたちはいま政治の争いをするのではなく、孤児院にいる混血児たちを、どう育てるかについて考えてみなさい」

「そのとおりだ」

「韓国もこれからは多民族の家庭が生まれ、多文化家族が生まれるでしょう。お互いに理解し融合して暮らしていかねばならない」

メクトがつたない韓国語で言った。

柳泰烈が「市民の営業を妨害せずに早く帰りなさい」と念を押した。

支部長は満州夫人の気勢に驚いたように、部下に指図し静かに退散した。満州夫人が血を流している羅東允の顔を拭いてあげようと、眼鏡と付け髭を取ると、血まみれになったその顔はひどく歪んでいた。レーベン夫人が驚いた声を上げると、レーベンが夫人を連れて出て行った。羅東允はよろめきながら起き上り、頭を打たれて血を流している高倉を凝視して言った。

「あなたが渡した政治資金が、あの連中を動かす資金になっているのです。私がその事実を知っているものだから、私にテロを加えにきたのです。あなたが持ってきた資金で、あなたはひどい目に遭ったわけです」

その時、外から救急車と警察車両のけたたましいサイレンが聞こえてきた。反逆者のレッテルを貼られた満州夫人は、自分の身分が露わになるのを恐れ、メクトに事後処理を託し独り裏門から立ち去った。

(4)

火傷を負った羅東允の顔は、さらに大韓自決団の棍棒で殴られ、いっそう酷くなっていたが、その傷も癒える頃、激しかった政治波動も少しは収まってきた。

そして智異山の東西両側では共産ゲリラ掃蕩の風が新たに吹きはじめた。

呉氏は満州夫人に捕虜との手紙の連絡係をさせていたが、その彼が求礼地域で逮捕されたとの消息を彼女は捕虜収容所の捕虜から耳にした。呉氏の影が消えたと安心する前に、大韓自決団と警察の影が彼女を追っているのを感じるようになった。

反逆者という心の負担から、単独での外出は慎み、遠方へ行く際には知り合いのアメリカ軍人に同行してもらっていた。

監視のわなが狭まったと感知した頃、レーベン中佐から中国人民志願軍の捕虜のうち、最も階級の高い饒真石将軍の通訳を依頼された。

「ミセス満州、饒真石将軍を捕らえたミスター金を前線部隊で見つけたよ。饒真石将軍は、負傷した自分を火の中から救出してくれたと、むしろ感謝する気持ちでミスター金に会いたがっています。だから、このほど二人が会えるようにしてあげました。その両名の再会の通訳をして下さい」

満州夫人はレーベン中佐とともに、巨堤里捕虜収容所の所長室に出かけた。所長のヘイトン准将と一緒に座っていた若い韓国軍人が、彼女を見ると声をあげた。

「治雨の兄嫁さん！　なぜ、ここにいらしたのですか？　先日、帰郷した折りに、満雨兄さんと一緒に北韓に向かわれたと聞いたのですが……」

満州夫人は、自分のことを知っている若い軍人が誰だか分からないので、警戒して尋ねた。

「どなたでしたかしら？　思い出せないのですが……」

「僕をご存じありませんか？　古今島の支署でお伝いした金基運《キムギウン》です。古今島で警察官に剣道を教えておられた時に、私も一緒に習いなさいと、教えてくださったじゃありませんか。僕はあの時に学んだ実力で、中国兵を何人かやっつけました」

「ああ、あのまぬけの金基運ちゃんなのね？」

「ハイ！　僕がちょっと足りないと、みんなはまぬけと呼んでいましたが、治雨の兄嫁さんは、僕を金基運さんと呼んでくれました」

「そうね。とても大きく立派な軍人になったのね」

まさに金基運だった。ちょっと抜けていて、おかしな振る舞いをしたり、知識不足で道理に合わないことを口走ったりして、みんなからまぬけとからかわれていた、あの青年だった。金基運は興味が増したのか話を続けた。

「〝山人〟の許旭という奴が、満州夫人、出てこいと叫んだ時、僕が前に出て、僕を討てと言ったでしょう。あいつの表と裏を知らないでしょう」

満州夫人は彼に近寄り、手を握ると「あの坊ちゃんが、中国軍の要職饒真石将軍を捕まえたって本当なの？」彼女は不思議そうにこう尋ねた。

「僕が捕虜を捕まえたのですって？　捕まえたのではありません。去年の春、中部前線の白馬高地の戦闘の時でした。白馬高地をめぐって、ある日は韓国の太極旗が掲げられ、別の日には中国の五星紅旗が掲げられると、取ったり取られたりの数か月もの戦いを繰り広げました。最終的に中国軍の人海戦術により、韓国軍は放棄し撤収しました。軍人はみんな血の尾根と呼んでいました。本当に大勢の軍人がそこで負傷し、死んでいきました。白馬高地を奪われて一か月目に部隊を再編成したわが部隊に、星を付けた師団長がやってきて、わが兵士の一人ひとりと握手をし、再び高地を占領しなければならない、成功を祈ると言いました。我々は師団長の握手に勇気を得て、再び高地に向って大砲部隊が大砲を放った後に、銃を手に突進したのです。夕方に出発して真夜中に頂上を占領しました。

私はもう少し多くの土地を占領しようと峠を越えて塹壕の路を進んで行ったのですが、遺体の山に足を取られ倒れてしまいました。ところが一人の兵士が、しきりにもがいて助けてくれと手を差し出すのです。暗闇の中でしたがよく見ると、わが師団長みたいに肩に星が光っていました。そして沢山の勲章が胸にぶら下がっていました。負傷がひどくて動かすことができないので、師団長よりも高い位の身分だったので、救ってやらねばならないと思い、背負って出発した部隊のテントまできた道を駆けて戻りました。人並み以上に重くて、転んだり立ち上がったりを繰り返し、明け方近くに着きました。折良く途中で、救急車に出会ったので、知り合いの運転手に搬送を依頼しました。数日後にわが師団長が、この勲章を下さったのです」

まぬけな金基運は、誰の前なのかも知らずにしゃべり続け、上衣のポケットから勲章を取り出して見せてくれた。

「この勲章の黄色い部分が純金だそうです」

彼は勲章を噛んで、噛み跡を満州夫人に示した。

「それで特別休暇を一か月いただいたので、この金を売ってその代金で母親や妹の服を買い求めてから、古今島に行こうと思っています」

するとアメリカ軍人の案内を受けながら、捕虜の饒真石将軍が杖を突き、片足を引きずりながらやってきた。饒将軍は何時間もぶつくさ言いながら、自分を背負って山を降りた金基運の顔を覚えていたので、彼を見つけるとすぐに近寄って手を握った。金基運も、重い体を何度も背負っては降ろし、休みながら明け方の道を歩いたので、肩に星を付けた人物の顔を記憶していた。二人は互いに手を固く握り合った。

「あなたは敵の中国軍だったのですか？　あのとき、負傷してうめき声を出しておられましたが、てっきり負傷した韓国の将校とばかり思って背負って房ったのです。それで負傷された部分は治ったのですか?」

おしゃべりの金基運が先に口を開くと、満州夫人が中国語に通訳してやった。

「ありがとう。命の恩人に感謝の言葉もないよ。君は私の命の恩人だ。この恩をどう報いたらいいのだろうか……」

饒将軍の言葉を満州夫人が韓国語に訳してやると、金基運はとんでもないことを言い出した。

「あなたが余りにも重いので、死体の中に投げ捨ててしまおうと、何度も休みながら考えました」

満州夫人はその話をそのまま通訳することはできなかった。それで内容を少し変えて、「お互いに銃を構えて戦っているときは相手を殺すが、負傷をして無力なときは敵と見なすのではなく、一人の人間と見て助けてあげたのです」と、中国語と英語に訳してやると、アメリカ軍の将校は「ワンダフル!」と声を上げ拍手をした。中国軍の饒将軍の目からは、いつしか涙がすうっと流れていた。彼女は内容を変えたことが少し気恥ずかしかった。しかし、これはやむを得ないことだった。コーヒーが配られ、みんなでおいしく飲んだが、金基運は初めて口にした苦みだったのだろう、砂糖を加えて飲んでいた。

満州夫人は弁解するように言った。

「韓国人は、いえ東洋人はまだコーヒーを飲み慣れていないのです。でも、茶道には西洋人よりも精通しています。伝統文化のお茶のことです。ですから金基運兵士の行為に悪気はありません」

「ミセス満州は、ご主人の国の風習をよく理解されているのを見ると、夫君だけでなく韓国のことも愛していますね」

収容所の所長ハイドン准将が微笑んで言うと、饒将軍は目を輝かせながら、満州夫人を直視して尋ねた。

「あなたは満州の方ですか？」

「ええ、満州族です。私は長春で生まれて韓国人と結婚しました」

「そうですか。私も満州族です。私は瀋陽で生まれましたが、満州の自主独立のために、八路軍に入って戦ってきました」

「どこからの自主独立を望んだのですか？」

「それは日本と漢族からの独立を望んだのです」

「私と同じ考えをお持ちなのですね。私も満州を完全な独立国とするためには、朝鮮族と手を握らねばなければならないと思い、朝鮮の男性と結婚したのです。もちろん、第一は夫への愛でしたが……」

「この戦争に参加した中国志願軍は、八路軍や革命軍に属する満州族と朝鮮族が主になって組織されました。捕虜になって考えてみると、毛沢東が満州の独立を懸念し、その火種を取り除くための作戦で、我々を死の前線に追いやったようなものです」

「なるほど、そうですね。漢族が憎む清（満州）族と朝鮮族を除去する意図だったのですね」

満州夫人はうなずき、饒将軍と話し続けていると、話の内容が分からないレーベンが話に割ってきた。

「ミセス満州、饒将軍と何をそんなに熱心に語り合っているのですか?」

彼女は自分の仕事が通訳であることを思い出した。そして弁明するように、饒将軍が満州族だったので満州語で近況をきき、六・二五戦争の志願軍に所属するに至ったわけを尋ねたところ、饒将軍が重要な話をしてくれたと英語で説明した。ハイドン准将が重要な話とは何かと追及してきたが、彼女は情報の価値を高めるために、明日話すとその場での即答を避けた。

饒将軍は「この戦争が休戦になり、捕虜交換をするようになれば、自分は中国に行くことになるだろうが、命を救ってくれた恩人のことは、決して忘れない」と語った。「軍人が前線で死ぬのは名誉ではあるが、生きて帰って今後のことを記憶することを、天の配剤と思い、死ぬよりも尊い名誉と心にとどめて置きたい、そして東洋では昔から、命の恩人や心の通じ合う者同志で、姓が異なっても義兄弟の契りを結ぶ風習があるので、金基運兵士と義兄弟の契りを交わしたい」と申し出た。

すると金基運は「自分は何も分からないので、満州夫人が代わりに決めてほしい」と答え、彼女が「同意する」と応じると、レーベン中佐はミセス満州が攝政の兄弟になったとからかった。ハイドン少将だけは深刻な表情で肯定するようにうなずいた。彼の配慮によって所長室で、器にきれいな水を汲み、二人は互いに礼をする形式で、義兄弟の契りを結び、記念写真も撮った。捕虜である饒将軍は参加できなかったが、満州夫人はカウボーイクラブで、金基運のために簡単な祝賀パーティを催してあげた。

金基運が必要とするものは勲章や表彰ではなく金銭だったので、満州夫人は旅費の一部にとお金を工面してやり、一か月間の特別休暇を利用して莞島に向かう彼を見送った。

満州夫人は遠ざかる連絡船を見送りながら、彼に自分が釜山で暮らしていることを口止めしなかったと気づきひどく後悔した。しかし、もはや船を呼び戻すことは不可能で、地団駄を踏んでもなすすべはなく、船はすでに松島の端を回っていた。

(5)

初冬の湿気を含んだ冷たい風が街路樹の落葉を散らす季節、在金は満一歳の誕生日を迎えた。満州夫人は東萊の住まいで簡単なお祝いをしようと、巨堤里収容所の職場の同僚や巨済島のプラ部隊員、そしてメクトを招いた。入港したばかりの翔鶴号の中村船長と三木甲板長も招待した。料理はカウボーイクラブのコックが協力してくれた。ハッピーバースディを歌い、在金にケーキに立てた一本の蝋燭を消させようとしたが、消せなかったので彼女が一緒に吹いてあげた。後ろめたさの残る誕生祝いではあったが、彼の誕生日のお祝いは国際色が豊かなものだった。戦争の産物と考えられる一つの生命、それ自体が貴いものではないかとの思いから、臆すること無く彼女は誕生日のお祝いを準備したのだった。お祝いの会の余興で、ヒントウがトランペットを吹いて誕生日を祝ってくれた。

メクトが発表したいことがあると立ち上がり、本国の部隊に転属命令を受けたので、明日帰国することになったと告げた。そして勤務先はペンタゴンになると言うと、同席していたアメリカの軍人はみんなうらやましげに祝福の拍手をした。彼は話を続けた。

「ここに列席の中村船長と私は、第二次世界大戦の末期に、軍艦と戦闘機で戦いました。軍艦は破壊され、私の戦闘機も不時着しました。それで不時着した島の治安責任者の三木所長、いや、あそこに座っている三木甲板長が、日本刀で私の首を斬ろうとしたのですが、ここにいる満州夫人の機智で生き延びることができました。それに感謝する気持ちから、彼女が念願する満州の独立のために満州を爆撃し、わが国連軍が占領し、満州の地をプレゼントしようとしたのですが、願いは叶わず、ここでお別れするのは誠に名残り惜しい極みです。いつの日かきっと満州を満州夫人の前に捧げるつもりです」

プラ部隊員たちは口笛を鳴らし、盛大な拍手を送った。

三木が自分もひと言述べたいと立ち上がった。

「メクト、いや私の名前とよく似ている君の愛称、メキの首を斬っていたら、私は永遠に罪人として良心の呵責を感じながら、生きなければならなかったでしょう。満州夫人が産気づき、その陣痛のおかげで、いくつかの生命が生き残りました。満州夫人に感謝の念を込めて乾杯しましょう」

三木は日本酒の盃を取ると、満州夫人にたっぷり注いだ。その盃を彼女が一気に飲み干すと、一同は拍手をした。彼女は自分も発表したいことがあると立ち上った。

「本日は私の息子、在金の誕生日ですが、在金の面倒をよく見てくれている後子さんと、カウボーイクラブの社長の羅東允氏の婚約の発表日でもあります。つまり、本日はお二人の婚約式でもあるのです。大勢の友人の方々に証人になっていただき、互いに指輪を交換し、さあ、婚約式をしましょう。二人は証人の前で愛の証しを交換してください」

静かに座っていた中村船長が乾杯をした。レーベン中佐もみんなの幸福を祈ると杯を上げげた。

プラ部隊員たちは、中村船長の日本語の乾杯の音頭は聞き取れなかったが、レーベン中佐の発言の意味は分かったので、口笛を吹いたりコップを叩いたりして座を盛り上げた。

　ヒントウが興に乗ってトランペットを吹くと、同僚たちは手元の器を楽器代わりにして即興演奏を開始し、にわかミニ楽団が形成された。

　メクトが満州夫人にダンスを申し込み、二人は踊りはじめた。羅東允も後子とともに踊った。後子は以前の明るさを完全に取り戻していた。

　後子が世話をする在金の天真爛漫な笑いによって、次第に本性を取り戻したようだった。彼女は、毎日一度は立ち寄って話をしてくれる羅東允の優しさと愛情で、いっそう快方に向かっていた。

　一同がダンスに熱中していると、満州夫人が借りている離れに向かって四方からサーチライトが浴せられた。そして警察車両のスピーカーから警告音が響いてきた。

「我々は警察だ。お前たちは包囲されている。逃げることなど考えずに、全員手を挙げて出てこい。くり返す。全員、手を頭に当てて外に出ろ！」

　広い部屋のなかで踊っていた誕生パーティの客たちは、動きを止めて息を殺した。

　全員手を挙げて出てこいと言う声が、もういちど聞こえてきた。プラ中尉が特殊部隊らしく目で合図を送ると、部下は拳銃を取り出し、ドアに向かって戦闘体制に入った。驚いた満州夫人はプラ中尉を制止し、「ここで銃を撃ってはいけません。何ごとなのか私が尋ねてきますから、皆さん落ち着いていてください」と、言い置くと外に出ていった。

　まぶしいサーチライトを手で遮りながら満州夫人が声を上げた。

「警察が私の子どもの誕生日パーティに押しかけるとは、あまりにも無礼な行動じゃありませんか？」

「あなたが満州夫人ですか？」

「はい、私は満州から韓国人に嫁いだ人間です」

「あなたが抵抗せずに、おとなしく警察の手錠を受けるなら、我々警察は銃を撃つことはありません」

「私に何の科《とが》があって収監するのですか？」

「あなたの夫は李満雨でしょう？　あなたは六・二五の折りに、反逆罪と間諜罪、さらに国家攪乱罪を犯している」

「あなたたちは何か誤解をしていますね。私はそんな罪を犯したことはありません」

突然、プラ部隊員が飛び出し、満州夫人を取り囲んだ。

「皆さん、銃を収めてください。ここから逃げる者はいないから、警察も堂々と前に出て説明をしてください」

満州夫人は韓国語と英語で、銃撃戦になる事態を防ごうと声を張り上げた。レーベン中佐も前に進み出て言った。

「私はアメリカ軍の中佐レーベンです。犯人を逮捕するには裁判官の拘束令状がなければならない。ここは犯行の現場でなく子どもの誕生日パーティの場なのだ」

「我々警察は満州夫人が剣道の達人で、神出鬼没の中国の小説に出てくる一枝梅のような人物だと聞いているので、このように包囲をしました。素直に従ってくれるなら、包囲網を解きます」

「まず、令状を提示しなさい。大韓民国の憲法にも、みだりに国民を逮捕・拘禁してはならないと書いてあるだろう？」

羅東允が大声でこう言うと、一人の警察官が進み出て拘束令状を示した。

「私は光州からきた全羅南道警察の特別捜査班長です。さあ、私たちと一緒に光州に行きましょう」

満州夫人は令状に目を通した。明らかに自分の名前が書いてある拘束令状だった。このとき、その捜査班長が、令状を読んでいる満州夫人に手錠をかけた。するとメクトが言った。

「彼女は逃げるような方ではありません。手錠をかけなくても連行できるでしょう。この女性には一歳の子どもがいます。子どもの誕生パーティの参席者も、連行しなければならないのではないですか？」

「わが国のように共産主義と戦っている国では、利敵行為をした罪人に人情は通じません」

満州夫人は、これ以上訴えても無駄だと思い、羅東允と後子に家の始末を頼んだ。アメリカの軍人と翔鶴号の船長と甲板長に対しても、誕生パーティに参加してくれたことに感謝の言葉を述べた。これまでの事情を知らないレーベン中佐は、満州夫人にスパイ行為をしていたのかと尋ねた。彼女は逆にレーベン中佐に「私が敵を有利にする軍事機密を取扱ったことがあるか」と問い返した。レーベン中佐は「捕虜の分類と管理の事務をしただけで、軍事機密などの重要な機密情報を扱ったことはなかった」と答えた。彼女は「レーベン中佐が軍事機密を扱ったことがなかったのなら、彼の通訳だった私も軍事機密には関係ない」と言った。レーベン中佐の顔に安堵の色が見えると、彼女は自分の家庭の事情を知っているメクトに「北韓のため働いている夫に従って戦争中に一緒に暮らした科《とが》のほかは何も無いので、安心してほしい」と言い、手錠をかけられた手で在金を抱くと後子にコートをかけてもらい、光州から派遣された捜査官に促されて黒いジープに乗り込んだ。

「警察の機動隊まで動員して、あんなに善良でか弱い女性を捕まえるなんて酷すぎるな」

「ああ見えても、釜山のやくざが彼女の前では、ぐうの音も出ないらしいよ」

釜山の機動警察官のやり取りを聞きながら、彼女を乗せたジープは暗闇のなかを光州方向に消えて行った。

第12章　無等山のススキ原に広がる炎

（1）

舗装されていない暗闇の路を、上下左右に激しく揺られながら走るジープの後部座席に、満州夫人は在金を抱き、二人の刑事に挟まれて座っていた。体がぶつかり合っていると、恐怖で緊張していた気持ちも少しはほぐれてきた。刑事との話で金基運《キムギウン》が饒《ヨ》将軍と対面した後に特別休暇で帰郷し、釜山の捕虜収容所で満州夫人に会ったと自慢げに語ったことを知った。それで以北に向かった満雨に付いて行ったと思われていた彼女が、釜山に住んでいることが分かり、この情報が道警察捜査課に伝わり、居所が割れたのだった。

次々に出てくる噂で息苦しくなり、太陽系のどこかの暗黒に転落するように感じながら、いつしか彼女は眠ってしまった。

朝日が無等山《ムドゥンサン》の上に昇る頃、光州の道警察署に到着した。留置場に収容されてやっと満州夫人の手錠が外された。ぐずつく在金に乳を与えながらあやしていると、北韓の高級幹部の家族だからと、常時監視されている池花と治雨が、警察からの連絡を受け駆けつけてきた。大人並みに背丈が伸び、中学校の制服を着た治雨が、国民学校の制服を着た在命と民守の手を引き、留置場のドアから入ってきた。

国民学校一年生になった在命は、満州夫人をじっと見つめていたが、母親だと気づき「お母ちゃん！」と声を上げて駆け寄ってきた。彼女は息子を強く抱きしめ、彼女の目から流れた熱い涙が在命の髪と頬を濡らした。しばらく母親の胸で泣いていた在命は、在金を見つめて尋ねた。

「お母ちゃん、この子はだれ？」

「うん、お前の弟の在金だよ」

在命は在金の手にそっと触れ、またしても泣いた。

「お母ちゃん、どこにいたの？　お父ちゃんはなぜこないの？」

気丈な満州夫人も声を上げて泣いた。池花が近寄り彼女の手を取って慰めた。

「お義姉さん、泣かないで。私のような者でも、泣かずに生きているのよ。勇気を出しましょう」

「罪があるとすれば、満雨兄さんだけれど、お義姉さんには何の罪もないよ。元気を出してください」

治雨の言葉に気持ちを落ち着かせた満州夫人は、治雨を見つめながら言った。

「そうね、あまり心配しないことね。それにしても、私がここにいるって誰から聞いたの？」

治雨が中学生になるとき、李根五から、民守のお祖父さん朴昌歳の唯一の遺産である光州の東明洞《トンミョンドン》の家で、在命、民守と暮らし、光州の学校に入って勉強を教えるように言われたので、光州で暮らしていると話してくれた。そして今朝、警察がやってきて、お義姉さんが捕まったから面会にくるようにと言われ、こうしてやってきたと池花が説明した。

治雨は光州中学校二年、在命は国民学校一年で、民守は幼稚園に通っているという。池花も夜間の神学校で学んでおり、古今島の両親も無事とのことだった。

刑事が在金を池花に預け、さらに釜山から持ってきた小型衣装ケースを持ち帰るように命じた。

「治雨君！　ほんとうに大きくなったわ。顔ににきびもできて……。この子たちのことをよろしく」

「はい、お義姉さん。僕はいつも在命を負ぶっていますよ。あ！　この小さい子も負ぶってやるからね。いまは二年前の戦争が起きた頃よりも、秩序がとても整ってきたと思います。あの頃は即決処分というのがあって、右翼青年団や巡警たちが大勢の人を銃殺したけれど、今ではみんな法廷で裁かれているので、安心していいでしょう。それから、お父さんにも知らせました。すぐ行くと仰っていました」

治雨の声変わりした太い声が、南方で戦死した溢雨、古今島の戦いで散華した洪雨の声によく似ていて、二人の義弟への思いが込み上げてきた。さらにもう一人の弟がしっかり育っていると思うと、頼もしい限りだった。

家族を見送ってから地下の取調室に向かった。うす暗い部屋には拷問器具があちこちに置かれ、男たちの小便と汗の匂いが充満していた。釜山から来る際に同行した刑事は、狭いジープ内で互いの体が触れ合ったため少しは心が通じたのか、最初に比べれば態度は穏やかだった。嫌疑というのは反逆罪、内乱陰謀罪、そしてスパイ罪だった。満州夫人は隠すことは何もないので、問われるままに答えていった。さらに自分が戦時中に経験したこと、釜山で過ごしたことについても語った。彼女は反逆罪というなら、韓国人と結婚し、夫に従って暮らしたことのほかに、罪に当たるものはないと陳述した。

内乱陰謀罪は、求礼で捕まった呉氏が、北韓の指令を満州夫人に託して捕虜たちに伝達したと自白したことによるものだった。呉氏は巨済島捕虜収容所の捕虜たちを、本土に脱出させ智異山《チリサン》の共産ゲリラと合流させて、第二戦線の構築を企図していた。これに同調した満州夫人は国家転覆を図り、内乱陰謀罪に該当すると解釈したのである。

しかし、満州夫人は手紙の伝達を拒絶すれば、夫の身が不利になるのではないかと思い、最初は何度か連絡役を務めた。しかし、手紙を開封して読んだところ、脱出挙行に関するとても危険な内容なので、さらなる戦争の引き金になり兼ねないと判断した。そして警備責任者のプラ中尉に手紙を渡し、彼らの大がかりな陰謀の挙行を未然に防止し、さらなる流血事態を阻止したと弁明した。

スパイ罪については、調査官が釜山で見たとおり、自分が通訳を勤めたレーベン中佐が、機密情報を取り扱ったことはないと認めたように、敵に有利な情報を流した事実はなく、呉氏や他の人々にも、何らかの情報を伝えた事実はないと述べた。調査官は満州夫人が釜山で、アメリカ人を招いてパーティを催していた現場を見ているので、知性ある女性への対応を心掛けてくれた。警察の取調べは、調査室の物々しい雰囲気にもかかわらず、調査官の理解もあって順調に終わり、身柄は検察に引き渡された。

検察の担当は崔薫《チェフン》という公安担当の若い検事だった。崔検事は憎悪に満ちた鋭く冷徹な目で満州夫人を見据え、ぞんざいな言葉で尋問を行った。彼女は「警察で述べたとおりです」と繰返したが、検事は「アメリカ軍の部隊にいながらスパイ行為をしないはずはない。同衾したアメリカ軍人の名前を言え」と恫喝した。彼女はこの言葉に人格に対する侮辱を感じ、黙秘権を行使した。若い崔検事はなだめたりすかしたり、時には大声で怒鳴ったりと脅迫を加えたが、彼女はそうされればされるだけ、口を閉ざし顔面を強ばらせた。

満州夫人は数日の取調べのなかで、崔薫検事の父親が、六・二五戦争のとき、海南《ヘナム》で右翼に追われた末、許旭の左翼青年団に連れ去られ、莞島《ワンド》海岸で大槍に刺されて死んだことを知った。憎悪の化身となった崔検事は、満州夫人の釜山での生活を調査するために、釜山と巨済島を訪れ、裏付け調査をして帰ってきた。

崔検事は、満州夫人が大韓民国に残留を希望する反共捕虜に、北韓に帰るように勧誘するために行き来したと、利敵行為の罪名を一つ増やして裁判所に起訴した。そして、親共捕虜の脱出挙行事件を未然に防いだ彼女の功績はまったく無視し、アメリカ部隊に通訳官として潜り込んでスパイ活動を敢行し、智異山の共産ゲリラと内通のうえ、巨済島の親共捕虜を脱出させ、第二戦線を構築しようとした北韓の高級幹部の妻という大物級の人物を逮捕起訴したと新聞記者に発表した。李根五がこの記事が社会面に大きく載った新聞を携えて、知山洞にある赤い煉瓦造りの光州刑務所を治雨とともに訪ねた日は、裁判の期日を十日後に控えていた。それまで満州夫人への面会は許されていなかった。

根五は青い囚人服を着て、やつれた顔で面会室に入ってくる嫁を見ると、「愚かな息子のために、お前に苦労をかけて済まない」と謝りはしたものの、その後が続かなかった。

「お義父さん。私は満雨さんを愛しています。兄さんから聞きましたが、北韓で無事に生きているようです。私は刑務所にいながら考えました。どんなことがあっても、満雨さんを探し出して一緒に暮らしたいと思っています」

「なんと馬鹿げたことを……」

根五は看守をちらりと見やった。

「いいえ、お義父さん。どんな思想や制度とも関係なく、人間として妻は夫とともに暮らさねばならないことを、ここで痛感しました。私たちの愛はどのような主義や思想、いかなる障害でも永遠に切り離すことはできません」

「永歳君にはどこで会ったのか？」

「兄は志願軍に強制動員され戦争に参加し、昨年捕虜になりました。現在は巨済島の中国軍捕虜収容所にいます」

「そこに永歳君がいることを知っていたら、とっくに面会に行っていたのに。早速、行ってみることにしよう」

満州夫人は傍に立っている治雨の手を固く握って尋ねた。

「治雨君、在命と在金は迷惑をかけてはいませんか？」

「二人とも元気にしています。次の面会の際には連れてきましょう」

「その新聞はどうしたの？」

満州夫人は治雨が持っている新聞に、自分の顔写真が出ているのを見つけ、目で記事を追った。

「大物の女スパイを逮捕！」と、大きな見出しが付いている記事を一気に読むと、彼女は憤慨して手をぶるぶる震わせた。

「この記事はまったくでたらめだわ。検事が自分の功名心から自分勝手に誇張して発表している。これは善良な市民の人格に対する冒とくです。崔検事の父親が莞島で許旭に殺害されたため、それに対する報復心から、このように大げさに発表したのです。法律を理性で適用するのではなく、感情で活用している。お義父さん、こんな謀略を許すことはできません」

「だからこそ、裁判官がいるじゃないか。弁護士がいて裁判をするのだろう。日本の検事さえも太刀打ちできなかった有名な沈鎮九《シムジング》弁護士に依頼したから、よく協力して裁判を受けなさい。これからは子どもたちのことをよく考えて、あらゆる言動を沈着、慎重にしなさい。近いうちに巨済島に行ってお前の兄さんに会ってみよう」

「お義父さん、巨済島に行かれたら警備隊のプラ中尉にもお会いになって下さい。彼が証言してくれれば、内乱陰謀罪がいかに荒唐無稽なものか、むしろ私に勲章を与えねばならないと陳述してくれるでしょう。そして私が釜山入りしてから働くことになった巨堤里収容所のレーベン中尉にお会いくだされば、スパイ罪などは話にもならないと言うはずです。捕虜収容所の近くにカウボーイクラブがありますが、そこの経営者の羅東允社長と、前に兵営でお義父さんもお会いになった後子にも会ってみて下さい。私が何も悪いことをしていないと理解いただけると思います」

「そうか。会って証言を頼んでみよう。あまり心配しないように」

　面会時間が限られているので、話したいことも不十分なまま、明日また来ると言い置いて別れねばならなかった。

（2）

李根五は巨済島捕虜収容所にいる張永歳に面会に行くために、池花に餅を準備させた。張永歳は嫁の兄であり、友人の息子でもあった。両家は代々何がしかの縁のある間柄だった。

満州夫人に面会した沈鎮九弁護士は、巨済島収容所の警備責任者であるプラ中尉と、巨堤里収容所のレーベン中佐が証言さえしてくれれば、重罪は免れるだろうと李根五に同行を求めた。冬休み中の治雨も収容所を見たいと付いてきた。すると、治雨にちょろちょろくっ付いていた在命も行きたいと言い張った。根五と沈弁護士は、わが国の歴史の現場を子どもに見せてやるのも、教育上好ましいことだと在命も連れていくことにした。一行は大田《テジョン》で列車を乗り換え釜山に向かい、釜山に着くと、まずカウボーイクラブを訪ね羅東允に会った。後子もそこで一緒に働いていた。後子は李根五と治雨に気づくと、満州夫人と在金の安否を尋ねた。彼女は警察を押し除けてでも、在金を抱いてジープに乗り込まなかったことを後悔していた。彼女は羅東允にしつこく光州に連れて行ってと頼んだが、彼は火傷で歪んだ顔を両親や知人に見せたくはないと光州行きを拒むので、まだ行っていないと説明した。

羅東允は「自分の顔が変わってしまったので、両親が顔をしかめたり、兄弟や知人にそっぽを向かれたりするのが恐ろしくて行くことができない」と弁明した。「彼は、火傷で歪んだ顔が共産党に対する怒りと、世間を呪う反抗心を生み、釜山を牛耳るやくざになったのだろう」と根五は思いながらも、「息子が火傷をしたとか、手足が無くなったとしても、息子を愛する両親の心は変わらないものだ。そして肉体があることは、洪雨のようになくなることに比べれば幸せではないか」と説得した。

洪雨が死んだことを、満州夫人から聞かされて知った後子は、洪雨の友人の羅東允を愛するようになり、満州夫人が無罪判決を受けて釜山に戻ってきたら、彼女の立ち会いのもとに結婚式を挙げようと二人は約束したことも、李根五は知った。

彼らの案内で李根五と沈弁護士は、巨堤里収容所のレーベン中佐に会うことができた。レーベン中佐は「満州夫人のためになることなら、いつでも証言したい」と約束してくれた。治雨と在命も熱心に付いて歩き、釜山から旅客船に乗り巨済島に渡った。彼らが警備中隊に着いてみると、プラ中尉は大尉に進級し、本国部隊に転属していなかった。代わりにヒントウ黒人兵が、在命を覚えていて満州夫人の安否を尋ねてきた。彼も東莱での在金の誕生パーティの席で満州夫人が警察に逮捕されたことを知っていた。ところが、彼は満州夫人が問題になった手紙をプラに渡し、その情報によって捕虜を分散収容し、警備を強化した指揮部の諸々の措置を知らないので、彼が証言しても被告人側が有利にはならない。ただ、音楽が好きな在命のために、トランペットで印象的な一曲を演奏してくれた。

ヒントウの案内で、鹿峯山《ノクボンサン》の南麓にある中国軍捕虜収容所で、鉄条網越しに張永歳と会うことができた。

張永歳は治雨を見ると、とても大きくなったと言った。そして在命を指さし、解放された前日に、妹が産んだ甥なのかと訊くので、根五は満州語でそうだと答えてやると、鉄条網の間から手を差し出し在命の頭をなでた。そして気恥ずかしげに語った。

「なぜ、我々がこの甥っ子の国、妹が嫁いだ国に銃を向けて戦いにきたのか、分からないのです。一部の政治家の気まぐれで、気の毒に若者ばかりが血を流して、こんなありさまになったのです。この鉄条網の中でも、自由を求めて台湾へ行こうとする者と、本国に帰ろうとする者の間で、争いが起きていますが、私は同僚にこう話します。思想と制度は人間が作ったものなので、人間がいつかは変えることはできる。しかし、両親と子どもの間の情は、天がつくってくれたものだから、人間が変えることはできない。ですから私は苦労をしたとしても、父母の傍に行きたいと言いました。近頃、妹の消息が途絶えていますが、私がお義父さん、お義母さんの近くにいるように言っていたとお伝えください。いつの日か満雨君も帰ってきて、一緒に暮らせるようになるでしょう」

李根五はこの言葉を聞くと、とても嫁が刑務所暮らしをしているとは言い出せなかった。張永歳は、妹が反逆罪なる罪名で光州にいると聞くと、妹に何事が起こったのかと訊ねてきた。李根五は「彼女は私たちの家に戻ってきて元気に暮らしている。いつか休戦になり、捕虜交換で満州に行くことになるだろうから、ご両親によろしく伝えてください」と答えた。そして、一日も早く自由に往来できる、良い世の中になるようにと願っていると言った。彼らはヒントウ兵士に、持参してきた餅を鉄条網越しに差し入れるように頼んでその場を離れた。

治雨は、巨済島収容所を訪ねた翌日から、早朝の新聞配達をはじめた。彼が新聞を配達しようとした動機は、巨済島収容所に行ったとき、彼が新聞で陽光を避けて見物をしていると、捕虜たちが新聞を投げ入れてくれと叫んでいた。それで言われたとおり新聞を投げてやると、捕虜たちは我先に見ようと争い、破れた新聞を熱心に見入るのだった。新しいニュースを知りたいのだと思った。そこで近隣で新しいニュースを伝える新聞配達を始めることにしたのである。父親も朝の澄んだ空気を吸いながら、運動を兼ねて配達するのは健康にも良いと承諾してくれた。治雨が新聞配達を始めると在命もついてきた。家ではうるさいと言われて吹くことのできないトランペットを、野原で思う存分吹いた。彼の配達ルートは、東明洞《トンミョンドン》と線路を越えて無等山から下る智山川沿いの桃の果樹園の家と、野菜畑の家をまわり、光州刑務所を経て山水洞《サンスドン》に至るものだった。存命は刑務所に母親が収容されていることを知っているので、刑務所の近くになると思いっきりトランペットを吹いた。

満州夫人の裁判がやっと始まった。

レーベン中佐は光州裁判所までやってきて、満州夫人はスパイをした敵側ではなく、捕虜収容所で通訳をして熱心に自分を助けたと証言してくれた。帰国したプラ大尉には、住所を確認して手紙を送り、満州夫人が陰謀の手紙をプラ大尉に渡したことが事実であると証明してほしいと依頼したが、求刑日が迫るまで何の音沙汰もなかった。

年が明け一月も半分が過ぎた寒い日に求刑があった。ちょうどその日、忠壮路《チュンチャンロ》では朝から動員された学生たちが「休戦反対、北進統一」を叫びながら街頭行進を続けていた。世論を意識した検事の悪意にみちた論告求刑が始まった。夫が北韓の高級党員で、光州で行政責任者だった頃、右翼指導者の名簿を作成させ、左翼青年らをして莞島海岸で殺害させた行為を強調した。釜山で偽装して捕虜収容所に勤務した時には、北の指令を捕虜に伝達し、暴動を起こし脱出させようとした。

また、智異山の共産ゲリラとともに、第二戦線の構築を企図し、反共捕虜に誘いかけて北韓に送還させようとしたのは、刑法の殺人幇助罪と内乱陰謀罪、そして利敵罪に当たり、死刑相当と求刑した。すると満州夫人は気を失いばったり倒れてしまった。しばらく休廷してから裁判は再開された。

裁判長は満州夫人に「最後に陳述したいことはあるか」と尋ねた。満州夫人は立ち上ると落ち着いて話しはじめた。

「私は満州で生まれた満州族です。満州で生まれて、清朝を打ち立てた人々が支配欲に目がくらみ、中原にまで食指を伸ばし、ついには祖国まで失ってしまった国のない満州人です。しかし、愛には国境がないので、朝鮮の男性と心が通じあい結婚しました。朝鮮が解放された年、夫の故郷で子どもを産もうと思い、夫を訪ねて行きましたが、行き違いで夫は職場のある満州に向かっていて故郷にはいませんでした。夫の家で出産し、夫の帰りを待っていましたが、夫は帰らず二つに分かれた朝鮮で戦争が起こりました。夫の故郷を守るため、夫の弟である洪雨君と友人とともに、人民軍の襲来を防ぎましたが、衆寡敵せず洪雨君と友人は軍標もなく散華してしまいました。そして洪雨君を殺した人民軍に混じって夫は故郷に帰ってきました。

夫であるからこそ、理念も体制も敵軍であることにも関係なく、一緒に暮らしたのです。夫婦というものは、互いに愛し合いながら暮らすものです。いまも南北が互いに往来できるなら、私は夫の傍にまいります。共産主義者だからではなく、人間の義務と夫婦の権利を果たすためにです。私たち夫婦は国連軍に追われ山道を北に向かいながら、私は夫に〝武力で統一しようとすれば武力で滅びるでしょう。そして武力で統一させたとしても、被支配者を説得しない限り、永遠の敵になるのです〟と言いました。理念が異なるからと武器で戦うのではなく、共存しながら人々の合意で国を治めるべきだと考えを一致させました。夫は私を残して北韓に向かいながら、北韓にも正しい発言をする人間が必要だと、骨肉の争いに終止符を打つために努力したいと言いました。

私は釜山で捕虜たちの生活と行動を見ながら、私たちの考えが間違ってはいなかったと思いました。捕虜たちに帰郷の勧誘をしたのはジュネーブ協定を遵守するというよりも、夫の話を思い出し、故郷に帰らないと言う捕虜たちに、自分の故郷や両親のことを思うなら、他郷に逃亡せずに故郷に帰って本当の話をし、正しいことをして、暮らし良い故郷の改善に務めなさいと勧めました。そして反共をしたければ故郷の地で行い、北韓にも自由民主主義の思想を植えつけ、いつかは韓国と対話をするとき、融合の勢力となり、平和統一の働き手になるのではないかと伝えました。理念はいつも変化するものです。民心が変化するようなものです。しかし、庶民感情は種族の存続を願うものなので、いかなる理念も、どんな民心もすべて抱擁し、ともに平和に暮らすことを希望するものです。韓国は平和的な統一をしなければなりません。兄弟同士、民族同士で戦って何の利益があるでしょうか。戦争の傷は互いに許し合い、受け入れることでいち早く癒えるものです」

満州夫人はゆっくり席に座った。法廷は静まりかえっていた。裁判長は十日後に弁護人の最終弁論を行い、その後に判決の言渡しをすると告げた。

翌日の新聞には、満州夫人が心の底から熱く語った意味深い陳述についてはまったく言及することなく、検事の求刑内容だけが大きく取り上げられていた。弁護士事務所を訪ねてきた根五に、沈弁護士は愚痴をこぼした。

「最近の若者たちは、戦場で人を殺すよりも、いとも簡単に新聞や法廷で人を殺している。この戦争は生命の尊厳性を無視することを教えたのですが、公正に裁かなければならない裁判官までも、敵軍の側というのであれば、無条件に重刑に処するのが国民の士気を高めると思っている傾向が見られます。公正であらねばならないメディアを通じて、国民の反共意識を強化するとの美名のもとに、さらにいっそう煽動している。昨日、裁判が終わってから、検事と裁判官に会ったのですが、何と言ったと思いますか？　人の生きる道は多勢の側に入ることだと言うのです。多数派から脱落してしまえば、誰も生きることはできないと言う考えです」

「少数の真理に耳を傾けるために、住民を代表する議会があり、少数の正義を生かすために司法部がある。それが我々を守ってくれる民主主義じゃありませんか？」

「私も同じ考えなのですが、戦争中に任命された彼らは、出世に支障となることには一切手を出そうとはしません」

「それは大変ですね。裁判の結果は明らかではないですか」

沈弁護士は決定的な証言をしてくれるプラ大尉の来韓か、手紙を待つため、判決言渡日の延期を求めたが、受け入れてはもらえなかった。弁論を通じて夫が悪いことをしようが、良いことをしようが、夫に従っていくのが妻の務めであり、夫のためになることであれば、どんなことでも甘受するのが、昔からの東洋の婦徳と教えられ、伝統のある家庭では女性が節操を守っており、自由思想の世の中になったとしても、この伝統までも否定することはできないと主張した。スパイの呉氏の手紙を捕虜収容所の容共分子に手渡したのは、被告人の夫に危害が及ぶのを憂慮し強要された行為である。反乱に通じる決定的な手紙は、幸いにも彼女の正義感によって発見され、収容所の職員として職務上の責任感から警備将校のプラ大尉に渡したので、結果的に北朝鮮の工作は水泡に帰した。これは内乱陰謀罪ではなく、むしろ大韓民国の一等勲章を授与すべき功労なのだと熱弁を振るった。

しかし、裁判の結果は予想どおりで、反証の証拠が不充分との理由で、求刑と同じく死刑が言い渡された。

人間は考える動物であるから、無意識であれ、事前に予測していた。しかし、手足から気力が失われ混乱してしまった。満州夫人は力なくぺたりと座り込んでしまった。

予想はしていたものの、多少の情状酌量はあると思っていた根五は、哺乳動物が子どもを保護するように、このまま嫁を死なせてはならないと、熱い反抗の気持ちが込み上げ、前後を顧みずに大声を張り上げた。

「でたらめな裁判だ。私の満州の嫁は、朝鮮同族の戦争を止めさせようとして、人間的な行動をしただけだ。人間の正義を無視し、多勢に従う裁判というものは、五〇年前に王権を守護するとの名目のもとに、庶民の意思を尊び〝除暴救民〟を叫んで立ち上がった全琫準を捕らえ、日本の虎口に捧げた李道宰を上回るものだ！」

判決の言渡しが終わって立ち上がり、法廷を出ようとした裁判官が振り返って尋ねた。

「いま大声で叫んだ方、それはどういう意味ですか？」

「全琫準は李道宰によって捕えられ、刑場の露と消えたが、その李道宰は、この国が日本の支配下に入ると、庶民感情を読めなくなった罪を後悔し、死ぬ間際に庶民が踏みつける場所に埋めてくれと遺言した。反共の名のもとに、平和と統一を願う庶民の心情を無視し、罪のない庶民を世論の供え物にしたこの裁判は、李道宰以上に後悔に値するものになるだろう！」

「あなたは容共主義者ですか？　それとも親共主義者ですか？」

「私は容共主義者でも、親共主義者でも、反共主義者でもない。兄弟同士で争わないことを願う満州夫人の舅で、一家の家長です」

「なるほど、そうですか。あなたを神聖な法廷を冒瀆した罪で、刑事訴訟法に基づき一週間の拘留を命じます」

　裁判官は権威が無視され、自尊心を傷つけられたと思ったのか、法廷での拘束を命じると、出て行ってしまった。治雨は在命や池花とともに、父親に手錠がかけられるのを目撃した。満州夫人が「この世には発言の自由もないのか！」と叫びながら連行されるのを目にした。沈弁護士が連行される根五に「この国では反共でなければ親共になるのだ。こんなことがどうして分からないのか」と、痛ましげに言うのを治雨は耳にした。

　治雨は後方の席に座り、この光景を眺めている中佐の階級章をつけた軍人に気づいた。彼はいつか古今島で満雨兄の消息を伝えてくれた軍人だと思い、挨拶しようと近づいて行くと、人目を避けるように素早く法廷を出てジープで消えてしまった。

　人々がちらちらと眺める様子が、何か見てはならないものを見ているような感じで、治雨の目からは既成世代に対する怒りの火花が散り、心には社会不安を醸成する指導者への憤りが湧き上がってきた。

(3)

三月になっても無等山の頂上に雪が舞う肌寒い日が続いた。李治雨は「六・二五戦争の解決策として満州を爆撃し、原子爆弾を使用する」とのアメリカ合同参謀議長の発表文が、一面に大きく掲載されている新聞を明け方に配達し、登校した帰りに道庁の傍にある武徳館で剣道の練習をした。満州夫人から国民学校時代に基本動作を学んだが、その実力では学校の友人らによる「兄嫁は親共者、父親は容共分子」とのあざけりに怒りが込み上げても、叩きのめせないので、練習をしているのである。治雨は満雨兄よりも洪雨兄の方が好きだったが、近隣の者から「親共・容共家族」と追い詰められると、混乱してよく喧嘩をした。父親に対する一週間の拘留処分は終わっていたが、容共の嫌疑で引き続き捜査すると言われ、刑務所からまだ釈放されてはいなかった。

治雨は新聞販売所から「号外が出たので早く来い」と言われて行ってみると、朝鮮戦争の元凶であるソ連の首相スターリンの死去を伝える号外で、市中に配るように命じられた。新聞配達の学生仲間とともに、錦南路《クムナムロ》と忠壮路を駆け回りながら、心躍らせて号外を配った。幼いながら北韓の後ろ盾であるスターリンの死、義勇軍を送った中国に対するアメリカの爆撃、これらが戦争は近いうちに終結すると予感させた。この国から戦争がなくなれば、兄嫁も父親も刑務所から釈放され、北朝鮮にいる兄とも自由に往来できるようになるだろう。しかし、その期待はあまりにも性急に過ぎたのかもしれない。夕暮れ、号外を配り終えて疲れ切った治雨が、足を棒にして道庁の背後を流れる川沿いの道を東明洞の家へ帰る途中、外套を着た労働者たちが川のごみさらいをしていた。

治雨は暗い川岸でのこの仕事に疑問を抱いたが、あまり気にはしなかった。そして家に帰ると、池花が準備してくれた夕飯を食べ、机の前に座っていたが、疲労と眠気が襲ってきて、そのまま机にうつぶし寝てしまった。

突然、鉄砲の音が激しく鳴り響いた。眠りから覚めた治雨は、池花の部屋に行ってラジオのダイヤルを回した。ラジオからは緊急ニュースが流れてきた。

パルチザンの一群が全南《チョンナム》道庁を襲撃し、警察の応射を受け光州川方面に逃亡したと伝えていた。現在は、軍警の合同捜索隊が光州川上流の鶴洞に向かった残党を追い詰めているという。だが銃声は鉄道を越えた刑務所方面から聞こえていた。


金支隊長は、麗順事件以後は山中で過していたが、北韓の指令を受けて智異山残留兵の一部隊を引き連れ、光州刑務所を襲撃した。収監されている政治工作員で死刑宣告を受けている呉氏ら親共政治犯や、拘束中のパルチザンを救出するためだった。彼らは、鉄門が開く夕飯の時間帯に合わせて、智山川側に降り暗闇になると無謀にも人間梯子をつくり、一方の監視展望台を制圧して侵入した。監房の正門を銃撃しながら突入した金支隊長の一群は、政治犯以外の者をまず解放し武装させた。彼らと看守らが銃撃戦を展開するあいだに、親共政治犯である反逆者とパルチザンを釈放させ、無等山西側にある元暁寺《ウォンヒョサ》に集結させる作戦だった。

金支隊長は呉氏に案内させて女子収監棟を制圧し、満州夫人を探しだし、一緒に脱出しようと誘った。彼女は脱出を拒絶したが、「死刑宣告が出ている以上、いつ犬死になるか分からない、むしろ脱出して北韓にいる夫を探しに行くのが賢明ではないか」と説得した。金支隊長は「北韓から、呉氏を脱出させ、北に送れと言っているので、地理に明るい呉氏とともに、山越えをすればいいのではないか」と説得した。満州夫人も死刑宣告をされねばならない立場ではないのに、死刑を言い渡されて感情が傷ついていたので、金支隊長の言い分に惑わされ付いて行くことにした。

刑務所の四隅の監視塔はサーチライトも破壊されていて、銃撃されることはなかった。収容されていた囚人は、刑務所の正門を開け放ち散らばりはじめた。満州夫人は金支隊長の後にしたがい、呉氏とともにパルチザンに警護されながら、智山川に沿ってさかのぼり元暁寺に向かった。誰の手で燃やされたのか、灰の山と化した元暁寺の後方で、後続部隊が来るのを待ちながら休息をした。

一方、治雨と在命、そして民守は、銃音の響く刑務所へ駆けつけた。開け放された正門の前にはいくつかの死体が転がっていた。火薬の匂いが鼻をつく刑務所は、がらんとして人影がなかった。治雨は父親と兄嫁の行方が心配になり、二人の名前を大声で呼んだ。在命も民守も一緒に声をあげた。三人の少年の声は高い壁に反響して帰ってくるだけだった。無等山麓のススキ平原に火が迫っていた。やおら、治雨と在命の名を呼ぶ李根五の声が前方の棟から聞こえてきた。三人が駆けつけると、暗い部屋の中に根五が独りだけ座っていた。

「お前たち、ここは罪を犯した者だけがくる場所なのだ。何をしにきたのか。早く帰りなさい」

「お父さんに罪はありません。刑務所の門は大きく開け放たれています。早く一緒に出ましょう」

治雨がこう言うと、李根五は大声で怒鳴った。

「庶民は法律を守らねばならない。でたらめな裁判よりは、でたらめな裁判と叫んだことが罪になるというのだ。悪法でも法は法なのだ。私は法を守るためここに来たから、法を守るために、ここに座っていなければならない。これがまさに悪法を善なる法に正す道なのだ。満州夫人にもそのまま座って、法を守るように伝えようと思ったのだが、女子収監棟にはもはや誰もいなかった。機動警察隊がくる前に出て行きなさい。さあ、早く」

「お祖父ちゃん、無等山が燃えているよ」

在命がこう言うと、根五は溜息をついた。

「お前の母さんは無等山の方に行ったようだが、大変なことになるぞ」

父親に促され、治雨は在命と民守を連れて刑務所の門から外に出た。ヘッドライトを光らせながら、無数の軍用車両が刑務所に向かっていた。先頭車両に乗っていた韓国兵が車を停めると、子どもであるのを見て怒鳴った。

「とんでもない奴らだ。ここをどこだと思ってうろついているのだ。早く家に帰れ！」

無等山のススキ平原に炎が広がっていくのを見つめながら、三人は線路側に降りて、火炎のなかにいる満州夫人に思いを馳せながら歩みを急がせた。

元暁寺の背後に集合していた金支隊長一行は、警察からの目を刑務所の反対側に逸らすために、攪乱作戦チームを鶴洞経由で曽心寺に向かわせ、無等山頂上で合流すると約束していたので、ススキ原をかいくぐって無等山の頂上を目指した。

一方、光州地域に駐屯していた金少南中佐の大隊は、警察の支援要請を受け、一中隊は曽心寺側へ逃げる共産ゲリラを追い詰めようとしたが、刑務所が襲撃されたとの急報を受け、刑務所にいる思想犯をパルチザンに補強するための戦術だと考えた。金少南中佐は刑務所の襲撃の後に、在監者とともに無等山を経て智異山に移動すると推測し、二中隊を元暁寺側に移動させて追撃した。そして三中隊は、丹陽の南面に行き無等山の東北側を遮断することにした。大隊は迅速に行動した。金少南中佐はアメリカ軍の協力を得て、新たに戦闘用に投入したヘリコプターに乗り、無等山をサーチライトで照らしながら偵察した。彼はススキ原をかいくぐって登ってくる共産ゲリラを発見し、無線で曽心寺側にいる一中隊と元暁寺側にいる二中隊に連絡し、ススキ原に火を放てと命令した。風は西南方側から吹いていたので、広大で乾燥したススキ原は火の海と化し、炎は頂上まで燃え上がり始めた。金少南は火を避けて、智異山に通じる東北側の神仙峯の入口に、ヘリコプターで先回りし、LMG機関銃を設置して待機させた。

金支隊長の一行は、一瞬のうちに火の海になったススキ原の炎と煙を避けながら、山頂を目指して懸命に走ったが、風に煽られた炎の勢いの方が勝っていた。刑務所に収監されていた老人たちは息切れして付いて行くことができず、炎に包まれ凄惨な叫び声を上げて倒れた。

彼らが辛うじて立石台のある山頂に達すると、曽心寺を経てやってきた誘引部隊がきていた。西南洞の三方が火の海となり、ただ北側の神仏峯方向だけに火炎が見えなかった。金支隊長は呉氏に神仏峯を経て智異山に入り、太白山脈を辿って以北に向かおうと言った。韓国軍のパルチザン掃蕩作戦が激しくなって活動が困難になり、また、休戦が迫ってきているので、呉氏と親共捕虜を北韓に連れてくるように、連絡を受けて開始した作戦なのだった。集まったのは百名ほどだった。彼らは煙のため呼吸も十分にできなかったが、隊列から落伍してはならないと、群れをなして神仏峯に向かった。神仏峯が近くなった頃、機関銃二挺が射撃を開始した。先頭を歩いていた者がばらばらと倒れ、なかには山麓に転がり落ちる者もいた。満州夫人は呉氏が斜面から転落し、銃座の後方に消えて行くのを見た。さらに神仏峯の上で主丹剣を抜いて叫ぶ金少南を、燃え上がるススキ原の炎のなかに見いだした。

「手を上げて出てくる者は助けてやる。早く出てこい！」

一発の銃丸が機関銃を構えた兵士を転倒させると、金少南は腹ばいになり兵士の機関銃を奪い取り撃ち始めた。満州夫人の前にいた金支隊長が悲鳴をあげた。彼女がうかがうと、金支隊長は腹部を抱え、膝を屈していた。

彼は満州夫人を見上げて言った。

「私の腹部は革命闘争には向いていないようだ。麗順義挙の折りにも腹部を負傷し、李根五さんの治療を受けたのに、今度ばかりは見込みがなさそうだ。いつかは李医師の御恩に報いなければと思っていたのに……」

金支隊長は咳をしながら外套を脱いだ。

「満州夫人！　この外套を身に着け、神仏峯方向ではなく、あの炎が上がっている元暁寺に向かって転がって行きなさい。そうすれば助かるかもしれない。今日の作戦にヘリコプターを使用するとは計算に入れていなかった。もはやモグラ作戦は通用しなくなった。世の中は発展しているのだ」

彼は手にした小銃で応射しながら、炎の上がる方向に素早く転がった。満州夫人は金少南の名前を呼び、銃を撃つなと叫んだが、風の音にかき消されてしまった。彼女は金少南の顔に身震いするほどの恐怖を覚え、金支隊長の指図どおり、ススキ原の炎が壁のように遮るなかを、外套を着て元暁寺方向に斜面を転がりはじめた。彼女が炎の方向に転がると、加速が付いて着火はしなかったが、回転速度が増すと意識が混迷して、とうとう失神してしまった。

　満州夫人は、軍人たちの騒々しい呼びかけと、互いを呼び合う声に意識を取り戻した。そして彼女は顔を覆っているボロ布と灰を押しのけ周囲を見回した。無等山山頂から差し込む陽光が、等間隔で登っている軍人の影を長く延ばしていた。軍人の捜索隊が自分を発見できずに通り過ぎ、頂上に向かっていた。腰を起こし周囲を見回してみると、黒く焼け残った雑木の下の、ススキの灰の中に埋もれていた。体は大きな外套に包まれており、火で熱くなった地熱が伝わってきた。彼女はいまだに神を信じていなかったが、池花が信じている創造主の神が自分を助けてくれたのかと、感謝の念が湧いてきた。

　そして外套の持ち主の金支隊長が「人間はまず生き延びなければならない、生きるために炎の中に飛び込み転がって行け」と叫んだことを思い出し、彼の生死が心配になった。そして残忍に機関銃を撃っていた金少南の歪んだ顔つきを思い浮かべた。彼女はいまも暖かさの残る灰の中に寝そべり上空を眺めた。二羽の鳶が円を描いて飛んでいた。丹陽《タニャン》の川岸で、人間的な暖かい愛情を見せた金少南の姿を思い出そうとしたが、そうすればするほど、主丹剣を煌めかして叫ぶ姿だけが思い浮かぶのだった。主丹剣を金少南に手渡し、故郷の義父李根五に渡してほしいと頼んだ満雨の姿も思い出した。いまだに渡すこともなく、主丹剣を持っている金少南が疑わしく、好ましい印象はかき消されてしまった。

あれこれ思いを巡らしていた満州夫人は、山の静けさを破り、焼け残った木の枝で羽ばたく鳶の羽音に驚いて立ち上がった。そして四方を見回すと、軍人の姿はまったく見えなかった。彼女は外套の灰を払うと身に付け山を下った。彼女の歩みは当然帰るべき刑務所に向かっていた。焼け焦げた外套に身を包み、乱れた髪、煤けた顔は灰にまみれ、通り過ぎる人々は、乞食と思ったのか見向きもしなかった。息子たちに会いたかったが、こんなみすぼらしい姿で帰宅することはできない。罪があろうと無かろうと、刑務所に行って問題を解決し、さっぱりした気持ちで在命と在金に会いたかった。

原っぱにある刑務所に行くために、野菜畑を横切ろうとすると、野菜畑の主人に「出ていけ！」と怒鳴られた。それでも、そのまま知らない振りをして歩みを続けると、主人は満州語で悪口を並べ立てた。満州夫人はすぐに気がついた。それは悪口だったが、同族に会ったうれしさで駆け寄り、「満州族ではないですか？」と満州語で話しかけた。

野菜畑の主人は「そうだ」とうなずき、奉天からきたと言った。満州夫人は「自分の身分を明かし、昨夜、刑務所で起った事件について話し、罪はないけれど刑務所に戻るところだ」と説明すると、野菜畑の主人は「いま刑務所に行けば苦労するだけだから、隠れていて刑務所が落ち着いてから自首しなさい、俺の家に行こう」と背中を押してくれた。それは思想も犯罪も超越した同族同士の親しみによるものだった。

野菜畑の主人の家は、果実園近くの人夫が住んでいた家を買って改造したもので、比較的きれいだった。彼は満州国の奉天で官吏をしていたが、日本が敗けた後は蒋介石政権にも、毛沢東政権にも身を寄せるところはなかった。翌年、大連から船に乗って仁川に密かに着き、華僑団体に登録し、持参していた金で家と畑を買い求め、野菜を育て、中国食堂に販売し暮らしていた。

満州夫人は軍用車両がしきりに出入りする刑務所を目前にしながら、胡鎮平《フジンピン》というこの主人の故郷を思い出させるような家で、潜伏生活を送ることになった。

(4)

刑務所を襲撃したパルチザンは雑犯者を釈放させながら、不当にも罪人として扱われている者が大勢収容されているこの刑務所から、彼らを解放させるためにやって来たと叫んだので、逃亡した者からこの話が広まり、光州市民はざわめき始めた。噂はまたたく間に市全体に広まり、収拾がつかなくなった。刑務所を脱出した収容者を検挙するため軍警の合同捜査隊が急造され、その噂の確認と称し自首者や検挙者の再調査が開始された。この過程で李根五は釈放され、多数の反逆者や思想犯のうち、満州夫人も不当な扱いを受けているとして記者たちの話題になった。反共第一主義でやってきた記者たちも、人権問題に関して開眼しはじめたのである。

幾日かが過ぎると満州夫人は、胡鎮平に東明洞の家を訪ねて池花を連れてきてくださいと頼んだ。胡鎮平が行ってみると、嫁の身を案じて根五と沈弁護士が相談しているところだった。胡鎮平が根五に満州夫人の無事を伝えると、沈弁護士は満州夫人を帰宅させせずに、一刻も早く潜伏場所から刑務所に出頭させ、自首するのが望ましいと勧めるのだった。

根五は、子どもたちを母親に会わせた方が良いと判断し、在命と在金を連れて行くことにした。胡鎮平の案内で、二人の子は沈弁護士とともに野菜畑にある家に向かった。

満州夫人は息子たちに会うと両腕でぐっと抱きしめた。これまで法廷内でも、刑務所の面会室でも、互いに見つめ合うだけで抱きしめたことはなかった。満州夫人の髪はきれいに整えられ、服も着替えてはいたが、焦げた髪と手の火傷から、火炎の中をくぐり抜けて何とか生き延びた痕跡をうかがうことができた。

根五は満州夫人に、ワシントンのペンタゴンにいるメクトから、古今島の住所あてに届いた手紙を見せてやった。

メクトの手紙には「朝鮮戦争の解決のために満州を爆撃する措置をしたこと、もし満州の爆撃が開始されれば、被害は出るかもしれないが、満州の独立は近付くことになる」と書いてあった。そして「プラ大尉は、インドネシアで新たな戦争が勃発したので、特殊任務のために現地に向かった。まもなく任務を終え、帰途に韓国に立ち寄り、満州夫人のために有利な証言をしてくれるだろう」と喜ばしい知らせが書かれていた。

沈弁護士は「万事が良い方向に向かっているので、安心して自首しなさい」と勧め、刑務所長に「満州夫人が自主的に刑務所に出頭する」と電話をかけた。

一同は刑務所に行く満州夫人を見送るため、遠い道のりを付いて行った。刑務所の入口に近い広場には、襲撃されて死んだ収容者と無等山の山頂で亡くなったパルチザンの身元を確認するために、六〇体ほどの遺体が並んでいた。根五はそこに上衣を着けていない遺体を見て、何年か前に自分が手術をした腹部の痕跡に気づいた。そして「金支隊長も死んだのか」と独り言のようにつぶやくと、満州夫人は遺体の傍に近寄り「この方が私を炎の中に追いやって命を救ってくれました」と声を張り上げた。

二人は首を垂れて遺体に哀悼の意を表した。このとき一台のジープがやってきて停まった。金少南が降りて満州夫人に敬礼をし、懐かしげに声をかけた。

「生きておられたのですね。刑務所に入っていると聞いていたので、このたびの事態でどうなったのか気になっていました」

満州夫人は鋭い目つきで睨みつけた。

「あの遺体の中に私が入っていた方が良かったのですか。あなたはあの人たちを殺した殺人者なのです。私は無等山であなたの行動をこの目で見てきました」

満州夫人は弁明するすきも与えずに、刑務所長の待つ入口に向かった。金少南は面目ないという表情になり、まわりをうかがい根五に挨拶をした。

「いかがお過ごしでしたか？　ご挨拶にも行かずに申しわけありません」

「ああ、満州軍官学校を出た金先生ですね。今はどちらに勤務されているのですか？」

「はい、私は軍に入隊し、今は全南地域の官区司令部直轄部隊の大隊長をしています。このたびのパルチザン掃蕩作戦の責任者をしていました」

金少南は誇らしげに答えたが、根五はただうなずいただけで、沈弁護士に満州夫人のことを頼み、治雨に合図して家路を急がせた。

治雨は、この軍人がこの前の法廷のときに、後方の席に座っていたと気づいた。彼、金少南の胸には新しい勲章が輝いていた。

在命が母親に向かって叫んだ。

「お母さん、なぜそこにまた入るの？」

しかし、誰もこの問いに答えることはできなかった。

(5)

連日、「休戦反対」や「北進統一」を叫ぶデモ隊の怒号で騒がしい錦南路の光州高等裁判所では、満州夫人の控訴審が続いていた。メクトの連絡を受けたプラ大尉も、帰国の途中、韓国に立ち寄り満州夫人のために証言をしてくれた。

彼は「自分が巨済島収容所の警備業務を担当しているときに、満州夫人が渡してくれた手紙で、捕虜の集団脱出の動きがあることを知り、彼らの韓国に対する後方攪乱作戦を未然に防止することができた」と陳述した。その証言はアメリカの記者たちによって、日本で発行されているタブルロイド版の週刊「自由民報」に、満州夫人の写真とともに掲載された。英語、日本語、韓国語、中国語版を持つ「自由民報」は、アジアに民主主義を広める目的でアメリカの財団が発行する新聞だった。プラの証言と「自由民報」の報道で、裁判は満州夫人に有利に展開した。

しかし、六月になると、李承晩大統領の反共捕虜釈放措置で、巨済島捕虜収容所に収容されていた反共捕虜三名を検察側が証人として出廷させ、「満州夫人が反共捕虜を北韓に帰るように説得した」と証言した。それで反共法に怯えていた国内の新聞は、プラの証言よりも大きく取り上げ、再び世論は満州夫人にとって不利な方向に動いた。

高等検察庁の検事は、第一審の求刑よりは軽かったものの、反共捕虜に北韓に行くように勧誘したこと、夫とともに北韓に行こうとして智異山に潜入した事実、そして結果的には失敗したが、今回のパルチザンの光州刑務所襲撃の際にも、北韓に脱出しようとしたことなどから、懲役十年を求刑した。

満州夫人は最終陳述を求めた。そして興奮した口調で自分の心のうちを理解してほしいと、切なくまた予言するように語った。

「このたび大統領が、反共捕虜を釈放させたとの話を刑務所で聞きました。自由を愛する国で、自由の地で生きていこうとする人々に、居住の選択の自由を与えたのは実にすばらしいことです。それならば考える自由、思想の自由、表現の自由も与えることで、初めて真の自由の国になるのではないでしょうか？　夫が光州に来たときに、国家を統一するためには、戦争が必要だとの当為性を私に説明しました。そのときに私は、その話が正しいと思いました。しかし、反逆者のレッテルを貼られたため、釜山で逃避生活をしているうちに、大勢の避難民や戦争死傷者の悲惨な姿を目にし、戦争が悪の根源であることに気づきました。外では『北進統一』を叫んでいますが、兄弟同志で、これ以上の血を流させないために『平和統一』を叫ぶべきです。平和統一のためには、自由を愛する捕虜を故郷の地にそのまま送り返さねばなりません。

彼らが麹となって自由を伝播し、故郷の地、北韓を変化させ、自由の波が満ちていくとき、北と南が手を取り合って平和的な統一が果たされ、自由な往来をしながら暮らせる日がくるのではないでしょうか？　私は予言するのではありません。反共捕虜のような自由の麹がなく、南北間の戦争のわだかまりも自然に治癒して平和統一を果たそうとするには、一世代以上の三十年、いや五十年を必要とするでしょう。その頃にやっと統一を語ることができるのです。私が夫に従って、いや夫を探しに北に行こうとしたのは、男と女が結婚すれば一緒に暮らすのが人間だからです。思想とか理念以前に、人間である以上は、人間生活を営むために、そこが奥地であれ、地獄であれ、敵国の地であれ、行って夫とともに暮らすことさえできるのであれば、これからも探しに行こうと思います。北の理念が望ましいと思って北に行こうとするのではなく、そこに夫がいるから行こうと思うのです。私も自由主義を支持する立場です。居住移転の自由があり、知人同士が心置きなく往来できて、貧富にかかわらず家族と一緒に暮らすことのできる、そんな自由主義国家が好きです。これからも夫が私を探しにこなければ、私が夫を探しに行きます。しかし、北の地にそうした自由が認められていないなら、夫とともに私の故郷の満州に行き、自由に暮らせる満州国をつくらなければならないと思っています。私たちに続く子孫のためにです」

第一審の最終陳述よりも深みがあったのは、刑務所内での思索とそれまでに味わった数々の経験が、彼女の内面に多様な日々の層を形づくっていたからだった。彼女の陳述は傍聴者を粛然とさせ、根五は目にいっぱいの涙を溜めて凝視していた。

裁判が閉廷になると、根五は診療所に残してきた患者のことが気になり、すぐに古今島に戻って行った。ところが数日後、満州夫人の裁判を担当する高等裁判所の李聖一《イソンイル》裁判官が古今島を訪ねてきた。彼は判決文を書く前に、満州夫人の婚家を視察するためにきたと言うのだった。しかし、彼が実際に調べたのは、満州夫人に関係することではなく、先日の第一審で求刑が終わった後に、根五が大声を上げて法廷拘束処分を受けた李道宰の逆賊論に関するものだった。

根五は、ちょうど夏休みで、新聞販売所から数日の休暇をもらって帰省していた治雨と在命を伴い、李聖一裁判官を、李道宰先生が帰郷という名目で田舎暮らしをさせられていた家に案内した。

李裁判官は十里も海辺の道を歩み、時には峠を越えながら景色に魅了されたように、美しいところだと絶賛した。空に浮かぶ薄い雲が島の上にかかり雨を降らせ、なだらかな雲のような島々が海を湖のように形づくる絶景は見る者に新たな感嘆をもたらした。

根五はこの美しい風景も、昔の人々には取るに足らないものだったかも知れないと言った。党派闘争の渦巻くなか辺鄙な片田舎の古今島は、政敵を帰郷という名目で追いやる政治家にとって監獄の役割を果たしていた。しかし、平和な時代には海上交通の要衝で、日本と中国の貿易船が行き交い立ち寄る、交易の中心地になることもあったという。

「ここは、壬辰倭乱の際に、倭軍を打ち破った李舜臣《イスンシン》将軍とも縁《ゆかり》の深い所です。李将軍は元均《ウォンギュン》の謀略で投獄させられましたが、再び日本が侵略した丁西災乱のときには、白衣従軍し、本土と島の人々が新しい軍隊を組織し、この古今島に陣営を設置し、倭軍を撃破したのです。そして露梁海戦での最後の海戦で勝利を得た後に、敵の銃弾を受け、息を引き取りました。遺体はこの古今島の陣営に三か月ほど安置しました。そのときの従軍医官のうちのひとりがわが祖先だったのです。

この美しい景色に魅せられ、戦乱が終わってからも本土の故郷には帰らずに、ここで結婚し島民を治療する医者として暮らしました。ところが朝鮮朝末期に、権力争いをする人々が、本土から遠いこの地を反対派の流配地として活用するようになると、とても遠い全羅道の黄土の道をため息をつくような島に変えてしまったのです」

彼らは美しい徳岩山《トガムサン》の峯々に取り囲まれている徳岩里《トガムリ》の古民家に到着した。その家はもともと純宗《スンジョン》時代に要職にあった金櫓敬が、権力を濫用した罪で配流させられ、十年ほど暮らした末、最終的には賜薬で亡くなった家だという。その家の広い床の右側には「懐恨家《フェハンガ》」と書かれた扁額が掛かっていた。当代の名筆、秋史金正喜が父親の金櫓敬を追慕し書いたもので、人に与えた恨はやがて自分に戻ってくるとの意味だという。左側にも扁額があり、同じ発音の「壊捍家《フェハンガ》」なる文字が書かれていた。それは九年間の配流生活を終え、ソウルに戻るときに李道宰が書いたものだった。ここにともに配流された閻羅大王李景夏は、五里も山越えをしなければならない青鶴洞に流されたと説明した。

根五は、彼らが守ろうとした王権と秩序のために権力を濫用した金櫓敬、自由の西洋思想を持ち込んだとキリスト教徒を殺害した李景夏、そして「除暴救民」「逐滅倭夷」を叫び反乱を引き起こしたと、日本を引き込んで全琫準を捕らえて殺害した李道宰らは、目障りな目の前のものだけを見ているが、坂の彼方に広大で肥沃な平野があることを見通せなかったのではないかと言った。根五は李裁判官に、これらの人々は結局〝歴史〟の審判に付すならば、むしろ、民衆に対する逆賊移管罪に値すると言った。

「それでは、李さんは反共を守ろうとした裁判官、検事とか、王権を守ろうとした衛門らがことごとく逆賊だと言われるのですか？」

李聖一は少し気に障ったようだった。

「言葉は、単純ならそれだけにきちんと伝わるものですが、人間の複雑な感情を詳しく表現することはできません。だから誤解が生まれるのですが……」

根五は誤解されないように、ゆっくりと様々な例を挙げて説明しながらも、満州夫人の判決を言い渡すことになるこの裁判官に、正しい判決をするように説得したかった。

彼はそれで反共を神のように敬うことは、右翼の白色独裁を助長する結果になり、また、共産主義を神のように敬えば左翼の赤色独裁になり、王権を神のように敬うなら、つまり専制帝国主義の国家を形成してしまうと主張した。

反共も容共も、全てを包容するイタリアやフランスなどの自由民主主義の国、そして王権も民権も労働党も自由党も、全てを包容するイギリスのような思想の自由、言論の自由、政党構成の自由、居住・移動の自由など、人間の生活活動の自由がある、そうした民主主義の国が、裁判官、検事や官吏や国民が追求すべき理想で、目標ではないかと語った。法を作るのは国会で、法を執行する所は行政府であるが、法を正しく適用し守るのは司法府の裁判官だとも語った。

裁判官の歴史認識が、この国の民主主義を生かすか、殺すかの重要な責任を負っていると言うと、李聖一裁判官も同意するようにうなずいた。

「その通りだと思いますが、北朝鮮が韓国を赤化統一しようと南を侵略し、とても多くの同族を殺害しました。ともあれ北朝鮮は韓国の敵となっています。もし、病院長のお話のように、李道宰が全琫準を捕まえて殺さなかったなら、どんなことが起きたでしょうか？　多分、わが国が日本の植民地にはなりはしなかったでしょう」

李聖一裁判官はまたしてもうなずいた。

何やらいぶかしげな根五の視線を避け、李聖一裁判官は話題を換えた。

「法律をつくる国会議員が反共法を制定したので、その法を反逆者や連座者に適用するしかありません。反共法はこの世の中の情が薄れている状況のもとで、拡大解釈を強要しています。来年からは反共教育を国民学校初等科から開始し、中・高校の教科目に採択させ、教材をつくる作業をしています。言葉を慎むのが望ましいと思います」

李聖一裁判官は根五に現実的な話をして欲しいと依頼したのに、根五は猛然と大声で言い募っていた。

「それなら、毎年、国会議員選挙に立候補して国会議員にならなきゃなりませんね。私は医者として田舎の患者を診療して、生きていこうと思っていました。国会で我々の考えを、声を張り上げて主張できる人は、雄弁家であり教育家だった私の友人の朴昌歳のような者が相応しいと思ったのに、彼は共産主義者に殺されもう先に逝ってしまった。だから、私が国会に入り自由民主主義の国から、反対に、自由を締め付ける反共法を廃止せよと叫びたいのです。そして、反共も容共も共存できる西欧のような多元化自由民主国家に、この国を換えていこうと発議するつもりです」

「それはあまりにも危険な考えだと思います。国会議員になれればともかく、落選でもしたなら容共主義者として法廷に立たされ、私と再会することになるかもしれませんよ」

独り笑った李裁判官は、深刻そうに見つめている根五に「自分がなぜか壊捍と書いて置きながら、坂の彼方にある未来の野原を見通せなかった李道宰と同じことをするのですか」と訊き、「古今島を訪ねたのが大きな助けになった」と語った。そしてもしや、李道宰先生が埋葬された場所を知っているなら教えてほしいと懇願した。これに根五は、父親に聞いた話であるが、全羅道の南端、人々がソウルに行くときに越えねばならない長城の崖の日当りの良い場所に埋葬してある。そこは明堂《ミョンダン》〔風水説で吉〕の地なので、子孫には繁栄をもたらすと言われていると答えた。

李裁判官は「歴史の勉強を兼ねて、その現場に行ってみたいので、可能ならばご一緒していただけませんか」と願った。根五は「古今島の遺跡をいくつか見物し、海水浴もして、ゆっくり休んで行きなさい」と勧めたが、李裁判官は次の機会にしますと、本土に渡る艀に乗るために船着場に向かった。

李裁判官が馬良《マリャン》行きの艀に乗ると、治雨が大声で叫んだ。

「強く流れる峡谷に気をつけてください。水の流れが渦のように回るから座ってロープをしっかりつかんでください。この険しい海で、洪雨兄さんと友だちは、人民軍が島に上陸できないように、満州の兄嫁が乗ってきたジャンクで防ごうとしたのですが、人民軍のロケット砲でやられてしまいました。わが家は左翼ではなく、実は右翼なのです」

李裁判官は分かったと手を振り、根五はわだかまった気持ちを、代わりに息子が伝えてくれたので良かったと治雨の背中を撫でてやった。

父親とともに古今島の家に帰った治雨は、日本から送られてきた大きな封筒を母親から受け取った。送り主は藤井孝一だった。日本が敗けた日、上亭里の砂浜で自害した藤井将校の息子で、幼い頃は治雨の親しい友人だった。許旭に殴られて帰国してからは何の便りもなかった。うれしかったのですぐに封筒を開けてみると、日本語で書かれていた。治雨は戸惑った。彼はいつのまにか日本語をすっかり忘れてしまっていたのだ。治雨は父親に読んでもらおうと思い、手紙を持って行くと父親は不思議そうに言った。

「以前は、孝一よりもお前の方が日本語がよくできたのじゃないか?」

「八年も日本を憎んで、日本語の本は広げようともしなかったので、もうしょうがないですよ」

母親が代りに弁明してくれた。治雨が日本の植民地支配の事実を、意識的に忘れるように教育を受けたのは事実だった。

「敵に勝とうとすれば、その国の言葉、風習、現状についても知っていなければならない。ところが、この国の教育はおかしいね。親日派を取り立てながら、日本語を話すことと、書くことを禁じている。むしろ、これを変更する政策にしなければならないのに、今後は反共教育までしなければならないのから大変だ。北側の人々をわが兄弟だと教えたとしても、統一は難しいのだから、敵だなどと教えたらどうなるだろう」とつぶやきながら、孝一の手紙を読んでくれた。

治雨君へ
ある日、自由民報の「満州夫人の涙」という記事を読み、古今島の君の家族の話だと思ったので、この手紙を書くことにした。新聞を読むと朝鮮戦争のときに、僕たちと一緒に遊んだ洪雨兄さんが、人民軍と戦って戦死したそうだね。満雨兄さんはきれいな奥さんを残して北朝鮮に行ってしまったとか。君の家族にも分断の悲しみがあることに、改めて気づいた。
少しばかり成長してみると、君の国の悲劇はすべて僕たち日本がつくったことを知るようになった。ほんとうに申し訳なく思っている。僕の父が上亭里の浜辺で切腹をしたのは、謝罪の現れと僕は理解したい。一日も早く国が統一し、苦しみが治癒されることを希望する。
僕は母とともに帰国し、東京第一中学校の三年生となり通学している。母は米国軍部隊に就職して私の学費を稼いでくれている。君はどこの学校に通っているの？　これからたびたび連絡をすることにするよ。

大人にとっては敵同士だけれど、僕たちは友人としてやっていこう。ここに満州夫人の記事が掲載されている自由民報の英・日・中・韓国語の頁を同封するから、記念に保管するように。満州夫人がすぐに釈放されて、君の家庭に喜びが訪れることを祈念する。また、手紙を送るよ。

藤井孝一より

治雨は何だか恥ずかしくなった。そして海辺に駆けていき、孝一の父親が切腹をして亡くなった砂浜にぼんやりたたずんでみた。いつの間に付いてきたのか、木の枝を二本手にした在命が、チャンバラをしようと誘ってきた。治雨はうなずき一本の枝を手に取ると、在命に攻め込んだ。すると在命は受け止めて、叔父ちゃんの打ち方は強すぎると悲鳴を上げた。

(6)

六・二五戦争の勃発から三年一か月ほど経った七月二七日、休戦協定が調印された。当日の午後十時を期して全戦線で戦闘は中止された。韓国の民衆は安堵の胸をなでおろし、世界各地で夜通しシャンパンの栓が抜かれた。

翌日、光州高等裁判所で満州夫人に対する判決言い渡しがあった。休戦になったためかデモ隊の騒音はなく、七月の灼熱の太陽が照りつけるだけで街は静かだった。

李聖一裁判官も、こんな裁判には余りかかわりたくないのか、簡単に判決文を読んで言い渡しを終えた。求刑で明らかになった罪のすべてについて、それを認定することはできないが、満州夫人は自分の意思によって行動を決定したものであり、人民軍に従って智異山に入ったこと、刑務所襲撃事件の折りにパルチザンに従って無等山に行ったことは、自分の意思で敵に追従した罪が成立するので、反共法に基づき二年の禁錮刑に処すると言い渡した。この判決に満州夫人も沈弁護士も、ともに認めるような表情をした。しかし、根五が通訳するとジョージ・ウェールズは「あんなにきれいな満州夫人が罪にもならない罪を背負って、なぜ二年も監獄で過ごさねばならないのか！」と、大声でまくしたてた。

ウェールズは杖をついていた。アメリカの教会の長老たちとともに、彼らが支援している古今島の李根五診療所を訪問し、帰途、満州夫人の判決言い渡しを聞くために裁判所に立ち寄り、根五らと傍聴席に座っていたのだった。彼はペンタゴンのメクトから裁判の進行状況を聞いていた。アメリカ人と韓国人の思考方法は、皮膚の色が違うように異なるものだった。満州夫人は彼らに会釈しながら、廷吏に連れられて法廷を後にした。

第13章　新たな挑戦

（1）

　満州夫人は監獄で白木綿の布を黄色に染め、それに蘭の絵と「満州万歳」の四文字を刺繍し、自分の名前も入れた。そして休戦で捕虜交換になれば、故郷に帰る兄に渡してほしいと治雨に頼んだ。治雨は、父親が診療所の薬品の支援者になったコネチカット教会のウェールズと長老一行を接待するため巨済島に行けなくなると、野菜畑の主の胡鎮平《フジンピン》に同行を依頼し、在命とともに釜山に向かった。胡鎮平は通訳としても必要だった。治雨は去年の冬休みに訪ねたことのあるカウボーイクラブで羅東允に会い、捕虜収容所までの案内を頼んだ。蒸し暑い八月だというのに、髭とサングラスをつけて正装した羅東允は、部下に治雨一行を巨済島まで案内させ、中国軍捕虜収容所で張永歳と会うように手配してくれた。

　治雨は、満州夫人から預かった綿布と、父親の根五が満州にいる張恵林に贈る「申申如也夭夭如也」の八字が刻まれた懐中時計を彼に託した。

　朝鮮半島の南北が統一し、満州が独立した暁には、わが親戚は互いに行き来して仲よく暮らしたいと言った父親の言葉を伝えた。通訳を務めた胡鎮平は、言葉の通じる者に会ったことがうれしいのか、張永歳と長い会話を楽しんでいた。張永歳は胡鎮平から満州夫人のこれまでの歩みを詳しく聞くと、在命の手を固く握り、治雨に在命の弟を父親のもとに送ったのかと尋ねた。治雨は質問の意味が分らず問い返したが、まだ知らないのだなという張永歳の言葉を、胡鎮平が通訳しなかったので、いぶかしげな顔をしていた。

彼らが別れて家に帰る汽車の中で、張永歳の最後の言葉が気になり、胡鎮平に確かめてみると、彼も何のことか分からないと言うのだった。満州夫人に対しては、羅東允の礼儀正しさからも、みんなが尊敬する兄嫁に疑心を抱くことは罪であるように思われた。

休戦になると生活も、万事が落ち着いた感じになった。治雨の新聞配達は相変わらず続いており、早朝、在命が刑務所近くの土手で吹くトランペットは、満州夫人を目覚めさせ、希望を与える響きになっていた。

年が明け、治雨は熾烈をきわめた光州高等学校の入学試験に合格した。彼は日本の孝一に喜びに自慢を加えて英語の手紙を書き送った。孝一はいつ習ったのかハングルで、自分は日本で最も競争の激しい第一高校に合格したと返事を送ってきた。治雨はすばらしいライバルができたと小さな興奮を覚え、日本語は禁止されていて学べるところがなかったため、池花から教わることにした。

満州夫人に対する高等裁判所の判決に、検察側と被告人側の双方は不服として上告したが、大法院は理由なしとして棄却、満州夫人の刑は確定した。しかし、李根五は民族を分裂させ、兄弟を罪人扱いする反共法を無くすことが、隣の肉親を治療するよりも急務であると悟り、いかなる思想であれ党であれ、すべてを許容する多元主義の民族共同体社会をつくりたいと決心し、国会議員選挙に立候補することを決意した。

島の人々は代々、李一家の医術の世話にならない者はいなかった。李根五も貧しい島の人々にはほとんど無料で治療していたので、得票にはかなり自信を持っていた。その頃は李承晩が率いる独立促成会が改編した与党の自由党と、野党の民国党があったが、両党ともに「反共・北進統一」を主張していたので、彼は無所属で立候補の登録を済ませた。選挙事務長には、友人朴昌歳の選挙の際に、事務長を務めた金忠兆《キムチュンジョ》をそのまま起用した。彼が推した朴昌歳は二度も落選したが、事務長としての経験を買って金忠兆を選んだのである。十一の大小の島々からなる莞島での選挙運動は、海上を行き来しなければならないので、風が強い日ともなると遊説活動は困難を極めた。池花は父親について選挙活動を手伝い、治雨と在命も土曜日になると、莞島まで出かけてパンフレットの配布などをした。そんな時には在金は祖母の黄夫人とともに古今島に残った。在金は在命とは異なり気が短くよく泣くので黄夫人はしばしば困惑し、長男満雨と嫁の満州夫人を恨めしく思った。

　立候補者の合同演説会は、島ごとにある国民学校の桜が満開の校庭で行われた。根五はどの島でも同じ内容の演説をした。校庭を埋め尽くす聴衆の前で、彼は興奮のあまり前後をわきまえずに、自分の所信を大声で述べ立てた。

「私は患者を治療する立場の医者ですが、国会議員選挙に立候補した理由は、この国を平和裏に統一させ、真の民主主義国家を建設しようと国会で主張したいからです。わが国が南北に分断されたのは、強大国の影響を受けたためで、三年間の凄絶な南北戦争を体験したのも、強大国の口出しによるものであります。

　世界の約五十か国が参加し、第三次世界大戦のように戦ったのも、名目では北韓の共産党が民主主義の国、大韓民国に攻め入ったので、これを撃退するために戦った戦争でしたが、実際は強大国の代理戦争だったのです。

わが国の為政者や国民は大韓民国が地政学的に強大国に取り囲まれ、世界の強大国の角逐の場になり得る事実に気づかねばなりません。わが国が解放されて国を樹立するときに、いち早く目覚めた政治家たちは、南北が分断されずに強大国のどちら側にも属さずに、統一した永世中立国を打ち立てようと主張し、南北の指導者が力を合わせて強大国を説得しようと飛び回りました。ところが不思議なことに、中立国を樹立しようと叫ぶ人だけが怪漢の銃弾に倒れてしまったのです。南北の為政者は怪漢の背後を現在も探し求められずにいます。

大勢の国内外の大切な若者たちが亡くなった南北の戦争は、やっと休戦になりました。いまわが国民と為政者は、大きく息をついて、わが祖先が生きてきた歴史を振り返り、未来のわが後孫のことを考えながら、現在の地政学的な位置をも見すえつつ、南と北が平和的に統一して永世中立国をつくろうと世界に宣言し、強大国に外交戦を繰り広げるときであります。私が国会議員に当選したら、国民を代表する国会議員と討論し、力を合わせて統一した中立国家をつくるために尽力いたします。莞島郡民の皆さん、戦争の無い統一国家を望まれるのであれば、私をぜひ国会に送って下さるようお願いいたします」

こうして演説を終えて壇上から降りてきた。

李根五の演説が終ると、聴衆の一部が立ち上がって校門から出て行こうとした。

今日の最後の演説者で、速射砲のあだ名を持つ、金候補がマイクを手にした。そして校門を出ようとする聴衆に向かって声を張りあげた。

「これまでに話された候補者の演説が気に入らないからと、帰られる皆さんのお気持ちは充分に理解できます。まさに、この国民学校は人民軍が火をつけた所であります。皆さんは、先ほどの候補者の家庭事情を誰よりも良くご存知でしょう。

候補者の長男は北韓傀儡集団の高級幹部である共産主義者です。彼の次男は日本帝国主義の軍隊に志願入隊し、身を捧げた親日派であります。こうした息子たちの父親が容共主義者で、親日派でないことがあり得るでしょうか？　真の民族主義者と自称する彼の家庭に、満州の女性が嫁いできました。皆さん、だまされてはなりません。この国が生きる道は〝滅共北進〟のほかにはあり得ないのです」

拍手が起こると、この速射砲候補は興奮した面持ちで誇らしげに話を続けた。

「我々候補者は、合同で李根五候補を容共主義者として当局に告発しました」

瞬間、会場は水を打ったように静まり返った。治雨は胸が煮えくり返るような憤りを覚えた。そこで思わず大声で怒鳴った。

「ウソもいい加減にしろ。僕の祖父と父親が独立運動をしていたときに、お前の父親は何をしていたのか？　僕の洪雨兄さんが学生とともに、莞島で人民軍の上陸を命がけで阻止していたとき、お前はどこに隠れていたのか？」

「そうだ！」と聴衆から同意する声が上がると、彼はやおらマイクを口に近づけ、釜山まで後退した政府の無能ぶりを取り上げ、李承晩大統領は憲法を改正し、永久執権を企図しており、白色独裁者になりつつあると批判した。そして他の候補者の弱点をあげつらい八つ当たりをはじめたので、会場の後方に陣取っていた候補者は立ち上がり出ていった。

根五も治雨とともに帰り仕度していると、警察署長が近寄ってきて「告発状を受理したので署まで同行を願います」と告げた。怒りを抑えられなくなった治雨が涙を浮かべていると、根五は叱りつけた。

「なんだ、そのざまは、涙で前が見えないじゃないか。社会の治療をする者も肉体の治療をする者も、前方をきちんと見極めて手術をしなければならない」

あたかも自分に言い聞かせるように言うと、彼は署長の車に乗り込んだ。

そして警察署で調書を作成し、検察の指揮を受け、その日のうちに光州刑務所に送還された。

光州刑務所まで面会にきた金事務長は、「李根五候補の人気が次第に高まり、当選が確実視されたので、警察が他の候補者と謀って拘束したのだ」と不満を並べ立てた。そして、李候補を容共主義者として検察が収監したのだと伝えてから「民心が一夜にして変わり、落選との声もちらほら出ている」と言った。金事務長は「李根五が刑務所にいながら多くの票を獲得して当選し、志を果たすためには、監獄から釈放されて国会議員に当選したとしても、同情票を集めるのに資金が必要だ」と力説した。根五は選挙資金を必要としたので、上亭里の家屋を担保に高利の金を借りて使っていたので、次には、刑務所から出所したら稼いで返すとの約束で、「診療所を担保に金を借りて使ってくれ」と金事務長に依頼した。そして印鑑は選挙事務所にあるものを使うように付け加えた。選挙はバクチのようなものだから、もう少し投資すれば金バッチを手に出来ると思い込み、前後を顧みずに資金準備を命じたのである。

ところが開票結果は、有権者の気になる部分を指摘し、李承晩大統領を白色独裁者と批判した速射砲候補が当選、根五は約六十票の差で落選してしまった。選挙に敗れた根五は、容共主義者として起訴され、拘束状態のままで裁判を受けることになった。選挙費用として借り入れた借金の利息が増え続け、獄中にまで取り立ては及んだが、拘束中なのでどうすることもできない。結局、高利貸金業者からも訴えられ、差押手続がなされ、自宅と診療所が競売に付された。自宅は本土の人の手に渡り、診療所は水産協同組合に落札された。金忠兆事務長は自分がしでかした罪のように恐縮し、ソウルへ帰ってしまった。他人の手に渡った家に、独り残された黄夫人は、十一月の寒風のように急変する人々の心を嘆き、光州にある池花の家に、いくつかの医療器具と荷物とともに向かった。

雪がしんしんと降り積もった日、満州夫人は満二年の刑期を終えて釈放された。池花の家に帰ってくると、笑顔を失い破産した家族だけが自分を待っていた。

(2)

破産して徹底的に追い詰められた嫁ぎ先で、最も急を要するのは食べることだった。収入源は治雨と在命が新聞配達をして手にする日当がすべてだった。在命もいまは配達しやすい地域を割当てられていた。在金は生まれてからほとんどを祖母の手で育てられただけに、何回か刑務所に面会に行ってはいたが、母親の満州夫人にはどうしても懐かなかった。

「あの子は誰に似たのだろう。色も黒いし、しょっちゅう泣いてばかりだし、本当に変な子だよ」

姑の言葉を聞くたびに、満州夫人は胸がぎくりとし、刑務所にいる時よりも、針の蓆に座っているような気持ちだった。姑も一緒なので池花の家では、身も心も休むことがない。満州夫人は胡鎮平を訪ね、これまでの配慮に感謝するとともに、現在の李家の事情を話して助けを求めた。

ところが、胡鎮平によれば、最近、養殖業と貿易業に成功した華僑が増えてきたので、政府は直接に増税政策を進め、外国人土地所有法を制定し、外国人が土地を所有するときには政府の承認を必要と定めたため、大勢の華僑が東南アジア地域に移住してしまった。そして野菜販売も不振になり、野菜畑を処分しなければならなくなったという。共産政治を嫌って広い大陸の地を離れた中国人や、国を失って流浪する満州人も、心安らかに暮らせる地のない悲しみでは同じだった。胡鎮平は思想を離れて一つの民族が自分たちの祖国を持ち、自由に暮らせる世の中になってほしい。満州夫人は一日も早く満州を独立させ、満州国をつくらねばならないと声高に語り合った。

満州夫人は胡鎮平に旅費を借り、その足で釜山に向かった。訪ねた巨堤里捕虜収容所には人影がなく、収容所の事務所の跡地には軍需司令部と補給廠が建っていた。

カウボーイクラブはそのままだった。羅東允と後子は結婚して仲良く暮らしていた。捕虜の交換で仕事の無くなったレーベン中佐が本国に帰ったことと、休戦になったので日本からの武器と軍需品の需要が減り、翔鶴号も最近は釜山への入港が無くなったと羅東允が話してくれた。中村船長と三木甲板長は、船員の資格で釜山市内を動くことはできたが、その他の地域にはビザがないと行けないため、光州刑務所の満州夫人には面会に行けないことを心苦しく思っていたという。

羅東允は韓国軍将校から聞いた情報だと前置きし、将来は軍需司令部ができ補給廠が設置されると、軍需品は外国から買い入れることになるが、その代わりに軍納物資は国内調達が中心になるので、手を出せば大いに稼げると言った。満州夫人はこの耳寄りな話に興味が湧いた。舅が国会議員選挙に落選し、一家が経済的苦境に陥っているだけに、彼女は急いで金を稼がなければならないと告げ、羅東允に軍納物資を扱う方法について相談を持ちかけた。

満州夫人は彼の家に何日か泊りながら、彼の紹介で軍需基地の将校をカウボーイクラブに招き話し合ってみた。主要物資はアメリカ軍の統制のもとに、アメリカ軍が調達した軍需品を使用するが、軽微な物品は韓国内で自主調達することになっているので、手軽なシャツやズボンなどを納品したらどうかと言うのだった。

そこで羅東允と相談した結果、まず日本にいる三木からミシン百台を購入し、光州の胡鎮平の野菜畑の跡地に、工場を建て稼動させることにした。満州夫人が光州刑務所の作業室で知り合った女子出所者を連れてきて、韓国軍人の身の丈に合うズボンをつくり　納品することにした。そして機械代金は羅東允が負担し、光州の工場は満州夫人が現地で別途調達することになった。

満州夫人は国際電話局から日本の大阪船舶会社にいる三木に電話をかけた。三木は彼らしいお世辞の交ざった気さくさで、快く協力すると約束をし、また、最新のセーター編機まで、掛け売りで運んでくれるという。釜山の輸入関係手続きと納品手続きは羅東允に頼み、満州夫人は希望に胸をふくらませ光州に戻ってきた。光州の知人たちに、自分の歪んだ醜い顔を見せまいとする羅東允の気持は、今も変わっていなかった。

光州に戻った満州夫人は、胡鎮平を通じて華僑に軍需品の納品工場の成功の可能性を説明し、資金投資への協力を要請した。華僑はお金が溜まると、地中に埋めたり、東南アジアや台湾に送金したりしていたが、華僑政策が引き締められることを知っているだけに、韓国への投資という彼女の提案には賛成してくれた。胡鎮平の野菜畑に、治雨が動員した新聞配達員たちが、セメントブロックで五百坪ほどの作業場を建てはじめた。

一方、年が明けても続いていた根五の第一審は結審した。「共産党の活動を認める。永世中立国家を建設する」との主張は容共的で、北韓の傀儡政権を認めるものだから、反共法に抵触する。また、反共法までも廃止せよと言うのは、傀儡政権に協力する行為であるとして、同法に基づき懲役五年の刑が宣告された。

思想によって勃発した戦争や、暴力行為は明らかに罪であるが、この戦争や暴力よりも思想そのものが罪として裁かれたのだった。

根五は控訴し、李聖一裁判官がまたしても担当になった。三月ではあったが、季節外れの大雪が音もなく降る日、李裁判官は法廷での審理に先立ち、根五を自分の部屋に招き入れた。個人的に話したいというので、担当看守は部屋の外で待機するように命じられた。

「一昨年お会いした折りに、容共的発言をしたら、また私と会うことになると申し上げたでしょう。聞き流しておられたのですか?」

「私は共産主義者ではありません。南北が中立を標榜し、平和的な統一をしようというのなら、あらゆる思想を認めるヨーロッパ諸国のように認めようという立場です」

「とても先走った理想だと思いますが、反共法がある限り処罰をしないわけにはいかないのです」

根五が裁判官の目を直視すると、裁判官は窓の外を見やった。根五も雪の降る外の光景に眼を移した。

「秩序のために人を処罰しなければならないというのは、凶悪犯などには該当するでしょう。今日のように雪の降る日になると、満州で独立運動をした父親はよくこんなことを言っていました。『李道宰監司がわしの言葉だけを聞いていたとしても、わが国は日本の支配から逃れられたかもしれないが、その方が後悔したときはすでに時機を失していた』と慨嘆されました。そうして自分が死んだら遺体を全羅道の人々が踏んで歩く道の真ん中に埋めるようにと命じられました。そこで東学革命が起こった古阜に埋めようと、牛車に遺体を積んで長城の峠を越えようとして吹雪に見舞われました。峠を越えられないので、風を避けるため岩の下に休んでいると、不思議なことに雪はその周辺は積もらずに解けていることを知り、その地を明堂であると考え、そこを掘って墓地とし、遺体を埋葬することにしたそうです。そして私の父親が李道宰監司に言ったのは……」

　根五がここで話を切ると、裁判官は興味ありげに話を促した。

「それで……、何と話されたのですか？」

「李道宰監司が、東学義挙を行った全琫準をソウルに押送し、処刑しようとしたときに、父親が後世のために解放してやろうと言いました。ところが李道宰監司が怒って王国の秩序を乱した者は、処罰されるのは当然で、これからも〝除暴救民〟の東学思想は新時代の秩序と考えられはしないと語ったそうです」

　しばらく物思いに耽っていた李裁判官はうなずきながら言った。

「斜陽化しつつある王権守護の秩序よりは、新時代の民衆による民主秩序が誕生したのだから時代の流れだったのでしょう」

「李裁判官は右翼の国が良い、左翼の国が良いなど、現在の単純な好みではなく、あらゆるものを包容し、多元化された未来の国を考えてみることはありませんか？」

「私の父親は、六・二五戦争の際に、避難せずにソウルに残っていて、人民軍によって北に拉致されました。李根五先生の息子さんのように、自分の意思で行ったのではありません。私は洞窟に隠れて難を逃れましたが、左翼の連中が家々をくまなく捜査し、右翼の人々を捕まえて人民裁判に付して殺害したり、北に拉致するのを見たり聞いたりしました。いまの私は左翼の行為を許し、ともに生きようとの考えは、とうてい持つことはできないのです」

李裁判官は法廷で是非を明らかにすると述べ、外にいる看守を呼ぶと、被告人を刑務所に連れ戻すように命じた。

結論を準備して裁判を進行させるかのように、李根五に対する裁判日程は迅速だった。検事の求刑は一審の量刑と同じだったが、その日の午後に、沈弁護士から懇願調の弁論を聞いた李裁判官は、陪席裁判官と協議した後、被告人に無罪を言い渡した。無罪の理由は、「反共と北進統一は国家の目標であっても、民族の和合と生命をさらに重視し、平和統一を主張する者まで、容共行為として罪人と見なすのは、民主主義国家を標榜する憲法の基本精神にもとる」というものだった。

こうして李根五は釈放された。釈放された日、李裁判官は沈弁護士に、いつかは南北和解と統一が果たされるだろうから、「その道を封鎖する愚を犯さないために釈放しました」と語ったという。

根五は「そのような良心的な裁判官がいる限り、この国の未来には希望がある」と沈弁護士に答えた。

しかし、根五は破産した家族の家長として、一家の前に現れねばならなかった。妻の黄夫人は、先代から譲ってもらった家屋と財産をふいにした罪人だからと、光州にいる娘の嫁ぎ先に閉じこもっていた。しかし嫁の満州夫人は、失意を知らぬ不屈の経営者であることを、ここでも示した。根五が嫁の案内で、彼女が建てた縫製工場を見回っていると、治雨が李聖一裁判官を案内してやってきた。

「李根五先生の娘さんの家を訪ねたのですが、ここだと言われるのでやってきました。あの騒々しいミシンの音は、刑務所内の静寂とは異なり、人々に興奮と活力を与えてくれますね」

「満州の嫁がこの工場を建てました。ここでミシンを動かしている女性の半数以上は、刑務所の作業班の出身だそうです。すべては李裁判官の正しい判決のおかげです」

満州夫人の案内で、李裁判官は約百台のミシンがけ作業を熱心に見て回り、国防色のズボンを縫っている作業室を視察した。ある女性が李裁判官に気づき挨拶をした。工場というにはあまりにもお粗末な仮の建物で、煉瓦を積み上げて壁とし、その上に木材で屋根としA字型の添え木を大梁に連結したものだった。その上をヨモギで葺き、セメント瓦を乗せているが、天井を見るだけでも、切り詰めた状況のなか、経費を節約して建てた建物であることが分かった。片隅では男たちが、完成した製品の箱詰めしており、それに軍納品と書いた紙を貼っていた。満州夫人は光州にある全一紡織工場に、柔らかくて薄い特殊な木綿布を委託し、その木綿でズボンを作っていたが、それは釜山補給廠で歓迎され、注文も増えているとのことだった。

彼らは作業場を出てベンチに腰を降ろし、暖かい春の光に向かって成長している野菜畑の様々な野菜を眺めた。

「暖かくて日当りのよい場所を明堂《ミョンダン》といいますが、まさにここは明堂ですね」

李裁判官がこう言うと、根五が付け加えた。

「陽宅が明堂であれば、そこに生きる人々は健康で手がけた事業は恵まれ、陰宅が明堂ならば、子孫が栄えるとの言い伝えは、間違ってはいないようです」

「裁判官さんは、ここを明堂だと言われましたが、うちの工場は今後もうまく行くでしょう」、満州夫人がこう言うと、一同にようやく笑いが浮んだ。

李裁判官が真顔になって言った。

「先日、李先生が言われた李道宰監司の埋葬地である長城の峠の道に行ってみました。周辺の山々が白い屛風のように聳えていましたが、峠に登るあの地だけは雪も積もらずに黒い地面が現れていたので、やはりあの一帯は明堂だと思いました。そして、私は黒い地面にひれ伏して拝礼をしました」

「そうですか、拝礼をされたのですか?」驚いたように根五が問い返した。

「実は、李道宰は私の祖父なのです。父親は祖父の墓を探しあぐねて自らを不孝者と嘆いていたのですが、結局、そのまま北に拉致されました。父親は私に祖父の最期をこのように語りました。古今島という島に祖父が島流しされたとき、島の人々にとてもお世話になったそうで、病で倒れて亡くなったときにも、祖父の遺言にしたがって、その場所に埋葬してくれたといいます。父親は祖父のおかげで日本に行って学び、帰国して祖父の墓地を探そうとしたときには、すでに埋葬に参加された方々は、独立運動のために満州に旅立った後だったので、墓地を探しだすことはできなかったというのです」

「あ、そうですか。私はその独立運動のため満州に発った李直潤の息子なのです」

「ええ、知っています。私が担当したある被告人の記録に、祖父の李道宰を批判したくだりがあったので、興味を覚えて調べてみると、まさしくあなたの父上がわが祖父を葬ってくださったご本人だったのです。それで私は私情に左右される判決を避けようと、わが家の昔の身分については話さずに、あなたが私の祖父を批判したように、私も歴史判断の愚を犯すまいと、それなりに努力をしました」

「まったく偶然にしては、とても不思議な縁ですね」

「ええ、本当に不思議な縁です。これからは家族ぐるみのお付き合いをお願いします。ところで、李先生は破産されたそうですが、今後どうされるのですか？　私の親しい同僚が、他の任地に転勤するのですが、その家を借りて病院を開業されたらいかがでしょうか？」

李裁判官は、先代の借りを返すように意気込んで、力になりたいと申し出てきた。だが根五は、貧しい病人のために奉仕の機会にしたい、病院の無い地方を回って簡単な治療をしてみたいと答えた。

在命がトランペットを吹きながら工場にやってきた。

「あの子は私の初孫ですが、家で吹くと近くの方々に迷惑をかけるので、あのように、原っぱで練習しています。あの子は満十歳ですから、わが国も解放されて十年になりますね」

「韓国はこの十年、政治家たちが争ってばかりいました」

「そうです！　十年間争ってばかりでした」

満州夫人が言うと李裁判官もうなずいた。根五は嫁の怒りに満ちた顔をちらりと見やった。済まない気持ちからだった。

春の夕刻が訪れ、刑務所の長い影が縫製工場の前庭まで延びると、一同はやおら腰を上げた。

(3)

軍納ズボンの製作は順調に進行し、供給が注文に追いつかないほどだった。一方、三木が送ってくれた新しいセーター編機を活用し、編み上げた製品を市中に売りに出すと好評で注文が相次いだ。そこで満州夫人は五百坪規模の作業場を工場の隣に増設した。軍納品の代金は予定どおり銀行口座に振り込まれてきたが、恐ろしいほど売れていくセーターの売上金を、毎日夕刻に職員が数えるのもうれしい悲鳴になるほどだった。

北が南侵すれば、韓国の南労党の勢力が呼応し、一朝にして統一は達成すると豪語していた朴憲永とその一派が、戦争失敗の責任を問われ、北で粛清されたことと、金日成が労働党の書記長に再選され、金日成の独裁体制に入ったとの新聞報道があったが、満州夫人は北にいる夫の安否を案じる気配も見せずに、遠い国の出来事と思い込み、事業だけに精を出していた。

根五は毎週、地方で診療をするために駆けずり回っていた。簡単な治療はその場でやり、重い患者は紹介状を書いて近くの大病院に送った。そして貧しい重病人には、自腹を切って治療代に当てていたので、しばしば満州夫人に無心をするのだった。光州に病院を構えたらとの満州夫人の勧めも拒み、月曜になると黒い医療カバンを手にして出掛け、土曜日に帰宅し、日曜日は休んで、月曜日にまた出掛ける日々を続けた。そんななか、第三代大統領選挙で、平和的な政権交代がなされると期待した人気上昇中の野党候補が、全羅道の遊説途中に心臓麻痺で死去した。根五は、李承晩の長期独裁は天命かと恨嘆し、家族が起居している池花の家に一週間ものあいだ閉じ籠っていたが、住む家でも見つけたらという妻の愚痴にため息をつき、流浪診療を再開させた。

池花は神学校四年を終え、ＹＷＣＡの奉仕活動に加わりながら、縫製工場で働く職員を対象に、胡鎮平の納屋に粗末な木製椅子を置き、開拓教会を始めた。

治雨は高校を、在命は初等学校を卒業した。根五は休戦になったから、戦争の惨状を南北が体験したために、またしても戦争を起こす政権者はいないだろうと言い、首都も釜山からソウルに移り、万事がソウル中心になるだろうから、ソウルに行って学ぶように勧めた。

そこで治雨は父親の母校だったセブランス医科大学と、延禧大学が合併した延世大学校の医科大学予科を受験して合格し、在命は洪雨が通った中央中学校を受験しこちらも合格して帰宅した。

満州夫人は、こうして家族がまた離れ離れになることに気づき、家族会議を開くことを提案した。その席で、まず、彼女が口を開いた。

「お金というものは、稼いで貯蓄さえすればというものではなく、どんどん使わなければなりません。工場建設の際に投資をしてくれた方々に、利益を配分すると、残るものはほとんどありません。ところが近頃は、権力を笠に着た人たちが銀行から金を借り入れて有望企業にばかり集中的に投資するので、零細業者は脱落し倒産しています。今のところ軍納ズボンの売上げは順調ですが、新しい機械を輸入した一部の業者が、紡績工場やメリヤス工場を建てて安くて品質の良い品物を納品しているので、手工業でやっているわが社の製品は競争相手にもなれずにいます。それでも、セーターづくりは手作業に適しているので、光州の工場はセーター専用とし、ソウル近郊に肌着専用のメリヤス工場を建て、軍納も市中販売もしてみようかと思っています。そこで考えたのですが、ソウルに家を買って、お義父さまは病院を、お母さまは治雨さんと在命、在金の世話をしていただけないでしょうか？　そして、光州の工場は池花さんに経営をお願いしたいのですが、いかがでしょうか？」

一同は沈黙していたが、黄夫人が口火を切った。

「これまで女手ひとつで、工場を切り盛りしてきたお前の苦労はよく分るが、ソウルに家を買うお金で、お父さんの選挙運動で人手に渡った故郷の家と診療所を買い戻したらどうだろうか？買い戻すとなれば値段も高くなるだろうが、ご先祖さまの墓のある故郷の家をどうしても取り戻したいのだよ。私は寝ても覚めても、先祖から守ってきた家門の龕室《カンシル》〔位牌を安置する部屋〕を燃やしてあの地を離れたのが申し訳ないんだよ」

するとと池花が口を挟んだ。

「お母さん、あんな古くさい龕室なんて、焼けてかえって良かったのよ。李家もこれからはイエスを信じるようにと試練を下されたのよ。故郷に帰って家を買い戻しても、龕室だけはご免だわ。それに私、工場の管理なんかできません。経営の方もまるっきりだし、私は布教事業に専念するつもりです」

黄夫人は娘の言い分が腹立たしかったが、嫁の手前、わざと厳しく娘を叱った。

「昔から女は家庭を守らねばならないのだよ。お前も亡くなった舅や夫の遺志を引き継いで、民守が家庭を持てるよう立派に育ててあげてこそ、女の道理というものだ。どの家も長男は家統を継がねばならない義務があるのだよ。治雨、お前も在命がわが家の曽孫で、ご先祖の祭祀を執り行い、お墓を守り、家統を継ぐように在命を助けてやらねばならない」

満州夫人は笑いながら言った。

「お義母さま、いまは古い習慣から脱却すべき時代です。もはや古い伝統と因習は捨て去らねばなりません。いまは個人主義が広がった時代ですから、家庭も核家族化が進んでいます。そして資本主義の時代だから、男も女も皆お金を稼ぐのに専念しています。近ごろ火のように広がっているキリスト教は、竈室や鬼神を排斥しているそうです。私たちはキリスト教を信じるのであれ、信じないのであれ、世の中の変化の波を乗り越えねばならないと思います」

黄夫人はかっとして声を張り上げ、怒りに満ちた顔で嫁を見つめて言った。

「いい加減にしなさい。イエスも先祖を忘れなさいとは言わないでしょう。イエスを信じる、信じないの、どちらであっても、祖先に仕え祖先を祀る行事は続けなければならない。私は姑からそのような教育を受けて、嫁として暮らしてきたんだよ」

姑の怒気あふれる顔と怒った声に初めて接した満州夫人は、赤面してどうすれば良いのかわからなくなった。これに気づいた根五が口を出した。

「そんなに癇癪を起こさなくてもいいだろう。もう少し落ち着きなさい。そんなに興奮したら、またいつかのように倒れるかもしれないよ。嫁の言い分にも一理はあると思うが、しかし、これだけは知っていてほしい。時代がいくら変わっても家庭の主婦として守らねばならないものがある。男は自分の家庭を守り、主婦は家庭の伝統を守らなければならない。資本主義社会や共産主義社会、あるいは民主主義社会や社会主義社会であれ、祖先を崇め伝統を守っていくのは、主義以前の人間の道理であり、部族が生きていく道なのだ。これを守れない社会は瓦解し、この世の中に生き残ることはできないのだ」

根五は予言するように言うと、しばらく話を中断し、また話し出した。

「田舎の家はいずれ私が買い戻すつもりだ。しかし、家を取り戻すよりも急を要する大事なことがあると気づいた。医者が多く養成され、各地方に無医村が無くなるまで、私は貧しくて気の毒な人々のために診療を続けようと決心した。この決心をアメリカのジョージ・ウェールズに伝えたら、彼は救急車のような移動用病院車一台を寄贈してくれると言うのだ。私は病院を開業して医療技術で金儲けをしようとは思わないよ」

このとき七歳になる在金が泣きながら入ってきた。

「あの子は一体誰に似たのだろう。あのように自分より大きな子どもたちと喧嘩ばかりして、いつも負けて帰ってくる。早く手を洗ってこちらにおいで」

祖母が在金に手を差し伸べた。このとき門の前にジープが停まり、陸軍大佐の階級章を付けた金少南と、子どもを抱いた彼の妻が降りて門から入ってきた。金少南の手には主丹剣が握られていた。

黄夫人は泣いている在金の背後に立っている軍人の顔と、在金がひどく似ているような思いにとらわれた。彼に何度か会ったことのある治雨が立ち上って家の中に招き入れた。部屋に入ってきた金少南は根五に深々と頭を垂れた。

「大佐に昇進したそうだね。おめでとう」

「はい、先日の無等山作戦が認められ、勲章を授与され進級もしました。このたび陸軍本部に転出になりソウルに行くので、この刀をお返ししようと思い立ってうかがいました」

満州夫人は、刑務所の前で遭ったときに、殺人魔とののしった彼に二度と遭うことはないと思っていたのに、主丹剣を持って現れたので、心の奥にしまい込んだ愛憎入り混じった記憶がよみがえり、いたたまれない気持ちだった。すると一緒にやってきた彼の妻が話をはじめた。

「この刀はわたしの家に災いをもたらしました。長男のこの子は小児麻痺にかかり、私はいつも病気がちで心配事が絶えません。里の母と一緒に占いをしてもらうと、この刀に祟りが付いているると言うのです。夫がいつも持ち歩いているので、ただの指揮棒かと思っていたのですが、内には刀が入っていました。尋ねてみると、お宅の長男が北韓に行くときに、父上に渡してくださいと頼んだのを、軍人なので刀に目がくらみ返さずに、そのまま持ち歩き指揮棒として使っていたというのです。それで私たちの過ちを覚り、元の持ち主にお返しするために参りました」

金少南の妻はこれまでのいきさつを説明した。根五は主丹剣を受け取り、鞘から抜きながら言った。

「許旭が持ち去り、智異山のどこかで失くしたと聞いていたが、満雨が見つけて持っていたのだな。永美、お前はそれを知らなかったのか？」

満州夫人が答えた。

「私は金大佐がお義父さまにお返ししたとばかり思っていました」

「あ、あなたが満州夫人なのですね。裁判でも事業でも手腕を発揮されたとうかがっております」

満州夫人は慶州で彼女が梨花女子大学の出身で金持ちの娘だと聞いた、この朗らかに話す金少南の妻を懲らしめてやりたい気になった。

「占い師は、ほかに何か言っていませんでしたか？」

金少南は棘のある言葉だと見抜いて、弁明するように話に割り込んできた。

「私は軍人の身分なので、力になってあげることはできませんが、李満雨さんご一家の事情は、周囲の方々からうかがっています。妻にも話してやりました」

彼の妻もまた話し始めた。

「事業を手広くなさっているとのことですが、もし資金が必要でしたらおっしゃって下さい。私の父親は産業投資銀行の頭取なのです。父に頼んでみますわ」

「そうですか、いつかお世話になります」

満州夫人はこう口先で言ったが、実は資金が必要なときには利用してみるか、とも思っていた。根五は大佐の妻が抱いている子どもに眼をやった。

「お子さんはおいくつですか？」

「いま五歳です。三歳までは快活でよく動いていたのですが、四歳の時に風邪にかかり、長引いて治らず歩けなくなりました。それで大学病院に入院させて一年近く治療をしてみたのですが駄目でした。義肢を付けるほかないというので、いまその練習をさせているところなのです」

根五は慶守《キョンス》というその子を歩かせてみた。座らせてみたり、また寝かせて足を動かせたりしていたが、やがて金少南に尋ねた。

「私が鍼を何本か打ってみましょうか？」

「先生は西洋医学が専門とうかがっています。手術にも長けておられるというのが、専らの評判ですが……」

「私はセブランス医学専門学校で西洋医学を学び、満州の医科大学でも西洋医学の学位を取得しました。父親からは先祖伝来の鍼術と韓医学を学びました」

この話に急に金少南の妻は、藁をもつかむ面持ちになった。

「私たち、訪ねてきて良かったわ。どうかこの子を治してください。治してくださればどんなことでもいたしますから」

高等教育を受けた人間も息子への愛情の前には哀しくも膝を屈すのだった。根五は慶守を寝かせると、動かないように抑えつけ、左側の痛む脚に何本か鍼を打ち、頭の右側にも刺した。慶守は痛みを感じないのか、泣きもせずに黙ったまま足の指を痙攣させた。十分ほど過ぎると、根五は鍼を抜いて慶守を立ち上がらせた。立ち上がっては倒れ、倒れては立ち上がっていたが、やがて独りで立てるようになった。金少南の妻は良かったと声をあげて喜んだ。根五は彼らに一週間にいちど光州に来て、鍼治療を受けるように告げた。

その時まで黙って見守っていた治雨が、父親の傍に置いてあった主丹剣を手に取り外に出ると、段位まで取った剣士らしく蒼く輝く真剣を振りかざし、きちんと基本動作をやって見せた。在命は刀さばきを称えるかのようにラッパを吹いた。治雨は在命に主丹剣を渡し、いちどやってみろと促した。

「僕は刀が嫌いなんだ。ラッパを吹くほうがいい」

在命が尻込みすると、満州夫人が進み出て主丹剣を受け取り、特有の剣術の模範技を演じてみせた。こうした自己自慢が続いたので、にぎやかに喜んでいた金少南の妻もすっかり気を呑まれ、そっと後ずさりした。

第14章　仁旺山は沈黙する

（1）

　ソウルの仁旺山《イナンサン》の麓、楼上洞《ヌサンドン》にある、かつて洪雨が借りていた下宿を、満州夫人と治雨が訪ねた。ソウル市内を前庭のように見下ろすその下宿は、古びて玄関のドアも錆び付いていたが、建物はそのまま残っていた。近所はほとんど爆撃で焼き尽くされていた。昔の主人が戻って建て直した家屋もあった。洪雨の下宿の主人だった情の深いおばさんは、家を売り払ってどこかに引っ越したらしい。新しい主人《あるじ》は家を修理する気力すらもないのか、そのまま住んでいるのだった。仁旺山は以前と変わらない姿で聳えていた。中庭から見える市内は、景福宮や昌徳宮などは昔のままだったが、その他の地域は焼け崩れた建物の残骸ばかりで、見る者の胸を締めつけるのだった。ソウルに首都が戻って三年の歳月が流れたというのに、市内の復興はまだ遠いように思われた。

　やっと市街電車、電気、水道施設が復旧し、建物は臨時の公共機関だけが機能していた。学校は焼け残った建物の隣に、丸いトタン屋根を葺いて増築し、仮の施設として使用されていた。家を失った市民、北韓から避難してきた失郷民、仕事を求めて地方から当てもなく上京してきた人々が焼け跡のあちらこちらにバラックを建て、移り住んでいるのだった。

「洪雨兄さんはここに住んでいたの？　やっぱり、兄さんは風流で太っ腹だったね」

「兄さんたちに会いたいでしょう？」

「うん、月日が経つにつれ会いたくてたまらないなあ。洪雨兄さん、溢雨兄さん、そして満雨兄さんにも……。みんなに会いたい。あの仁旺山にでも登って、思いきり叫んでみたいよ」

満州夫人は義弟《おとうと》に涙を見せまいと仁旺山に向かい、「じゃ、この家を買って、私たちのものにしましょう」と言った。

ズボンとセーターの縫製事業で、少しばかり余裕の生まれた満州夫人は、家主と交渉し言い値に少し加算した金額で、楼上洞の家屋を買い求めた。さらに入り口など家のあちこちを修理してから、光州に池花と民守だけを残し、他の家族をすべてソウルに呼び寄せた。

すべてと言っても治雨と姑、それに彼女の息子、在命と在金だった。舅の根五は、ジョージが贈ってくれた移動式病院車で、地方の無医村の巡回診療をしていたので、住まいはその病院車だった。運転手は根五の選挙事務長をしてくれた金忠兆の息子金安植《キムアンシク》で、彼は召集されて軍隊でも運転手をしていたという。金忠兆は三度の国会議員選挙で事務長を務めたが、ことごとく失敗したこと、加えて根五の自宅と診療所を失わせてしまったことに責任を感じ半身不随になったというので、彼を救済するために息子を運転手に雇ったのだった。

土曜日になると、この移動式病院車で楼上洞の家族に会いに来る根五は、金少南の息子慶守の小児麻痺を懸命に治療してやった。粘り強い治療が功を奏したのか、慶守は数か月後には、足を引きずりながらも松葉杖なしで、どうにか歩けるようになった。この治療のおかげで、満州夫人は金少南の義父でもある、産業投資銀行の安奉明《アンボンミョン》頭取に会い、事業資金の貸し付けを受けて永登浦《ヨントンポ》にメリヤス工場を建てることができた。さらに金少南の積極的な推薦で、ソウル兵站部の補給廠に納品することにもなった。

しかし、金少南の家族と親しくなるにつれ、姑の満州夫人に対する監視と小言は激しくなった。確かな証拠もないのに、黄夫人は不吉な予感にとらわれ、在金に対するいびりが徐々に増えていった。

光州のセーター工場は胡鎮平が経営を担当した。ソウルのメリヤス工場は日ごとに濃くなる満州夫人の化粧に比例したように業績は順調だったが、光州のセーター工場は経営が思わしくなく、売上げ低下につれて胡鎮平のしわは増えていった。しかし経営技術と蓄財技術は別のものなのか、華僑特有の楽天的な持論を持っていた。

民守も存命たちと同様に、ソウルで学ばせたいとの池花のたっての頼みで、中央中学校に入学させた。その年に第四代総選挙があった。

選挙の日が近づくと、李承晩政府は社会主義的な主張をする進歩党の幹部を、スパイの嫌疑で投獄し、進歩党の政党登録を抹消してしまった。そしていかなる党にも加わったことのない根五を、自由主義者ではあるが共産党を容認しているとし、調査と称して再収監した。選挙に参加させまいとする右翼白色独裁政権側の策略だった。

根五は先頃の選挙で自宅まで失ってしまったので、国会議員選挙だけはこりごりだった。また、莞島で当選した金議員が野党に加わり、持ち前の速射砲で果敢に戦っていたので、今回は立候補する考えはまったくなかった。それなのに国会議員の候補登録が締め切られた後になって、やっと刑務所から釈放されたのだった。

第四代総選挙の結果、李承晩が率いる与党の自由党は、野党の民国党を中心に再結集した民主党に対し、三分の二以上の議席を占めて圧倒的な勝利を収めた。しかし、全羅道の宝城《ポソン》、慶尚道の栄州《ヨンジュ》での投票箱のすり替えを良心的な警察官が暴露すると、全国的に不正選挙の事例が続々と暴露され、民心の批判精神が高まった。これに対抗して戒厳令が宣布された。

戒厳令宣布によって、過去に刑を終えて出所した人々は反逆者の名のもとに、ことごとく連行され、動向を把握するための調査を受けた。満州夫人も西大門刑務所に収監された。そして程なく釈放されたものの、数日を監獄で過ごしたので、釈放されても事業には少なからぬ影響が出た。これまで思想や家庭の事情には何ら問題がない、と取引をしていた軍兵站部の将校が「満州夫人は反逆者である」と忌避するようになり、軍納品の発注が減少するようになった。

釜山では羅東允が、事業を力強く推進していたので支障は生じなかったが、ソウルにはそうした防御壁になるものがなかった。金少南大佐の力不足も一因だったかもしれない。

その頃、ペンタゴンにいるメクト中佐が、台湾出張の帰途、韓国に立ち寄った。彼は釜山の羅東允に連絡し、彼の案内で楼上洞の満州夫人宅を訪ねてきた。家族はみんなメクトを知っていたが、彼を歓迎する満州夫人や彼女の頬にキスをするメクトの態度を見た黄夫人は、顔をしかめ首をかしげた。メクトは根五には「髪が大分白くなりましたね」と、治雨には「チビがもう立派な大人になったな」と再会を喜んだ。満州夫人の胎内で在命が動いてくれたので、自分は命拾いしたと〝恩人〟に、お礼の深いお辞儀をしたので一同は大笑いをした。釜山で生まれた在金を紹介するとメクトは顔を赤らめ、その大きな手で在金の顔をなで頬にキスをした。驚いて泣き出した在金に「やはり君は泣き虫だな」とメクトは言った。その言葉の意味を満州夫人だけが知っていたので、彼女もやはり顔を赤らめるのだった。

楼上洞の家の応接間からは眼下に市内を一望でき、さらに仁旺山の南側も展望できるように設計されていたので、まるで楼閣のようだった。開け放たれた窓から初夏の薫風が、裏山のアカシアの香りを運び鼻もとをくすぐった。

根五は出所してからは要視察対象者になり、独り家に閉じこもっていたが、生気を取り戻したように、メクトにあれこれ移り変わる世界情勢について尋ねた。

メクトは中国軍の攻撃を受けている台湾の情勢を探るために行ったこと。いま中国は世界に向けて示威行為を展開しており、昨年は中国東北地区の司令官だった高崗という高位幹部らが、ソ連を後ろ盾に満州を独立させようとして失敗し粛清されたこと。それによって、ソ連と中国共産党の間に軋轢が生じ、この事実が自由世界に知られると、台湾、チベット、満州の独立を主張する世論が世界に広まっていることなどを語った。この世論を鎮めるために、台湾に近い中国大陸沿海に砲台が設置され、台湾攻撃の象徴として、海峡に近い台湾領の金門島を砲撃している事実についても説明をした。昔の清国が管轄していた中国のどの地域にも、新しい国家を樹立してはならないと、内外に周知させるための示威行動だろうとメクトは分析した。

満州夫人は、その昔は単独国家だった中国辺境の各省が、同時多発的に独立を宣言すれば、満州も独立することとなって中国も打つ手が無くなり、手を上げざるを得ないのに、なぜそれをしないのかと地団駄を踏んだ。しかし彼女にとって急迫している事態は、離れつつある兵站将校の心証を取り戻すことだった。それができなければ、以前のように軍納中心の商いはできなくなり、工場の拡張も不可能になるからだった。彼女はメクトの歓迎会を開くついでに、その場にアメリカ軍と韓国軍の将校を招き、自分の威勢を誇示しようという考えが、金門島砲撃との関連で思い浮かんだ。

彼女はメクトを歓迎するために立派なパーティを開きたいと申し出て、その場から徳寿宮内の、その昔、国王が茶菓を味わうために建てた静観軒に電話をかけ、明日の夕刻の貸し切りパーティを予約した。彼女は韓国軍将校の招待は自分が責任を負うことにし、アメリカ軍将校の招待をメクトに依頼した。メクトはすでにペンタゴンにいる自分を接待しようとする駐韓アメリカ軍将校クラブの友人から招かれていたので、その会と合流させることにした。彼女は活気を取り戻したように、兵站将校たちと金少南大佐に電話を入れた。

治雨はあたかも医者のように、羅東允に顔の整形手術を勧めた。最近はアメリカ帰りの整形外科医が、低い鼻を高くしたり、二重まぶたにしたり、乳房を大きくしたりと大いに稼ぎまくっている。そしてセブランス病院では、銃傷を受けた顔に本人の臀部の皮膚を移植する治療にも成功したと語った。根五も以前には見たこともない、新たな外科技術が発達しているので、可能だろうと言い添え、羅東允が入院し手術するときには、傍で見守り力になってやると励ました。羅東允は本当だろうかと疑いながらも、釜山の仕事に留守中の指示を与えた後に、上京して入院したいと申し出た。彼は明日のメクトの歓迎パーティには顔がこんな状態なので参加しないが、今日のうちに釜山に戻り入院準備をしてから再上京すると告げて、メクトとともに楼上洞の家を辞した。

翌日、黄夫人はパーティに出かけようとする嫁を呼び止め、夫の代わりのパートナーとして治雨を連れて行きなさいと命じた。治雨はすでに大学を早退し、兄嫁のエスコートを命じられ準備をしていた。母親は、満州夫人が横道に逸れないようにする方策だと言ったが、治雨は監視役みたいなので、気恥ずかしげに兄嫁に尋ねた。

「ご一緒しても構わないですか？」

「結構ですとも、あなたはもう大学生なのだから、いろいろな人と知り合うのは良いことよ。一緒に行きましょう」

治雨は、こだわりなく承知してくれた兄嫁に軽い気持で従った。

徳寿宮の静観軒に着くと、夜桜見物のための五色の提灯や白熱電灯で明るく装飾されていて、階段式庭園には芍薬が咲き乱れとても美しかった。すでにメクトとアメリカ軍将校たちは到着しカクテルを手にしていた。メクトの紹介で満州夫人がアメリカ軍将校の一人ひとりと挨拶を交わしていると、金少南と兵站将校がやってきた。韓国軍将校もアメリカ軍参謀学校で教育を受けていたので、直ちにアメリカ軍将校らと握手を交わしていた。アメリカ軍将校も韓国軍将校も、みんなソウルの中心地にこんなに美しい庭園があることに感嘆していた。

満州夫人は前に進み出て挨拶の言葉を述べた。

「ここ静観軒は、日本が朝鮮半島を侵略する前に、国王がお茶を味わいながら、庭園の花々を観賞されたところです。朝鮮半島を解放したアメリカ・ソ連両国が統一国家を建設するために、あちらの石造殿で共同委員会を開き、この静観軒でお茶を飲み協議を重ねました。由緒深いこの地で、六・二五戦争の際に空軍として参戦し、現在はペンタゴンでアジア諸国のため尽力していられるメクト中佐を歓迎するパーティを開くことができて、本当にうれしく思います。先ず、韓米両国軍でご活躍され、本日この席に出席下さった皆さま、そしてメクト中佐の前途を祝して乾杯したいと存じます。乾杯！」

列席者一同は互いに杯を飲み干した。

メクトもこれに応えて挨拶をした。太平洋戦争の末期、古今島に不時着して満州夫人の嫁ぎ先の人々に一命を救われたこと。また、その後に満州夫人と一家が経た戦争の惨禍についても簡単に紹介し、そして将来、南北統一が実現し、満州夫人と夫君が再会できるように、我々みんなが尽力しようと述べて、再び乾杯の音頭をとった。

一同が立食を楽しみ談笑していると、従業員の服装をした青年が李治雨に近寄ってきた。治雨は一目で高明吉《コミョンギル》と分かったので、どうしてと驚きの声を上げた。彼は静観軒の従業員をしていると述べ、二人は互いに再会を喜び、手を握り合ったまま無言で立ち尽していた。

高明吉は同じ村に住んでいた根五の妹の息子で、治雨の従兄に当たる。六・二五戦争のときに、面長だった父親が海に突き落とされてから独り故郷を離れたのだった。ソウルで元気に暮らしているとの手紙を、時たま母親に送るだけで、住所も教えてくれないため往来が途絶えていた。

根五は明吉の母親に生活費を送ってやっていたが、明吉の行方は分からないので、親不孝者と嘆いていたところだった。

「従兄《にい》さん、ずい分苦労しただろう？」

治雨が先に口を切った。

「いや、俺は家が貧しかったので少しは苦労したが、治雨、お前の一家は別の意味でずい分苦労したそうじゃないか。同郷の連中に聞いて少しは知っているよ」

「それもみんな戦争のせいだ。ところで、ぼくの親父が君を探していたよ。一人しかいない甥っ子を失ってしまったと」

「いなくなるものか。こんなにピンピンしているよ。それでも俺がここにいることを話すなよ。俺は自分の思うとおりに生きたいのだから……」

「相変わらず頑固者だね」

「ところで、お前の兄嫁は英語も上手で、顔もきれいで、大変な社交家だな。昔は剣道が上手な痩せっぽちの女性とばかり思っていたのだが……」

「ああ、それでうちのお袋が、男たちから守るために、ぼくにエスコート役をさせたのさ」

「きみのお袋は昔の風習にこだわり、伝統に忠実だったからな。今も相変わらずかね」

「そのこだわりは変わらないさ」

二人は大笑いした。将校には夫婦同伴の者もいて、スピーカーから流れてくるブルースに合わせて踊るカップルもいた。

時間が経過して参加者のすべてを見送った後に、治雨は高明吉を兄嫁に引き合わせた。ほろ酔い気分の彼女は二人を見比べて冗談のように言った。

「二人はまるで双子みたいね。血は水より濃いと言うから、当然似ているのでしょう。印象を言うなら、治雨さんは顎の形が強靱で冷たい印象を与えるけれど、明吉さんは少しおっとりして温かい感じですね。女性はどちらかといえば温かい人の方に惹かれるでしょうね」

明吉も治雨もそして傍にいた静観軒の従業員も、みんな疲れを忘れたようにひとしきり笑った。

(2)

静観軒のパーティ以後、兵站将校の満州夫人を見る目は変わった。軍納は順調に回復したが、資金繰りのために、安奉明頭取にしばしば会わねばならず、また、安頭取の首を握っている与党議員の酒席にも、政治資金を持参しなければならなかった。こうした酒席が日を追って頻繁になり、酒席に出るとなれば、通行禁止時間を過ぎることもあるので、安頭取が金少南に軍用ジープを呼ばせ、満州夫人を家に連れ帰ることもしばしばだった。しかし、国会議員のひそかな目配せで、酒席から安頭取が先に帰ってしまうと、彼女が直接金少南の家に電話し、軍用ジープを呼んで送り届けてもらうこともあった。通行禁止時間であっても、作戦車輌と言えば通行は可能だったからだ。金少南も夜中に酔った満州夫人から電話があれば、女の身で事業をすることに対する不憫さと、昔、丹陽の河岸であった自分との過ちのことで申し訳ない気持ちになり、不平ひとつ言わずにジープを出してやるのだった。

しかし黄夫人は、金少南のジープで通行禁止時間に酔って帰ってくる満州夫人を見るたびに、目を三角にしてぐっと我慢を重ねていた。満州夫人も姑の氷のように冷たい視線を感じてはいたが、どうすることもできなかった。それでも毎日の酒席のことを姑に報告するのは、できない相談だった。

その年の秋、与党の核心メンバーである張斗相《チャントサン》議員が会いたいと言うので、安頭取とともに会賢洞《フェヒョンドン》の馴染みの料亭に出かけた。以前にも何度か酒席で政治資金を渡したことがあるので知った顔だった。張議員は単刀直入に言うと前置きし、「現在の反共法よりさらに強化された新保安法を通過させるには、野党議員を抱き込まねばならないので、資金が必要なのだ」と言い、途方もない政治資金を現金で用意してほしいと申し出てきた。日帝時代には親日団体の幹部を務め、李承晩大統領に取り入り、長官（大臣）にまでなった人物で、現在は与党の資金管理の責任者であった。

満州夫人は「工場を建てた際に融通してもらった資金を返済できずにいる。毎月多額の利息の支払いがあるので、最近は運転資金にも事を欠き苦労している」と言うと、張議員は「銀行融資を借りてやるから、その金の三分の一を政治資金に提供し、残額を工場の拡張や運転資金に使用したらどうか」と提案してきた。生産施設は需要によって供給規模を決定しなければならないので、そういうわけにはいかないと答えると、張議員は態度を変えて激怒した。

「きみの会社は銀行の金でつくり、銀行の金で動かしてきた会社じゃないか。安頭取、銀行で会社の経営者を代えさせるのだ。代える方法は沢山あるじゃないか。代えなければ安頭取、あんたのクビも危ないぞ！」

先ほどの宴会の席では上機嫌だった張議員が、傍若無人に他人を冒涜する言辞を述べ立てたので、満州夫人の怒りはついに爆発した。

「あの工場がなぜ与党のものだと言われるのですか。張議員！　いまお聞きしたところでは、まさしく腐った政治家そのものです。あなたのように不当な利益を得ようとする政治家がいるから、国民の融和ができず、民主主義の道理が成り立たないのです」

「何だと、言いたいことはそれだけか！」

彼女は張議員の怒りに震える顔を背に、部屋から出てしまった。彼女はあてもなく歩き続けていたが、ふと思いついて金少南に電話をかけた。彼女は話したいことがあるので、新しくできたデイスネ酒場に来てほしいと言った。

酒場で会った二人は仲のよい恋人のように酒を酌み交わした。仕事を口実に酒量ばかり増えていくと照れながら、独り洋酒をあおっていた満州夫人は、酔いが回ると胸の鬱憤を吐き出した。

「この国の腐った政治家連中は、経済政策一つまっとうに樹てることもなく、権力争いばかりに血眼になっています。先日、日本の新聞を見たら、北韓のGNPが南韓の数倍にもなると報道していました。政治家が経済を復興させて競争をしようとはせずに、国民の目と耳と口を防ごうとする新保安法を国会で通過させようとしているのです」

金少南も学生や軍人の動きが普通ではないと言った。

満州夫人は自分も人間だから夫が恋しいと口にした。酒に酔って帰るたびに黙って刺すように見つめる姑の視線が、最近は特に恐ろしいともこぼした。これを聞いた金少南は思わず彼女の両手を握ったが、彼女は驚いたようにその手を振り払った。

「私は丹陽江でのあなたを、いくら思い出そうとしても思い出せないのです。その代りに無等山で機関銃を撃つ歪んだあなたの顔が浮んでくるのです」

「じゃ、あの時、新聖峰まで来ていたのですか?」

彼女は無言でうなずいた。彼はグラスの酒をぐいと飲み干した。

「ぼくは大韓民国軍人としての任務を果しただけです」

「それはそうでしょう。誰もが自分の職務に忠実でなければなりません。ただ私は、私たちの……」

言いかけた彼女は、我に返り口をつぐんだ。そして話題を代えた。

「ただ、後世で誰が正しかったかと尋ねられれば、何と答えるのか、それが気になるだけです」

彼女は在金に関する秘密を、兄の永歳以外には誰にも洩らしていなかった。金少南の家族のためにも、嫁ぎ先の平和のためにも、そして彼女自身のためにも、永遠の秘密として隠しておこうと決心していたのだった。二人はしばらく明洞をぶらついてから、駐車場に停めておいたジープを楼上洞まで走らせた。家のドアを開けた黄夫人は、嫁が金少南とともにいるのを見ると完全に理性を失ってしまった。

「私の部屋まできなさい！」

金少南を見送って帰宅した嫁に、黄夫人はいきなり怒鳴りつけた。

「お前には夫がちゃんといるのに、よその男と酒なんか飲み歩いて……。呆れてものが言えないよ」

「仕事の関係で酒席に出ることに……」

「そんな仕事はさっさと止めなさい。世間の笑い者になりながら、飢えをしのいでいこうなんて思わないよ」

「お義母《かあ》さま、どうかお許しください」

「私が何も知らないとでも思っているのかい？　在金は一体誰の子なんだい？　李家の子種ではないみたいだ。私の目はごまかせないよ！」

するとと寝ていた根五が、いきなり起き上がって妻をたしなめた。

「おい、いまなんて言ったのだ。正気か、何を言っとる？」

「ええ、私は正気ですよ。医者だったら医者らしく、しっかり目を開いてくださいよ。最近は血液を調べれば、自分の子かそうではないか、見分けることもできるというじゃありませんか」

「馬鹿げたこと言いなさんな。子どもたちが聞いたら大変だ。静かにしなさい。在命も在金もみんな私の孫だよ」

舅の言葉に満州夫人は悲しみが弾けるように大声で泣いた。

「きみは、もう泣かずに早く自分の部屋に行きなさい。独りで生きていくのも辛いのに、聞きたくないことまで聞かされて、さぞ悲しかったろう。母さんも息子の嫁を守ろうと神経を高ぶらせているのだ。どうか分ってくれ」

自分の部屋で勉強していた治雨には、居間での争いがすべて聞こえていた。甥たちの部屋はずっと離れていたから良かったと思った。それでいながら、巨済島の捕虜収容所で張永歳と面会したときに、彼がふと漏らした言葉が思い浮かんだ。在命に「お前の弟は自分の家に連れて行ってやれ」と彼は言ったのだ。治雨はかぶりを振った。父親の言葉は、医者である以前に、人間の言葉だと思った。

「どの子もみんな俺の甥っ子だ」彼はそう呟いた。

(3)

年の暮れになると、光化門の四つ角に救世軍の慈善鍋が登場し、その鈴の音が道行く人々に新しい年の希望を与え、心を浮き立たせていた。この間を利用してクリスマスイブに、国会では武装警備員を動員し、野党議員を議事堂から排除し、自由党単独で新保安法を通過させてしまった。

野党の民主党と旧臨時政府に関与した在野の人々は、連日、政府糾弾大会を開き、街頭に出てデモを繰り広げ、年末の街頭を賑わしていた。

日本の東京大学に進み、マスコミ論を専攻している藤井孝一は、治雨にクリスマスカードの代わりに長文の手紙を書いて送ってきた。

北はソ連の経済援助と新技術を導入するため、金科奉《キムドゥボン》ら中国で独立運動をした延安派を粛清し、ソ連のご機嫌うかがいをし、経済建設のため千里馬運動を展開しているというのだった。ところが北では六・二五戦争の際に、国連軍が北に進撃したが、中国軍の介入のため撤収した折りに、北の若者らを連行したので、労働力が足りなくなり、日本にいる貧しい僑胞を対象に帰国運動を開始している。日本政府でも頭を悩ましているこの貧しい集団を北に送り出す陰謀が企まれているというのである。日本は六・二五戦争による軍事産業が再稼働したおかげで、経済が復興し金を稼いだというが、この金で貧しい人々を助けるのではなく、追放しようとしている。日本の武士精神と道義精神は、経済動物精神に変わったと嘆いていた。韓国もアメリカの剰余農産物を受けとり、国民に売った一部はアメリカに返し、一部は政府予算の見返り資金として使用しているが、この見返り資金が経済建設には用いられずに、政治資金に使われているとも書いてあった。

孝一は、自分の情勢分析はどうか、返事をくれとも書き添えていた。

夕刻に元気なく帰ってきた満州夫人に、治雨は孝一の手紙を見せた。彼女も孝一の考えに同調した。周辺諸国は生きるために変化しているのに、南韓の政治家たちは何をしているのかと憤慨するのだった。権力層はメリヤス工場の資金繰りを悪化させるために、銀行取引を中断させたり、軍の首脳部に圧力を加え、シャツの軍納を他社の製品に代えたりした。年末になったというのに、従業員の俸給に当てる資金が融通できないから、今日、与党の張議員を訪ね、政治資金を出すから圧力を解いてくれと要請したところ、いまでは自分の力の及ばないもっと上の方で処理しているので、会社を旗奉会に譲り渡すのが上策だろうと言われたとのことだった。

「それで、どうするつもりですか?」

「そうね、邪魔する者が目に見えるなら、襟首でもつかんで談判もできるのだけれど、実体が分らないのよ。政治というのは本当に恐ろしいものだわ」

治雨は兄嫁の暗い表情を黙って見つめるだけだった。

年が明けると、日本の外務大臣が「半島出身者のうち、希望する者は人道的な観点から、北朝鮮への送還を認める」と発表したことが、新聞に大きく報道された。

頭に一撃を食らった韓国政界では、北送反対闘争委員会を結成し、北送反対の官製デモを組織するなど大騒ぎになった。

毎朝、治雨、在命、民守は早起きをし、裏の仁旺山城址まで登っていたが、満州夫人も運動がてらについて行くことにした。沈みがちだった彼女は急に明るくなり、一緒に城址に上がり剣道の練習に精を出すのを治雨は不思議に思っていた。

永登浦の工場も、釜山の羅東允と光州の胡鎮平を通じて地方の市場に商品を送り、それを販売した資金で、会社がやっと動いていること知っている治雨は気になった。

春になって治雨は医予科を修了して本科に進んだ。ある日の朝、仁旺山に登り剣道の練習を終えて一休みしていた満州夫人は、さりげなく治雨に尋ねた。

「治雨君、私いくつに見えるかしら？」

治雨は朝日に映える兄嫁の顔を見やった。やはり美しかった。美しさは年齢とは関係ないと思った。

「いま三十七歳です。満雨さんに会おうと韓国にやってきて、もはや十四年が過ぎてしまいました」

彼女は話を切ると、北漢山後方の遙かな開城方面を見やった。

「在日僑胞の北送船に、私も乗って行き満雨さんに会いたいわ」

治雨は何とも答えられなかった。城壁に沿って跳び回っている在命と民守を見ながら言った。

「在命と在金をどうしますか？」

「あの子たちも大きくなったので、もう勉強のほうだけあなたが見てくだされぱいいのよ。私は満雨さんに会ってみて、北韓で暮らせそうならあちらに留まり、ここよりも悪そうだったら、一緒に南韓に帰ってくるつもりです」

彼女は「ただふっと考えただけ」と明るく言うと「誰が先に家に辿り着くか競争しよう」と懸命に走り出した。三十七歳にしてはあまりにも若々しい動きだった。

北送反対デモのために、少しは和らいだかに見えた永登浦の工場に対する圧迫が、停電、断水という形で再開された。満州夫人は従業員の働き口だけでも残したいと決心し、張斗相議員に電話をかけた。

「工場を引き渡しますから、旗奉会を動かす張斗相議員の領袖の先生に、明日、工場の事務室に来て下さるようにお伝えください。譲渡代金はその場で提示いたします」

このように、一方的に話して電話を切った。自由党の行動隊の一つである旗奉会よりは、それを動かしている人物に会って談判をしてみたかったのだ。戦争で廃墟となった工場を建設しようと勧めねばならない者が、せっかく建てた工場さえも、自分の手に入れようとする新手の政治資本家の実体を自分の目で確かめてみたかった。

翌朝、満州夫人は舅に主丹剣をちょっと貸してくださいと頼んだ。山に登って真剣で練習してみたかったのだ。真剣を持って山に登った彼女は、治雨に剣の使い方を教えながら、自分の技にも磨きをかけた。

返してくれると思っていた主丹剣を、工場に嫁が持って行ったので、不思議に思った根五は、治雨に今日は学校を休んで兄嫁の傍にいるように命じた。そして折良く釜山から、再手術を受けるために上京した羅東允にも電話をかけ、工場に行ってみてくれと頼んだ。

治雨と羅東允が落ち合って永登浦の工場にタクシーで駆けつけると、すでに肩を怒らした旗奉会の配下が、満州夫人の事務室に入り込み、あちこちに腰を降ろしていた。彼女は援軍を得たように喜び、よくきてくれたと言った。

「旗奉会の領袖に会いたいと言ったのに、なぜあなたたちが来たの。すぐに領袖を呼んでください。これでは引き渡しの話ができないじゃないですか」

満州夫人がこう言うと、柔道の有段者らしい肩幅が広く首の太い男が前に出て言った。

「わしが旗奉会の会長だ。張議員から、今日、引き渡すことになったと聞いてやってきた。この工場の経営状況を調べてみると、未払いの賃金や銀行の債務が工場の敷地や建物、それに機械の価値を上回っている。紙一枚にわしに譲渡するとちょっと書いてくれれば、それですべては終わりなんだが」

「この工場を建て職員を訓練し、稼働させた努力の付加価値と、あなたたちが欲しがる販売実績を持つ商標権の代金を支払ってもらいます。そんなことも知らない人間が工場を運営するというのですか？」

政治権力を笠に着て傍若無人にやってきた旗奉会の会長は、気に入らないと怒鳴りつけた。

「この礼儀知らずの女め、誰に向かって説教しているんだ。無事に帰りたけりゃ、さっさと譲渡証書を書け！」

そう言うと、彼は机の上に手を置いている満州夫人の手をつかむと紙とペンを押しつけた。

治雨は満州夫人が力強い男の手を振り払おうと苦労しているのを見ると、テーブルの上に置いてある役職札を振りかざし、会長の腕に打ち下ろした。するとがしゃりと骨の折れる気味悪い音がして、会長は悲鳴を上げた。悲鳴に驚いた旗奉会の男たちが治雨に飛びかかると、釜山界隈で名を轟かした羅東允が進み出て、跆拳道の足蹴りで三、四名を一挙になぎ倒した。外で待機していた旗奉会の配下まで加勢し、十五名ほどが羅東允らに殴りかかってきた。治雨は役職札で、満州夫人は主丹剣で、羅東允は拳骨と足蹴りで手当り次第に暴れまくった。腕が折れて片隅に逃げ込んだ会長は、ふたりの思いがけない早業に舌を巻いた。男たちの何人かは逃げ出し、残りは頭を割られたり腕を折られたりと、みんな負傷してその場に倒れこんだ。

満州夫人は、最後に会長が独り壁にもたれているのを見つけると、主丹剣を鞘からすっと抜いた。そして正面から目に向かって突き刺す素振りをすると、男は目をつぶってしまった。彼女は稲妻のように主丹剣を振りかざすと、男の片耳を切り落とした。そして地に落ちた耳を主丹剣の先に突き刺し、男に目を開けろと命じた。

「これがあなたの耳よ！」

男が自分の耳に触ってみると、手にべっとり血がついた。彼は跪いて謝った。

「社長、悪かった。許してください」

「この耳をあなたの背後で、あなたたちを操っている政治家の親分に見せるがいい。物事を道理に従わずにやれば、こうなると伝えなさい」

このときに専務が入ってきた。彼は室内の様子に驚いて後ずさりした。彼女は専務を呼び寄せた。

「この方は当社の専務です。この方を含めた全従業員と工場はこれまで通りに使ってください。今日からこの会社の経営権は旗奉会に任せることにします。しかし、いつかは私が取り戻します。私が死んだら息子が取り戻すでしょう。そのときはおとなしく返してください。汚らしい真似をしたら、死ぬしかないと覚悟しなさい」

彼女は切った耳を紙に包んで会長に渡した。

「わかりました。必ず伝えます」

会長は自分の耳を受け取ると、倒れている部下たちに目配せし、外に出て行った。

旗奉会の会員が負けて帰ったとなると、警察が黙っているはずはない。満州夫人と羅東允、それに治雨は楼上洞に帰ると、騒ぎのあらましを根五に告げた。彼女は羅東允とともに釜山に行き、身を隠す準備を始めたが、治雨は「間違ったことはしていないので行かない」と言い張った。そして、もし「暴力行為で拘束されれば、堂々と裁判を受け、彼らの非行を暴露したい」と言うのだった。満州夫人は何か覚悟したように「すべての罪は自分にあるので行きます」と告げ、待たせておいた車で羅東允とともに家を後にした。

満州夫人は近くの国民学校に立ち寄った。彼女は在金を訪ね「母さんは遠くに行っても帰ってくるから、それまでお祖父ちゃん、お祖母ちゃん、そして叔父さんと兄さんの言うことをよく聞いているのよ」と別れを告げ、何度も後を振り返りながら校門を出た。彼女は釜山行きの列車の中で、羅東允に日本へ渡航する船便の手配を依頼した。

満州夫人は羅東允と後子、そして赤ん坊のいる家に何日か身を寄せていたが、折しも翔鶴号が入港したことを羅東允の部下から耳にし、中村船長をカウボーイクラブに招いた。彼は彼女からこれまでのいきさつを聞くと、「法は守らねばならないとの自分の信条に背くことになるが、人道的観点から密航に協力する」と約束してくれた。そこで彼女は男装をして船に乗り込んだ。やがて彼女は時代が作りだした因縁によって、難なく大阪港に到着、翔鶴号の甲板長だった三木の家に身を寄せることになった。三木はこれまで港ごとにいる友人を通じて、世界各地に必要な物資を送り届ける貿易商人として成功し、大阪で良い暮らしをしていた。

ソウルに残っていた治雨は警察に連行されたが、旗奉会の会長も部下たちも、大学生である治雨の暴行は否認したので、直ちに釈放された。羅東允の身分と満州夫人の行方についても訊ねられたが、知らないと主張したので、羅東允に対する捜査はうやむやになり、満州夫人に対する手配だけが続行されることになった。

第15章　大村収容所

（1）

三木の家に身を潜めている満州夫人は、連日、新聞に目を通して、かつて学んだ日本語、日本の風習、そして変動する時事問題に馴染もうと努めた。どの新聞も連日、人道主義を掲げて日本赤十字社と北の赤十字社がジュネーブで、半島出身者北送の協議内容と進展状況を報道していた。そしてテレビでは半島出身者の悲惨な生活状態とともに、ソウルでの北送反対デモの現場報告や、北の建設状況を映し出していた。

日本政府の陰謀と日本のマスコミの国粋主義が作り上げたプロパガンダだった。復旧が進んでいないソウルの街頭でデモをする混乱した光景と、廃墟の灰の山を整理し、新たに大きな道を通し、建築物を建てている平壌の姿は、貧しさにあえぐ半島出身者に、帰国するとすればどちらを選ぶかを決めさせる意図を秘めた宣伝工作にほかならなかった。

三木は政府高官から聞いた情報として、六十万名の半島出身者のうち二十七万名が北を選択し、十三万名が南を選び、残りの二十万名は中立を選択したと述べていた。

満州夫人は三木に和服の入手を依頼し、和服姿で大阪の韓国人が多く住む街を訪ね歩いた。一軒の家に複数の家族が入り、一間だけで暮らしている様子は、戦時中の釜山の避難村に劣らなかった。

朝鮮が日本の植民地になると、農地を奪われ、日本の工場に働き口を求めて渡って行った人々、さらに第二次世界大戦を引き起こした日本が、軍需産業の労働力不足を補うために、朝鮮半島から強制的に労務動員された青壮年と娘たちが二百万名にもなった。解放されるとその大部分は帰国したが、故郷に縁故が無かったり、日本で暮らそうと残留したりする半島出身者もいたが、日本政府は援助の手を差し伸べずに、故郷の国が南北に別れて戦争をする間に、見捨てられた人々だった。

日本はこの頭痛の種を処理しようとの計画で、北送を推進しているのだった。満州夫人は日本が憎らしくなり、さして気が進まなかったが、夫に会えるかもしれないと思い、彼らとともに北送の隊列に加わりたいと思った。

彼女は三木の家に戻り身辺の整理をしていると、ソウルを出発する際に、治雨が忍ばせておいた一通の手紙を見つけた。藤井孝一が送ったものだった。治雨は彼女が日本を経由して、北韓の満雨を訪ねようとする意図があると推測していることに、彼女は涙ぐんだ。仁旺山の早朝登山で語った意味を理解してくれたかと思うと、一方では安心した。彼女は孝一に会いたいという内容の手紙を送った。

藤井孝一が訪ねてきた日、三木の家で小さな騒ぎが起こった。藤井の家と三木の家は古今島で近くに暮らし、とても親しい間柄だったが、戦後は別れたきりで、これまで消息は途絶えていた。満州夫人の手紙で三木家の消息を知った孝一は、母親とともに三木宅を訪ねてきたのだった。互いに懐かしく再会を喜んだ。孝一は自分より四歳年上の三木の長女小夜子を見るなり、うれしくなり近寄って彼女と挨拶を交わすと、彼女は手をぶるぶる振るわせ、目をむいて卒倒してしまった。突然のことに驚いた三木が医者を呼び寄せたので、彼女はどうにか正気を取り戻したが、自分の部屋に入ったきり出てこなかった。二十六歳になったがまだ結婚せずにいるからなのか、わけの分からないまま、三木夫妻とお互いに過ごしてきた日の苦労話をし、再会を約して別れた。

数日後、小夜子は満州夫人を不法入国した朝鮮人だと警察に通報し、警察を連れてきた。三木夫婦は済まない、どうすることもできないと詫びたが、ついに満州夫人は警察に逮捕され、不法入国者を収容する大村収容所に移送されてしまった。

これを聞いて収容所に訪ねてきた孝一は、自分の推測だがと前置きし、こんな話を聞かせてくれた。

天皇の玉音放送があった日、小夜子は三木武吉が孝一の父親の切腹を介錯するのを目撃して帰宅した後、食事ものどに通らず部屋に閉じこもり、泣いてばかりいた。見かねた小夜子の母親の頼みで、孝一は姉のような小夜子を慰めるために彼女に会いに行った。ところが思いがけないことに、許旭とその一党がやってきて、孝一の目前で小夜子を辱めたというのである。この暴行事件以後、小夜子は孝一を避けるようになり、十四年も経過した現在、自分の秘密を知っている孝一に再会したので、無意識のうちに隠れようとして気を失ったのではないかと言うのだった。そして満州夫人を許旭の一党と思い込み、復讐のつもりで警察に告発したのだろうとも言った。日本は祖父や父親たちが犯した過去の罪の代価を、いまその息子や孫の世代が支払わねばならないのだ。けれどもいまだに、体面を繕う日本は、朝鮮人を人道主義という美名の下に、日本から追放しようとしていると孝一は憤慨した。

満州夫人はやっと前後の事情が呑み込めたので、小夜子の心情を理解してあげようと思った。

(2)

大村湾の青い波を見下ろし、遙かに長崎空港が視界に入る大村収容所には、戦後に不法入国した半島出身者だけが、男女別に分けて収容されていた。六・二五戦争を逃れて日本に入国してきた富裕層、徴兵逃れをしてやってきた若者たち、半島では暮らせない前科者と反逆者などが大部分だった。

男子棟と女子棟を鉄条網で区分したままでは良かったが、その内部では北と南の支持派が互いに分かれて小競り合いをするのが、いつものことだった。巨済島捕虜収容所は衝突を防ぐために棟を分離していたが、日本の官吏は彼らの小競り合いを楽しんでいるみたいだった。

北を支持する朝鮮総連の幹部たちは、連日訪ねてきて北の発展の様子を宣伝し、北は物乞いがいないが南には物乞いが溢れており、北は工場の総てが国家のものなので、その収益は国のものになるが、南は数名の財閥と政治家の腹を肥やすだけと言うのだった。北側からは現在、祖国建設に労働力を必要としているので、諸君の帰郷を歓迎しているとの説明もあった。いま帰国希望書を提出すれば、真っ先に帰国できると督励した。南を支持する民団幹部らは、しばしば朝鮮総連の甘言に乗せられるなと忠告したが、戦争と徴集を避けてきた人々のほかは、前科者と反逆者を含めて大部分が北送希望書を書いて提出した。

家族連れの密航者たちは、男女を区分した鉄条網を間に相談するので、鉄条網面会組というあだ名までついた。満州夫人は北が良かれ悪しかれ、行って見なければ知ることはできないし、夫に会うことが唯一の目的なので、北送希望書を提出した。もちろん自分の写真も添付した。

すぐになされると思っていた北送は、夏になっても進展を見せなかった。南韓で北送に反対する世論が高まっただけでなく、南韓でも帰国を希望する僑胞は受け入れると提議してきたからだった。日本は南北に二股をかけて、帰国の名のもとに頭痛の種だった半島出身者を日本の地から一掃しようとの意図から協議に臨んでいた。

しかし、南韓側では僑胞の定着金と報償金として、一人当り三千ドルずつ支給し帰国させると提案したが、反面、北韓政府は僑胞に財産があれば持参させ、無ければそのままきても良いというものだった。したがって打算的な日本政府は、北韓だけを相手に交渉を進めているのだった。その結果、ソ連船籍のクリリオン号とトボルスク号で、毎週一回千人ずつ新潟港から帰国させ、何年費やしても希望者は全員を北送させるとの協約を結んだ。南韓との協議は決裂してしまった。

ところが、第一次の大村収容所の北送対象者リストに、満州夫人の名前はなかった。朝鮮総連の幹部にその理由を訊ねると、四年前に「自由民報」に掲載された満州夫人の記事を見て、北から彼女の入国を拒絶されたというのだった。

一方、日本政府は、大村収容所から一掃するとの趣旨は、北に帰国を希望しない者は本人の希望のいかんを問わず、全員を南に送還させたいと通報してきた。

気がかりな満州夫人は藁をもつかむ思いで、孝一にこの事実を知らせた。孝一は思案の果てに

「自由民報」に投稿し、満州夫人の事情を訴えた。

「ある満州夫人のたび重なる悲劇」のタイトルで掲載された孝一の文章は、大略、次のようなものだった。

「四年前の自由民報に掲載され、世界の人々に衝撃を与えた〝満州夫人の涙〟という記事の、そのヒロインが再び悲劇の谷間に追いやられている。その悲劇のヒロインは、反逆者という罪名で南で裁判を受け、刑を終えて釈放されたが、夫がいる北に一刻でも早く向かいたいと密航船で日本に渡ってきて、北送船への乗船を希望した。ところが冷酷な北当局は、自由民報の記事を問題視し乗船を拒否した。巨済島捕虜収容所の脱出陰謀粉砕事件に満州夫人が寄与したと自由民報が報じた記事のために、北から反動分子と見なされたのだった。美しい彼女は老いてゆく自分の若さを、誰が償ってくれるのかと問いかける。誰がこの問いに答えてくれるのか？　彼女は南に二人の息子を残してきた。彼女は家族が一緒に暮せる地がこの世の中にはないのかと、大村収容所の空に向かって今日も叫んでいる」

自由民報に写真とともに掲載されたこの記事は、日本のマスコミに新たな衝撃を与えた。

しかし、その衝撃も束の間で、十二月中旬から開始された北送船のテレビ中継が、世界を騒がせた。共産主義社会から民主主義社会へ脱出する記事はこれまでにもあったが、民主主義社会から共産主義社会への大規模輸送は前例がなかったので、世界の記事の種になったのである。

世界各紙で報道されたこの記事を恥辱的に思い、最も憤慨しているのは南韓の大学生だった。セブランス病院の宣教師から海外の新聞を借りて読んでいる李治雨は、その記事を翻訳して友人とプリント新聞を作り、各大学の学生会に配布した。

自由民報の記事は、李根五一家を要視察家族にし、マスコミ学を専攻した孝一に、大学を卒業したら、自由民報の記者に採用するとの約束をもたらしただけだった。

大村収容所内に設置されたテレビには、救世主の国に行くかのように北送船に乗り込む半島出身者の姿と、満足げに笑い手を振って送り出す日本人の顔が映っていた。

北送人道団という腕章を巻き、忙しげに北送船の乗船階段を上がり降りする、前莞島警察署長の高倉清一の顔もあった。

満州夫人は拡大された高倉の顔のなかに、日本政府の如才ない二重性を読みとった。彼女の目には、一・四後退のときに自由を求めて北から釜山へ集団で南下した避難民と、パンを求めて北韓に行こうとする半島出身者の姿が重なり、頭が混乱した。彼女はパンも自由もある国をつくりたいと決意した。

翌年二月、大統領選挙を前にした韓国が選挙遊説で湧き返っているとき、大村収容所内の北送を希望しない全員が釜山港に強制送還され、釜山刑務所に移監された。もちろん満州夫人もその群れに混じっていた。

第16章　学生たちの喚声

（1）

民主主義制度の特徴は、選挙の結果によって指導者を平和裏に交替させることである。第五代大統領選挙日を一か月後に控えて、ある野党候補者が病死したと報道されると、韓国の人々はまたしてもそうなのかと、悲しみとともに国の行く末を案じた。

こうした混乱に乗じて、兵役から逃れようと逃亡させた富裕な家族や、兵役を忌避させようと密航させた権力層の息子の父母は、権力と金で裁判所に圧力を加え、裁判官は略式裁判による罰金刑だけで送還者を釈放させた。

政治の世界が騒がしくなるにつれ、送還者を担当する裁判官は、事件を内密に処理し、無理なく願いをかなえてやった。法律はいつも金と権力のある者には味方するのである。

そのおかげなのか、釜山に強制送還されて不安に陥っていた満州夫人と周辺の人々も、罰金刑で済んだのだった。

満州夫人に対する罰金刑の通知を受けたソウルの根五が、その罰金額を準備して釜山に発とうとしていると、黄夫人も同行したいと言い出した。根五は姑と嫁のただならぬ関係を和らげる意味から釜山行きに賛成した。

黄夫人は治雨とともに釜山にやってくると、罰金を支払い刑務所の正門で嫁の出所を待った。満州夫人が出てくると、黄夫人は治雨が驚くほど嫁を強く抱きしめ、よくやったと背中を叩くのだった。

「お前が満雨を忘れて浮気をしていると思って憎んだこともあったが、こんどの自由民報の記事を読んで、私の疑いが誤りだったことに気づいた。お前に苦労ばかりかけてきたが、南北統一が果たされるまでは待つのだよ」

この言葉に満州夫人はいっそう申し訳ない思いになり、感涙にむせんだ。姑からこれまで、これほど感謝の言葉をもらったことはなかった。

三人は巨堤里の羅東允《ラドンユ》の家に向かった。羅東允が整形手術を受けるために上京するときには、いつも楼上洞の家に立ち寄っていたので、黄夫人もいつしか親しくなっていた。留守番役の羅東允の部下は、羅夫妻が子どもを連れて光州の実家に初めて挨拶に行ったと言うのだった。羅東允は整形手術の結果、顔がほとんど元の状態に戻り、故郷の両親にそれを見せに行ったらしい。治雨は十年ぶりの帰郷だから、さぞ賑やかな再会になっただろうと笑った。

そして三人はその足でソウル行きの列車に乗った。車窓から目にする各駅の広場では選挙遊説をしていたが、観衆は多くはなく冷え冷えとしており、「暮らしていけない、変えてみよう」とか、「変えてみよう。役立たず。前任者が名官だ」などと書かれたプラカードが冷たい風にはためいていた。

満州夫人が帰宅したことを知り、永登浦のメリヤス工場の専務が訪ねてきた。彼は、耳を切られた旗奉会の会長は退陣し、鼻もちならない若い男が会長に就任したと報告した。そして第四期を迎える李承晩大統領は、高齢のため今後四年以内に亡くなるかもしれないので、副大統領が後継者になる可能性がある。だから副大統領に自由党の李起鵬《イギブン》候補を必ず当選させねばならないと、旗奉会は今回も不正選挙を計画していると語った。

三月一五日の選挙日がやってきた。臨時に公休日になったので、久しぶりに家族全員が顔を揃えて過ごすことになった。

根五は満州夫人が日本に密航してからは、一家の生計を切り盛りしなければならなくなり、以前から誘われていたセブランス病院の外科担当になっていた。くだんの病院車は、本科で外科を専攻し、運転免許も取得した治雨が、友人たちとボランティア活動をするのに使用していた。

根五は久しぶりに顔を合わせた孫たちに、新学期には何年生になり、将来の希望は何かと尋ねた。在命は中央高校の一年に進学し、今後は音楽を学び留学して交響楽団をつくりたいと言った。民守は中央中学校三年で、お祖父さんの跡を継いで政治家になり、人々を正しい道に導きたいと抱負を語った。在金は国民学校四年生で、将来、軍人になりたいと希望していた。この話を聞いていた満州夫人は、在命をとがめるように口を挟んだ。

「在命は外交官になりなさい。立派な外交手腕を発揮して満州の地を独立させるのです。満州国の自主独立がお前のお父さんと私の夢なのだから。もうトランペットを吹くのなんか止めて、外国語の勉強に励んだらどうなの」

「満州の独立は軍人の仕事だよ。将来、僕が軍人になってやってあげるよ」

在金がこう言うと、一同はひとしきり笑った。

午後になって根五、黄夫人、そして治雨は投票するために、初等学校に設置された投票場に向かった。満州夫人には投票番号票が届かなかったが、これまで日本にいたのでそうなのだろうと思って、投票には行かなかった。ところが投票所で根五は、嫁がすでに投票を済ませたとなっているのを発見した。根五は係員に質問し抗議をしたが、何らかの誤りだろうと言うので、そのまま投票を済ませて帰宅した。

治雨は満州夫人に、自分には兄嫁が二人いるのかと、冗談を言いながらテレビを点けた。ニュース速報は、馬山で不正選挙を糾弾するデモが起こり、警察が出動し、その警察との衝突で約八十名の死傷者が出たと報じていた。

根五は、断食闘争があり、選挙直前に二度も野党候補者が死亡するなど、全国民が国の運命を案じているさなかに、こうした不正行為を敢えてするのであれば、いまや国民は黙視するはずはない、今後は大変なことになると憤慨した。さらに、こうした状況の判断もできず、一寸先も判断できない政治家連中が不正行為をしているが、何か大変なことが起こるのではないかと心配もした。

(2)

戦争の最中にも、唯一焼け残ったソウル駅、その近くにセブランス病院の本館がある。その背後のコンクリート建物の二階片隅の部屋に、治雨の高校時代の友人七、八名が集まり、帰郷して見聞きしてきたことについての話をしていた。この部屋はもともと医大学生会の広報室だったが、交通の便に恵まれているので、治雨らは友人との集合場所によく使用していた。彼らは専攻別に異なる大学に進学しながらも、しばしば集まって語り合ったり、登山をしたり、酒を酌み交わしたりしていた。

みんなは大学最終年の四月八日（始業日）を控えて、将来のことや時局談義に熱中していたのだった。高麗大学法学部に通う尹東允《ユンドンユ》が心配そうに言った。

「ぼくの父親は警察署長なんだが、こんどの選挙で〝四割事前投票〟〝六割公開投票〟をせよと上部の指令を受けて悩んだ末に、意を決してこれを面支署に伝えなかったそうだ。投票の結果、李起鵬副大統領候補の得票数がうちの郡では最も少なかったので、辞表を出せと言われたらしい。父親が警察幹部の服を脱ぐことになれば、ぼくも大学を辞めねばならなくなる。君たちどこか良い勤め口があったら紹介してくれよ」

「それは深刻な話だね。ところでうちの兄嫁は投票番号票がこなかったので投票所に行かなかったのだが、もうすでに投票したことになっていたよ。義姉《ねえ》さんが二人いるのかなと言ったら、彼女は目を白黒させていたな」

治雨の話に一同は笑ってしまった。成均館大学の経済学部に通う柳熙助《ユフェチョ》も心配そうに言った。

「ぼくのすぐ上の兄は銅雀洞《トンジャクトン》の国軍墓地に勤めているのだが、陸軍本部参謀総長室の秘書官の大領が、軍人たちの不在者投票箱を持ってきて部下に開票させて、李起鵬候補に印のない投票用紙はすべて廃棄し、新しい投票用紙に李起鵬と書いて数合わせをして、投票現地に送ったそうだ」

「なに？　参謀総長の秘書官？　その男は野党国会議員の甥のはずだが、そんなことをしているのか、まったく呆れてしまうね」

治雨が驚いていると柳は自嘲ぎみに言った。

「軍隊組織内の兵士なんか、将校から死ねと言われたら死ぬかもしれない。国会議員だって革新系であっても、進歩党の党首を死刑にしたり、直選制改憲に反対したからといっても、自分を殺そうとする将校を正当防衛で殺害しても、無期懲役で監獄に入れたりするのだから……」

柳熙助は李承晩の戦争責任を糾弾した野党の核心人物で、順天において自分を殺そうとした陸軍大尉を拳銃で撃ち殺し、現在も収監中の徐淳鎬《ソスノ》議員の甥に当たるのだった。

「それにしても、祖国のため命を捧げた独立志士や国軍の英霊を祀っている国軍墓地で、独裁執権のための不正行為が行われているとは、まったく死者の霊も浮ばれないよ」

ソウル大学国文科に在学している金基東《キムギドン》は興奮していた。それもそのはずで、彼は解放後に大同日報の社長でありながら、信託統治のもと南北の統一政府を建てようと主張し、怪漢の凶弾に倒れ、国軍墓地に埋葬された宋鎮虎《ソンジノ》の孫だと聞いたことがある。

満州夫人の弁護を受け持った沈弁護士の息子で、ソウル大学法学部に通っている沈英渉《シムヨンソプ》は、南山を眺めていたが意を決したように言った。

「我々も何かをしなければならないのではないか？　馬山でも学生が起ち上ったというのに、ソウルの我々が見物ばかりしていたのでは話にもならない。デモをするとか、ビラを作って配布するとか、壁新聞を貼るとか、何かをしなければならないな」

彼らは激論の末に、大学生が一斉に起ち上がるためには、四月八日の始業日を期して不正選挙を糾弾するビラを作って配布し、各大学の壁にデモ決行の檄文を貼ろうとの結論に達した。

「学生たちよ、決起しよう！」という檄文は、国文科学生の金基東が作成することにし、ビラで暴露する不正選挙の事例は、各新聞の記事から選ぶと決めた。印刷はこの医大広報室にある謄写版と石版印刷機を使用することにした。用紙代とその他の費用は、東国大学経営学部に通っている張世平《チャンセピョン》が負担することになった。彼の父親は長城郡《チャンソングン》の金持ちで、兄は洪雨とともに莞島の島々を守り、人民軍の上陸を阻止する戦いで散華した張長平だった。

先代の愛国精神を後の世代が受け継ぐように、彼らは夜を徹して熱心に働いた。

始業日の当日、夜明けとともに治雨は、救世車と墨書した病院車にビラを積み、あらかじめ連絡しておいた各大学会の幹部に配布して回った。

このビラに対して、学生側よりも警察や軍隊側の反応が素早かった。神経質に反応し、調査されたのは「北韓は経済発展を目指して千里馬運動を展開しているが、南韓は権力争奪のための不正選挙運動ばかりに熱中している。南韓の白色ファッショ独裁よりは労働党の一党独裁がより勝っていると、在日僑胞はパンを与えてくれる北送の道を選んでいる。神聖であるべき国軍墓地で、国を守らねばならない将校と兵士が不在者投票箱のすり替え工作を行った。〝学生よ、起ち上がり、国を混乱させる無能な政府を追い出し、新しい統一政府を樹立しよう〟」という部分だった。

情報係刑事はビラの首謀者を捕えようと血眼になったが、学生は誰も口を割らなかった。軍隊では若い領官級将校が粛軍を主張する連判状を参謀総長に送ったという情報を、金少南大佐が電話で満州夫人に伝えてくれた。

檄文の効果は徐々に現れた。先の学年末に選ばれた各大学の学生会幹部は秘密裏に集まり、十六日、土曜日の午後に総決起し、太平路にある国会議事堂の前に集合すると合意した。

しかし、導火線は別のところにあった。馬山三・一五不正選挙抗議デモの際に、失踪した十七歳の高校生の金朱烈《キムジュヨル》が、四月十一日に馬山の海岸で水死体になって発見された。彼の目には催涙弾が突き刺さっていた。この残酷な遺体の写真が各紙の全国版で大々的に報じられると、馬山だけでなく、各地で学生たちが自発的に「暴力政府は退陣せよ!」「不正選挙はやり直せ!」と、強い抗議の意思を示した。

ソウルの各大学の学生たちの意気も高まり、十六日を待たずに大学別に散発的なデモが開始された。在日僑胞の北送反対の官製デモは何度もやってきたので、大学当局には「北送反対デモをする」と申し出て街頭に出ると、「北送反対、無能政府やめろ!」「北送反対、殺人政府やめろ!」と叫ぶのだった。

各大学が総決起することになった十六日の計画は、事前に漏れ各区域担当の警察が校門を封鎖し、大学側が圧力を加え、組織的に街頭に出られないようにしたが、ソウルの西部に位置する延世大学、梨花女子大学、弘益大学の学生は校門の警察陣を排除し、新村ロータリーに集結し、阿峴峠まで行進した。しかし増派した警察に前方を阻止され、これ以上は前進することが出来なくなり、帰校して解散した。街頭に出られなかった学生は校内デモをし、スローガンを叫びながら運動場を駆け回った。

約束を守れずに機先を制せられた高麗大学の学生は、十八日月曜日の早朝、登校すると、直ちにスクラムを組んで校門を出発、安岩洞ロータリーまで進出した。急派された警察の隊列が大光高校に隣接する狭い道路を遮断した。もはや、これ以上は前進できなくなると、校歌、軍歌、スローガンなどを叫びながら、一進一退を繰り返した。

授業中の大光高校の生徒が、高麗大学学生の喚声で授業が出来なくなり、飛び出してきて小高い道の両側から見物を始めた。そのうちに高校生の一人が制止中の警察陣に投石をはじめ、それを期に高校生は一斉に石と土塊を投げつけたので、警察陣は一時後退を余儀なくされた。このすきに高麗大生は前進を開始、東大門《トンデムン》を経て鍾路《チョンノ》、さらに太平路の国会議事堂までデモ行進を続けた。彼らは国会議事堂の前で座り込みをしていたが、大学当局の説得と高麗大学出身の国会議員の説得で、日暮れ頃に校歌を歌いながら母校に帰り始めた。

高麗大生が鍾路四街《チョンノサガ》の東大門警察前を通り過ぎようとした時だった。向かい側の天一百貨店脇の路地から、角材を持って現れた政治ゴロが行列の先頭に襲いかかってきた。悲鳴が上がり、血がほとばしり、行列は修羅場と化した。これを見ていた後尾の学生が、周囲の店舗から手当り次第に資材を持ち出して応戦した。いかに強力な武術を持つ訓練された政治ゴロであっても、仲間が襲われて血を流しているのを見た学生の怒りに、立ち向かうことはできなかった。数の面でも劣る政治ゴロは、散り散りになり逃げ帰ってしまった。東大門署からパトカーが現れ、警察官が負傷した学生を近くのソウル大学病院に運び込み、政治ゴロはソウル駅前のセブランス病院に送った。

負傷しても歩ける高麗大学の学生は行列を整え、血と涙にまみれた顔で再びスクラムを組み、高麗大学に向かって行進していった。東大門市場の商人や、道ゆく市民が拍手を送ってくれた。

病院での仕事を終え楼上洞の自宅にいた根五は、緊急手術を要請する電話を受けた。すぐに治雨が使っている病院車に乗り、セブランス病院に駆けつけた。救急室には図体が大きく肩幅の広い、一見して暴力団とおぼしい面々が、頭を割られたり、腕や肋骨を折られたりしていた。根五は看護婦と治雨に応急処置を頼み、夜間当直者に手術の準備をさせた。治雨は応急手当てのために救急室に入り、腕が折れて運ばれてきた片耳のない大男を見て声を上げた。

「あなたは確か旗奉会の会長でしたね。一体どうしたのですか？」

男は照れくさそうに笑った。

「ええ、上部の命令でね。高麗大生のデモを中止させようと、ただ脅かそうとしただけですが、かえって若い連中に反撃されてしまいました」

「じゃ、高麗大のデモ隊を襲ったのですか？　お父さん、こんな人たちまで治療してやるんですか？　この人は永登浦の工場を奪い取った旗奉会の元会長ですよ。ほら、片方の耳がないでしょう。義姉さんが懲らしめに切り取ったのです。それでもまだ懲りずに、学生に暴力を振るったんだ……。お父さん、こんな人たちを治療する必要はないですよ」

するとと根五は治雨を激しく叱りつけた。

「ここは病院なんだ。病院は患者の経歴や傷ついた理由を聞いたりしてはならない」

根五は息子に言い聞かせていたが、ふと男の首にある十字架を見て驚いた。

「あれ、十字架の片方が鋭く割れているじゃないか。もしや六・二五戦争の際に、莞島で亡くなった李富三神父のロザリオではないかな？」

旗奉会の元会長はびっくりして、なぜ知っているのかと問い返した。そして、母親に聞いた話だと前置きし、自分の数奇な来歴を語った。「戦争当時、神父だった父親は母親とともに信徒を連れて古今島という島に避難した。父親はその島で左翼の地方暴徒である許旭に捕まり、彼の刀で首を斬られて亡くなった。一緒に縛られて生き残った警官が、父親の首にあったロザリオを外し、その警官の舅である医師に渡したが、その医師は自分の母親にロザリオを渡したとのことだった。そして難を避けて忠清道《チュンチョンド》の母方の家に行った母親が自分の首に架けてくれた」というのだった。それからは共産党を消滅させるために、反共青年団に加入し、これまで反共活動をしてきたという。学生らがデモをして社会を騒がしくしているのは、結局、北韓の労働党を利する行為なのだ。上部から学生を少し懲らしめてやれとの指令もあった。それで少し手を出してやろうと、それに加わったが、かえって逆襲されたと元会長は語るのだった。

根五は元会長を手術室に連れていき、割れた頭部を縫合してやった。

「私がロザリオをあなたの母上に渡した医師です。お母さんは元気ですか？」

「あ、あの古今島のお医者さんですか？　母は何とか先生を探しだし、お礼をするように言っていたのですが、何しろ旗奉会のメンバーになっているものですから……」

「あなたの耳は私の嫁が切ったのだが、あなたの曽祖父の主丹剣で切ったのだ。もっと気をつけなければいけないよ」

元会長はこの不思議な縁に呆然としたらしく、頭を掻きながらつぶやいた。

「曽祖父の主丹剣なのですか。わたしはこれまで誰からも、先祖のことを聞かされたことはありません。先祖のことを尋ねると、誰も口をつぐんでしまうのです。ぜひ、教えてくれませんか」

「旗奉会から手を洗い、残った片方の耳もきれいになってから、私を訪ねてきなさい。そうしたら、あんたの先祖の話を聞かせてあげよう」

彼は感謝の言葉を述べ、何度も頭を下げると、部下たちを率いて病院を出て行った。根五はさらに、頭の負傷が大きい二人の男と、肋骨や腕の折れた男たちを治療してやった。

治雨は手術を終えた父親を家に送り、その足でソウル大学病院に向かった。角材で殴られて頭が割れ、肋骨や腕の折れた学生の数は政治ゴロの何倍も多かった。

治雨は怒りが込み上げ我慢できなくなった。彼は各大学の学生会の幹部に電話し、この事実を知らせてやった。そして夜も遅くなって帰宅した。

満州夫人がドアを開けると言った。

「治雨君、旗奉会の会員が学生を襲撃したそうね。旗奉会を背後で操る政治家は、まったく先も読めない無能な者ばかりです。正義感のある志気が盛んな学生に手を出し、火を点けるのは間違っているし、デモを終えて帰ってくる人々に暴力を振うのは、むしろ〝逆襲を受けて敗戦する〟という兵家の基本常識すらも知らないのです。しかも秩序を守るべき警察署の前でそうなのだから、警察の庇護なしではあんなことは出来ないと、市民の誰もが思うでしょう。自ら禍を招くとはまさにこのことだわ。あの連中は東洋の古典を読みもしないで、活動しているのね。明日はもっと大きなデモがあるのでしょう」

治雨は兄嫁の言ったことを、思い返しているうちに眠ってしまった。

(3)

翌日の朝刊一面には、政治ゴロが高麗大学の学生を角材で殴る場面が、写真と記事になって掲載され、全国の学生の怒りは頂点に達した。

夜明けに寝ついた治雨は、早々とデモに参加せよとの学生会の電話に起こされ、大学に向かうために通義洞《トンイドン》の停留所に急いだ。治雨は大統領官邸のある景武台《キョンムデ》横の孝子洞《ヒョジャドン》から出発する電車に乗り、光化門《クァンファムン》を経てソウル駅に向かった。道々で防毒マスクを腰に下げた警察官が配置されているのを目にした。

セブランス医科大学生は、ソウル大学の医学生に連絡をとり、白衣で担架を持ちデモに参加することに合意した。

ソウル駅前には南部地域の中央大学と淑明女子大学の学生が集結して喚声を上げていた。セブランス医科大学生が白衣を着て、南大門を通過して市庁前に達すると、ソウル駅前に集結していた学生たちも、後を追って市庁前にやってきた。

東部地域の東国大学生らは乙支路《ウルジロ》を縫って市庁方面に、東北地域のソウル大学生と成均館大学生は鍾路を経て、道々スローガンを叫びながら光化門へと進んだ。また、延世大学・梨花女子大学の学生も喚声を上げながら、西大門から光化門へと進出した。

午後になると中学生や高校生まで校門を飛び出して合流したので、学校側は統制力を失い、光化門と市庁一帯は学生のデモ隊であふれた。「不正選挙をやり直せ」「殺人政府は退け」のスローガンがひとつになって空いっぱいに広がった。

この時、誰の声とも分からぬ叫び声が響いてきた。「景武台まで行って談判しよう！」という叫びだった。デモ隊は催眠術にでもかかったように景武台へ向かった。中央庁の横の通義洞にバリケードを張っていた警察は、消防車を動員して放水を開始した。ずぶ濡れになった学生がスクラムを組んで再び前進すると、催涙弾を撃ってきた。散らばった学生らは涙を流し、ますます興奮して石ころを投げながら前進すると、警察は孝子洞に後退した。学生らはまたもスクラムを組み、景武台方向に進んだ。

中央中高等校に通う在命と民守も、生徒会幹部の引率でデモに参加したが、中央庁前でデモの一行を見失ってしまった。二人の従兄弟は楼上洞の自宅に帰ろうと、通義洞までくると、デモ隊を発見、再びデモに合流し景武台に向かった。催涙弾発射の影響でデモ隊の前方が混乱すると、二人はいつしかデモ隊の最前列に押し出されてしまった。孝子洞のバリケード近くまで迫ったとき、守っていた警察側から激しい銃声が響くと、デモ隊の学生がバタバタと倒れた。在命は横にいた民守がバタッと倒れたので、銃弾を避けて身を伏せたのだと思い、自分もその傍に身を伏せた。相次ぐ銃声に倒れる者、路地に向かって走り出す者、それらの姿が在命の目に映った。銃声が途切れると、在命は民守の手をつかんで路地に引きずり、声を掛けて立ち上がらせようとした。だが、民守は起き上がらなかった。在命が民守を確かめてみると、胸を撃たれたのか、胸部からおびただしい血が流れ、線路を真っ赤に染めていた。

在命は民守が負傷したことに気づき、背負って病院に運ぶために、中央庁方面に無我夢中で走り出した。すると大学生らも駆けつけて在命を路地に引きずり込み、大通りは危ないから裏道を行くようにと言った。大学生の一人が負傷者を診てあげると言ったので、在命は民守を地面に横たえると、民守の体は力なくだらんとしていた。民守の胸と脈を確かめた医大生が「死んでいる」と叫んだ。

「駄目だ！　死んでは駄目だ。民守、死んじゃ駄目だ……」

在命は民守を揺すぶりながら泣き叫んだ。学生たちの目に怒りの火花が散った。

「さあ、あの消防車を奪い取り、この幼い生徒の痛ましい死をみんなに知らせよう！」

学生の一人がそう叫ぶと、周囲の学生は一斉に飛び出し、迫ってくる消防車のフロントガラスに石を投げつけて割り、乗っている消防士と運転手を引きずり降ろした。そして学生が飛び乗るや在命のいる路地の近くに停めた。大学生は在命が抱いている民守の遺体を受け取り、消防車に乗せた。

「駄目だ、そいつはぼくの従弟《いとこ》だよ。家に連れて帰らなくちゃ。ぼくの従弟を返してくれよ」

在命は泣き叫んだ。

「きみの従弟の死を無駄にしないために、すべての大学生と市民に、警察の銃で殺されたことを知らせなければならない」

学生たちは、引き止める在命を押しのけて、消防車を光化門方向に走らせた。

消防車の上から学生たちは、警察が発砲して学生が死んだと叫んだ。この光景を見ていた治雨は、消防車の上の遺体が民守であるとも知らずに、憤慨し白衣を着たまま景武台を目指して走り出した。

民守の遺体を乗せた消防車がゆっくりと光化門を一周すると、学生服姿の高校生の遺体を見た大学生たちは理性を失い、道路の反共センターに布陣している警察を目がけて投石を開始、喚声を上げて激しい抗議活動を展開した。

学生の気勢に驚いた警察官は裏門から待避したが、学生は建物の窓を打ち破り、火を点け始めた。炎が上がり、煙がソウルの上空に立ちこめると、これを合図のように、光化門派出所にも火が放たれた。続いて腐敗政府を擁護する記事を書いたと、国会議事堂の向かい側のソウル新聞社にも火の手が上がった。

民守の遺体を奪われた在命は泣きながら楼上洞の家に駆け戻った。満州夫人は喚声と銃声のする市内を、庭からひとごとのように見おろしていたが、息子の在命が涙まじりに民守の死を告げると、いきなり門の前に停めてあった病院車に在命を乗せて走り出した。それまでに彼女は病院車の運転技術を身につけていた。彼女は非常ライトを点灯し、サイレンを鳴らしながら光化門までやってきた。そして民守の遺体を乗せた消防車を探したが見つからなかった。鍾路方面に向かったと学生から聞くと、鍾路から東大門まで車を走らせた。東大門から乙支路を経て市庁前まできても、消防車を見つけることはできなかった。しかし少し行くと、ソウル駅の近くで、遺体を乗せた学生たちが軍歌を歌い、消防車を走らせていた。彼らが歌っているのは「戦友の屍乗り越え、前へ前へ」という歌詞で始まる六・二五戦争当時の軍歌「戦友よさらば」だった。

満州夫人は病院車を消防車の前に横づけした。在命が車から飛び降りて言った。

「ぼくの従弟を返してくれ！」

「お、君か。死んだ民守は我々の英雄だ」

満州夫人も加わった。

「その子を返して下さい。私の甥なのです」

「この学生は腐敗政権を追い出す、我々学生のマスコットなのです。崇高なその死を市民に知らせ、この政権が退陣するまで、我々は戦い続けます」

学生たちの主張は、一方では正しいようにも思われたが、彼女にとっては悲しい言葉だった。

「人間の生命は貴いものです。貴重な生命が正しい扱いを受けるように、皆さんは決起しました。生命が絶たれた遺体も尊重されねばなりません。遺体も尊重されてこそ生きている生命も尊重されるのです。正義のために立ち上った皆さんは、理性を取り戻して正しい行動をしてください」

満州夫人に諭されて、学生たちは民守の遺体を消防車から降ろして病院車に移してくれた。満州夫人はハンドルを取り運転を始めたが、涙がとめどなく流れて前がよく見えなかった。やっと車はセブランス病院に到着した。学生たちが孝子洞から負傷者と遺体を救急車に乗せて運んでいた。ソウル大学の医学生はソウル大学病院に、延世大学の医学生はセブランス病院に、それぞれ負傷者を移送している最中だった。

満州夫人は車を停めて根五に会うために病院に入っていった。そのとき治雨が他の医大生とともに、救急車に負傷者を乗せて到着した。

「治雨叔父さん、民守が死んだよ」

在命が治雨に向かって泣き声で叫んだ。治雨は同僚と駆け寄り車の中の遺体を見た。

「あっ！　これは消防車に乗っていたあの遺体じゃないか？」

「そうだよ、うちの民守だったんだ。母さんがいま取り返してきたんだ」

治雨は強く死顔を見つめると独り言のようにつぶやいた。

「ああ、民守が死んだとは。朝早く、学校に行くと言って出かけたのに、消防車の遺体が俺の民守とは知らずに、他の人々を救おうと孝子洞を駆けずり回っていたんだ。ああ」

根五が満州夫人に支えられて近づいてきた。

民守の顔を撫でた根五の手が小刻みに震えた。彼はどんな患者や遺体に触れても、手を震わすことはなかったが、親友の孫で、自分の孫でもである民守の遺体の前では手の震えが止まらなかった。

「朴昌歳の霊前に、跡を継ぐ孫がいると慰めてきたが、無能な政治家のために、その孫まで死んでしまうとは」

　このように根五が溜息をつくと、一人の学生が前に進み出て言った。

「生徒の遺体を見て興奮した学生が、反共連盟の建物と派出所に火を放ちました。この生徒は自分の死によって、学生たちの心に火を点け、デモ隊を先導したのです」

　ソウル駅前からデモ隊の喚声が響いてきた。根五は空を仰ぎ見た。四月の空に反共連盟とソウル新聞社から立ち上る煙が陽光を遮っていた。

（4）

　国民の財産を保護し、治安秩序を維持するとの名目で、四月十九日夕刻、戒厳令が布告された。

　ソウルの東北部の防衛を担当する陸軍一八師団の二個連隊と一個機甲中隊は、闇にまぎれて市内に進入し、政府の建物と放送局など公共施設の警戒態勢に入った。中央庁と光化門の四つ角、市庁前にもタンクが配置された。

　民守の死を聞いて光州から上京した池花は、病院の霊安室で痛ましい叫びを上げ、デモで死んだ他の学生の親とともに、「わが子を返せ！」と泣き叫んだ。しかし、誰も彼らを生き返らせることはできなかった。

　各大学は戒厳軍によって校門が閉鎖され出入が規制されると、治雨の高校の同期の大学生らが治雨を訪ねてきたが、彼の甥が亡くなったことを知って霊安室を守ってくれた。

　新聞で民守の名前を見た静観軒に勤める高明吉も、病院に駆けつけ池花を慰めた。中学、高校までは休校措置にはならなかったが、学校に行かずに病院を訪ねてきた在命は、反抗心が生じたのか治雨に向かって憤って言った。

「ぼくたち、いつまで黙っているのですか。民守を撃った責任者を探し出して処罰しなければならない。誰もやらないなら、ぼくたちが探し出して復讐します」

　穏和だった在命が民守の事件を契機に、言葉つきが荒くなり、性格も変わってしまった。傍にいた高明吉もぼくたちでやろうと言った。霊安室を守っていた他の学生もうなずいた。治雨は遺体安置用に使うために買い求めた白木綿に、赤いペイントで書いた。

「学生たちを銃で撃った殺人者を処罰せよ」

　治雨がこの白木綿を病院車の横に貼りつけ、友人らはソウル駅前の店からマイクとスピーカを借りて車に取りつけた。金基東は自分が前に書いた「学生よ、決起せよ」というビラの原稿を在命に渡し、マイクの前で読むように促がした。在命の哀切な声は、霊安室で泣きじゃくっている遺族たちを粛然とさせた。

　治雨の友人たちは在命が繰り返して読み上げる決起文に聞き入りながら、病院車を市内各地に走らせた。軍人が銃を持って集結している場所は避け、忠武路《チュンムロ》、乙支路、鍾路、退渓路《テゲロ》を回った。道々の市民は彼らの放送に拍手を送った。路地から成り行きを見守っていた大学生は、散発的に大通りに飛び出し「殺人政府は退陣せよ！」と大声を上げた。

　病院車が太平路を走りながら放送していると、一人の少佐を乗せたジープが前方を遮った。

「諸君の気持ちは分るが、これは非常戒厳令に基づく布告令違反なので、逮捕せざるを得ない。孫兵長、あの救急車の運転を代わって中央庁まで連れてくるように」

彼らははじめこの車を救急車と見なしていたが、決起を促がす放送が流れると、中央庁広場まで連行するのだった。学生を車から降ろした後、土埃の立ちこめる空き部屋に閉じ込め、鉄条網で入り口をふさいだ。隣りの部屋では散発的なデモで連行されてきた大学生らが校歌を歌っていた。

中央庁は、日本人が景福宮勤政殿《キョンボックンクンチョンジョン》の前に韓国人労務者を動員して建てた石造の建物を、統治のための総督府庁舎として使用してきた。しかし、六・二五戦争の際にソウルを占領した人民軍が、国連軍の反撃に遭って退却しながら放火したため、内部の扉まで黒く焼け焦げ、石造りの建物だけが残っていた。李承晩政府は休戦して七年が過ぎても、そのまま放置した状態だった。翌日も、さらにその次の日も、捕えられる学生は日ごとに増えていき、いまや中央庁の土埃の部屋でも収容しきれなかった。

機甲部隊の軍帽に少佐の階級章をつけ、名札には柳大烈と書いた戦車部隊の中隊長は、通信兵に上部への電話をつなぐように大声で督促していた。

「こちらは中央庁です。増え続けるデモ学生は捕まえていますが、これ以上は収容する余地がありません。それにいまは人員があまりにも多いため、食事もきちんと与えることができずにいます。この学生たちへの食糧の補給措置をお願いします」

電話をやり取りする声は、隣室に閉じ込められている学生たちにも聞こえるほどだった

「いまは各警察署がみんな満員だ。貴官が適当に措置しろ」

柳少佐は中高生だけを集めると訓戒して放免した。だが彼らはしばらくすると、また捕えられて戻ってきた。

放免された在命は楼上洞の家に急いで帰ると、治雨とその友人たちが中央庁に捕えられている、みんな食糧不足のため空腹だと告げた。

黄夫人と満州夫人は近隣の女性たちに呼びかけ、一緒に握り飯をこしらえ、リヤカー二台に積んで中央庁に向かった。

満州夫人はそこの責任者が柳少佐であることに気づいて呼びかけた。

「もしや、将校さんは羅東允さんの友人の柳大烈さんではありませんか？」

「はい、柳大烈です。満州夫人ですね？　なぜ、ここにいらっしゃるのですか？」

「夫の弟が友人とデモに加わり、ここにいるのですが、食べるものがないというので、握り飯を持ってきたのです」

「あなたの義弟ですって？」

満州夫人はそれまで起こった事柄をかいつまんで語った。そして民守の死のことも話した。事情を知った柳少佐は難色を示しながらも、済まないことをしたと詫びた。彼女は学生に握り飯を分けてやったが、何しろ収容者が多いので充分に行き渡らなかった。隣りの部屋の学生はこちらにもくれと騒いでいた。

「まっとうな食事も提供できない政府が、秩序を守れなんてよく言えますね」

高明吉のあざける言葉に衝撃を受けたのか、柳大烈は返す言葉を失ったように、黒く焼け焦げた天井を見上げた。

「無能政府は退陣せよ！」

学生のひとりが音頭をとると、各部屋に閉じ込められた学生たちに、二重三重と伝播してスローガンが唱和された。柳少佐は決心したように、台石の上に上がって大声で叫んだ。

「諸君！　政府の財産は国の財産で、我々の財産です。諸君が政府の財産に火を放つことなく、秩序を守ってくれるなら食事を与えましょう」

「それじゃ、早くくれ」

「よろしい。諸君に食事を提供いたします。食事すなわち諸君の自由です。諸君を釈放するから、家に帰って思う存分、食事をしてください」

「パンはまさに自由なのだな」

一人の学生がこう言うと、別の学生がこれを受けて声を上げた。

「そうです。自由すなわちパンです。柳大烈少佐万歳！」

柳少佐は兵士に鉄条網を取り除き、釈放するように命じると、各部屋からぞくぞく押し出された学生たちは、柳少佐を高く担ぎ上げて外に出た。戦車に乗っていた兵士が驚いて大砲を学生たちに向けると、柳少佐は笑いながら大丈夫と制止した。そして通信兵から無線機を受けとると戦車に命令を発した。

「各戦車の専任下士官に告げる。学生らが中央庁から出て行っても発砲してはならない。彼らがスローガンを叫び、デモをしても発砲はするな。学生が戦車に飛び乗ったとしても、振り落とさずに握手をしろ。学生はわが将兵の友人で弟なのだ」

柳少佐はこのように市内に配置した戦車に連絡し、指揮役の戦車の上に登り、学生にも上がってこいと招いた。柳少佐が学生を戦車に満載して太平路に現れると、どこから集まってきたのか、さらに大勢の学生が、戦車に飛び乗りスローガンを唱和した。デモは秩序を守りながら再開された。

戒厳軍が学生を保護するようになると、国会でも時局対策委員会を構成し、戒厳令の解除を建議した。

不正選挙で副大統領に当選した李起鵬は、すべての公職から退くことを考慮中との声明を出した。公職にいる者の言動は、常に国民が納得するだけの公明性がなければならない。しかし、「公職からの辞退を考慮」という言葉が、学生と市民の怒りを触発した。今度は市民が決起し、西大門の近くにある李起鵬の自宅に押しかけ、高級外国製家具を街頭に引きずり出して火を放った。自宅の箪笥の中から出てきた不正蓄財による数多くの絹製品や衣類を道路で市民に公開し、やはり火に投げ入れた。絹製品の焼ける匂いは、市民の膏血が焼けるような悪臭を放ち、景武台一帯に広がっていった。李承晩大統領も、二六日正午に放送を通じて「国民が望むならば引退したい」と発表した。大統領の下野声明を聞いた光化門の大学生デモ隊は万歳を唱え、直ちに秩序維持を叫び、道路を清掃し交通の整理をした。

李大統領は過渡内閣に権限を委譲し、景武台から私邸の梨花荘に引っ越した。行くべき場所を失った李起鵬は、景武台の事務室で家族とともに自決してしまった。

五月になってホトトギスの鳴き声のする北漢山《プカンサン》東方の水踰里《スユリ》の丘で、四月一九日に犠牲になった学生を、合同で葬礼する慰霊祭が執行された。民守の墓の前では、治雨の家族と友人が花を供え祈りを捧げた。慰霊祭の最後に在命がトランペットで鎮魂の曲を演奏した。涙を流しながら奏である在命の鎮魂曲が、渓谷に沿って広がりこだましていった。

第17章　統一の熱気

(1)

学生たちは白色独裁を打倒し、民主化革命を成し遂げたが、時局を収拾して民主化を成し遂げていくのは政治家の役目だった。

過渡政府は、大統領制の誤った運用に嫌気がさした国民の心情を考慮し、政府は内閣責任制を、国会は上院である参議院と下院である民議院の両院制とする改憲案を提出し、六月に国会を通過させた。さらに七月二九日を、郡単位で選出する民議院と道単位で選出する参議院の選挙日として公告した。

第三代総選挙の際に立候補し、僅差で落選の苦杯を味わった李根五に、当時の選挙事務長だった金忠根が上京して、再び立候補せよと勧めた。しかし、その時に当選した速射砲こと金議員が自由党独裁とそれまで立派に戦ってきたので、彼と敢えて戦いたくはなかった。このとき沈弁護士も光州から上京し、根五に「参議院に全南代表として立候補し、私が以前に国会で成し遂げようとした志を、いちど国会でやってみたらどうか」と勧めた。

「学生が流した血の代価を無駄にしないためにも、李先生のような方が国会に出なければならないのです。自分に銃を向けた軍人を撃ったのが野党議員だったので、正当防衛と認められず投獄された徐淳鎬議員も、このたびは釈放されて学生革命に報いるためにも、故郷から民議院に立候補したいと、弁護を受け持った私に語って帰って行きました。本人の恨《ハン》を晴らす政治をしようというのではなく、民衆に恨を抱かせない政治をするための立候補を勧めるのです。そして李先生はこれまで病院車を走らせ、あらゆる地域で大勢の貧しい患者を治療し、助けてくださいました。立候補すれば当選は間違いないと思われるので推薦を申し上げるのです」

政治とは他人の前で、己を誇示するのを好む人々のすることと常々思っていた根五は、楼上洞の自宅に家族を集めた。上京した二人に、家族の意見を直接聞かせるためだった。まず妻の意見を聞いてみた。

「立候補するには何よりもお金が必要になりますが、どこかに隠し財産でもあるのでしょうか？　前回の立候補で失った故郷の家も取り戻せなくてご先祖に合わせる顔もないのに、また国会議員選挙ですか？　私は選挙という言葉を聞くだけでもぞっとします」

光州に戻らずに、四・一九遺族会の仕事をし、楼上洞の家に留まっていた池花が強い憤りを交えて言った。

「うちの民守の霊を慰めるためにも、お父さまには国会に出て民主主義のために戦ってもらいたいです。私の舅も夫も民主国家の建設に身を捧げましたが、いまだにこの国は、真直ぐには立てずに揺れています。私はお父さまの参議院議員選挙に立候補することに、積極的に賛成します」

みんなの視線が次の満州夫人に集まった。彼女は今まで旗奉会に奪われていた永登浦《ヨントンポ》のメリヤス工場を、先日取り戻して運営しており、最近は既製服工場を既存の工場の傍に新たに建てていた。

「私はお義父さまが国会議員になられて、昨年自由党が単独で反共法の代わりにつくった国家保安法を廃止し、南北の交流を提案して、南北の人々が互いに自由に往来できるように道を切り開いて下さればよろしいと思います。そして選挙費用は私が何とかしようと考えています」

　次に、沈鎮九弁護士が治雨に意見を求めた。

「肉体の治療も重要ですが、時には人間が生きる社会環境の治療も必要だと思います。わが国のように二つに分断された社会では、精神的にも衰えた病身が多いのです。これを治さねばなりません。治療するところは、民意の殿堂である国会しかないでしょう」

　沈弁護士が笑って言った。

「医学生らしい論理だね。うちの息子の永燮も治雨君の社会診断力を賞賛していたが、思ったとおりだ。やはりそのとおりだった。反対は奥さまだけで、残りの方々は賛成のようだから、最後は李先生ご自身が決めてください」

「いや、孫たちの言い分も聞いてみたい。在命、お前の考えはどうだ？」

　祖父の質問に涙を浮かべ、肌身離さず持ち歩いているトランペットをさすりながら在命は答えた。

「ぼくは、将来、この世がお父さんと一緒に暮らせる自由な世の中になってくれれば良いと思います。それには何よりも戦いに勝たねばなりませんが、お祖父さんはぼくたちに戦いをしないようにと……」

「お前はわしに立候補よりもっと恐ろしいことを言っているぞ。よし、それじゃもういちど挑戦するというよりは、率直に志を主張し、説得と妥結を試み正しい政治をしてみるか」

黄夫人を除く全員が拍手をした。

学校に通っている者以外の家族は、みんな光州の池花の家に寝泊まりして、根五の選挙運動に加わった。それまで民守の死で沈んでいた家族の雰囲気が、再び活気を取り戻した。池花も教会関係を通じて父親の選挙運動に熱心に働いた。

他人に良いことをし、良い種を蒔いておけば、いつかは良い実になることは、自然の節理だった。根五は無所属で出馬したが、多数の票を獲得し難なく当選した。

国民は学生の民主化革命を果敢に力いっぱい推進させるために、野党だった民主党に多数の票を集中させたが、民主党は国会が開会すると新旧両派に分かれ、権限が弱化した内閣制の大統領を旧派が、権限が強化した内閣の首相を新派が務めることになった。

改革立法を一つ制定するにも、新旧両派が互いに争って遅延させ、革命の推進は遅々として進まなかった。

そうしたなか参議院での根五の発言が物議を醸した。彼は「六十六年前に朝鮮が守旧派と開化派に分かれて国力を浪費して争っているうちに、日本に国を奪われたことを引き合いにし、現在の民主党の新旧両派が争うさまを見ていると、またその二の舞を演ずるのではないか、まことに憂慮に堪えない」と発言した。また「米・英・仏・ソの四か国が占領したオーストリアが朝鮮戦争休戦後の一九五五年に、四か国が合意するなか永世中立国として独立したことを例にとり、韓国が解放された年に、米ソ共同委員会が五年間の信託統治の後に、統一韓国政府を樹立するという決議を受け入れなかった結果、同胞相争う戦争の惨禍に襲われた」と述べた。「東西冷戦時代に起こるべくして起こった当然の帰結と見なす者もいるが、わが同胞が一つになって団結すれば、世界列強が互いに争いを扇動しても、戦いは起こらないだろう」とも述べた。

そして彼は「いまからでも南北交流で同胞がまとまり、南韓を助ける国連軍と北韓支援国が互いに合意することになれば、永世中立国家としてでも、南北の統一は可能である」と語り、「国会で永世中立統一国家の憲法を制定しよう」と提案した。

在野では賛否両論の声明が発表され、ある新聞では容共賛託論を、別の新聞は鞘に刀がない共産革命戦線に呑み込まれやすい制度であると書いた。しかし、大多数の新聞と世論は賛成だった。

アメリカのマンスフィールド議員と知韓派の議員らが、永世中立統一案を正式に提案してきた。しかし、新政府ではこれに反駁し反対した。

南韓の統一への熱気に合わせて、北韓でも最高人民会議長の名義で、民議院と参議院の議長あてに南北連邦制の構成を提案し、北韓の作家同盟委員会は南北交流の協議を申し出てきた。

南韓の大学生たちは民族統一連盟を構成し、北韓の大学生に統一共同協議体を構成しようと提議した。この大学生会の共同副議長には李治雨が、共同幹事には柳熙助が名前を連ねていた。

(2)

学生革命があった年の年末、南北韓のあいだで統一のための攻防戦が繰り返されていたころ、満州夫人はメリヤス工場と既製服が良く売れる被服工場の拡張に、援助してくれた人々との忘年会という名目で、朝鮮ホテルのグリルで宴会を開催した。

招待客の対象となったは、静観軒にも招いたアメリカ軍と韓国軍、それに根五が議会で親しい参議院の議員、治雨の大学の友人たちだった。彼女はどこまでも実利主義者だったので、安奉明頭取を通じて、新政府の経済官僚もこれに加えた。

柳熙助の叔父である徐淳鎬議員も参加した。彼は大学生と気が合うのか、もっぱら学生だけを相手に談笑し、南北間の対話は政治家よりも政治性の薄い学生が、まず先に対話し交流するのが望ましいのではないかと、積極的な支援を約束し、うまくやりなさいと激励した。

満州夫人はホスト役として、会場のあちこちを歩きまわり雰囲気づくりに努めていた。安頭取が、彼女を企業経営の名手であると経済官僚に紹介すると、彼女は皆さんこそ国家経済経営の担い手ですと応じた。ある経済官僚がいきなり言った。

「満州夫人のご主人は、北韓におられるとのことですが、北韓では奥様は暮らすことはできないでしょう。経営の名手は自分の会社を経営したいと思われるでしょうが、北韓ではそれはできない相談でしょうね」

「まさにそのとおり」

と、別の官僚が相槌を打ち、周りにいた者は笑った。

この時、安奉明頭取の婿として知られていた金少南大佐が、陸軍本部民事部に立ち寄ってきたと、既に酔いが回っている状態で、士官学校五期の友人で、陸軍本部軍需参謀部に勤務する朴泰亜大佐とともに入ってきた。そして彼は、招待を受けた兵参部の将校とアメリカ軍人とともにいながら、わざと聞こえよがしの大声で言った。

「李根五議員が民主党の分裂を非難するのはいいが、永世中立国をつくろうという発言は、まさしく北韓の術策に乗せられていると思うな」

「国際共産党の膨張政策である民族宣伝計画を知らない者の発言だろうな。昔だったら反共法に抵触するのだが」

「国会議員は免責特権があるから構わないよ。どんなことでも言えるのだからな」

「永世中立国になれば、わが六十万の国軍は一挙にお払い箱になるな」

「六十万の国軍だけじゃない。百万の人民軍もお払い箱さ」

「軍人のいない国家は国じゃない。東から頬をひっぱたかれ、西から脛を蹴られ、北から後頭部を殴られ、南から尻を蹴っ飛ばされ、世界中から甘く見られるだけだ」

　柳熙助が軍人に近寄って言った。

「そうですか。軍人さんは南北統一を嫌悪していられるようですね。統一になり軍人が必要でなくなったら、産業要員になればいいじゃないですか」

「近頃の大学生は革命を先導したからといって、ずいぶん調子に乗っているな。学生の本分はあくまでも学業に励むことであって、政治に口出しすることではないだろう」

　朴大佐の応答に、民族統一連盟の会長であるソウル大学の金基洙が激しく抗議した。

「いや、先輩があまにも腐敗しているから、学生がデモをしたのです。先輩なのだから立派にやってくださいよ。我々は何も血を流してまで、出る幕ではなかったのです」

「先輩には軍人も含むのかね?」

「軍人はもっと腐っています。手術しなければ膿み腐りますよ」

彼らは互いに譲ろうとはしなかった。満州夫人が近づいて彼らをたしなめた。

「永世中立国をつくったら、北韓は社会主義者が多いので、北側の工場はそこの住民が株式会社をつくって株主になればいいでしょう。南韓は個人主義が多いから、軍人も市民もみんなが企業をつくって社長になればうまくいくでしょう。皆さんは未来の社長さんです。経済国家の株主なのですよ」

あちこちから拍手が起こった。

朴大佐は拍手に負けまいと大声で叫んだ。

「この国には革命の主体がいないのです。〝船頭多くして船山に上る〟と言うが、船はどこに行くべきか方向を定めかねている。この国には船頭が必要なのです」

彼はドアを蹴って出て行った。ドアからは冬の冷たい風が吹き込んできた。

第18章　満州夫人を救え

（1）

新年に入って執権党の民主党と民主党旧派がつくった新民党は、国内外で烈火のように燃え上がった永世中立化統一案と、南北交流の推進に反対する声明をそれぞれ瞬時に発表し、南北の交流に冷水を浴びせかけた。

しかし李根五は、「信託統治五年を拒んで〝反託〟を叫び、分断をさせた政治家のせいで、十五年の歳月を紛争で失ってしまったから、今回もまた統一の機会を逃すと、過ぎた歳月の四から五倍に相当する七十から八十年の歳月を必要とするだろう」、「次の統一の機会はいつになるか分からないから、在野の統一勢力と大学生民族統一連盟が連帯し、国連の保障のもとに、永世中立化と統一推進のための署名運動を行おう」と提唱した。

四月になると東京大学を卒業した藤井孝一が、自由民報社の記者として来韓した。彼は韓国語と英語が堪能で、アメリカのＵＰ通信社の記者も兼ねる韓国特派員だった。医科大学本科生の治雨にとっては、幼いときに別れて以来の孝一だったが、すぐに本人と見分けがついた。孝一は幼少の頃は小心者だったが、いまは自由奔放で闊達な性格に変わっていたので、その理由を尋ねてみた。すると彼は「日本は敗戦国であるが、アメリカの保護のもとに共産党も活動できる思想の自由があり、働けば生計を維持できて生活の心配がないので、明るくなったかもしれない」と答えた。

　彼によれば、日本では半島出身者の北韓への送還事業をいまだに続けており、送還人数は十万名に迫ったというのだった。

　一九六一年四月十五日、南北交流協議の代表を板門店《パンムンジョム》に送ることになり、南韓の学生代表十九名と記者が板門店に向かった。しかし、大学生は当局の許可を得ていないため、臨津閣の検問所で制止され、同行した内外記者団だけが、北韓の提案が事実かどうかを確認するために、休戦ラインを越えて取材に入った。取材から帰った藤井孝一は、北韓の代表団のなかに、治雨の兄の満雨がいることを発見した。自分は治雨の幼い頃の友人の孝一であると告げると、満雨はとても懐かしがっていたと教えてくれた。ソウル大学を卒業した金基洙《キムギス》も大同日報社に入社し、今回は南側の記者とともに板門店に取材しに行ったが、満雨に治雨の親しい友人だと告げると、満州夫人の様子をあれこれ尋ねられたという。

　治雨にとって血を分けた兄になるが、国を代表して協議する場なので覚悟を決め、南韓の大学生代表とともに、臨津江《イムジンガン》の自由の橋まで行った。しかし、憲兵から政府の承認を得ずに板門店の休戦会談場に行くことは出来ないと制止され、口論になったが引き返さざるを得なかった。

　孝一は「北側の交流協議代表は、なぜか学生代表まで率いてくる積極性を示し、南の学生代表を待って示威行動をするのに、南側はなぜ自信のない行動をするのか」と質問したが、治雨は答えられなかった。ただ彼は「南の代表は大学も派閥もいくつもあるので、意見を一つにまとめるのは容易ではないが、北は労働党の一党独裁体制なので、それが可能なのだろう。南側が窮するように老婆心の強い南韓の政治家が、許諾を引き延ばしているのではないか」と答えた。治雨は十年前に別れた兄の満雨に会いたかった。兄に会ったら独りで韓国にやってきて苦労している兄嫁のために、韓国にきて暮らすとか、あるいは韓国の家族に貼られた「反逆者家族」のレッテルを剥がすために、兄嫁と一緒に外国に行って暮らすか、決断するように個人的に談判したい気持ちだった。

学生代表として活動するのに誤解が生じないように、統一連盟の学生会員に兄が板門店にきている旨を知らせ、家族にも連絡をした。

満州夫人は夫の満雨が板門店にきているとの話を聞くと、陸軍本部民事部に勤務する金少南大佐を訪ねて「李満雨に会わせてほしい」と頼み込むのが日課となった。最初、金少南は李満雨の板門店出現説に当惑して否認したが、連絡将校を通じて直接確認し、ようやくその事実を認めた。彼女は金少南に「夫にいちど会わせてくれるか、少し離れた地点からでも姿を見られるように配慮してほしい」と懇願した。

金大佐は「東西冷戦で三十八度線という見えない線を境に対峙しているから、一人の人間に会うのであれ、大勢の人間に会うのであれ、東西間の協約や東西間の妥協がなければ越えられない障壁なのだ」と拒絶した。「離散家族は満州夫人だけではない、例外を認めると規律が乱れてしまう」とも言うのだった。

しかし、満州夫人は「六・二五戦争で生まれた離散家族が数百万名にもなるのだから、一定の区域を設けて鉄条網を張り巡らし、互いに安否を確かめ語り合える出会いの場をつくることが政府のなすべきことで、規律を持ち出し天の道理に背くことが、南北政府のすることなのか！」

と反論するのだった。

この困惑させられる事態を、南北間の取材に少しは融通が効く藤井孝一記者が、中間で二人の対話をまとめて「わが青春、だれが返してくれるのか」のタイトルで、自由民報に掲載しUP通信を通じて配信すると、政府筋や民間関係者に少なからぬ衝撃を与えた。

（2）

池花は民守の成長にすべての希望をかけて生きてきただけに、民守が四・一九学生革命の犠牲者となってからは、イエスを恨んで自分が開拓した教会の仕事は他の伝道師に任せ、YMCAの奉仕活動はなおざりになった。これを見かねた根五は、アメリカにいるジョージ・ウェールズ長老に、コネチカット神学校に編入学する招請状を送ってほしいと依頼した。池花は父の強い勧めに抗えず留学に旅立つことになった。

ソウルの家族がこぞって見送りにきた金浦空港で、到着者出口にメクト大佐が大勢の入国者とともに顔を見せた。メクトと満州夫人たちは互いに再会を喜びあった。メクトは四・一九学生革命の前年以来の来韓だったが、満州夫人とは互いに手紙のやり取りをしていたので、まず根五に参議院議員当選のお祝いを述べた。

池花の搭乗までの時間を利用し、彼らは休憩室で話し合った。話し手は専らメクトで、話題はおのずから世界情勢に移っていった。彼は今回もベトナムからの帰りで「東南アジア情勢は安定していない。ベトナムでも韓国学生革命の影響を受け、ゴ・ディン・ジエム大統領の退陣を要求するデモが頻発している。ただ、韓国では腐敗した独裁政権の退陣を叫んでいるが、ベトナムでは親米政府の退陣がスローガンになっている。しかし、政治家として老練なゴ・ディン・ジエム大統領は、デモの衝撃を融和政策で巧みにかわしている」と説明してくれた。

この話を聞いた根五は「韓国の政治家は学生革命の衝撃をゆるめ、道理に従って事態を解決するのではなく、むしろ排斥しているところに問題がある」と自説を語り、他方、メクトは「ベトナム独立同盟会を結成したホー・チ・ミンが、ベトナムに民族解放戦線を組織し支援しているので、その影響が韓国に及ぶのではないか」と憂慮の念を示した。

しかし、根五は「ベトナム情勢とは反対に、南北交流を通じて南韓の自由の風を北韓に送り、中国・ソ連との共産主義連結の輪を断ち、オーストリアのような中立国を目指すべきである」と力説した。

メクトは「韓国の中立化論が、アメリカ政界と言論界にも台頭している」とも語った。もしそうなれば「満州が中国から独立することが容易になる」と、満州夫人に直言するのだった。

彼女は「生きている人間がどうするかによって、歴史は作られるものだが、南北統一も南北の民衆が団結する力が半分を占める。残りの半分はアメリカ・中国・ソ連の推進力が必要になる」と応じた。

池花が自分は違うと前置きし、「歴史もイエスが導いて行くことを、このたび感じた」と述べ、さらに「韓国には韓国人同士で互いに殺し合う罪が多く、さらなる試練が与えられそうな予感がする」と語ると、治雨が「神学を修めたので預言者になったのか」と反論した。

池花を見送って市内に戻る車中で、満州夫人はメクトに依頼した。

「私の夫がいま南北交流協議の代表として板門店にきているのですが、板門店には国連軍司令部の承認を受けなければ入ることが出来ません。どうか観光客としてでも結構ですから、私が板門店に入れるように力を貸してください。遠目でもいいから夫の姿を見たいのです」

メクトはかつてUP通信の記事を読み、ペンタゴンの同僚と「世紀の悲しい事情」を解決する方法はないかと語り合ったことがある。「国連軍司令部の参謀に、良い方法はないか相談してみましょう」と約束してくれた。

満州夫人の口からワンダフルが連発された。

彼らは期待を抱いて市内に入った。

(3)

大学生民族統一連盟では、四・一九学生革命一周年を期して、南北の大学生が板門店で会い、南北交流のための真摯な討論をしようと、報道機関を通じて北韓の大学生に公開提案をした。しかし、様々な事情で開催は不可能になり、五月三日の十時に再度話し合おうということになった。

北韓でも平壌放送を通じて五月三日の十時に、南北交流協議代表団と一緒に大学生代表を送りたいと応じてきた。政府側は公式的な許可はせずに、黙認のもとに国連軍側の斡旋で、南韓の学生代表が板門店の会議場に行くことを認めた。

満州夫人もメクト大佐の口添えで、国連士官系参観団の一員として、メクトとともに同行することになった。彼女は結婚式を迎える娘のように、朝からめかし込み興奮気味だった。どこから聞きつけたのか、マスコミも学生代表の動向よりも彼女の動きに神経を使い、取材に熱を上げていた。

学生側の代表は、会長の金基洙、副会長の李治雨、共同幹事を引き続き受け持った大学院生の柳熙助ら、各大学を代表する十九名で構成されていた。

彼らは、中立化統一国民署名運動本部の役員に見送られ、メディア各社の記者とともに、観光バスを利用し臨津江の「自由の橋」を制止されることなく渡り、国連軍のベースキャンプに到着した。そこにはすでに、藤井記者をはじめ大勢の外信記者が待ち構えていた。続いてメクトと満州夫人、さらに国連関系の参観者も着いた。現地警備部隊からは担当中佐がジープでやってきた。金少南大佐も無線機を手に顔を見せた。彼は徳寿宮静観軒のパーティで、満州夫人からメクトを紹介されていた。キャンプの講堂に集まった人々は、アメリカ軍の中尉から板門店での行動規則についての説明を受けた。特に強調された注意事項は、会談場の中央を仕切る南北の境界線を越えてはならないということだった。

一同は国連側が提供した軍用車に乗り、憲兵の護衛を受けて板門店に向かった。

板門店の会談場は、臨津江支流の砂川に架けられたかなり長いセメント橋の南側百メートルの地点に北韓軍監視所があり、そこを通り過ぎた東北側を見渡す低い丘の上に立つ臨時の建物がそれだった。

大きな柳の木の近くにある長いセメント橋は非武装地帯内にあり、休戦後に南北の捕虜が、この橋の上で互いに交換されたので、この橋を「帰らざる橋」と呼ぶのが通例だった。

北韓からは、この「帰らざる橋」を渡り、南側に百メートルほど歩いて会談場に入り、南側の代表は西南側の北韓軍監視所を経由して会談場に入るのだった。

会談場にはすでに北韓の学生代表十名と、彼らの上部機関である人民会の南北交流協商代表団九名が待機していた。南側からは学生代表十九名だけが会談場に入り、記者や参観者は、窓の外から内部を見ることになっていた。会談場といっても、北緯三十八度線が建物の中央を貫通するように建てられた三十坪ほどの細長い組み立て式トタン葺きバラックなので、大勢を収容することはできなかった。

南側代表の金基洙は席に着くなり、立ち上がって発言した。

「私は大韓民国の大学生民族統一連盟の会長金基洙です。まず、会談を始める前に申し上げたいことがあります。我々は純粋に各大学の学生代表として、本日の代表団を構成してきましたが、北韓側では学生ではない方々もおられるようです。学生の純粋性を守るためにも、学生代表だけがこの席に残り、それ以外の方々はすべて退席して下さるようお願いいたします」

北側の学生代表が立ち上がって言った。

「私は、朝鮮民主主義人民共和国の学生代表で、金日成大学四年の崔容福《チェヨンボク》です。南北交流協商代表団の大学生副代表でもあります。わが南北交流協商代表団には女性部、労働者部、政党部、軍人部があります。将来、南北が連邦共和国となるためには、各界各層の団体が互いに志を一つにしなければなりません。韓国の学生も本日、我々とどんなに良い話を交わしても、ソウルに帰って政府、議会、各政党、社会団体などから反対されれば、どうにもならないのではないでしょうか。そこでわが共和国側は初めから一緒に話し合うために同席することにしました」

ソウルを発つ時から、北韓の学生は毎日政治討論ばかりしているので、討論が上手だとは聞いていたが、このように筋道を立てて主張されると言い返す言葉がなかった。しかし、柳熙助は何でも聞き入れるのが和解ではないと考えて立ち上った。

「我々は南北連邦制や中立化統一という、大きな問題を議論しにきたのではありません。それらは将来、政府や政治家が扱うことです。我々はただ同胞、同じ血の大学生が、三十八度線で隔てられていますが、互いに顔を合わせて討論をし、ソウルと平壌を往き来しながら交流をし、来るべき統一のための共同体意識を持とうと考えて、本日、話し合うために集まったのであります。ですから、本日は学生代表だけで話し合って、互いに名乗り合い、討論の議題を決め、次の会合時期を決めるという順序で、会議を進行させたらいかがでしょうか？」

　この時、背後に座っていた北韓側の高齢の代表が立ち上がった。

「私は南北交流協商代表団の団長の韓雪宇《ハンソル》です。我々は南の学生の純粋性を受け容れて席を外すことにしましょう。しかし、学生だけの会合は、時間があれば継続できるでしょうが、この席には二人の本当の兄弟が参加されているのです。人道主義的な立場から、まず二人の兄弟を再会させることにしましょう」

　治雨は会談場に入るなり、後方に座っている兄満雨を見つけだし、微かに挨拶を送ったが、満雨は気づかなかった。満雨は韓雪宇団長の「再会させることにしましょう」という発言に、立ち上がって南韓側の学生を見回した。治雨は立ち上がりながら言った。

「満雨兄さん！　お元気でしたか？」

「おう、治雨か。知らないうちに大きくなったな！」

治雨は北側の学生と長いテーブルを挟んで向かい合って最前列に座っていたので、立ち上がったものの、それ以上は前に進むことはできなかった。他方、満雨は後列から前に進み出ようとはせずに、その場に突っ立ったままだった。

「父上も母上もお元気かな？」

「はい、元気ですよ。兄嫁《ねえ》さんも元気で、在命、在金もみんな元気です」

「在金？」

「兄さんが北韓に向かったときに、兄嫁《ねえ》さんのお腹にいた子です。兄嫁《ねえ》さんも、いまこの部屋の外にいて、窓からこちらを見ています」

満雨は窓の方を見やったが、取材している記者の頭で、満州夫人を確認することはできなかった。彼は韓団長をちらっと見やりながら言った。

「うちの家族はひもじい思いをしてはいないか？　アメリカの食べ残しをもらった余剰物資とか、トウモロコシの粥で、命をつないでいると聞いたことがある。わが共和国は戦後の再建で地上の楽園になった。日本在住の僑胞たちが人道主義の国、わが共和国に続々と帰国している。お前たちも共和国にきて暮らしたらどうかな」

「兄さん、何を言われるのですか。こちらではいま米が余っているのです。兄嫁《ねえ》さんは大きな被服工場を建て、たくさんお金を稼ぐ社長になりました。父上は医者をしながら、参議院議員にもなっています。在命は高校二年生ですが、先日、トランペットのコンクールで優勝しました。私たちは努力さえすれば、それに見合った成果を享受できるのです」

やおら北韓の団長が、聞き捨てならないとのそぶりをしながら、話題を逸らせようと割り込んできた。

「いま、外に李満雨同志の夫人がきていると言うことなので、人道主義的な配慮で二人を会わせてあげましょう。大学生の会議は午後に回すことにします」

南側の金基洙会長が立ち上がった。

「ただいま韓先生は、人道主義的と言われながら、学生の会議を遅延させようとしていますが、一千万の離散家族と、三千万のわが同胞が、平和的に人間らしく出会い、生きていこうとする人道主義はどこに置いてこられたのですか？　学生以外の方々は外に出て再会を果たし、我々学生は残って南北交流のための具体的な討論を始めましょう」

だが、北韓の大学生たちは韓会長の発言に従って外に出てしまった。

会談場の外のアスファルトには、黄色いペイントで南北の境界線が引いてあり、そこで国内外の記者に押されながら、李満雨と張永美（満州夫人）は十年ぶりの再会を果たすことができた。

共に暮らすのが夫婦の常なのに、誰が引いたのか黄色い線のせいで、すぐ会えると信じて別れたのだった。この離別がむなしい青春の日々を過ごさせることになり、二人はやっと会えたというのに、声もなく手を握っているだけだった。喉がつかえて言葉は出なかった。記者たちから「何か一言を」と促されても、言葉が詰まってしまった。二人は互いの目から流れる涙だけを見つめていた。

そばにいた韓団長が「記者のために何か一言」と催促した。満雨はやっと口を開いた。

「永美、地上の楽園の共和国で一緒に暮らそう！」

「両親がいらして、子どもたちもいる南韓にあなたが来ればいいのに！」

「子どもたちには先祖から伝わった土地を守らせ、僕たちだけでも……」

　こう説く李満雨は、妻の両側に立っているメクトと金少南が、親しげなそぶりを示しても目に入らないのか、夢遊病者のように妻の顔ばかりを見つめていた。

　満州夫人は焦点の定まらない夫の瞳を見て、自分の意思でない何か大きな存在によって操られているのではないかと感じた。彼女は傍にいる二人の軍人と肌を合わせたことがあるだけに、夫に会ったらどう言えばいいのか。そして自分の道徳的な過ちをいかに弁明するかと思案していたため、独り顔を赤らめ「私を独りにしないでください」の一言で、総てを表現しようとしたが、いざ夫に会ってみると、弁明する相手というよりは、気の毒な男性と思われてならなかった。

「あなた、しっかりして！」

「……」

　傍に立っているメクトと金少南も、思いがけないことに彼女と自分だけの秘密を持っているが、単なる女性としてではなく、人間的に尊敬する対象と考えていたのは、それぞれ夫満雨の存在を知っていたからだった。ところが、いま二人の目に映った李満雨は、強靭な鉄人のような存在ではなく、全てを自分《おのれ》の支配者と規律に委ねてしまった夢遊病者のように思われるのだった。

　それなのに満州独立を叫び、能動的だった夫が、祖国の統一戦線には、なぜこのように受動的になったのかと疑いを持った満州夫人が、「一緒に南韓で暮らしましょう」と言おうとした瞬間、韓団長が「せっかく再会できたのだから、抱きしめ合ったらどうかね？　そうすれば記者同務の写真もうまく撮れるだろう」と言った。これを聞いて満雨は我に帰ったように満州夫人を引き寄せた。すると彼女は思わず倒れて境界線を越えそうになった。このときに隣にいたメクトが彼女の服をつかんだが、北韓の兵士が手を押しのけたので、彼女の上体は完全に境界線を越えてしまった。北韓の兵士と国連軍の憲兵の間で小競り合いが起きた。この混乱を利用して北側の韓団長は李満雨を強引に引き寄せ、満雨は満州夫人を引きずって、北韓側の幕舎の裏まで行くと、待機させてあった車に彼女を押し込み走り去った。

瞬間的に拉致と判断した金少南は、持っていた無線機の非常信号で緊急命令を発した。

「帰らざる橋の国連側哨兵は、北韓代表が乗った黒いセダンが橋を渡らないように遮断せよ。その車の中にいる拉致された韓国側の女性を降ろさせるのだ。G1の狙撃手、聞いているか！　北韓のセダンが女性を降ろさずに橋を渡ったら、タイヤを撃って動けないように阻止しろ！　以上、復唱しろ！」

金少南も橋が見える観測所に駆けつけた。国連軍側の参観人と韓国の学生、そしてソウルからやってきた記者たちは、急いで金大佐を追いかけた。北韓側代表と平壌からきた記者も、北側の丘にある北韓側の観測所に急行した。

「帰らざる橋」の南側で、国連側の哨兵が北韓の黒いセダンの前に立ちはだかると、車はちょっと停まっていたが、哨兵が車のドアを開けようとした途端、運転手は強引にアクセルを踏み、木製の遮断棒を破壊し橋から走り去ろうとした。けやきの木の下で、橋を監視していた南側の狙撃兵がセダンのタイヤを撃った。すると北韓側からも橋側の国連側哨兵や狙撃兵に向かって無差別攻撃が加えられた。セダンはタイヤに穴が開いてバランスを失い、橋の欄干にぶつかると、川の中に真っ逆さまに落下してしまった。

金少南は無線機に向かって叫んだ。

「ＧＰ２！〝帰らざる橋〟の上に引き続き煙幕弾を放て！　そして捜索隊を送りセダンに乗っている人間を救出せよ！」

金少南の無線機に兵士からの声が返ってきた。

「セダンに乗っていた者が、全員死んでいたらどうしますか？」

「全員死んでも、女の遺体だけは収容しろ。彼女は南韓の人間なのだ！」

怒りに満ちた金少南の叫びには、泣き声が混じっていた。

韓国側の捜索隊が川岸や葦の茂みに沿って「帰らざる橋」の方向に動き出すと、北韓側の機銃が攻撃してきた。

金少南の無線機に兵士からの声が飛び込んできた。

「北韓側も煙幕弾を放ち、捜索隊が動いています！」

「ＧＰ２、北の捜索隊が接近できないように、射撃を強めろ！」

煙幕弾は引き続き橋の上で破裂し、南北の捜索隊が互いに接近できないように、北韓側は機関銃を撃ち続けていた。

治雨が地団駄を踏みながら大声を上げた。

「射撃は止めろ！　川に落ちた者を救出しろ！」

藤井孝一がそばから言った。

「あの機関銃を止めさせるには、ワシントンとモスクワが話し合うしかないよ」

金基洙が提案した。

「そうだ、メディアに知らせて、満州夫人を救えと打電するのだ！」

金基洙と藤井孝一が記者室に向かって走り出すと、記者たちも何か大事件が起こったのだと気づき、その後を追った。

メクトが言った。「そのとおりだ。いま治雨の兄さんと満州夫人を助ける道は、あの煙幕弾や機関銃ではなく、満州夫人を救えという世論なのだ！」

金少南もうなずいて同意した。引き続き治雨は叫んだ。

「生存者の救出を急いでください。待っている時間などはありません！」

誰かが先導して「満州夫人を救え！」と叫ぶと、集まっていた学生代表も声高く叫んだ。

「満州夫人を救え！」

銃声と喚声に驚いた非武装地帯の鳥だけが、煙幕弾の幕から抜け出し、息のできる上空へ高く飛び立って行った。

訳者あとがき

本書は二〇一五年四月に、博文閣から刊行された李吉隆《イギリュン》著『만주부인－숨 쉬는 하늘（満州夫人－息づく空）』上巻を全訳したものである。著者の日本語版刊行に対する並々ならぬ思い入れにより、翻訳、刊行に至った。初版本は一九九五年八月にシンウォン文化社より『숨 쉬는 하늘－만주부인의 시가（息づく空－満州夫人の婚家の人々）』のタイトルで刊行されている。

現在、韓国では中国東北部や東南アジアなどから、就労や結婚目的で移住する外国人労働者が増加し、「多文化共生」が国民的課題となっている。そのためなのか、著者の最初の構想とは異なり、小説『숨 쉬는 하늘－만주부인의 시가』の、民族の違いを超えて、生き別れた夫を愛し、夫について行こうと奮闘する満州夫人と満州夫人を支える李家の人々の姿が、多文化家庭の指標としての評価を受けるようになった。そこで一昨年、タイトルを新しくし、版元を代えて再版されたものである。

物語の舞台は、一九四五年八月から一九六一年四月までの朝鮮半島である。半島南端の古今島で医師をしている李根五、その長男で満州国の行政官でもある満雨、彼に嫁いだ満州族の張永美（満州夫人）を中心に、李一家の人々が歴史の荒波にさらされながら、たくましく生き抜いていく姿が描かれている。満州夫人は、光復（三十六年にわたる日本統治からの解放）直前に、弟の葬儀のため一時的に帰郷していた夫に会おうと古今島に向かうが、夫は既に満州へと旅立っていた。彼女はそのまま嫁ぎ先で息子を出産するが、解放後の動乱に巻き込まれ夫と生き別れ、夫の家族や島で知り合ったアメリカ兵らの助けを借りながら、波瀾万丈の日々を送る。

物語は美しい古今島の描写から始まる。現在この地域は多島海海上国立公園に指定され、秀麗な景色を楽しむために多くの観光客が訪れている。この地は著者の生まれ育った地域でもある。初版本のまえがきによると、著者は幼い頃、日本の軍艦が古今島で座礁したり、軍艦から軍需品などが流れ着いたりするのを見たという。また、近所に住む老人たちが、韓国（朝鮮）がたどった歴史をよく語って聞かせてくれた。東学農民戦争（甲午農民戦争）、日本の侵略、三・一独立運動、独立運動家の満州への逃亡など、様々な話を聞いたが、どういうわけか、解放後の朝鮮戦争の恐怖や、四・一九学生革命の話になると、どこか遠い国のことのように思えた。彼は「先人が歩んできた道は今生きている我々の鏡になる」という言葉を思い出し、自分を写す鏡をつくってみようと、この物語を思いついたという。

本書は、一九四五年八月から一九六一年四月までに実際に起こった様々な事件や動乱を物語の背景としている。すなわち、一九四五年八月の光復、同年末からの信託統治反対運動（米・英・ソ・中の四か国による最長五年間の信託統治をするとの米・英・ソ三国外相会議の決定に対する反対運動）、一九四六年三月の米ソ共同委員会開催（徳寿宮の静観軒で開催）、一九四七年七月のテロによる呂運亨暗殺、一九四八年五月一〇日の南朝鮮だけの単独総選挙と大韓民国成立、同年十月の麗水・順天事件（南朝鮮労働党などの左派勢力による軍事蜂起と、これを鎮圧しようとした韓国軍、米軍との衝突。無関係の民衆が多く殺害された)、同年十二月、反共法としての国家保安法の制定、一九四九年一月からの李承晩政権による左派勢力への大々的な弾圧、一九五〇年六月二五日の朝鮮戦争勃発、一九五一年二月の居昌良民虐殺事件、同年十二月に開始される智異山パルチザン討伐、一九五三年七月二七日の朝鮮戦争休戦協定調印、一九六十年三月一五日の馬山事件を発端とする四・一九学生革命と学生、教授などによる南北学生会談開催要求デモなどである。

解放から朝鮮戦争に至るまでの間、そして戦争中と、日本からの解放を自らの手で成したものではなかった朝鮮半島では、右派及び左派の衝突、動乱が絶えず起こり、その度に多数の民衆が虐殺されている。物語には出ていないが、一九四八年四月三日に済州島で起こった済州島四・三事件では、二万五千人から三万人の島民が虐殺されたと言われている(文京洙著『韓国現代史』)。また、休戦後にも、李承晩政権による大々的な弾圧があり、民主化を求める学生らと政府の間で激しい衝突が起きた。

詩人の愼宗楗氏は、「歴史は月日の流れの中で発生した事件を記録しているが、著者は月日とともに歳をとる人間の息づかいを描く。著者の人生観と価値観を登場人物の口を借りて十二分に語り、分断の痛みと戦争の惨禍を告発することで、人間の尊厳を唱えている。(中略)時代の状況への識見と解説を、水を流すようによどみなく語っている」と『満州夫人』の読後感を語っている。

確かに『満州夫人』では、日本による統治の過程と統治政策に対する怒り、南北の対立によって生じた家族の生き別れや家族同士が銃を向け合わざるを得なかった骨肉の争いの悲惨さ、何の罪もない人々が虐殺された惨劇に向けた著者の心の痛み、辛さ、そして人間の尊厳についての思いが、登場人物と実際の事件を通して深く語られる。特に、内乱陰謀罪等の罪で起訴された満州夫人が第一審と第二審の法廷で陳述する場面、李根五の戦争反対への思い、イデオロギーではなく家族が重要なのだという胸の内をたびたび吐露する場面などは、著者の熱い気持ちが感じられ心打たれるものがあった。

韓国現代史を背景とした小説となると、とても重苦しい作品のように感じるかもしれない。しかしその懸念には及ばない。李一家に代々伝わる刀「主丹剣」という小道具が思わざる活躍をしたり、時代が突如、朝鮮王朝末期まで遡ったり、実在した歴史上の人物李景夏に主丹剣を使わせたり、李根五の父直潤を韓国の近代医学の父と言われる池錫永や東学農民戦争の首謀者全琫準と対面させたりするなど、豊かな想像力を発揮してエンターテイメント的な要素も充分に加味されている。また、満州に対する著者の考えが満州夫人、李根五やアメリカ兵のメクトを通して語られているが、日本人のそれとは大分異なり、興味深い。

ここで著者李吉隆の経歴を紹介しよう。李吉隆氏は、成均館大学、延世大学大学院を卒業した後、国家公務員となり、国立現代美術館建設本部長、国立中央劇場事務局長、文化体育部芸術振興局長などを歴任、傍ら執筆活動を始めた。長編小説『외포리 연가（外浦里の恋歌）』、『소생（蘇生）』など、短編小説『사랑의 그림자를 저울에 달다（愛の影を秤にかける）』など、多数

の小説を執筆してきた。特に、国立中央劇場事務局長をした経歴を生かし、『어쩌고 할아버지와 높새바람（なんだかんだ、おじいさんと北東風）』『어쩌고 할아버지의 해방（なんだかんだ、おじいさんの行方）』などの長編戯曲も多数発表している。『満州夫人』も、活劇のようにリズミカルに場面が転換し、読者を飽きさせない。映像化したらより興味を増すのではないかと思わせるが、これは多くの戯曲を発表している著者の特徴で、それが本書の魅力なのである。

主な受賞歴は、一九九四年に『성성돌기（城城めぐり）』で韓国戯曲文学賞を、一九九八年に『사랑의 그림자를 저울에 달다（愛の影を秤にかける）』で最優秀文学部門芸術人賞、二〇一四年に『외포리 연가（外浦里の恋歌）』でソウル文学賞を受賞している。また、このあとがきを執筆中の二〇一六年十二月には、『満州夫人』が韓国ＰＥＮ文学賞（小説部門）を受賞したとの知らせも入った。とてもうれしい知らせだった。

上巻の巻末で、南北学生会談の舞台から北側に拉致された満州夫人はどうなるのか、ぜひ救出された後の次なる活躍の場面を読んでみたい、と読者の感想が出版社に多数寄せられたという。こうして著者は急遽下巻の執筆に着手、二〇一五年一一月に刊行された。その下巻にも「五・一六軍事クーデター」など、実際の事件が背景となっている。戦後復興へと大きく変化していく韓国社会で満州夫人の活躍、李一家の人々はどう生きるのか。大いに期待していただきたい。

なお訳語については、登場人物の会話に臨場感を持たせるため、通常、朝鮮戦争と訳される「한국 전쟁（韓国戦争）」を「六・二五戦争」とし、「남한（南韓）」「북한（北韓）」などは「韓

国」「北朝鮮」とはせずに、「南」「南側」「南韓」、「北」「北側」「北韓」などと随時使い分けることにした。

最後になりましたが、本書の刊行に際し、「読後感」の掲載を許諾くださった日本エッセイスト・クラブ会長の村尾清一氏に心より御礼申し上げます。また、知識も実力も足りない、翻訳者として未熟な私に本書のような長編小説を翻訳する機会を与え、多くの助言をくださった出版文化国際交流会理事の舘野晳さん、刊行を引き受けてくださったかんよう出版代表の松山献さん、装幀を担当してくださった榎孝志さんにも深く感謝致します。

二〇一七年一月

五十嵐真希

〈著者紹介〉

李吉隆（イ ギリュン）

成均館大学卒業、延世大学大学院修了。国立現代美術館建設本部長、国立中央劇場事務局長、文化体育部芸術振興局長などを歴任。

作品に、長編小説『外浦里の恋歌』、『蘇生』など、短編小説『愛の影を秤にかける』など、長編戯曲『なんだかんだ、おじいさんと北東風』『なんだかんだ、おじいさんの行方』など。

主な受賞歴として、『城城めぐり』で韓国戯曲文学賞（1994）、『愛の影を秤にかける』で最優秀文学部門芸術人賞（1998）、『外浦里の恋歌』でソウル文学賞（2014）、『満州夫人』で韓国 PEN 文学賞（2016）など。

〈監訳者紹介〉
舘野　晳（たての あきら）
中国大連生まれ。法政大学経済学部卒業、東京都庁に勤務。出版文化国際交流会理事。日本出版学会会員。韓国関係の出版物の企画・編集・執筆・飜訳に従事。著書として、『韓国式発想法』（NHK 生活人新書）、『韓国の出版事情ガイド』（出版メディアパル）、『韓国・朝鮮と向き合った 36 人の日本人』（編著、明石書店）など。訳書として、『韓国の政治裁判』（サイマル出版会）、『分断時代の法廷』（岩波書店）、『哭きの文化人類学』（勉誠出版）、『ソウルの人民軍』（社会評論社）、『朝鮮引揚げと日本人』（明石書店）など。

〈訳者紹介〉
五十嵐真希（いがらし まき）
東京生まれ。早稲田大学卒業後、法律事務所に勤務。『韓国・朝鮮の知を読む』（クオン）の翻訳に参加。訳書として、『朝鮮の女性（1392-1945）－身体、言語、心性』（共訳、クオン）、『銭の戦争』（共訳、竹書房）など。

満州夫人

2017年3月31日　初版第1刷発行

著　者　李吉隆
監訳者　舘野　皙
訳　者　五十嵐真希
発行者　松山　献
発行所　合同会社 かんよう出版
〒550-0002 大阪市西区江戸堀2-1-1 江戸堀センタービル9階
電話 06-6225-1117 FAX 06-6225-1118 http://kanyoushuppan.com
装　幀　榎　孝志
印刷・製本　有限会社　オフィス泰

ISBN 978-4-906902-69-9　C0097　Printed in Japan